나의
아름다운
야수

나의 아름다운 야수

초판 1쇄 찍은 날 § 2009년 5월 11일
초판 1쇄 펴낸 날 § 2009년 5월 15일

지은이 § 리연
펴낸이 § 서경석

편집장 § 문혜영
편집책임 § 유경화
편집 § 조수희

펴낸곳 § 도서출판 청어람
등록번호 § 제1081-1-89호
등록일자 § 1999. 5. 31
어람번호 § 제5-0230호

주소 § 경기도 부천시 원미구 심곡 2동 163-2 서경B/D 3F (우) 420-822
전화 § 032-656-4452 팩스 § 032-656-4453
http://www.chungeoram.com
E-mail § eoram99@chollian.net

© 리연, 2009

ISBN 978-89-251-1799-7 03810

나의 아름다운 야수

리연 지음

도서출판
청어람

나의 아름다운 야수

목차

세상에서 가장 무서운 하얀색이 뭔지 알아?

소녀에게 그런 질문을 했었다. 하지만 소녀는 그런 건 없다고 했었다. 하얀색은 언제나 깨끗하고 순결하다고. 하지만 설후의 생각은 달랐다. 설후는 지금 눈앞에 있는 거대한 건물의 끝없는 하얀색을 보면 항상 고결하다는 생각보다 무섭다는 생각이 먼저 들었다. 저 눈처럼 새하얀 색에 붉은 점들이 퍼지는 순간 공포는 극치로 치닫는다. 그렇게 항상 저 하얀색이 무서웠는데도 설후는 몇십 년 동안이나 저 하얀 건물에 갇혀 살고 있다. 아이러니가 아닐 수 없다. 어째서 도망치지 못하는 걸까? 어째서 난 이곳에 있는 걸까? 답은 허무할 정도로 간단했다.

달리 사는 방법을 배우지 못했다. 철저하게 이리 살도록 길러져 버렸다. 그의 아버지에게.

서울소망병원.

대한민국에서 한국대 의대의 부속병원인 한국대병원, 한성그룹이 설립한 한성병원 다음으로 큰 종합병원이었다.

소망병원은 대학병원으로 시작된 병원이 아니라 처음부터 종합병원이었기에, 골품제도보다 더 엄격한 인맥 제도로 인해, 졸업한 대학의 부속병원으로 지원을 하는 일반 대학병원과 달리 소망병원에는 여러 대학에서 졸업한 전문의들이 일하고 있다.

하지만 그중에서 가장 월등히 많은 대학 출신은 한국대이다. 의료계는 결국 어딜 가나 그 학벌의 파벌을 무시할 수 없었기에, 아산대학교의 교육병원이면서 소망병원을 주름잡고 있는 건 한국대를 졸업한 전문의들이었다. 그리고 설후가 이 병원에 쉽게 들어올 수 있었던 것도 역시 한국대 의대를 졸업했기 때문이었기에, 특별히 그 점에 불만은 없었다.

소망병원은 '우리 사회의 가장 불우한 이웃을 돕는다' 는 소망재단의 설립 취지를 따르고 있었다. 있는 사람들을 위한 병원이 아니라 없는 사람들을 위한 병원이 되겠다는 게 소망병원의 설립 취지였으나 그게 잘 실행되고 있는지에 대한 대답은,

글쎄다.

만약 정말 그렇게 성실히 실행되어 왔다면 이 병원은 이렇게 거대해지기 전에 망해야 하는 게 순리였으니까.

　설후는 이른 아침의 차가운 습기가 짙게 깔린 주차장에 서서 소망병원의 무서운 하얀색을 올려다보며 한참이나 서 있었다. 그의 섬세한 손가락 사이에서 던힐 한 대가 마지막 불꽃을 피울 때까지.

　사람들의 생명과 가장 가까운 곳에서 일하는 흉부외과지만, 의료보험제도가 정착되어 의료계가 위축되면서 의료계의 3D업종으로 전락하여 인력난에 시달리고 있는 건 어제오늘의 일이 아니었다. 비록 병원 내에서 가장 적은 인원으로 운영되고 있는 과였지만, 그 어느 곳보다 바쁘게 24시간 쉼없이 돌아가는 곳 역시 흉부외과였다.
　소망병원 흉부외과는 선천성, 후천성 심장질환 및 사지혈관질환의 외과적 치료를 맡고 있는 심장혈관외과와 기관지, 폐, 늑막, 식도, 기흉 등을 담당하는 일반흉부외과로 나누어져 있었고 의료진은 스태프와 펠로우로 이루어진 교수, 부교수, 조교수, 전임강사, 임상강사가 있었고, 그 아래 레지던트들과 인턴들이 보조를 맞추어주고 있었다.
　아침 8시 심장혈관외과 의국 내 컨퍼런스가 있었다.
　어제 CCU(흉부외과 중환자실)에서 당직을 섰던 부교수인 우남용은 부스스한 얼굴을 두 손으로 쓸며 신세한탄을 하였다. 까만 피부가 하룻밤 사이 더 까매져 있는 듯했다.
　"어제는 정말 저승사자들이 단체로 소풍 온 것 같았다니까. 여기저기서 Arrest(환자의 심장박동이 멈춘 상태)가 터지는데, 완전 줄 폭탄이었다. 이젠 정말 내 심장이 벌렁이는 게 이상한 것 같아."

그러면서 목에 건 청진기를 직접 자신의 왼쪽 가슴 위에 대어 본다. 벌써 전문의 생활 10년째에 접어드는 대선배의 푸념에 대꾸도 없이 설후는 바로 옆자리에서 조용히 컨퍼런스 자료를 읽고 있었다.

살짝 고개를 숙이고 컨퍼런스 자료를 읽고 있는 설후의 옆얼굴은 섬세함이 지나쳐 차가움마저 느껴진다. 모든 빛을 흡수해버리는 새카만 머리카락은 입고 있는 새하얀 의사복과 대비되어 별이 없는 검은 밤과 닮았다. 실크처럼 하늘거리는 검은 머리카락 아래의 긴 눈매는 끝이 살짝 올라가 있어 의사에게는 어울리지 않을 관능미가 흘렀다. 반면 쉽게 열리지 않을 듯 일자로 꾹 다문 반듯한 입술에는 절제미가 담겨 있다. 서양인처럼 오뚝하고 날렵한 콧날과 달리 얼굴선은 동양의 선을 따라 흘러 부드럽고 단아하다.

보여지는 이설후는 푸른 달빛을 생각나게 하는 차가운 미남자였다. 쉽게 얻을 수 없을 것이기에 더 탐이 나는 그런 아름답고 시린 달빛을 닮았다.

큰 키에 좀 마른 듯한 체격에 먼지 하나, 주름 하나 없는 무채색의 깔끔한 차림은 평생 금욕을 하며 살아온 사람인 듯한 느낌을 주는데도 손목에 찬 은색의 명품 로렉스 시계에서는 응축된 탐욕이 묻어나는 듯도 하다. 그리고 앉아 있는 반듯한 자세에서

펜을 잡고 움직이는 손끝 하나까지 학처럼 우아한 모습에서 아
주 엄격한 집안 교육을 받은 사람임을 짐작케 하는데도, 가끔 주
위와 분리되어 혼자만의 세계에 빠져 있는 모습은 조금 위태로
워 보이기도 했다. 설후는 때때로 그 누구도 막을 수 없는 그리
움에 빠져든다. 자기 자신조차 막을 수 없는 그 막연함으로.

컨퍼런스가 시작되고, 심장혈관외과 레지던트 치프 우민이
환자들의 검사 결과를 보여주며 오늘 잡혀 있는 중요한 수술을
나열하였다.

설후는 오늘 대동맥박리 수술이 있었다.

B8수술실이다. 이설후 집도의의 대동맥박리 수술 준비를 위
해 레지던트 치프 우민과 1년차 최경아가 스크럽(Scrub:수술 전
외과적 손 씻기)을 하고 있었다. 우민이 수지소독용 약제와 비누
를 묻힌 브러시를 4번 갈아가면서 손과 팔을 박박 문지르며 경
아에게 말했다.

"이 교수님 O.P(수술) 처음 들어가는 거지?"

흉부외과 레지던트를 시작한 지 겨우 한 달이 되어가는 경아
였다. 아직은 경험한 수술보다 하지 못한 수술들이 욕심날 만큼
많았다.

"네."

"잘 봐둬. 섬세함은 과장님도 능가할 정도니까."

우민은 친절한 선배가 되어 후배에게 충고하였다. 그건 최경

아가 흉부외과에는 아주 귀한 여자이기 때문이기도 했고, 그런 최경아가 고맙게 너무 미인이기 때문이기도 했고, 무섭게도 과장님의 무남독녀이기 때문이기도 했다.

마지막으로 벨파스로 손을 닦아 말린 뒤 두 사람은 수술실 안으로 들어갔다.

집도의인 설후가 수술실에 들어오기 전, 어시턴트를 들어온 우민과 경아, 수술 진행 과정을 보조하는 스크럽 간호사(수술에 직접 참여하는 간호사)와 서큐레이팅 간호사(보조 간호사), 그리고 인공 심폐기를 담당하는 기사, 마취를 담당한 마취의사는 수술 전 준비를 위해 분주하였다.

25℃로 온도가 맞추어진 수술실 안은 실온도보다 싸늘하여 생명을 보존하는 냉장고처럼 느껴졌다. 수술대 옆에는 깨끗이 소독된 수술 도구가 가지런히 준비된다. 보기만 해도 심상찮아 보이는 개흉기에 흡입관, 봉합세트, 메스 홀더, 거즈 묶음, 수술 가위만도 4종류였고, 겸자는 Kelley 겸자, 리스터 겸자, Kocher 겸자, Mosqoitto 겸자 등등 12종류이다.

"마취하겠습니다."

마취도입이 시작되어 환자의 의식레벨을 낮추었다.

수술실 문이 열리며 푸른색 수술복을 입은 이설후가 들어섰을 때 환자는 수술 부위 소독을 마치고 멸균사각포로 씌워져 있었다. 경아는 저도 모르게 푸른 물고기 같은 이설후를 시선으로 쫓았다. 이설후는 수술대 우측 집도의의 자리로 걸어가며 마취과 의사에게 물었다.

"Vital(환자의 상태를 나타내는 지표) 어떻습니까?"

"안정적입니다."

집도의 자리에 선 설후는 절도있게 오른손을 기구담당 간호사에게 내밀었다.

"메스."

설후는 흉골 위쪽 오목한 부분의 바로 아래 메스를 대었다. 그리고 머뭇거림없이 칼돌기와 배꼽 바로 아래 중간쯤까지 적당한 힘으로 그어 흉골정중절개를 하여 오름대동맥을 노출하였다. 절개된 부분에서 붉은 피가 새어 나온 순간부터 더 이상 수술실 안에서는 다른 생각들이 비집고 들어올 수가 없었다.

모든 것은 환자와 생명을 위해 존재하게 된다.

흉골 정중선을 분리절단하기 위해 칼날이 진동하는 전기톱이 돌아가는 소름 돋는 소리는 꼭 사람을 살리려는 게 아니라 죽이려는 소리 같다. 흉골개창기 양날이 흉골 아래 1/3지점에 걸리면서 가슴을 열었다. 펄떡펄떡 뛰는 붉은 심장이 바로 눈앞에 놓이자 모두의 호흡이 칼날처럼 예민해졌다. 결코 움직임을 멈추지 않는 심장은 세상에서 가장 무서우면서도 가장 경이로운 동물 같아 보인다.

"카뉼라."

잘못하여 가짜 내강 속에 한 번 카뉼라를 삽입하였다 설후에게 죽도록 혼난 적이 있는 우민은 주의 깊게 동맥 속 안을 살펴

보며 카뉼라를 내강 속에 삽입하였다. 혈압이 갑자기 떨어지지 않도록 서서히 관류량을 증가시키며 체외순환이 시작되었다.

설후는 마취과 의사에게 물었다.

"혈압 어떤가요?"

"안정적입니다."

그리고 체외순환기사에게 시선을 돌렸다. 기사는 괜찮다는 뜻으로 고개를 끄덕였다.

집도의의 지휘에 따라 모두가 한 몸인 것처럼 수술은 막힘없이 진행되었다. 그런 의미에서 수술은 꼭 오케스트라 같은 점이 있다. 지휘자의 손길에 따라 다양한 악기를 연주하는 연주자들이 하나의 아름다운 음악을 만들어내는 오케스트라처럼 수술실 안에서는 집도의의 손길에 따라 모두가 수술대 위에 누워 있는 단 한 명의 환자를 살리는 것이다.

집도의 설후가 진짜 마에스트로인 것처럼 말했다.

"음악 틀어주세요."

설후의 말에 서큘레이팅 간호사는 수술실 선반에 놓여 있던 시디플레이어로 걸어가 음악을 틀었다. 곧 잔잔한 멜로디가 흘러나왔다. 한번은 들어봤을 듯한 익숙한 음에 경아는 힐끗 고개를 들어 설후를 보았다. 자신이 음악을 틀어달라 했으면서도 설후는 전혀 음악 따위는 신경 안 쓴다는 듯이 대동맥박리가 시작된 곳을 예리한 눈으로 찾고 있었다.

눈빛이 살아 있다. 마치 또 하나의 생명체인 듯. 그의 눈동자에 순간 강렬한 빛이 서린다. 그리고 그의 손이 바빠졌다. 하지만 음악은 여전히 자신만의 나른한 리듬을 고집하고 있다. 설후는 고리 달린 인조혈관을 삽입하기 위해 대동맥을 세로로 절개하였다. 단단한 고리의 대트론 가장자리를 대동맥 벽에 고정하기 위해 설후는 프로린 실로 결절봉합을 시작하였다. 설후의 손길은 마치 악기를 연주하는 듯한 착각을 일으킬 만큼 유려하였다. 신의 경지에 오른 타이는 아름답기까지 했다. 경아는 넋을 잃고 설후가 인조혈관을 문합하는 섬세한 손길을 쫓았다.

음악은 절정으로 흘러가고 있었고, 수술 역시 마찬가지였다. 멈추었던 심장이 다시 힘차게 박동을 시작했을 때에야 경아는 흘러나오는 음악이 무슨 노래인지 알 수 있었다.

빈센트다.

"그 노래 맞죠? 빈센트 반 고흐의 일생을 담은 노래요."

수술이 모두 끝나고 의국으로 돌아와서야 경아는 우민에게 밀크 커피를 내밀며 물었다. 우민은 수술 후의 달콤한 밀크 커피 한 모금을 달게 들이켜며 고개를 끄덕였다. 경아는 역시 그렇구나, 라고 중얼거리며 고개를 끄덕였다. 푸른 수술복 위 드러난 가는 목선이 칼을 들고 살아가기에는 너무 연약해 보였다.

"음! 이 교수님 의외로 취향이 올드하시네요. 근데 좀 다양하게 틀지. 그거 하나만 듣다 보니 좀 지겹더라. 음악 시디는 누가 준비하는 거예요?"

"그 노래만 들어."

우뚝, 경아의 발걸음이 멈추었다. 뒤돌아보는 경아의 얼굴에
는 살짝 놀라움이 걸려 있었다.

"진짜요? 왜요?"

"글쎄, 빈센트 반 고흐를 존경하는 마음?"

농담으로 넘겨 버리는 우민과 달리 경아는 궁금증 가득한 표
정으로 중얼거렸다.

"무슨 사연이 있는 걸까요?"

하루라도 피 안 보는 날이 없는 지옥 같은 CS(흉부외과)의 전
문의에게 어쩐지 낭만이란 너무도 먼 단어 같았다.

수술실에 들어가기 전에는 하늘 위를 지배하고 있던 태양이
어느새 자취를 감추며 마지막 발악처럼 붉은 꼬리를 하늘에 남
기고 있었다. 하루가 지나가고 있었다. 그리고 다행히 오늘은
환자가 죽지 않았다.

인천고등학교. 한순간 바람이 불며 운동장에 흙바람이 인다.
흙먼지가 날리며 바람이 살아 있는 듯 춤을 추었다. 흙바람은
탕아가 되어 어린 여자애들을 희롱한다. 운동장을 걸어가던 여
학생은 스커트가 날리며 맨다리가 드러나자 짧게 비명을 지르
며 손으로 치마를 누른다. 바람과 맞서 필사적인 소녀들의 모습
이 웃음 지어지는 풍경이 되었다. 겨울에서 봄으로 넘어가는 길
목 어느 즈음의 저녁, 아이들이 거의 하교한 학교는 겨울잠을
자는 느린 동물 같다.

학교 건물 1층 중앙에 위치한 교무실, 붉은 햇살이 들어오는 창가 자리에 앉은 긴 생머리의 선생님이 마지막 하교하는 아이들이 바람과 싸우는 모습을 웃으며 바라보다 다시 학생들의 국어 시험지로 시선을 내렸다. 동그라미와 작대기가 오묘한 조화로 들어간 시험지는 불쌍해 보이기도 하고, 귀여워 보이기도 했다.

반듯한 이마에서 시작되어서 동그란 턱으로 떨어지는 옆선이 고운 그림자를 만들어내고 있었다. 엉덩이까지 내려오는 긴 생머리는 탐스럽다 못해 유혹적이다. 여자의 담백한 암갈색 눈동자는 숲 속에 여린 풀과 맑은 물만 먹고사는 순한 사슴을 생각나게 했다.

보편화된 OMR 시험이 아니라 수업 시간에 본 쪽지 시험이었기에 빨간 색연필을 들고 직접 채점을 하였다. 동그라미, 작대기, 동그라미, 동그라미, 작대기, 작대기.

동그라미가 그려질 때는 여선생님의 작고 도톰한 입술에 미소가 걸리고, 작대기 그어질 때는 저도 모르게 동그란 눈썹이 찡그려지고 있었다.

으음으음 음~

"아! 한 선생님! 또 그 노래 부르신다!"

열심히 학생들의 국어 시험지를 채점하고 있던 이수는 놀라서 고개를 돌렸다. 셋째 아이를 임신하여 배가 남산만 하신 가정 선생님이 한 손에 향긋한 쟈스민 향이 나는 찻잔을 들고 밝은 표정으로 웃고 있었다. 연녹색이 생각나는 풍경이라 이수는 순간 생각했다. 소란 떨던 주위의 공기가 어느새 조용해져 있었다. 벌써 퇴근 시간이 다 되었나 보다.

"좋아하는 노래신가 봐요. 보면 항상 그 노래만 흥얼거리시더라."

가정 선생님의 말에 이수는 비밀 친구를 들킨 어린아이처럼 난감한 표정을 지으며 물었다.

"제가 그랬어요?"

"네, 그랬어요. 노래 제목이 뭐예요? 나 알고 싶은데."

이수는 마지막 학생의 시험지에 천천히 동그라미를 그리며 작게 중얼거렸다. 혹시 누가 들을세라, 아주 조심스럽게…….

"빈센트요."

그럼 세상에서 제일 따뜻한 검정색이 뭔지 알아요?

무서운 하얀색이 무언지 아느냐는 그의 질문에 반항하듯이 그렇게 물었었다. 그러자 그가 이렇게 대답했었다. 검정은 그저 무감정한 색일 뿐이라고. 그래서 이수는 그렇지 않다고. 무서운 하얀색이 있다면 따뜻한 검정색도 분명 있다고 대답했었다.

그의 검은 눈동자.

그때는 그의 눈에 서린 검고 검은색이 너무도 따뜻하기만 했었다.

……그때는 그랬었다.

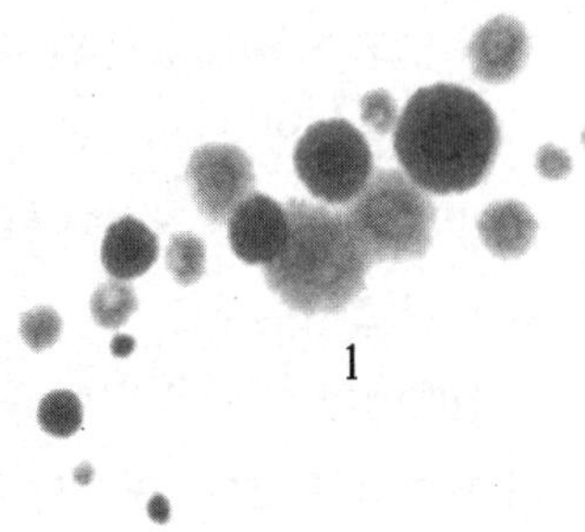

1

1970년.

"이 망할 자식! 네가 의사야! 겨우 인턴인 자식이 어디서 감히 메스를 들어! 그렇게 잘났으면 여기 있지 말고 나가서 혼자 병원 차려! 이 자식아!"

장혁은 선배 레지던트의 구둣발에 무릎을 맞고 다리가 꺾여 바닥에 주저앉았다. 사람들이 붐비는 병실 복도였기에 보는 사람들이 많았지만 이 순간은 나 죽었습니다, 하고 당할 수밖에 없었다. 대학병원은 중세시대보다 더 엄격한 서열 사회였다. 가장 쫄다구인 인턴은 아무리 날고 기는 실력을 가지고 있어도 레지던트를 이길 수가 없었다. 그런데 장혁이 레지던트의 허락도 받지 않고 기흉이 생긴 환자를 치료한 것이었다.

실수는 없었다. 하지만 그래도 장혁에게 돌아오는 건 욕과 매뿐이었다. 인턴인 장혁이 단지 노티(Notify:보고)를 안 했다는 이유 하나로 말이다.

선배에게 1시간 동안이나 까이고 난 뒤 장혁은 옥상으로 올라와 벤치에 누웠다. 짜증이 차올라 왔다. 실력으로 따지자면 전문의도 이길 수 있을 거 같은데, 단지 인턴이라는 이유로 허구한 날 야단만 맞는 이 생활이 지겨워 미칠 것 같았다.

"젠장. 엿이나 먹어. 염병할 세상."

지적으로 욕을 뱉어내며 주머니를 뒤적여 담배를 찾았다. 손끝에 담뱃갑의 비닐이 만져지자 손가락 끝으로 잡고 끄집어내서는 꼬깃꼬깃해진 담뱃갑에서 하나 남은 담배를 꺼내어 입에 물었다. 그리고 라이터를 찾는데 주머니에서 찾을 수가 없었다. 어딘가 떨어뜨린 건가 싶어 장혁은 고개를 들어 주위를 둘러보다 라이터 대신 멀리 옥상 난간에 서 있는 여자를 보게 되었다. 환자복을 입고 있는 여자는 낯이 익었다. 분명 약을 먹고 실려와 Gastric lavage(위세척)를 받은 Suicide(자살) 환자였다. 자살하려다 실패해 병원에 실려와서는 병원에서 또 자살을 시도하다니, 그 끈기가 감탄스러울 따름이었다.

장혁은 벤치에서 일어나 천천히 난간 위에 서 있는 여자에게 걸어갔다. 자살하려는 사람에게 걸어가면서 라이터를 찾는 행동을 멈추지 않았다. 음울한 눈으로 옥상 아래를 내려다보던 여자도 자신에게 다가오는 장혁의 존재를 눈치 채고 놀라서 고개를 돌렸다. 장혁은 중간쯤 걸어갔을 때야 바지 뒷주머니에서 라이터를 찾고는 꺼내서 담배에 불을 붙였다. 탁한 담배 연기가 폐로 들어가자 능력도 없고 자존심만 센 레지던트에게 당했던 굴욕이 조금은 가시는 것 같았다.

"진짜 죽으려고요?"

장혁은 꼭 점심은 먹었냐는 투로 여자에게 물었다. 담배 연기를 길게 뿜어내며. 여자는 우울증 걸린 환자처럼 울상을 지을 뿐이었다.

"거기서 뛰어내려 죽으면 내장이 다 망가져 기증도 못하니까, 그냥 약 먹어요. 그리고 죽기 전에 장기기증서에 도장 찍어주면 정말 고맙겠네요. 살아서 별 의미가 없으면 죽어서라도 의미가 있는 게 좋지 않겠어요?"

원래 장혁은 인간미가 없는 인간이었다. 장혁을 아는 모든 사람이 그렇게 말했고, 장혁도 그렇게 생각하고 있었다. 그랬기에 지금 세상을 하직하려고 하는 여자에게 있지도 않은 인간미를 짜내고 싶은 생각은 없었다.

"의사 맞으세요?"

여자의 목소리는 금방 부서질 듯 가냘팠다. 꼭 다 죽어가는 새소리 같았다. 장혁은 고장난 자동차를 수리하는 것처럼 아픈 사람을 보면 그 안을 해부해 무엇이 잘못되었는지 확인하고 싶은 욕구가 있었다. 그래서 의사가 된 것이었다. 그의 의과대학

담당교수가 장혁에게 말했었다. 그는 최고의 의사가 되던가, 최악의 의사가 될 거라고. 뭐든 어중간한 존재로 남지는 않을 것이니 장혁은 두려울 게 없었다.

"맞아요. 그러니까 장기기증 이야기를 꺼내죠. 아니면 왜 하겠어요?"

자신의 말이 너무 논리적이지 않냐면서, 장혁은 씨익 웃기까지 했다. 타고난 얼굴이 좀 잘난 편이라서 그가 웃으면 여자들은 쓰러졌다. 하지만 자살 환자는 더 우울한 표정을 짓는다.

뭐, 웃길 바란 건 아니었기에 장혁은 실망하지는 않았다.

그런데 이 여자 좀 예쁘다. 좀이 아니라 굉장히 예쁘다. 여자는 예쁘면 성공한 인생인 줄 알았는데 이 여자는 그게 아니었나 보다.

"그쪽은 사는 게 쉬워 보여요?"

"방금 전 나보다 못난 놈한테 깨지고 온 몸이거든요."

"왜요?"

"내가 인턴이라서요."

라고 말하며 장혁은 그게 너무 참을 수 없다는 듯이 인상을 썼다. 담배를 깊게 흡입했다 길게 내뿜는 장혁에게서는 탕아의 방종과 엘리트의 단정함이 묘한 조화를 이루고 있었다.

"그쪽은 사는 게 어렵나 보죠?"

장혁의 물음에 여자는 금방이라도 울 듯한 표정을 짓는다. 울상 지은 얼굴이 저리 예쁜데 웃으면 얼마나 예쁠까 궁금했다.

이상한 일이다. 여자의 얼굴이 궁금해지다니. 곧 죽을 사람이라 그런 것인가? 하긴 이제 저 고운 얼굴이 저 아래로 떨어져 뭉개지고 피범벅이 될 걸 생각하니 아깝긴 했다.

"사랑하는 사람이 절 버렸어요."

사랑이란 말이 장혁에게는 단자 '사' 자와 '랑' 자가 결합되어진 단어일 뿐이었다. 그 어떤 감정도, 느낌도 느낄 수가 없다. 그래서 여자의 슬픔에 여전히 동정을 느낄 수가 없었다.

"그럼 잊어요."

잊으라는 말이 울라는 말로 들렸는지 여자는 서글프게 울기 시작했다. 아! 이제 진짜 뛰어내리겠구나 싶었는데, 여자는 자신의 발로 난간에서 내려와 장혁의 앞에 섰다. 그리고 울면서 장혁에게 말했다.

"장기기증서 주세요."

그땐 몰랐다. 다른 남자 때문에 울고 있는 이 여자와 2년 뒤 결혼을 하게 될 거라는 걸. 다른 남자를 사랑한다 말하던 이 여자가 자신의 아들을 낳아줄 것이라는 걸. 그리고 자신이 이 여자를 끔찍이도 사랑하게 될 거라는 걸.

그 순간 장혁은 알지 못했다.

1992년.

1992년은 대한민국 의료계에서는 획기적인 사건이 있었던 해였다.

심장이식수술.

미국과 같은 선진국은 1980년대부터 심장이식이 활성화되었지만, 대한민국에서는 아직 심장이식수술이 성공한 예가 없었다.

1%의 사람들에게만 허락된다는 한국대병원 특실에는 지금 현 한국대병원 흉부외과 과장 이장혁의 모친이신 고영숙 여사께서 입원해 있었다. 확장성 심근증이셨다. 심장이식 이외에는 살길이 없을 정도로 병이 진행된 상태였다.

안전하게 심장이식을 하려면 연간 2,000건의 심장이식이 이루어지는 미국으로 가야 했다. 하지만 고 여사는 그러지 않으셨다. 자신의 심장을 온전히 그의 아들이자 담당의인 이장혁에게 맡겼다. 그리고 이장혁은 자신이 직접 그의 어머니에게 심장이식수술을 하겠다고 나섰다.

만약 이번에 이장혁이 이 수술을 성공한다면 그는 대한민국 의학서에 첫 심장이식수술을 성공한 의사로 영원히 기록될 것이었다. 그리고 언론은 어머니와 대한민국의 심장병 환자들을 살린 구세주로 이장혁이란 이름 세 글자를 기록할 것이었다.

모두가 기대감에 가득 차 있는 시간 속에 절망감에 빠져 있는 한 사람이 있었다. 장혁의 아들 설후였다.

"할머니 미국으로 보내주세요!"

설후는 아버지에게 부탁하였다. 아니, 사실은 화를 내고 싶었다. 하지만 그럴 수 없었다. 할머니의 생명은 온전히 그의 아버지의 손에 달려 있었으니까. 19살의 그는 아무것도 할 수가 없었다. 모든 결정권은 아버지만이 쥐고 있었다.

"설마 내가 실패할 거라 생각하는 거냐?"

하얀 의사 가운을 입고 자신의 어머니의 심장이 찍힌 chestCT를 들여다보며 이장혁은 오만하게 물었다. 그건 결코 죽어가는 어머니를 걱정하는 아들의 모습이 아니었다. 자신의 기술에 도취되어 자신이 신이라도 된 듯 착각하는 의사 한 명이 설후의 앞에 서 있을 뿐이었다.

"할머니가 걱정되기는 하시는 겁니까?"

아들의 물음에 장혁은 그제야 고개를 들어 자신과 꼭 닮은 얼굴을 한 설후를 쳐다보았다. 그 누가 보더라도 두 사람이 부자지간임을 부정할 수 없을 정도로 두 사람은 닮아 있었다. 하지만 아버지와 아들이라고 해도 겉모습뿐 아니라 마음까지 닮을 수는 없었다.

"네 할머니를 살릴 수 있는 건 나약한 걱정 따위가 아니라, 건강한 심장이다!"

아버지의 말에 화가 나기는 했지만, 설후는 반박할 수 없었다. 그 말이 사실이었으니까. 설후의 아름다운 두 눈에 붉은 핏발이 일어났다. 끝없이 슬프고, 끝없이 화가 났다.

"실패하면 아버지는 패륜아로 낙인찍히고 매장당할 겁니다."

설후의 협박이 가소롭다는 듯이 장혁은 자신의 손을 들어 아들의 눈앞에 놓았다.

"네 할머니는 내가 살린다. 바로 이 손으로."

설후는 아버지의 섬세한 손과 아버지의 독수리눈과 아버지의 사자 심장을 바라보며 숨이 막혀 질식할 것만 같았다. 그는 성공한 외과의사일지는 모르지만, 너무도 잔혹한 인간이었다. 아니, 사실 그가 처음부터 이리 심장이 없는 사람은 아니라는 걸 설후는 알고 있었다.

어린 시절, 아직 어머니가 살아 계셨을 때, 그때만 해도 장혁은 다정한 남편이었고 좋은 아버지였던 것으로 설후는 기억했다. 장혁은 가족을 보려고 무리해서 일찍 퇴근해 집에 돌아오곤 했었다. 자신을 기다리고 있었던 아내에게 따스한 미소를 보내고 어머니의 피아노 연주를 듣고 있었던 어린 아들에게는 백화점에서 직접 사온 장난감을 주었었다.

하지만 어머니가 갑자기 돌아가시면서 모든 게 변해 버렸다. 아버지 장혁은 점점 냉혈한이 되어갔고 이제는 자신의 어머니의 심장까지 자기 멋대로 죽였다가 살리겠다 한다.

마치 하나의 죽음이 또 다른 죽음을 부르는 것처럼 보였다. 설후는 이 모든 걸 멈추고 싶었다. 죽은 어머니를 다시 살릴 수는 없다고 해도, 아직 살아 계신 할머니마저 돌아가시게 하고 싶지 않았다.

아버지가 있는 과장실을 나와 할머니가 입원해 있는 병실로 왔다. 할머니의 호흡곤란 증세는 하루하루 심해지고 있었다. 이미 한 번 부정맥이 와서 어렵게 고비를 넘긴 상황이었다. 여기서 또 부정맥이 오기 전에 수술을 받아야만 했다.

"왜 거기 서 있는 거냐?"

호흡곤란으로 탁해진 목소리를 힘겹게 내시면서도 침상에서 한참이나 떨어진 곳에 서서 움직이지 않는 설후를 바라보며 고 여사는 웃으신다. 사람들 틈 군계일학 같은 손자의 모습이 너무 잘나 보고 있기만 해도 웃음이 났다. 고 여사는 대답없는 설후에게 손짓했다. 어서 이리 가까이 오라고. 병에 시달린 손은 뼈만 앙상히 남아 꼭 겨울나무 같았다.

설후는 걸음을 옮겨 할머니가 누워 있는 침상 곁으로 걸어갔다. 4살, 어머니가 돌아가시고 설후는 의과대학에 들어간 지금껏 할머니의 손에 키워졌다. 그러니까 할머니는 그에게 어머니이기도 했다.

"아버지는 할머니 수술 때문에 신이 나셨어요."

빈정거리려 한 말인데, 까끌거리는 목소리는 패자의 울림처럼 꼴사나워져 버렸다.

"나도 신나는구나. 내 아들한테 수술받게 되어서."

할머니까지 그렇게 말하자 설후는 결국 참지 못하고 버럭 화를 내었다.

"아버지가 할머니 죽일 수도 있어요!"

"설후야!"

화내는 설후의 이름을 고 여사는 조용히 불렀다.

"네 아버지는 날 살리려는 거란다. 그리고 우리나라 의학을 더 발전시키려는 거야. 그런데도 네 아버지가 잘못하고 있다고 할 거니?"

의사인 할아버지와 평생을 살았고, 의사인 아들을 키워냈다. 그리고 의사가 되려 하는 손자까지. 고 여사는 단 한 번도 의학 공부를 하지 않았지만, 자신의 일생을 바쳐 보살핀 하얀 가운의 남자들 때문에 저도 모르게 사명을 지게 되어버린 건지도 몰랐다. 아니, 사실 가장 솔직하게 말하자면 사명은 너무 거창하다. 그저 그의 아들을 너무 잘 아는 어머니이기 때문에 결정한 일이었다.

"그러니까 그게 왜 할머니가 되어야 하냔 말이에요! 다른 환자들도 많잖아요!"

이기심이라고 욕해도 상관없었다. 설후는 심장이식수술의 첫 환자 이름에 자신의 할머니 이름이 오르는 걸 원치 않았다. 한국의 의료계가 낙후되든 말든, 그냥 이대로 할머니와 미국만 갔으면 했다. 그래서 검증된 의사에게 할머니 수술받게 해드리고 싶었다.

하지만 명예욕에 미친 아버지는 기어코 할머니를 자신의 수술대에 올리실 것이고, 아들 사랑에 자기 목숨까지 내건 할머니는 순순히 그 실험대에 누워줄 것이었다.

결국은 그렇게 될 거라는 걸 알기에 설후는 지금 이 시간들을 견딜 수가 없었다. 두 눈 뜨고 할머니의 수술을 지켜볼 자신도 없었다. 차라리 이대로 혼자만이라도 도망쳐 버리고 싶었다.

"설후야."

괴로움에 파리해진 얼굴을 한 설후를 안타깝게 부르며 할머니는 손을 뻗었다.

사실은 그녀도 겁이 났다. 죽음이 바로 목전까지 와 있는 것만 같았다. 그의 아들을 믿지만, 그래도 인간사는 모르는 거라는 걸 60년 넘게 살아오면서 그녀는 너무도 잘 알았다. 자신의 남편이 그렇게 일찍 죽을 줄도 몰랐고, 그녀의 아들의 결혼이 그리 끝나 버릴 줄도 몰랐었다. 모든 건 언제나 예측 불허였다.

살 수도 있겠지만, 죽을 수도 있었다.

"네 아버지를 이해해 주렴. 네 아버지한테는 이게 전부라서 그렇단다."

할머니는 무슨 이야기를 하시려는지 힘겹게 말씀을 이어가셨다. 몇 번이고 마른침이 넘어가는 소리가 들리며 할머니의 목울대가 울렁거렸다. 창문 밖 겨울나무가 바람에 휘청이는 소리가 아득하게 들려왔다. 시간이 야금야금 공간에 잡아먹히는 듯 모든 게 조금씩 느려졌다. 바람 소리도, 설후의 호흡도, 고 여사의 말도.

"그래도 만약…… 만약 말이다. 정말 만약에 네 아버지가 어찌할 수 없는 악운이 닥쳐서……."

할머니가 점점 힘들게 말씀하시자 설후는 그만 말하고 쉬시라 말했다. 하지만 고 여사는 계속해서 무언가 말하려 노력했

다. 죽을지도 모른다는 나약한 마음은 고 여사가 지금껏 마음에
숨겨두었던 판도라의 상자의 봉인을 느슨하게 만들었다.

"혹시라도 내가 수술받다 죽게 되면……."

고 여사의 두 눈이 그 어느 때보다 힘없이 흔들리고 있었다.
고 여사가 산 65년 인생이 통째로 흔들리는 듯 불안했다. 자신
이 죽을병에 걸렸다는 걸 알았을 때에도 고 여사는 지금처럼 불
안해하지 않았었다. 설후는 자신이 그녀를 더 불안하게 만들었
다는 걸 깨닫고 할머니의 앙상한 손을 꼭 쥐어 잡았다. 할머니
는 절대 죽지 않을 거라고 말을 하려고 했다.

"네 어머니를 찾아가렴."

4살에 죽은 어머니를 찾아가라는 할머니의 말이 도대체 무슨
뜻인지 알 수가 없어, 설후는 멍한 시선으로 할머니를 쳐다보기
만 하였다. 할머니의 정신이 이상해진 것이든, 자신의 귀가 이
상한 것이든. 15년 전에 죽은 어머니가 다시 살아나는 일은 결
코 기적 따위는 아니었다. 하지만 할머니는 기어코 금기의 마침
표를 찍었다.

"인천에 살고 있다는구나."

모세에 의해 홍해가 갈라졌듯, 할머니의 한마디로 인해 그렇
게 설후의 인생이 갈라져 버렸다.

설후의 어머니는 피아노를 잘 치셨다. 어머니가 설후에게 자
주 쳐주셨던 곡은 브람스의 자장가였다. 어머니의 손길 같은 그

부드러운 곡을 들으면서 잠이 들곤 했었다. 그래서 나중에는 그 곡만 들으면 저절로 잠이 쏟아지기도 했었다. 수면제를 먹은 것처럼.

어머니는 백합을 닮았었다. 거짓없이 말하건대, 설후는 지금껏 그의 어머니만큼 아름다운 여자는 보지 못했었다. 창가에 앉아 계신 어머니를 볼 때마다 사람 꽃이 피어난 것처럼 보였었다. 어머니에게서 나는 그 다정하고 고운 향은 아름다움에서 흘러나오는 것 같았다.

그런데 어머니는 가끔 아무것도 없는 먼 하늘을 바라보시곤 했다. 어머니가 아무것도 안 하고 그렇게 한참이나 창밖을 바라보고 있을 때면 어린 설후는 저도 모르게 불안감에 휩싸이곤 했었다. 그러나 어머니는 언제나 아무 일 없는 듯이 돌아보시고는 설후에게 피아노 쳐줄까? 간식 만들어줄까? 라고 물으셨기에 설후는 그것에 대해 깊이 생각해 본 적은 없었다. 너무 많은 걸 생각하기에 그는 너무 어렸으니까. 어머니가 자신의 앞에 있는 걸로 충분한 나이였다.

아버지는 옆에서 보기 유별나다고 생각할 정도로 어머니를 챙겼다. 집에 들어오면 언제나 가장 먼저 찾는 사람이 아들인 설후가 아니라, 어머니인 가은이었다. 하루 정도는 그의 친어머니나 그의 어린 아들이 더 궁금할 만도 하건만 장혁의 말은 언제나 똑같았다. 가은은? 이라 물으며 어머니 가은을 가장 먼저 찾았다. 아버지의 세상은 마치 가은을 중심으로 돌아가고 있는 듯했다. 가은이 챙겨주는 옷만 입고, 가은이 만들어주는 음식만 먹고, 가은이 눈에 보이지 않으면 여지없이 그녀를 찾았다.

어머니는 아름다운 분이셨다. 피아노를 듣기 좋게 치실 줄 아는 분이셨고, 가족을 위해 요리하는 걸 행복해하시는 분이셨고, 유일하게 아버지의 사랑을 받았던 분이셨다.

그리고 가끔 먼 곳을 보는 분이셨다. 금방이라도 떠나 버릴 사람처럼.

어머니가 죽었다는 말을 들은 날을 설후는 15년이 지난 지금도 또렷이 기억하고 있었다. 비가 엄청나게 내리던 날이었다. 폭풍이 온다고 밖에 절대 나가면 안 된다 어머니가 당부를 하셨었다. 알았니? 라고 물으셔서 어머니에게 알았다, 대답했더니 어머니가 웃으셨다. 금방 물에 젖어 사라져 버릴 것 같은 그림자 같은 미소였었다.

"엄마가 설후 얼마나 많이 사랑하는지 알지?"

잠이 들기 전 마지막으로 들은 어머니의 말에 설후는 웃었었다. 사랑이라는 말이 무엇인지도 잘 모르면서도 사랑이라 발음할 때의 그 기분 좋은 울림이 좋았었다. 다정한 어머니의 손길에 잠이 들었던 설후가 잠에서 깬 건 아버지가 어머니를 부르는 목소리 때문이었다.

"가은아!"

그 부름은 빗소리보다 더 세찼다. 그 부름이야말로 폭풍이었다.

설후는 침대에서 일어나 창가로 걸어가 까치발을 들고 밖을 내다봤었다. 비를 맞으며 밖을 뛰어나가는 아버지의 뒷모습이 보였다. 빗속을 뛰어가는 아버지의 뒷모습을 보며 어린 설후는 걱정을 했었다. 우산을 쓰지 않으면 감기가 들 거라고.

"가은아."

라고 어머니를 부르는 아버지의 목소리가 또 들려왔다. 비 때문인지 모르지만, 그 목소리는 꼭 울고 있는 듯했었다.

그리고 다음날 아침 설후는 아버지에게 그 말을 들었다.

어머니가 죽었다는 말.

그 말을 하던 아버지의 표정이 너무도 무서워 그 말이 무슨 뜻인지 물을 수가 없었다. 죽었다는 말이 평생 어머니를 볼 수 없다는 말이라는 걸 안 건 좀 더 나이가 든 후였다.

19살의 설후는 멍하니 거실에 걸린 가족사진을 바라보았다. 집에 유일하게 남은 어머니의 사진이었다. 사진 속 어머니는 지금 설후의 모습과 비슷해 보일 정도로 젊으시다. 설후의 기억 속 어머니의 모습은 저 사진에서 멈추어 버리고 말았다. 자물쇠가 채워져 버린 것이다.

사실 찾아갈 어머니의 묘조차 없는 걸로 짐작하고 있었는지도 모른다. 그러면서도 애써 외면한 건 자신이 어머니에게 버림받았다는 걸 인정하고 싶지 않아서였을지도.

어머니가 살아 있다는 말은 그가 어머니에게 버림받았다는 말이었다. 어머니가 인천에 살고 있다는 말은 아버지 역시 어머니에게 버림받았다는 말이었다.

……차라리 죽은 사람인 게 나았다.

이장혁의 심장이식수술은 완벽했다.

그의 어머니는 20년은 건강하게 뛰어줄 새로운 심장을 얻었고, 그는 불멸할 것 같은 명예를 얻었다. 한국대병원에서는 이번 심장이식수술을 기사화하고 싶어하는 기자들을 위해 공식 기자회견을 열었다. 이장혁은 기자회견장의 정중앙에 앉아 수많은 질문과 수많은 찬사를 받았다. 펑펑. 플래시가 터지는 소리는 꼭 폭죽이 터지는 소리 같았고, 그 광채의 중심에 앉아 있는 장혁은 정말 신(神) 같아 보였다.

"자신의 어머니를 직접 수술하는 게 겁이 나지는 않으셨나요?"

한 기자가 물었다. 그건 모두가 궁금해하는 질문이기도 했다. 이 수술은 어쩌면 천륜에 도전하는 수술이기도 했다. 심장이식수술이란 그 사람을 한 번은 죽여야 하는 것이니까. 이장혁은 그의 어머니를 자신의 손으로 죽이고, 다시 자신의 손으로 살린 것이었다.

그 질문에 대해 장혁은 날 선 턱을 꼿꼿하게 들고 거침없이 대답했다.

"전 그분의 아들이기 전에 의사입니다. 의사로서 단 1%의 불안이 있었더라도 전 수술을 하지 않았을 것입니다.”

그 대답을 하던 장혁의 시선이 순간 기자회견장 구석으로 향하는 걸 아무도 눈치 채지 못했다. 다른 기자의 질문이 바로 이어졌고, 기자회견장의 분위기는 뜨겁게 달아올라 갔다.

설후는 기자회견장의 구석에서 그런 아버지의 모습을 지켜보고 있었다. 결국 아버지의 확신대로 할머니는 살았다. 하지만 설후의 두 눈은 기쁨보다는 서늘함만이 가득했다. 모든 걸 알아버린 설후의 눈에 비친 아버지의 영광은 껍데기처럼 느껴질 뿐이었다. 이젠 주름이 깊어진 아버지의 얼굴을 보고 있으니, 4살 때 어머니를 찾아 달려가던 아버지의 폭풍 같은 목소리가 여전히 들리는 듯했다. 가은아, 라고 어머니의 이름을 부르던.

설후는 그 목소리에서 도망치기 위해 힘없이 돌아섰다.

중환자실에서는 작은 소란이 일어났다.

“설후는! 설후는 어디 있어!”

수술에서 깨어난 할머니는 죽지 않고 살아났다는 것에 마냥 기뻐할 수만은 없었다. 수술하기 전 자신의 나약함으로 내뱉은 금기의 무게가 그대로 그녀의 건강해진 심장을 짓눌러 왔기 때문이었다. 그건 죽을 줄 알고 한 말이었다. 죽을 수도 있다는 불안감에 해버린 말이었다. 하지만 지금 그녀는 살아났다. 죽음은 더 이상 그녀의 곁에 없었다.

고 여사는 눈을 뜨자마자 계속 설후를 찾아댔으나 아무도 설후를 보지 못했다고 한다.

흥분하는 고 여사를 진정시키느라 간호사들이 진땀을 빼야 했다. 심전도의 혈압과 심박이 불안정하게 날뛰기 시작하자 모두가 극도로 긴장하였다. 밖에는 지금 수술 성공을 축하하며 기자회견이 열렸는데, 이 순간 환자가 잘못된다면 한국대병원은 큰 위기에 처할 것이었다.

"진정하세요! 사모님. 저희가 금방 찾아올게요. 큰 수술받으셨는데, 이렇게 흥분하시면 안 돼요. 큰일 난다고요."

"우리 설후! 설후 찾아와!"

하지만 고 여사는 자신의 눈앞에 설후가 보이기 전까지는 안정할 수 없다는 듯이 늙고 새된 목소리로 외쳤다. 심전도의 불안정한 선이 날카롭게 뛰어올랐다 급하게 떨어져 내렸다. 새 심장이 고함을 지르고 있었다.

위험했다.

"어머니!"

낮고 정확하게 자신을 부르는 이장혁의 목소리가 중환자실에 울려 퍼지자, 요동치던 고 여사의 두 손이 허공에서 그대로 멈추었다. 고 여사의 눈은 크게 떠진 채 그대로 굳어버렸다. 고 여사의 주위에 몰려 있던 의사와 간호사들도 일시에 그 자세 그대로 정지해 버렸다. 못마땅함이 가득한 장혁의 시선이 훑고 지나간 자리에 있는 모든 사람이 굳어버렸다. 공기마저 주눅이 들고 있었다. 한국대병원 흉부외과에서 이장혁의 존재는 절대적이었다. 군주와도 같았다. 그 공간 안에 있는 사람들은 모두 장혁을 중심으로 움직였다.

장혁이 고 여사의 베드 앞으로 걸어가자 그의 뒤를 전문의들과 펠로우들이 따랐다. 장혁은 심전도를 눈으로 확인하고 나서 청진기를 들어 고 여사의 가슴 위에 대고 심박동을 확인해 보며 말했다.

"맹장수술을 한 게 아니라 심장이식수술이었습니다. 흥분하시면 안 좋아요."

결코 질책하는 말투가 아니었으나, 충분히 억압적이었다. 고 여사는 떨리는 눈으로 자신의 아들을 쳐다보았다. 만약 자신이 설후에게 무슨 소리를 한지 안다면 그의 아들은 분명 자신을 용서하지 않을 것이었다. 그 생각에 고 여사는 피가 마르는 듯했다.

"서, 설후가 안 보여서⋯⋯."

변명하듯이 말을 꺼냈다. 불안으로 떨리는 어머니의 눈을 바라보며 장혁은 눈을 가늘게 떴다. 신경에 거슬렸다. 그게 수술 결과 때문이 아님은 지금 건강하게 뛰고 있는 심장 소리가 증명한다.

"걱정 마십시오. 수술은 잘되었으니 언제든 보실 수 있습니다."

그리 말하는 아들의 차가운 두 눈을 보며 고 여사는 자신의 가벼운 입을 질책하고, 살아난 자신의 운명을 한탄했다.

어머니의 상태를 확인하고 나온 장혁은 레지던트 치프에게 설후를 찾아보라 지시를 내리고 자신의 방인 과장실로 향했다. 수술 때문에 한 달 동안 제대로 자지 못했더니 피로가 한꺼번에 몰려오고 있었다. 모두가 미쳤다고 말한 수술은 결국 성공을 했고 대한민국 의료계에서 그의 위치는 절대적이 되었지만 장혁은 성취감보다 먼저 피로감을 느꼈다. 땅으로 꺼질 듯 어깨가 무겁고 두통으로 머리는 깨질 것 같았다. 지금은 단지 사람들이 없는 곳으로 두더지처럼 숨어들고 싶은 마음뿐이었다.

아무나 함부로 들어올 수 없는 방의 문을 열고 들어서던 장혁은 창가에 서 있는 설후를 발견하고 놀라 멈추어 섰다.

"어째서 할머니를 보러 가지 않는 거냐?"

장혁은 자신의 방에 있는 설후를 질책했다. 창밖을 보던 설후가 천천히 고개를 돌렸다. 순간 장혁은 설후의 모습에서 다른 이를 느끼고 숨을 들이켰다. 정말 간혹, 아주 가끔 설후에게서 흘러나오는 떠난 이의 모습은 장혁에게 지옥이었다.

"어머니가 살아 계셨으면 기뻐하셨겠네요."

갑자기 설후의 입에서 흘러나온 가은의 이야기에 장혁의 얼굴이 급속도로 굳어졌다. 가은에 대해서는 더 이상 떠올리고 싶지도 않았다. 그녀는 그를 패배자로 만들었다. 그건 장혁이 감당할 수 없었던 고통이었다. 그의 마음을 스스로 도려내지 않고는 살아갈 수조차 없었다. 그래서 어머니의 심장을 바꾸려는 그를 남들이 괴물이라고 하더라도 장혁은 멈출 수가 없었다. 마음이 도려내진 그에게 남은 건 고동을 멈추지 않는 심장뿐이었으니까.

장혁은 자신의 책상으로 걸어가며 설후에게 등을 보였다.

"쓸데없는 소리 말고 할머니한테나 가봐."

설후는 움직이지 않고 아버지의 등을 바라보았다. 이 자리에서 따질 수도 있었다. 어째서 살아 있는 어머니를 죽었다고 거짓말하고 15년 동안 그에게서 어머니라는 존재를 빼앗아간 거냐고. 그럼 분명 아버지는 단번에 괴물이 되어 그조차 물어뜯으려 할 것이다.

어릴 적 어머니의 부재를 견디지 못하고 눈물을 보이며 어머니를 찾던 설후를 가차없이 때렸던 아버지였다. 처음이었다. 아버지에게 맞은 건. 그리고 그 뒤로도 아버지는 설후가 어머니를 찾을 때마다 매를 들었다. 그럴 때의 아버지는 의사도 아버지도 아니었다. 그저 상처에 망가진 남자일 뿐이었었다. 그렇게 가학적으로 설후는 어머니를 잊어가야 했다. 설후가 더 이상 어머니를 찾지 않게 된 건 9살 때부터였고 그때부터 아버지에게 맞는 일도 없어졌다.

아버지에게 어머니에 대해 묻는 건 무의미하다는 생각이 들었다. 모든 걸 확인하고 싶다면 자신의 발로 직접 어머니를 찾아가는 길밖에는 없었다.

그런데 그녀가 여전히 그의 어머니일지 설후는 자신이 없었다. 어쩌면 아버지의 말대로 진정한 의미의 어머니는 설후가 4살 때 이미 죽었는지도 모른다.

"설후야."

그렇게 애타게 찾던 손자가 중환자실에 모습을 드러내자마자 고 여사는 오열을 토했다. 다시 살아서 손자의 얼굴을 볼 수 있게 된 게 기쁘고, 자신이 수술을 받기 전 손자에게 털어놓은 비밀 때문에 속이 타 들어갔다.

침대 곁으로 걸어온 설후는 담담했다. 마치 아무 말도 들은 적이 없는 것처럼. 그 말을 듣기 전의 설후인 것처럼.

"다행이에요. 수술 잘되어서."

그건 진심이었다. 설후는 어떤 상황이던 할머니가 돌아가시는 걸 원하지 않았다.

"설후야, 할미가 한 말은 단지…… 그러니까…… 그 말을 한 건…… ."

고 여사는 쉽게 말을 잇지 못했다. 변명을 해야 했다. 다시 살아났으니 설후에게 한 그 말을 어떻게든 도로 숨겨야 했다. 하지만 그 방법을 알 수가 없어 멀쩡해진 심장이 병이 든 것처럼 또 아파왔다. 이미 뱉어낸 말을 어찌 집어넣는단 말인가.

"내가 노망이 나서. 그래서…… ."

살아났다는 기쁨도 누리지 못하고, 오히려 아파서 죽어갈 때보다 더 불행해 보이는 할머니를 내려다보던 설후는 차분하게 말했다.

"못 들은 걸로 할게요."

흔들리는 고 여사의 두 눈이 설후를 간절하게 쳐다보았다. 그렇게 가식으로라도 모든 걸 유지할 수 있다면 그랬으면 하는 덧없는 소망이 할머니의 눈에 가득한 걸 읽고 설후는 자신이 해야 할 말을 분명하게 했다.

"저한테는 아버지와 할머니뿐이에요."

고 여사는 그제야 휴식 같은 잠을 청할 수 있었다. 설후는 할머니가 잠이 드실 때까지 그 옆을 지켰다. 그리고 할머니가 잠이 드시자마자 병원을 나왔다.

택시를 탔다. 어디까지 갈 거냐 묻는 택시기사에게 담담히 말했다.

인천이라고.

그 순간에는 창밖으로 첫눈이 내리는 것도 인식하지 못하고 있었다.

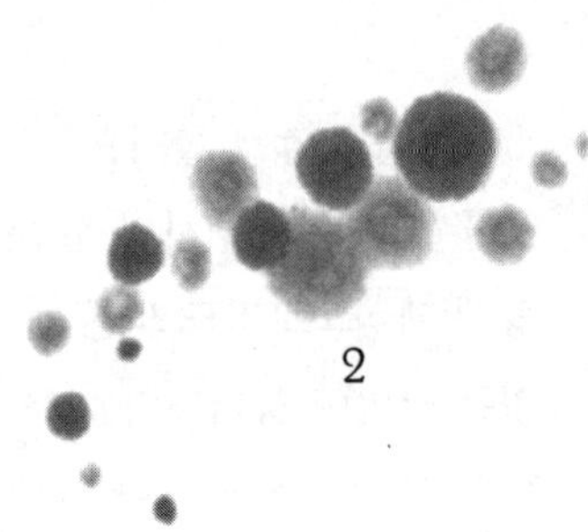

2

　이수는 중학교 2학년이었다. 아직은 세상 돌아가는 일보다 옆자리 짝꿍과의 다툼이 더 마음이 아픈 나이였다. 누군가를 사랑하게 되는 일보다 텔레비전 속 연예인의 스캔들이 더 관심이 가는 나이이기도 했다. 순수했으며, 그만큼 서툴기도 한 나이였다.

　감색 교복을 입은 어린 무리들이 중학교 정문을 쏟아져 나오는 시간이었다. 재잘재잘, 무슨 이야기들이 그리 많은지 시장바닥보다 더 시끄러운 소음이 운동장에서 정문까지 이어진다. 어린 객기로 달리기를 하는 남자아이들 때문에 하굣길은 더 소란스럽다.

"이수야! 떡볶이 먹고 가자!"

자신의 친절한 자가용을 타고 정문으로 쌩쌩 달려가는 이수에게 반 친구들이 외쳤다. 이수는 페달을 밟는 발을 멈추지 않고 고개만 돌려 외쳤다.

"미안! 내일 보자!"

그대로 가버리는 이수를 보며 친구들은 어쩔 수 없다는 표정을 지었다.

"쟤는 도대체 뭐가 저리 바쁜 거지? 학원도 안 다니잖아."

"아! 상관하지 말고 갑시다! 할매집 자리 찬다!"

"야! 뛰지 마! 같이 가!"

친구들의 재잘거림, 웃음소리, 뜀박질 소리, 그 모든 걸 뒤로한 채 이수는 집 근처 언덕 위 초록지붕 집을 향해 열심히 자전거의 페달을 밟았다.

초록지붕 집은 꼭 어린아이가 스케치북에 마음 내키는 대로 그려낸 듯한 느낌을 주는 집이었다. 돌담으로 벽을 쌓은 마을의 다른 집과 달리 하얀 페인트가 칠해진 나무 울타리로 둘러싸여 있었는데 여름이 되면 그 울타리 안에는 태양을 닮은 샛노란 해바라기들이 만개하여 장관을 이루었다.

집을 둘러싸고 있는 하얀 울타리를 따라 자전거를 타고 가보면 집 앞에는 붉은색 가로등 두 개가 대문 앞을 지키고 있었다. 이수는 언제나처럼 대문 앞에 자전거를 세우고 자물쇠 줄을 우편물함의 기둥에 채웠다. 우편물을 위해 마련된 하얀 우체통은

넝쿨식물의 보금자리가 된 지 오래였다. 그리고 덤으로 이수의 자전거 보관대 노릇도.

허리까지 오는 나무 대문을 열고 들어섰다. 하얀 대문은 항상 열려 있었다. 만들 때부터 자물쇠 기능이 아예 없는 걸 보면 이 대문을 만든 사람은 미적 감각은 뛰어날지 모르지만 방범에 대한 지식은 지극히 희박한 사람이 분명했다. 그래서 이수는 대문에 무식한 자물쇠를 채워 넣는 대신 십자가 목걸이를 걸어놓았다. 집주인도 그걸 꽤 마음에 들어했다.

주의 보살핌이 언제나 이 귀여운 난쟁이 대문과 함께하길.

그 대문을 열고 들어서면 집주인이 정성스럽게 사랑을 주었을 동화 속 화원이 나왔다.

대문 바로 옆에는 목련나무가 있었는데 봄이 되면 눈꽃과도 같은 하얀 목련꽃이 눈이 어지러울 정도로 피어났다. 그리고 목련나무 옆에는 난쟁이 대문을 만든 사람이 만든 게 분명한 아름다운 그네의자가 있었다. 목련나무 옆에 있는 하얀 의자였기에, 이수는 그 그네의자를 목련의자라 불렀다. 분명 누군가를 위해 만들어진 의자이건만 이수는 그 의자에 누군가 앉아 있는 걸 본 적이 한 번도 없었다. 주인도 앉지 않는 의자에 자신이 앉는 것도 뭐해서 이수 역시 그 목련의자에 앉은 적이 없었다. 가끔 먹이 찾으러 돌아다니는 도둑고양이들이 그 의자 위에서 낮잠을 자곤 했다.

삭풍이 부는 겨울이었지만, 사철나무의 푸름은 여전히 초록지붕의 위까지 뻗어 그 위용을 지키고 있었다. 현관까지 이어진 자갈길의 가장자리에는 사람의 손길로 오색이 칠해진 화분들이 즐비하게 놓여져 있었다. 안타깝게도 겨울이라 아름다운 꽃은 모두 지고, 앉은뱅이 화분들 위로는 차가운 겨울바람만 불고 있었다. 겨울이 시작되고 화원은 잠을 자는 듯했다. 따스한 봄을 기다리며.

이수는 자갈길을 따라 현관문이 있는 곳까지 걸어갔다. 웃는 자갈, 자는 자갈, 화내는 자갈, 우는 자갈, 하품하는 자갈, 고뇌하는 자갈……. 발아래에서 자갈들의 수다 소리가 들려오는 듯했다.

현관문을 열고 들어서자 고소하고 행복한 냄새가 진동을 했다.

"왔니? 머핀 만들었는데, 먹을래?"

부엌에 있던 집주인 아줌마가 고개를 내밀며 반갑게 반겨주셨다. 사실 아줌마라고 하기 너무 미안할 정도로 미인이셨다.

"네, 선생님."

미인이라서 선생님이라 부르는 게 아니라, 이수는 초록지붕 집 주인아줌마에게 피아노를 배우고 있었다.

이수는 가방을 벗어서 퀼트 천으로 꾸며진 소파 위에 내려놓았다. 퀼트 천에는 노란 해바라기가 아니라 붉은 해바라기가 패턴처럼 들어가 있었다. 노란 해바라기, 붉은 해바라기, 초록지붕 집에는 유난히 해바라기가 많았다. 가은이 거실과 바로 붙은 부엌에서 막 구운 머핀을 꺼내오는 동안 이수는 거실의 가장 좋은 자리를 차지하고 있는 검은색 그랜드피아노 앞으로 걸어갔다. 이 집에서 이수가 가장 부러워하는 것이었다. 아마도 어린 여자애라면 누구나 피아노에 대한 로망이 있을 것이다. 이수도 그랬다. 초등학교 때부터 피아노를 너무 배우고 싶어했지만, 집안 사정이 여의치 않았었다. 피아노 학원도 갈 수 없는 사정이었기에 피아노를 가진다는 건 꿈도 꾸지 못했었다. 이수네 과일 가게에 자주 과일을 사러 오던 가은이 그런 이수의 사정을 알고 먼저 손을 뻗어주었었다. 자신의 집에 피아노가 있으니까, 치고 싶으면 와서 치라고.

그저 피아노가 치고 싶어서 무작정 발걸음한 집이었다. 그게 벌써 3년 전이었다.

"모차르트 소나타?"

이수가 고른 악보를 보며 가은은 고개를 끄덕였다.

모차르트 피아노 소나타 16번 다장조 K.545 1악장이었다. 소나타 앨범에도 수록되어 있어 피아노를 배우는 사람이 아니더라도 한 번은 들어보았을 곡이었다.

우선 가은이 먼저 이수가 고른 악보를 피아노 악보대에 세우고 피아노 앞에 앉았다. 가은이 치는 것을 들은 뒤 이수가 쳤다. 이수가 치다가 막히면 가은이 몇 마디 조언을 해주는 정도가 전부였다. 특별한 교육법은 없었다. 어차피 피아노 레슨이 아니었

다. 그저 즐기고 싶어 치는 피아노였다. 가은에게도, 이수에게
도.

가은의 연주가 시작되고 이수는 피아노 선반 위에 턱을 괴고
감상에 빠져들었다.

1악장은 마치 물풀의 잎사귀 위로 이슬이 굴러가는 듯 느낌을
주는 곡이었다. 왼손의 섬세한 반주가 난해하며, 재현부에서는
신선한 느낌이다. 처음 선택한 모차르트인데, 꽤 괜찮았다. 아
마 몇 달간은 모차르트만 쳐댈 것 같았다.

이수는 눈을 감고 모차르트의 음악을 깊게 음미했다. 몸 안에
아름다운 음악이 찰랑거렸다. 마치 사랑에 빠진 것처럼.

거실에는 피아노도 있고, 그리고 벽난로도 있었다. 하지만 나
무장작을 구할 수 없어서 지금은 그저 장식용 벽난로가 되어버
렸다. 옛날에 난쟁이 대문을 만든 그분이 살아 계셨을 때에는
정말 나무장작으로 벽난로에서 불을 때었었다고 한다.

벽난로 위에는 사진이 두 장 있었다. 하나는 바로 난쟁이 대
문을 만든 그분이고, 나머지 한 장은 아주 어린 꼬마의 사진이
었다. 많아봐야 겨우 5살 정도 되었을 꼬마인데, 귀여움보다는
반듯함이 더 많은 아이였다. 새까만 머리는 귀밑에서 단정하게
잘려서 방금 이발소에라도 다녀온 듯 한 점 흐트러짐이 없었고,
긴 눈매는 아이답지 않게 진중했다. 옆에서 온 얼굴로 웃고 있
는 난쟁이 대문 아저씨의 사진과 비교되게 꼬마는 너무도 진지
한 표정으로 카메라를 쳐다보고 있었다.

누구냐 물은 이수의 질문에 가은은 '우리 설후'라고 대답했었다. 그 대답을 하는 가은의 두 눈에서 깊은 슬픔이 느껴져서 더 이상 묻지 못했었다. 아마도 난쟁이 대문 아저씨처럼 일찍 죽었나 보구나, 그렇게 짐작만 할 뿐이었다. 왜냐하면 가은은 혼자 살고 있었으니까.

초록지붕 집에서 마음껏 피아노를 치고 집에 돌아오니 어느새 짧은 겨울 해는 지고, 하얀 달이 하늘에 떠 있었다. 어머니가 늦게 다닌다 한소리하셨지만, 야단을 치지는 않으셨다.

이수는 방에 들어가 옷을 갈아입자마자 나와서 어머니의 저녁 식사 준비를 도왔다. 맏딸이었기에 어머니의 일을 도와드리는 건 거의 습관처럼 되어 있었다. 이수와 나이 차이가 많이 나는 둘째 이영과 셋째 이선은 만화영화를 보느라 거실 텔레비전 앞에 딱 붙어 있었다. 옆에 앉아서 신문을 보시던 아버지가 가까이서 보면 눈 나빠진다, 걱정하시는 목소리가 부엌까지 들려왔다.

어머니가 된장국을 끓이고 김치찌개를 끓이는 동안 이수는 냉장고에서 밑반찬을 담아놓은 플라스틱 통들을 꺼내어서 접시에 조금씩 덜어 넣기 시작했다.

만화영화가 끝났는지 텔레비전에서는 뉴스 앵커의 목소리가 들려오고 있었다. 우리나라에서 심장이식수술이 처음으로 성공했다는 말이 텔레비전에서 흘러나왔지만, 그 말에 귀를 기울이는 사람은 이수네 집에서 아무도 없었다.

그날은 첫눈이 내릴지도 모른다는 일기예보가 아침부터 들뜨게 하던 날이었다. 눈이 내릴지도 모른다는 기대 때문인지 별로 좋아하지 않는 감색 교복을 입는 손길이 다른 날과 달리 가벼웠었다. 첫눈은 이유없이 반가웠다.

"와! 눈이다!"

누군가로부터 그 말이 터져 나온 건 오후 영어 수업 시간이었다. 한 사람의 말로 수업은 마비되고 말았다. 선생님조차 행복한 표정을 지으며 창밖의 함박눈을 바라보셨다. 아이들은 모두 창가로 몰려들어 창밖으로 손을 뻗었다. 차가운 눈송이가 작은 손안에서 수줍게 녹아내렸다. 눈은 세상을 모두 덮어버릴 듯 펑펑 내렸다.

"선생님! 나가서 놀아요!"

한 번 시작된 투정은 일파만파로 번졌다. 그건 일명 강아지혁명이었다. 첫눈을 보면 결코 가만히 있지 못하는 강아지들을 닮았다. 그 모습이 마냥 사랑스러우면서도 결코 받아줄 수만은 없는 게 선생님의 입장이었다.

"자! 그만 하고 다들 자리에 앉아! 5초 내로 안 앉으면 숙제 내준다!"

우우우, 아이들의 농성은 선생님이 숙제를 칠판에 쓰는 순간 거짓말처럼 사그라졌다. 아직은 숙제가 세상에서 제일 무서운 나이인 것이다.

학교가 끝난 시간에도 눈은 계속 내리고 있었다. 하지만 눈이 내리는 오늘도 이수가 향한 곳은 피아노가 있는 언덕 위의 집이었다. 이수가 초록지붕 집이 있는 언덕 아래까지 자전거를 타고 왔을 때, 이수의 작은 어깨와 머리에는 눈이 하얗게 쌓여 눈사람이 되어 있었다. 이수는 하얀 입김을 뿜어내며 언덕을 오르기 시작했다. 벙어리장갑을 끼었는데도 손끝이 시렸다. 어머니가 직접 떠준 털실 장갑이라 구멍 사이로 차가운 바람이 스며들고 있었다. 오르막길을 오르는 건 평지를 달리는 것보다 몇 배는 힘이 든 일이었다. 그래서 몸을 세우고 온몸으로 페달을 밟아야 했다. 작은 몸으로 온 힘을 다해 지구의 중력과 싸우며 언덕을 올랐다.

언덕을 거의 올라갔을 때에는 추운 날임에도 온몸에서 열기가 느껴질 정도였다.

집을 조금 남겨둔 거리에서 결국 체력이 다 떨어져 이수는 자전거에서 내려서는 몸을 숙이고 괴로운 숨을 토해냈다. 긴 생머리가 얼굴 아래로 흘러내렸다. 검은 머리카락에 붙어 있던 눈송이들이 차가운 눈물이 되어 떨어져 내렸다. 숨을 내쉴 때마다 하얀 입김이 번져 나왔다. 이수는 그냥 자전거를 끌고 걸어 올라가기 위해 고개를 번쩍 들었다. 차가운 시야에 그 남자가 들어온 건 그 순간이었다. 그녀가 향하는 그 고지 끝에 처음 보는 남자가 우뚝 서 있었다.

검은 머리, 검은 모직코트, 검은 바지, 검은 구두, 검은 눈, 남자는 너무 새까맸다. 그런데도 이상하게 새하얀 눈보다 더 투명하게 느껴졌다. 항상 보아오는 게 사람들인데, 흔하고 흔한 게 남자들인데, 달랐다. 지금껏 보아오던 그 어떤 남자와 비교할 수 없는 남자였다.

이방인.

그를 보고 떠오른 말이었다. 그는 첫눈이 몰고 온 이방인이었다.

아름다운 남자의 서늘한 시선은 초록지붕 집을 향하고 있었다. 이수의 눈이 남자의 시선을 따라 초록지붕 집으로 향했다 다시 남자에게로 돌아왔다. 그 짧지 않은 시간 동안에도 남자는 여전히 그 자리에 서 있기만 할 뿐이었다. 살아 있는 게 맞나 싶을 정도로 남자는 꼼짝도 하지 않았다. 긴 속눈썹이 아래로 감겼다 다시 떠지지 않았다면 가까이 다가가서 한 번 찔러보았을 것이었다.

"저기, 무슨 일로 오셨어요?"

이수의 조심스런 물음에 그제야 남자는 움직였다. 고개가 조금 움직이더니 초록지붕 집을 보고 있던 시선이 이수를 향했다.

낯선 남자와 시선이 마주친 이수는 꼼짝도 할 수가 없었다. 먹으로 그려놓은 듯한 기품있는 검은 눈동자에 속수무책으로 빨려 들어갔다. 살면서 이리 아름다운 눈동자는 처음이었다. 그건 15살 소녀가 도저히 감당할 수 없는 흡입력이었다.

압도당해 버렸다.

남자가 이수를 향해 걸어오기 시작하자 이수의 심장이 크게 덜컹거리기 시작했다. 저기, 목소리는 목 안에서만 맴돌 뿐이었다. 남자가 점점 가까이 올수록 이수는 점점 작아져만 갔다. 벙어리장갑 안의 손에 저도 모르게 힘이 들어갔다. 그런데 남자는 점점 가까이 다가오더니 스치듯 지나쳐 이젠 점점 멀어져 갔다. 남자는 언덕 아래로 다시는 안 올 사람처럼 멈추지 않고 걸어가 버렸다.

멀어지는 남자의 등을 보며 붙잡아야 한다는 마음이 들었지만 차마 모르는 남자를 불러 세울 용기가 어린 이수에게는 없었다. 그저 이유를 알 수 없는 안타까운 마음으로 가버리는 남자의 뒷모습을 끝까지 바라보기만 하였다.

"이수 왔니?"

이수가 초록지붕 집 안으로 들어섰을 때 거실에는 난로가 켜져 따뜻한 기운이 퍼지고 있었고, 가은은 부엌에서 요리를 하고 있었다. 이수는 어깨에 묻은 눈을 탈탈 떨며 아쉬움이 남은 목소리로 가은에게 방금 전 문 앞에서 만난 남자에 대해 말했다.

"선생님 찾아온 사람인 줄 알았는데, 아닌가 봐요. 무슨 일이냐고 물으니까 그냥 가버렸어요."

"그래? 그럼 지나가는 남자였나 보지."

하지만 마을의 끝 언덕 위에 위치한 이 집 앞을 지나간다는 건 거의 불가능했다. 일부러 찾아오지 않는 이상 말이다. 그러나 그 낯선 남자가 신경 쓰이는 건 그보다는 좀 더 다른 이유였다.

"그런데 처음 보는 사람인데 낯설지가 않았어요. 꼭 본 적 있는……."

혼잣말처럼 말하던 이수의 말이 끊겼다. 피아노 앞으로 걸어가던 이수의 발걸음은 벽난로 앞에서 멈추어 있었다. 이수는 벽난로 위에 놓인 아이의 사진을 바라보았다. 문득 사진 속 아이의 길고 또렷한 눈매와 빛을 모두 흡수해 버리는 듯한 새까만 눈동자가 아까 집 앞에서 마주친 남자와 닮았다는 생각이 들었다. 형과 동생이라고 하면 믿을 수 있을 정도로. 하지만 닮지 않았다고 말하면 또 안 닮은 얼굴이기도 했다. 어린아이와 어른이 된 남자의 얼굴을 비교하는 건 거의 불가능했다.

이수는 고개를 돌려 부엌에 있는 가은을 보았다. 가은은 오븐을 열어 다 된 빵을 꺼내고 있었다. 교회에 가지고 가려는지 많은 양을 만들고 있었다.

이수는 풀어놓았던 목도리를 다시 집어 들어 목에 두르며 방금 들어온 문으로 걸어갔다.

"선생님, 저 잠깐 집에 좀 다녀올게요."

가은의 대답을 듣기도 전에 현관을 나와 대문 앞에 세워두었던 자전거로 달려갔다. 자전거에 올라타자마자 얼굴에 부딪혀 오는 눈의 차가움도 느낄 수 없을 정도로 숨차게 아까 전 남자가 내려갔던 언덕길을 빠르게 달려 내려갔다.

생각보다 몸이 먼저 움직이고 있었다.

끼이익.

브레이크를 누르자 자전거는 둔탁한 마찰음을 내며 멈추었다.

남자를 발견한 건 버스 정류장이 있는 사거리였다. 그는 버스 정류장에 설치된 차가운 간이의자에 앉아 길거리를 응시하고 있었다. 그가 내려간 시간을 생각하면 벌써 버스를 타고 떠났을 수도 있었을 텐데 그는 아직 있었다. 아마도 그는 버스를 그냥 보낸 것 같았다. 추위를 피해 바쁘게 움직이는 사람들 속에서, 춤을 추듯 내리는 함박눈 속에서 그만 정지해 있었다. 풍경처럼 정지해 있는 남자의 모습이 꼭 물에 녹아드는 수채물감으로 섬세하게 표현한 그림 같았다.

먼 거리에서 남자를 쳐다보던 이수는 자전거에서 내려 천천히 남자가 있는 곳으로 걸어갔다. 저벅저벅, 다가가는 발걸음이 그 어느 때보다 조심스러웠다. 어쩌면 아닐 수도 있었다. 그저 이수의 착각일지도 몰랐다. 하지만 남자를 향해 걸어가는 이수의 걸음에는 어떤 기대감으로 들떠 있었다. 남자는 주위에 신경 쓰고 있지 않았기에 이수가 그에게 다가가고 있는 것도 모르고 있었다. 자신을 외면하고 다른 곳을 응시하고 있는 눈동자가 두렵기도 하였다. 이수는 마른침을 삼켰다. 눈이 내릴 만큼 추운 날씨인데도 거짓말처럼 추위가 느껴지지 않았다.

남자의 앞까지 걸어온 이수는 벙어리장갑 속 손을 꾹 주먹 쥐었다. 그리고 좋아하는 소년에게 있는 힘을 다해 고백하듯 그를 불러보았다.

"저기, 설후……."

그림처럼 정지해 있던 남자가 놀란 듯 고개를 돌려 이수를 쳐다보았다. 무방비 속에서 갑자기 현실로 끌려 나온 듯한 눈빛이었다.

그는 모든 게 너무 자라 변해 버렸지만, 어릴 때와 변함이 없는 그 진지한 시선으로 자신의 이름을 부른 낯선 소녀를 바라보았다. 혼란스러움에 치켜올라 간 남자의 긴 눈매가 관능적이라 어린 소녀는 저도 모르게 꿀꺽 침을 삼켰다.

첫눈이 내리는 소리가 아득하게 멀어지며, 어른 설후의 모습만이 두 눈에 점점 가득 차오를 때, 이수는 생애 처음으로 자신의 심장 소리를 들었다.

그건 피아노의 음악 소리보다 투박하지만 몸을 가눌 수 없을 정도로 떨리는 소리였다.

초록지붕 집의 현관문을 여는 순간, 당황스럽게도 반가운 목소리로 반겨주어야 할 가은의 목소리가 들려오지 않았다. 아마도 그사이 잠깐 외출을 했나 보다. 먹을 걸 사러 나갔거나, 근처 교회에 갔을 것이었다. 평소였다면 전혀 개의치 않고 피아노를 치겠지만, 오늘은 사정이 달랐다.

"아! 금방 오실 거예요. 소파에 앉으세요. 조금만 기다리면 돼요. 금방 오세요."

이수는 자신이 당황했다는 걸 들키고 싶지 않아 서둘러 설후
에게 설명을 해주었다. 하지만 설후는 듣는 건지, 안 듣는 건지
현관 앞에 선 채 집 안을 눈으로 훑고 있었다. 설후는 단지 거실
의 끝자락에 서 있을 뿐이었지만 그의 존재감으로 인해 초록지
붕 집 거실은 그전에 알고 있던 공간에서 완전히 달라져 버렸
다. 좀 더 낭만적이었다. 그리고 굉장히 어색했다.

이수는 외투와 장갑과 목도리를 한 번에 소파 위에 던져 버리
고, 부엌으로 달려갔다. 무언가 먹을 걸 꺼내서 대접해야 시간
을 벌 수 있을 것 같았다. 가은이 만들어놓은 빵이 식탁 위에 있
었다. 하지만 그걸로는 부족했다. 서둘러 냉장고 문을 열었다.
역시나 가은의 냉장고에는 과일이 있었다. 다행이었다. 냉장고
에서 오렌지를 꺼내며 염탐하듯 슬쩍 거실을 보니, 설후는 피아
노 앞에 서 있었다. 피아노의 건반을 따라 움직이는 손가락이
굉장히 길고 섬세해 저도 모르게 잠시 넋을 잃고 말았다. 설후
가 피아노에서 걸음을 돌리자 이수는 서둘러 오렌지를 잘랐다.
이렇게 정신을 차릴 수 없는 건 처음인 듯했다. 오렌지를 자르
는 건지 손가락을 자르는 건지도 모르겠다.

이수가 서둘러 오렌지를 썰어서 내왔을 때에는 설후는 벽난
로에 놓인 난쟁이 대문 아저씨의 사진을 바라보고 있었다. 얼마
나 열심히 보고 있었는지 이수가 가까이 왔는데도 눈치 채지 못
했다. 눈빛이 금방이라도 부서질 듯 위태로워 이수는 무슨 말이
라도 해야만 한다는 사명감이 들었다.

"여기 앉아서 과일 드시며 기다리세요."

그제야 설후는 고개를 돌려 이수를 보았다. 그는 지쳐 보였다. 그래서 이수는 소파를 가리키며 어서 앉으라고 재촉했다. 설후는 명령에 따르는 사람처럼 천천히 소파에 걸어와 앉았다. 하지만 오렌지에는 손도 대지 않았다. 주스도, 빵도. 아무것도 먹지 않았다. 그냥 인형처럼 앉아만 있었다. 이수는 무슨 말을 해야 할지 난감해 헤매었고, 그는 말을 할 생각이 없는지 입을 꾹 다물고 있었다. 그는 분명 벙어리는 아니었다. 방금 전 버스 정류장에서 어머니와 어떻게 아는 사이냐고, 물었으니까. 하지만 지독히도 말이 없었다.

따뜻한 거실에는 한동안 침묵이 흘렀다. 침묵이라는 게 이다지도 무서운 것이라는 걸 이수는 처음 느꼈다. 무슨 말이라도 해야 한다고 생각했다. 그렇지 않으면 그가 가버릴 것만 같았다. 그게 지금 이수에게는 가장 두려운 일이었다. 그때 이수의 눈에 피아노가 들어왔다. 이수는 서둘러 피아노로 걸어가며 말했다.

"아! 제가 피아노 쳐드릴까요?"

설후는 대답없이 피아노와 이수를 번갈아 보았다. 그 무채색의 시선에 당황하여 이수는 또 횡설수설 떠들기 시작했다.

"제가 요즘 모차르트를 치고 있어요. 좋은 곡이 너무 많은데 연주하는 게 어려워서 좀 헤매고 있기는 한데요. 어렵다고, 틀릴까 봐 두려워하면 피아노를 칠 수 없대요. 선생님이 그러셨어요. 우선은 욕심내지 말고 즐기면서 치라고요. 하지만 제가 선생님 외에 남 앞에서 피아노 치는 게 처음이거든요. 그래서 우선 모차르트는 제외하고요. 아직은 엄청 서툴거든요. 치는 저야 모르지만 듣는 사람은 안 좋을 거예요. 그러니까 제가 하고 싶은 말이 뭐냐 하면은요. 그니까……."

결국 자신의 말이 혀에 걸려 벌렁 넘어진 기분이었다. 끝을 맺을 수가 없었다. 저 시선 때문에 도통 생각이라는 걸 할 수가 없다. 사람을 당황하게 만드는 아주 이상한 눈이었다.

이수는 멋쩍게 웃으며 물었다.

"혹시 좋아하는 곡 있으세요?"

설후는 대답없이 벽에 걸린 고흐의 그림으로 시선을 돌린다. Trattenuto. 지금 설후의 눈빛이 그렇다고 이수는 생각했다. 억제하는 듯, 무언가를 꾹꾹 담아 누르고 있는 듯한 눈은 자꾸만 말을 걸게 만들었다. 그가 조금은 행복한 눈빛을 하길 바랐다. 이수는 그에 대해 아무것도 모르는데 말이다. 만난 지 1시간도 안 된 사람인데, 이수는 설후의 행복을 빌고 있었다.

이수는 피아노 앞에 앉았다.

별이 빛나는 밤에.

도시가 잠들어 있는 밤의 느낌을 잘 살린 빈센트 반 고흐의 대표작이다. 밤하늘에 박혀 금처럼 반짝이는 별빛이 너무도 아름다운 그림이다. 그리고 지금 설후가 보고 있는 그림이기도 했다. 누군가 그 그림을 보고 음악을 만들고 싶었다면, 이수는 설후를 보고 피아노를 연주하고 싶어졌다. 그가 아주 마음에 들어할 그런 연주를 하고 싶었다. 그림과 음악이 만난다면 아주 환상적인 음악이 나올 거 같았다. 그래서 시작한 빈센트의 연주…….

생각보다 쉽지 않았다. 아니, 솔직히 말해서 엉망이었다. 왜 이리 음이 이상하게 빗나가는 것인가 싶었다. 트로트나 가요를 연주할 때는 딱딱 떨어지던 음이건만 이 음악만은 그게 쉽지가 않았다. 이상한 음악이었다. 피아노가 노래를 거부하고 있었다. 결국 열 번째로 음이 틀렸을 때 포기를 하고 손을 떼는데, 내내 그녀를 투명인간 취급하던 설후가 그녀를 빤히 쳐다보고 있었다.

"왜 중간에 그만 해?"

세상에! 거기다 말도 걸어주었다.

"끄, 끝났는데요."

슬며시 거짓말을 했다. 하지만 음악에 관심없는 줄 알았던 그는 예리했다.

"안 끝난 것 같은데."

"끝났어요."

반도 안 치고 포기했다.

"안 끝났잖아."

이수는 서둘러 자리에서 일어나 피아노 의자의 뚜껑을 열고 안에 있는 악보들을 뒤지며 말했다.

“제가 베토벤 쳐드릴게요. 아시죠? 베토벤. 유명하잖아요.”

“아니, 치던 거 마저 쳐.”

막 베토벤의 비창 악보를 꺼내 들던 이수는 설후의 말에 그대로 굳어버렸다. 자로 잰 듯 예의 바르게 앉아 있으면서 뜻밖에도 얄궂다. 자신이 그렇게 틀리는 걸 다 듣고 어째서 모른 체해주지 않는 걸까.

“저기, 그게 악보가 없거든요.”

한 백번은 틀려야 끝이 날 거다.

“그런데 왜 쳤어?”

“그게, 계속 저 그림을 보고 있어서.”

이수의 손가락이 방금까지 설후가 보고 있던 그림에 향했다.

돈 맥클린이라는 팝가수가 고흐의 〈별이 빛나는 밤에〉라는 그림을 보고 감명을 받고 ‘빈센트’라는 음악을 불렀다고 했다. 미술 시간에 미술 선생님이 해준 이야기가 화근이었다.

“좋아하는 그림인가 해서……”

그래서 그림을 화음에 담은 노래도 좋아할 줄 알고…….

“그래서 그냥 연습 삼아 쳐봤어요. 그러니까 이제 정식으로 베토벤을.”

비창 악보를 들며 이제 진정한 연주를 들을 시간이라고 말하는 이수에게 설후는 처음으로 미소 지으며 말했다.

“난 아까 그 음악 듣고 싶어.”

내내 우울한 표정을 짓고 있던 그가 왜 그 순간 그녀에게 웃어준 것인지 이수는 도저히 알 수가 없었다.

가은은 생각보다 늦게 돌아왔다. 교회에 다녀오는 길이었다. 신부님과 자선바자회에 대해 이야기를 나누다 보니 좀 늦어졌다. 이수는 이제 자신이 없어도 혼자 피아노를 칠 수 있기 때문에 이수 걱정은 안 했다. 오는 길에 흠뻑 맞은 눈을 털어내며 집에 들어선 가은은 피아노 앞에 앉아서 연주를 하지 않고 있는 이수를 보며 함박 웃었다.

"왜 연주 안 해? 오늘은 벌써 다 한 거야?"

가은의 질문에 이수는 난감한 듯이 웃으며 손가락으로 소파를 가리켰다.

"그게, 잠들어 버려서……."

그제야 가은의 눈에 소파에 앉아 있는 사람이 들어왔다. 새까만 머리를 폭신한 소파 등받이에 대고 고요한 얼굴로 잠이 든 키가 큰 남자…….

설후.

15년 만에 처음 보는 거지만, 어린 아들이 이제는 안아 들지도 못할 만큼 다 커버렸지만, 가은은 한눈에 자신의 아들을 알아보았다. 자신의 집에서 자고 있는 설후의 존재를 믿을 수가 없어 가은은 더듬거리며 소파 앞으로 걸어왔다.

"어떻게……."

꿈인가? 하지만 꿈속의 설후는 언제나 마지막으로 안아보았던 4살의 어린 모습이었다.

　가은은 현실로 받아들일 수 없는 아들의 존재를 다가가 만져볼 용기조차 나지 않았다. 그저 소파에 앉아 잠이 든 설후를 바라만 보는 가은에게 이수가 조심스럽게 설명을 했다.

　"선생님을 만나러 집 앞까지 찾아왔었어요. 선생님 기다리는 동안 제 피아노 연주를 들려주었는데, 베토벤을 한참 연주하고 돌아보니 자고 있더라고요. 선생님, 제 피아노 연주가 그렇게 졸려요?"

　투정 부리듯 묻는 이수의 질문에 가은은 아무런 대답이 없다. 이수는 아무래도 자신이 이제 퇴장해 주어야 할 시간이란 생각이 들었다. 그래서 소리나지 않게 자신의 가방과 벗어놓았던 외투와 목도리, 장갑을 집어 들었다.

　"오늘은 이만 돌아가 보겠습니다."

　"아! 아. 그래, 잘 가렴."

　겨우 인사를 받아주는 가은에게 웃어준 뒤 문을 나서기 전 마지막으로 소파에 잠든 설후를 쳐다보았다. 비스듬히 보이는 옆얼굴이 꼭 사람이 아니라 조각인 것만 같다. 어쩌면 지금 보는 이 모습이 저 사람을 보는 마지막이 될지도 모른다는 생각이 들었다. 남이 애정을 쏟은 연주를 듣다 잠을 자는 게 너무하기는 했지만, 그래도 나중에 다시 또 볼 수 있었으면 했다. 적어도 이 순간이 마지막은 아니기를 바랐다.

　탁!

문을 열고 초록지붕 집을 나왔다.

"아! 춥다!"

첫눈은 아직도 내리고 있었다. 땅에 쌓인 하얀 눈을 뽀드득 밟으며 자전거를 세워놓은 대문을 향해 걸어갔다. 자전거 안장 위에도 눈이 많이 쌓여 있었다. 이수는 장갑 낀 손으로 자전거의 눈을 털어내었다. 가로등의 오렌지색 불빛을 받아 하얀 눈들이 별처럼 반짝거렸다.

세상에 내린 눈이 이수의 마음에도 내린 듯한 그런 날이었다.

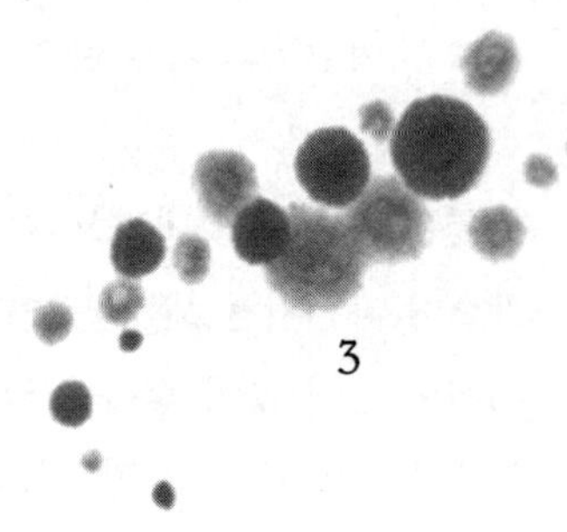

3

별이 총총한 밤
파랑, 회색으로 팔레트를 물들이고

감미로운 팝송이 흘러나오고 있는 레코드 가게에서 아르바이트생은 손님이 없어 잡지를 읽고 있었다. 딸랑, 문이 열리는 소리에 어서 오세요, 라고 반사적으로 고개를 들며 인사하던 아르바이트생은 그대로 굳어버렸다. 문을 열고 들어오는 남자가 말도 안 되게 잘생겨서, 보자마자 숨이 턱 막혀 버리고 말았다. 이게 바로 운명이 아닌 걸까 아르바이트생이 혼자만의 몽상에 빠져 있을 때, 남자가 다가와 지독히도 감미로운 목소리로 말했다.

"지금 나오고 있는 이 음악 좀 주시겠어요."

아르바이트생은 넋이 빠진 얼굴로 무조건 고개를 끄덕였다. 그리고 설후가 요구한 테이프를 찾는 데만 20분이나 소요되었다.

레코드 가게에서 빈센트 음악이 든 테이프를 사고 나온 설후는 난감한 눈으로 테이프를 바라보았다. 사실 살 생각까지는 없었다. 솔직히 인천에서 그 여자애가 피아노로 연주해 준 그 음악과 안 비슷한 것도 같았지만 '빈센트'라는 음악은 이거 하나뿐이라고 하니, 틀리지는 않은 거 같았다.

어머니를 만나러 인천에 다녀온 지 벌써 5개월이나 지났다. 그날 설후가 인천에 가서 알게 된 건, 어머니가 정말 살아 계시다는 것과 어머니에게 아버지가 아닌 다른 남자가 있었다는 것과 피아노를 치는 여자애와 그리고 이 빈센트 음악이었다. 하지만 다시는 만날 일이 없을 것이었다. 이 빈센트 음악만 빼고.

다른 남자 때문에 가족을 버린 어머니를 용서할 만큼 설후는 착하지 못했다. 비록 지금은 그 남자가 죽고 어머니는 다시 혼자가 되셨다고 해도, 그녀는 더 이상 설후의 어머니가 아니었다. 미안하다는 말 한마디와 눈물 한 방울로 용서받을 수 있는 일이 아니었다. 그러기엔 아버지의 아픔과 어머니 없이 살아온 15년의 세월이 너무 컸다. 결국 아버지의 말이 맞았다.

어머니는 그가 4살 때 죽은 것이다. 가족들의 마음속에서.

"이설후, 소개팅하지 않을래?"

설후는 천천히 고개를 들었다. 남자치고 조금은 긴 머리에 서글서글한 인상의 남학생이 설후를 보며 웃고 있었다. 분명 설후와 같은 의대생인 걸로 알고 있다. 얼굴이 익다. 하지만 설후는 이 남학생과 전혀 친하지 않았다. 말도 섞어본 적이 없었다.

그런데 대뜸 보자마자 뭘 하자고?

설후는 이 낯설고 이해 불가능한 존재를 말없이 쳐다보기만 하였다. 왜냐하면 여긴 도서관이었으니까. 말을 하지 않는 게 당연한 곳이었다. 그런데 그는 그걸 모르는지 아까보다 좀 더 큰 목소리로 말해왔다.

"매일 공부만 하면 지겹지도 않아?"

설후는 고개를 내렸다. 그가 매일 공부만 하는 건 그는 아버지처럼 천재가 아니기 때문이었다. 자신의 아들도 자기처럼 한국대 의대에 수석으로 들어가는 걸 당연히 여긴 아버지 때문에 미치도록 공부만 해서 한국대 의대에 들어간 게 설후의 인생 전부였다.

좋아하는 것도, 하고 싶은 것도 없었다. 아니, 그런 걸 만들 시간이 없었다.

"좋아하는 음악 있으세요?"

그 질문을 했던 여자애의 동그란 얼굴이 떠올랐다. 단 한 번

만났을 뿐인데, 기억 속 여자애의 얼굴은 꽤 또렷했다. 신기한 일이었다. 사람 얼굴 기억하는 건 잘 못하는데 말이다.

탁, 갑자기 보고 있던 책에 다른 이의 손이 덮여서 설후는 깜짝 놀랐다. 고개를 드니 소개팅 남학생이 아직도 그 자리에 있었다. 남학생이 눈썹을 삐죽이며 이죽였다.

"너 완전 무시의 달인이다."

설후는 불쾌한 표정을 지었다. 도대체 여학생도 아닌 자신에게 왜 이리 원치도 않는 관심을 가지는 것인가 싶었다.

"적어도 내 이름 정도는 물어봐야 하는 거 아니냐?"

"박해성."

설후가 자신의 이름을 말하자 해성은 도리어 깜짝 놀란다. 설후가 자신의 이름을 알고 있을 거라고는 생각하지 못했던 것이다. 설후는 차가운 눈으로 해성을 보며 말을 이었다.

"유부녀들이 바람을 피우면 너 같은 남자를 고를 거야."

"뭐?"

설후는 보고 있던 책을 들고 해성보다 먼저 자리에서 일어났다. 멀어지는 설후의 등에 대고 해성이 버럭 외쳤다.

"난 유부녀랑 바람핀 적 없거든!"

설후도 괜한 사람한테 화풀이한 거라는 걸 알았다. 하지만 해성이 싱글싱글 웃는 걸 보니 인천 어머니의 집에서 보았던 사진 속의 남자가 생각나 참을 수가 없었다. 정말 징글맞은 족속이다. 웃으면서 다른 이의 마음을 아무렇지도 않게 할퀴어 버린다.

설후네 집 아침 식사는 정확히 아침 7시였다. 시계보다 더 정확한 아버지의 생활 패턴 때문에 지난 16년간 바뀐 적이 없다. 이젠 건강이 회복되신 할머니도 예전처럼 같이 아침 식사를 하셨다. 조용한 아침 식사 자리는 아무것도 변한 건 없는 듯 보였다. 하지만 분명 변했다. 할머니의 심장도, 설후의 마음도.

"오늘 3시에 심장이식수술이 있다. 참관하거라."

아침 식사에서 아버지가 꺼낸 말이었다. 밥을 먹던 설후는 앞에 앉아 있는 아버지를 쳐다보다 고개를 내렸다.

"전 아직 예과생이에요. 수술참관 자격이 없습니다."

대학병원 수술참관은 본과생이 되어야 할 수 있는 것이었다. 그리고 그런 원칙이 아니더라도 별로 보고 싶지 않았다. 사람의 가슴을 가르고 심장을 꺼내는 거, 아직은 그저 책 속의 지식만으로 충분했다.

"내가 허락한다. 그런데 뭐가 문제된다는 거냐?"

하지만 아버지는 역시나 설후의 말을 듣지 않으셨다. 싫다고 직설적으로 말해야 알아듣는 단순한 머리보다는 좀 더 많이 똑똑한 머리를 가지고 계셔서 천재라는 소리를 듣고 살아오셨으면서 말이다. 결국 설후의 뜻 같은 건 상관없으신 것이다.

설후는 고개를 들어 아버지를 쳐다보았다. 설원을 닮은 설후의 조용한 눈빛에 옅게 원망의 빛이 서리지만 장혁은 자신의 앞에 놓인 물컵을 들어 맑은 물을 마시며 당연하다는 듯이 말했다.

"남들과 똑같이 해서는 앞서 갈 수 없어. 그러니 먼저 봐두고, 먼저 익혀!"

아버지의 일방적인 통보는 익숙한 일이었다. 그런데 오늘따라 그게 견딜 수 없이 숨이 막혀왔다. 더 이상 아버지가 설후의 인생을 그의 마음대로 결정하게 내버려 두고 싶지가 않아졌다.

"제가 언제 흉부외과로 간다는 소리를 한 적이 있었나요?"

설후의 질문에 아버지는 불쾌하다는 눈으로, 그리고 할머니는 불안해하는 눈으로 그를 쳐다보았다. 설후는 두 시선을 모두 무시하며 식사 도중 자리에서 일어나 떠나 버렸다.

반항. 그게 설후가 어머니를 만나고 와서 생긴 몹쓸 충동이었다.

유죄는 어머니였고 아버지는 무죄였지만, 버림받은 남자라고 동정하기에 그의 아버지는 너무 완벽했으니까. 그 완벽함을 지켜내고자 자신에게서 어머니를 멋대로 지워 버린 아버지에게 저도 모르게 화가 나고 있었다.

당신이 이제 무얼 말하려 했는지 나는 이해합니다
당신의 광기로 당신이 얼마나 고통받았는지
그리고 얼마나 자유로워지려 노력했는지
사람들은 알지도 못했고 들으려고 하지도 않았지만
아마 그들은 이제는 듣고 있을 거예요

　다른 날보다 조금 더 일찍 집에서 나와 학교로 가는 길, 설후
는 사람이 없어 한적한 버스의 뒷자리에 앉아 빈센트 음악을 카
세트로 들었다. 뜻하지 않게 알게 된 음악은 이상하게 마음의
안정을 주었다. 광기에 빠진 천재 화가를 위로하는 음악은 혼돈
에 빠진 설후를 위로해 주는 것 같았다. 부드러운 선율은 들숨
과 함께 몸 안으로 들어와 푸른 핏줄을 타고 심장 부근까지 흘
러들어 온다. 그럼 혼란에 날뛰던 심장이 잠잠해진다. 천천히,
아주 천천히. 혼란이 죽어간다.
　요즘도 하루에 몇 번씩이나 스스로에게 물어본다.
　나는 어머니를 용서할 수 있느냐, 없느냐. 어머니는 죽은 것
인가, 살아 계신 것인가.
　질문의 끝은 항상 이성과 반대되게 하나의 마음으로 종결되
었다. 설후는 어머니가 그리웠다. 그 따스한 품이, 따스한 목소
리가, 따스한 모든 것이…….
　그건 무언가를 좋아하는 마음이 아니었다. 그저 갓난아기의
울음처럼 본능적인 것이라, 지우기가 힘이 들었다.

　3학년이란 상당히 억압적인 숫자였다. 중학교 3학년이 되면
서 이수는 자신이 체계적인 공부를 하여야 할 시기가 왔다는 걸
깨달았다. 좀 더 자신을 컨트롤할 수 있어야 했다. 그런 마음가
짐을 가지고 우선 가장 처음 한 건 용돈으로 영어 문제지를 산
일이었다. 그건 정말 학생이 할 수 있는 일 중 가장 대단한 일이

었다. 자신의 용돈으로 문제지를 사다니. 용감하고 확고한 신념이 있는 학생만이 할 수 있는 일이라 생각하며 이수는 영어 문제지를 자전거 앞에 달린 바구니에 넣었다.

그리고 초록지붕 집에 가서 피아노 치는 시간도 조율이 필요하다는 생각이 들었다. 피아노는 취미이니까, 학업에 지장을 주면 안 되었다. 일주일에 3일 정도로 날짜를 정하면 어떨까 생각하며 초록지붕 집을 향해 자전거를 몰았다.

끼이익.

길을 가다 키가 크고 검은 옷을 입은 남자를 보면 저도 모르게 멈추어 서서 얼굴을 확인하게 된다. 하지만 겨울에 초록지붕 집을 찾아왔던 그 남자였던 적은 한 번도 없었다. 자신이 착각했다는 걸 알 때마다 작은 실망감이 바늘처럼 몸을 찔러댔었다.

그는 오지 않았다.

첫눈이 왔던 날 가은을 찾아왔던 설후는 겨울이 다 가도록 다시 찾아오지 않았다. 그가 가은과 무슨 이야기를 나누었는지, 또 가은을 만나러 올지 궁금했지만, 이수는 함부로 그에 대한 걸 가은에게 묻지 못했다. 그저 혼자 짐작만 했다. 그리고 특별했던 그의 모습을 조심스럽게 그려보았지만 상상은 현실보다 덜 감동적이었다.

겨울 내내 세상에는 질리도록 눈이 내리고, 세계의 여인 오드리 헵번이 직장암으로 안타까운 죽음을 맞고, 이수는 반 뼘의 키가 크는 신기록을 세우고, 모차르트 소나타 3곡을 마스터했

다. 그리고 가은의 거실에 걸린 '별이 빛나는 밤에'를 볼 때마다
그에 대해 궁금해했다. 이상하게도 그의 어릴 적 사진을 볼 때
보다 그 그림을 볼 때마다 그림을 보던 그의 옆모습이 떠올랐
다. 그림의 밤을 닮아버린 그의 얼굴이. 그럴 때마다 조심스럽
게 '빈센트'를 연습했다. 처음엔 실수투성이였던 곡이 이제는
눈 감고도 칠 수 있는 경지에까지 올랐을 때,

봄이 왔다.

초록지붕 집의 목련나무에 하얀 목련이 만개하고, 돌담 옆에
는 붓꽃이 피고, 노랑주황 메리골드, 산철쭉, 오엽송, 옥잠화가
경쟁하듯 피어났다. 초록지붕 집이 아니더라도 발걸음하는 모
든 길에 사계의 봄이 흘러나오는 듯 세상은 초록에 잠겼다.

개구쟁이 개나리. 요염한 벚꽃, 정숙한 목련, 순진한 클로버.
나른한 햇살.

화창한 날씨였다. 이대로 봄한테 납치당하고 싶을 만큼.

끼이익.

언덕 아래까지 자전거를 타고 온 이수는 급작스럽게 자전거
를 멈추었다. 자신보다 먼저 언덕을 걸어 올라가는 사람이 있었
다. 큰 키에 새카만 머리, 단정한 걸음, 그리고 고급스런 은색
시계를 찬 섬세한 손. 그의 얼굴을 보지 않고도 그가 누군지 이
수의 눈보다 이수의 심장이 먼저 알아보았다.

분명 설후였다. 설후가 맞는 것 같았다. 이번엔 결코 착각이
아니었다.

이수는 그를 따라잡기 위해 자전거 페달에 발을 올리고 힘껏 밟았다. 천천히 걸어 올라가고 있던 그를 언덕 중턱에서 따라잡았다.

"안녕하세요."

이수의 인사에 그의 걸음이 멈추었다. 돌아보는 얼굴은 여전히 조금 차가운 빛이라 세상은 봄인데 그만 여전히 겨울에 머물러 있는 듯했다. 그리고 기억하고 있던 것보다 더 아름답다. 바다색을 닮은 코발트블루 셔츠가 이리 잘 어울리는 사람은 처음이었다.

이수를 알아본 그의 눈이 그녀를 낯설게 쳐다보지 않은 게 좋았다. 아마 그가 자신을 기억하지 못했다면 이수는 굉장히 상처받았을 것이다. 이수는 겨울 내내 그와 닮은 사람만 봐도 걸음을 멈추었었으니까.

그의 시선이 이수의 얼굴에서 좀 더 아래로 내려가 자전거 앞바구니에 놓았던 영어 문제지에 다다랐다. 그 문제지에는 '중3' 이란 글자가 굉장히 크게 적혀 있었다. 그 문제지를 보고 대학생인 그가 느꼈을 거리감을 이수는 미처 읽어내지 못하고 어린애답게 방실방실 웃기만 했다.

"선생님 만나러 오신 거죠?"

평소 그리 수다스러운 편이 아니었는데, 설후의 앞에 서면 저도 모르게 말이 많아지고 만다. 아마도 불안해서 그런가 보다. 자신이 말을 멈추면 그가 그대로 사라져 버릴 것 같은 동화적인 불안감이 있었다. 그는 언제 올지도 모르지만, 언제 떠날지도 모를 이방인이었으니까.

그는 단지 여자애와 말하는 법을 몰랐을 뿐인데 이수는 그가 자신을 귀찮아한다 여기고 마음을 졸이며 그의 눈치를 보았다. 어린 이수의 눈에 이미 어른인 설후는 너무 멀지만 그래도 동경을 멈출 수가 없는 존재였다. 그는 소녀가 도저히 거부할 수 없는 존재감을 뿜어내고 있었다.

아버지가 명령한 수술참관을 어기고 무턱대고 다시 찾아온 인천이었다. 사춘기 때에도 안 부리던 반항은 낯설고 어지러운 것이었다. 그 반항의 끝에 어머니가 있기에 더 그런 것 같았다. 비밀의 화원으로 향하는 발걸음은 무겁기도 하고, 들뜨기도 했다.

"안녕하세요!"

천천히 어머니의 집으로 연결된 언덕을 걸어 올라가던 설후는 옆에서 들려온 봄 향기 물씬 담긴 인사 소리에 고개를 돌렸다. 삐걱거리던 소리가 심하던 노란 자전거, 투명한 얼굴과 울림 깊은 목소리, 시간을 벌기 위해 내놓은 오렌지, 수줍은 피아노, 소녀에 관련된 모든 걸 기억하는데 기억나는 이름이 없었다. 생각해 보니 이름을 물은 적도 이 아이가 가르쳐 준 적도 없었다.

"선생님 만나러 오신 거죠?"

자신과 달리 기분 좋은 일이 있는지 방실방실 웃는 소녀에게 그렇다고 대답해 주려던 설후의 눈에 자전거 앞 바구니에 들어 있는 문제지가 들어왔다. 중3이라는 글자가 아주 크게 찍혀 있는 영어 문제지였다. 교복을 입고 있으니 학생인 건 알았지만 설마 이렇게 어릴 줄은 몰랐다. 중학교 영어 문제지 하나로 바로 옆에 있는 소녀의 존재가 머나먼 행성의 존재처럼 멀게 느껴졌다.

"저도 선생님 집에 가는 길이에요."

목적지는 같으나 중학생인 것이다. 세상에. 누구나 거쳐 가는 중학교 과정이니, 그리 놀랄 일도 아닌 것 같은데 좀 놀라 버렸다. 설후는 다시 앞서 걷기 시작했다. 하지만 이수는 움직이지 않았다.

"그런데 불편하시면 전 그냥 돌아갈게요."

설후는 다시 고개를 돌려 이수를 쳐다보았다. 바로 이런 점 때문에 중학생이라고 짐작을 못한 것 같다. 중학생치고 배려심이 너무 많다. 꼭 다 큰 어른처럼.

설후가 아무 대답 없이 자신을 쳐다보는 게 그래 주었으면 하는 대답이라고 생각한 이수는 자전거의 앞바퀴를 반대 반향으로 돌렸다.

"그럼 선생님 잘 만나고 가세요."

집으로 돌아가기 위해 자전거의 페달을 밟아서 한 바퀴를 돌렸는데, 뒤에서 그가 이수를 부르며 성마르게 뗀 발걸음을 붙잡았다.

"잠깐."

이수가 고개를 돌리자 긴 생머리가 바람을 일으키며 연어처럼 찰랑거렸다. 설후는 고개를 살짝 틀어 호기심을 담은 눈으로 이수를 쳐다보았다. 부서지는 봄 햇살 아래의 흑암색 시선은 은밀하지 않았지만, 소녀를 설레게 하기에는 충분했다.

왜 불렀냐 묻기도 전에 그가 먼저 이수에게 물었다.

"넌 내 이름을 아는데, 난 네 이름을 몰라."

처음이었다.

"이름이 뭐야?"

누군가의 이름이 궁금해 먼저 물은 건…….

설후가 두 번째로 어머니의 집에 들어섰을 때, 가은은 눈물 흘리지도 않았고, 평생 안 볼 것처럼 떠나더니 왜 다시 왔냐고 묻지도 않았고, 자신을 용서한 거냐고 섣불리 안도하지도 않았다. 그저 흙을 만지던 손을 툭툭 털며 한마디만 했다.

"왔니?"

여느 어머니들이 그러듯이, 아니, 그것보다는 좀 더 조심스럽게.

설후는 쉽게 낮은 대문을 열고 어머니가 서 있는 화원 안으로 들어서지 못했다.

아버지에 대한 반항심은 있지만, 그래도 그는 아버지를 사랑했다. 어머니에 대한 그리움은 있지만, 그래도 그는 어머니를 완전히 용서할 수는 없었다. 물에 갇힌 그림자처럼 실체는 있지만 결코 잡을 수 없는 미련에 빠진 듯한 암담한 기분이었다.

“오늘도 집 앞에서 만났어요. 우연히요.”

집 앞까지 와서 후회하는 설후를 대문 안으로 이끈 건 이번에도 이수였다. 먼저 대문을 열고 들어가며 다정하게 가은에게 말을 걸었다. 그건 별로 어려운 일이 아니라는 듯이. 너무도 쉬운 거라는 듯이. 그리고 뒤돌아 여전히 대문 밖에 서 있는 설후를 불렀다.

“안 들어오세요?”

그제야 설후는 대문을 넘어 어머니가 있는 화원으로 걸어 들어왔다.

적어도 죄를 짓는 건 아니라고 자신에게 합리화하며.

스무 살 봄, 그렇게 비밀의 알을 품기 시작했다. 아버지의 눈을 가리고, 할머니의 입을 가리고, 심지어 자신의 마음까지 가린 그 알 속에는 어머니가 있고, 그림을 그려놓은 듯한 초록지붕 집이 있고, 아름다운 피아노가 있고, 초록의 안락이 있고, 새하얀 평온이 있고,

그리고 이수가 있었다.

“늦었구나.”

하루가 다 가버린 시간이 되어서야 집에 돌아온 설후를 맞은 건 할머니였다. 아침에 그리 식사도 하다 말고 나간 설후를 하루 종일 기다리신 것인지 얼굴이 반나절 사이에 많이 상하셨다. 안정을 취해야 할 할머니가 아직도 자지 않고 자신을 기다린 걸

알고 설후는 진심으로 사과했다.

"죄송해요."

"야단치는 거 아니란다. 공부하다 늦는 거잖니. 하지만 집도 조용하니, 가능한 한 밤에는 집에서 하렴. 알았지?"

공부하다 늦은 게 아니기에 사과한 것이었다. 하지만 사실대로 말할 수는 없었다.

"네, 그럴게요."

할머니가 방으로 들어가시는 걸 보고 자신의 방이 있는 2층으로 올라왔다. 방문을 열고 불을 켜자 환하지만 결코 눈부시지는 않은 빛이 쏟아져 내렸다. 설후는 잘 정돈되어 있는 책상으로 걸어가 가방을 풀고 손목에 차고 있는 로렉스 시계를 풀어놓았다. 대학교에 입학하던 날 아버지가 선물로 주었던 것이다. 앞으로는 단 1분 1초도 낭비할 시간이 없을 거라면서 시계를 주셨었다.

똑딱똑딱.

시계는 여전히 1초도 틀리지 않고 부지런히 흘러가고 있었다. 설후는 지금껏 이 시계의 초침으로 시간을 나누며 하루의 계획을 세우고 살았었다. 그에게 시간은 결코 무시해서는 안 되는 것이었고, 절대적인 것이었다.

하지만 인천에서는 달랐다. 집에 돌아올 때까지 시간이 존재하는지도 몰랐었다. 어머니가 만들어주신 요리를 먹고, 이수가 연주하는 피아노를 듣고, 아주 긴 이야기를 하고, 단 한 번도 시계를 들여다보지 않았다. 아버지가 알면 그를 죽일지도 모를 일을 벌이면서도 설후는 죄책감도 없이 행복해 버리고 말았다.

설후는 작게 한숨을 토해냈다. 이제 설후가 있는 곳은 인천이 아니라 서울이었다. 20년 동안의 그의 삶이 있었던 곳. 그의 아버지와 함께 살고 있는 곳.

설후는 책상에 앉아 생리학총론 책을 펼쳐 들었다. 그리고 밤이 깊을 때까지 책에서 눈을 떼지 않았다. 아버지가 집에 돌아오신 건 밤 12시가 넘어서였다.

나의 은사에 대하여 존경과 감사를 드리겠노라.

나의 양심과 위엄으로서 의술을 베풀겠노라.

나의 환자의 건강과 생명을 첫째로 생각하겠노라.

나는 환자가 알려준 모든 내정의 비밀을 지키겠노라.

나의 위업의 고귀한 전통과 명예를 유지하겠노라.

나는 동업자를 형제처럼 생각하겠노라.

나는 인종, 종교, 국적, 정당정파, 또는 사회적 지위 여하를 초월하여 오직 환자에게 대한 나의 의무를 지키겠노라.

나는 인간의 생명을 수태된 때로부터 지상의 것으로 존중히 여기겠노라.

비록 위협을 당할지라도 나의 지식을 인도에 어긋나게 쓰지 않겠노라.

본과 진입식 날이었다. 의사들에겐 성경의 하느님 말씀보다 더 성스러운 히포크라테스의 선서로 진입식이 시작되었다.

"이상의 서약을 나의 자유의사로 나의 명예를 받들어 하노라."

어리면 스물한 살, 많으면 20대 후반, 선서를 하는 사람들의 나이였다. 열정을 담아 온 마음으로 선서를 하고 있지만, 그들에게 생명이란 아직은 손에 잡히지 않는 먼 곳에 있었다. 하지만 이제부터 그 먼 곳을 향해 한 발 한 발 걸어가는 것이었다. 영어나 라틴 어로 된 10만 개의 의학용어를 맹목적으로 외우며, 206개의 뼈가 친형제보다 더 익숙해져 가며, 메스를 들고 전사처럼 혹은 살육자처럼 카데바(해부용 시체)를 해부하며.

설후도 그런 이들과 같은 위치에 있었다. 그가 지금 이 자리에 모인 동기들과 조금 다른 점이라면 단상 위에 앉아 있는 의대 교수진 중 한 명이 그의 아버지라는 것뿐이었다.

의대 교수진이 소개되고 그의 아버지 이름이 호명되었을 때, 동기들의 시선이 설후에게 쏠렸다. 설후는 단 한 번도 자신의 아버지에 대해 이야기를 꺼낸 적이 없는데, 분명 교수 이장혁의 이름 아래 아들 이름이 이설후라는 게 적혀져 있지도 않을 텐데. 모든 사람이 알고 있었다. 그리고 그 시선들은 노골적이었다.

이곳 사람들에게 설후는 단지 이장혁 교수의 아들일 뿐이었다.

주장없이 소란을 피해 기계적으로 살아온 삶의 당연한 결과였다. 이런 게 싫었다면 한국대 의대에 오지 않았으면 될 일이었다. 하지만 설후는 조용한 삶을 위해 아버지와의 타협을 선택했다. 그러니 지금 서 있는 곳이 아버지가 만들어놓은 우리 같다고 해도 견뎌내야 했다.

설후는 쏟아지는 사람들의 바늘 같은 시선을 피해 자신의 구두코를 내려다보았다. 툭, 구두코로 나무 바닥을 찍으며 생각했다.

오늘은 인천에 가야겠다고.

이수네.

어머니의 집을 찾아가던 설후는 낯익은 이름이 박힌 과일가게 앞에서 멈추었다. 거리는 조용했고 어딘가에서 아이들의 웃음소리가 흘러나왔고, 과일의 싱싱한 향기는 상큼했다.

어째서 이걸 이제야 발견한 거지?

신기한 마음으로 과일가게의 허름한 간판을 올려다보았다.

이수, 피아노를 좋아하고, 어머니를 선생님이라 부르고, 어른처럼 굴고, 긴 생머리가 굉장히 잘 어울리고, 올해 고등학생이 된 소녀.

설후가 지금까지 아는 이수의 전부였다. 하지만 하나 더 추가될 듯하다. 과일가게 딸 이수.

"뭐 드릴까?"

설후가 가게 앞에서 서 있기만 하고 들어오지 않자, 가게 안에 앉아 있던 아주머니가 먼저 가게 문을 열고 물어왔다. 동그

란 얼굴에 서글서글한 인상의 아줌마는 아마도 이수의 어머니
인 듯했다. 순간 설후는 당황하여 생각나는 대로 말했다.

"아! 사과 주세요."

이수의 어머니 명자 씨는 검은 봉다리를 하나 꺼내 잡아 사과
가 진열되어 있는 나무 상자 앞으로 걸어가며 설후를 찬찬히 살
폈다. 이 동네 사람이 아닌 건 처음 본 순간 알았다. 태가 곧고,
얼굴은 귀공자이고, 차림은 고급스러운 게, 아무리 봐도 이 작은
동네에는 어울리지 않는 어린 남자였다. 하지만 궁금하다고 해
서 손님에게 쓸데없이 누구 찾아왔냐 물을 정도로 수다스럽지도
주책스럽지도 않았기에 명자 씨는 손님에게 물을 말만 물었다.

"얼마나 드릴까?"

"다 주세요."

"응?"

설후의 말에 명자는 상자 한가득 있는 사과들과 설후의 진지
한 얼굴을 몇 번이나 번갈아 쳐다보아야 했다.

진심인가?

이수가 집에 돌아온 건 설후가 과일가게의 사과를 전부 사간
지 1시간 정도 지나서였다.

"학교 다녀왔습니다."

오늘 이수는 학교에서 곧바로 집으로 돌아왔다. 고등학교에
진학하고 이수는 피아노 치러 가는 날을 조금씩 줄이고 공부에

집중하고 있었다. 누군가 공부하라 강요하기 전에 자신이 먼저 알아서 더욱더 공부에 신경 쓰고 있었다. 그건 아주 공부를 잘해 좋은 대학에 간 누군가의 영향이 조금 있기는 했다.

이수가 가게에 들어섰을 때, 명자 씨는 빈 상자 안에 사과를 채워 넣고 계셨다.

"그래, 왔니."

평이하게 이수의 하교 인사를 받던 명자 씨가 집으로 연결된 가게 뒷문으로 걸어가는 이수를 향해 다시 입을 여셨다.

"참! 네가 피아노 치러 가는 그 집, 젊은 아줌마 한 명 산다 그러지 않았니?"

초록지붕 집에 대해 묻는 명자 씨의 말에 이수는 놀라서 고개를 돌렸다.

"네? 네. 그런데 그건 왜요?"

명자 씨는 쭈그려 앉아 목장갑을 낀 손으로 사과를 정리하시며 지나가는 투로 말씀하셨다.

"아니, 오늘 어떤 젊은 남자가 와서는 그 집으로 사과를 엄청나게 배달시켰잖니. 못 보던 얼굴이라 누군가 해서. 어휴! 엄청 잘생겼더라."

탁탁탁. 쾅!

누군가 급하게 달려나가는 소리에 놀라 명자 씨는 고개를 돌렸다. 방금까지 뒤에 서 있던 이수가 없었다. 명자 씨는 고개를 길게 빼고 길거리 쪽을 살폈다. 언덕길이 연결된 길로 이수가

달려가고 있는 게 보였다. 펄럭이는 주름 치마가 파닥파닥 날갯
짓하는 듯 보였다.

　　이수가 초록지붕 집에 도착했을 때, 설후는 거실의 큰 소파에
누워 잠이 들어 있었다. 그녀가 고등학생이 되어서는 처음 보는
설후였다. 이수는 그에 대한 기다림으로 힘겹게 성장통을 겪고
있는데 그는 여전해 보인다. 이수의 기다림 따위는 모른다는 듯
이 기분 좋게 자고 있는 모습이 야속하기까지 했다.
　　부엌에 있던 가은이 나오면서 다감하게 말을 걸어왔다.
　　"설후가 사과를 다섯 상자씩이나 주문했어. 1년 내내 먹어도
다 못 먹을 거 같지?"
　　이수의 눈은 설후에게서 벗어나지 못했다.
　　"설후는 시험 때문에 못 잤다고 오자마자 쿨쿨이야. 이수는
사과주스 해줄게. 잠깐만 기다려."
　　가은이 부엌으로 사라지고 나서야 이수는 소파 앞으로 걸어
갔다. 설후는 소파가 침대인 것처럼 편하게 소파 팔걸이에 쿠션
을 베고 누워 있었다. 가는 앞 머리카락이 눈썹 아래까지 흘러
내려 와 있었다. 그동안 한번도 머리를 자르지 않은 것 같았다.
설후의 몸에서 병원 소독약 냄새가 흘러나오고 있었다. 주위의
모든 걸 하얗게 표백하는 듯한 향기였다.
　　향기로운 냄새가 아니었지만, 좋은 향기도 아니었지만, 그 냄
새를 맡는 순간 코끝이 찡해졌다. 그 순백의 독향이 바로 눈앞

에 설후가 있다는 증거였으니까.

"설후 오빠, 내가 피아노 연주해 줄게요. 뭐 칠까요?"

자고 있는 설후의 손을 살짝 붙잡고 흔들며 물었다. 스르륵, 깊게 잠들지 않았었는지 길고 풍성한 속눈썹이 자잘하게 떨리더니 살짝 열린다. 이수를 담은 검은 두 눈이 부드럽게 휘자 눈동자 안에 빛이 몰렸다. 설후가 낮은 목소리로 중얼거렸다. 목소리는 벨벳처럼 감겨왔다.

"빈센트."

설후의 손가락이 움직여 이수의 손가락 마디마디 파고들어와 조심스럽게 감싸 안는 촉감이 느껴졌다. 닿은 살결은 크림보다 부드럽고, 느껴지는 온도는 36.5도보다 뜨겁다.

봄의 아름다움을 담은 라일락꽃을 손안에 품었을 때도, 처음 이 손으로 피아노 건반을 눌렀을 때도, 우정을 맹세하는 친구의 손을 붙잡았을 때도, 금방 태어난 어린 동생의 단풍잎 같은 작은 손을 붙잡았을 때에도, 항상 그녀를 위해 고생하시는 고목나무 같은 부모님의 손을 잡았을 때도,

이렇게 눈물겹지는 않았다.

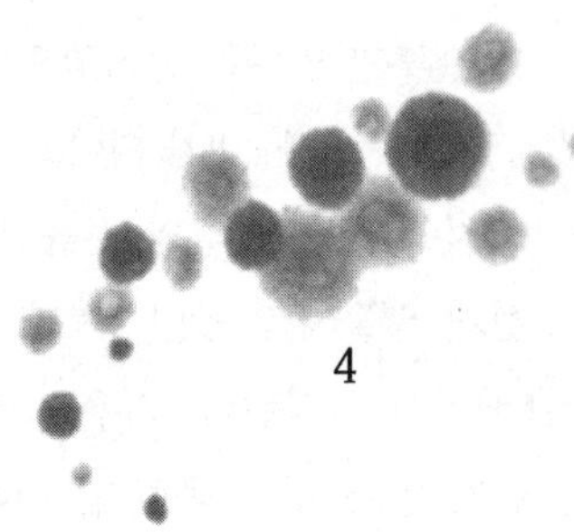

4

　죽음이 가지고 오는 것은 부패였다. 그리고 그 부패를 정지시킨 포르말린의 냄새는 분명 죽음보다 더 독한 향이었다. 차가운 철제 실습대와 날카로운 메스, 그리고 영혼이 없는 카데바, 악몽처럼 따라붙는 포르말린 냄새. 모두가 해부학에 따라붙는 무시무시한 것들이었다. 해부학은 7학점이란 어마어마한 학점을 차지할 만큼 의대생의 가장 상징적인 수업이었지만, 사람의 몸에 칼을 긋고 헤집고 사람의 피부 안을 들여다보는 일은 수업이라기보다는 인간이 인간에게 갖는 두려움을 말소시키는 인내의 과정이었다.

　두 번째 해부 실습에서는 첫 시간에 본 Pectoralis Major(대흉근)를 뺀 나머지 가슴 근육, 앞 가슴벽, 허파를 관찰해야 했다. 조원들이 돌아가면서 한 명씩 집도를 맡게 되는데, 설후가 이번 실습의 집도였다. 도서관에서 소개팅 이야기를 꺼냈던 해성과도 같은 조였지만 다행히도 해부학 실습실 안에서는 소개팅 이야기를 하지 않았다.

피부와 피부 밑조직을 잘라내는 일은 생각보다 어려운 작업이었다. 지방조직이 많지 않은 사람이라 다행이라 생각했다 소름이 돋았다. 그가 칼로 잘라내고 있는 건 사람이 아니라 카데바다. 사람이라 생각하는 순간 설후의 행위는 살인이 되는 것이다. 설후는 다시 마음을 다잡고 지방조직을 단번에 잘라내었다. 메스 끝에 사람의 내부가 닿는 느낌이 섬뜩했다. 하지만 설후는 동요를 드러내지 않으며 사람의 몸 안으로 손을 집어넣었다. 레테의 강에 손을 담근 기분이었다.

우선 ext.,int.,innermost의 세 층으로 구성된 Intercostal Muscle(늑간근)을 찾아 들어갔다. 아직 인체보다 책의 그림에 익숙한 눈에는 동맥, 정맥, 신경이 다 비슷비슷하게 보인다며 조원들이 투덜거렸다. 이번 실습은 Lung(폐) 적출까지 하였다. 다른 조는 적출 도중 폐가 찢어지며 실패를 겪기도 했지만 설후는 한 번에 폐 적출에 성공했다. 해부학 교수가 다가와 돌발적으로 질문을 던졌다.

"오른쪽 폐와 왼쪽 폐 일부가 왜 변색되었다고 생각하나?"

"사인이 췌장암임을 고려해 보았을 때 암의 metastasis(전이)가 일어나지 않았나 생각됩니다.”

막힘없이 대답하는 설후를 보며 교수가 고개를 끄덕인다.

“역시. 아버지를 많이 닮았군.”

그리고 별로 듣고 싶지 않은 말을 마지막으로 하시고는 다른 조로 걸어가셨다. 해성이 설후를 보며 휘익 휘파람을 불었다. 그게 꼭 조롱의 뜻인 것 같아 설후는 더 해성이 싫어졌다.

해부실습이 끝나면 썩지 않도록 포르말린 용액에 푹 담가졌던 카데바의 지독한 냄새가 실습실 밖까지 의대생들을 쫓아 나온다. 그래서 해부실습이 있는 날에는 학생 식당에서 밥을 먹을 수가 없었다. 그 지독한 포르말린 냄새 때문에 다른 사람들한테까지 피해가 가기 때문이었다. 3시간의 해부실습을 끝나고 나오니 허기가 졌지만, 몸에 달라붙은 포르말린 냄새 때문인지 무언가를 먹고 싶은 생각은 없었다.

이럴 때는 기숙사에 사는 아이들이 부럽다. 기숙사로 가서 바로 이 지독한 냄새를 씻어낼 수 있을 테니까.

“어이, 이설후.”

뒤에서 해성이 자신을 부르는 소리가 들렸지만, 설후는 대꾸없이 도서관 앞에 있는 잔디밭으로 가기 위해 간호대학 강의동 앞을 걸어갔다.

“수석! 거기 서! 듣고 있는 거 다 알거든. 나랑 같이 기숙사 좀 가자.”

해성은 계속 설후의 뒤를 쫓아 걸어오며 말을 했다. 지금 온

몸에서 풍기는 탁한 포르말린 냄새보다 더 짜증나는 존재였다.

"준석이 해부학 실습 빠졌잖아. 가봐야 하지 않겠어?"

준석은 설후, 해성과 같은 해부 실습조였다. 첫 시간에 교수가 카데바에 메스를 대어 해부를 하는 순간 기절하더니, 결국은 결석이다. 의대에서 낙오자는 해마다 몇 명씩은 꼭 나오게 되어 있었다. 그리고 올해의 첫 번째 낙오자는 준석이 될 듯싶었다.

"내가 왜?"

냉정한 설후의 물음에 해성이 감정적으로 항의했다.

"왜라니! 친구가 안 보이면 걱정되니까 가서 살피는 거지. 당연한 거 아냐?"

"어차피 의대 떠날 녀석이야. 너나 가서 시간 낭비하며 걱정해."

우뚝, 뒤에서 쫓아오던 해성의 발걸음이 순간 멈추어 섰다. 그리고 싸늘한 해성의 목소리가 설후의 뒤통수를 후려쳤다.

"너 그거 아냐? 포르말린 냄새 너한테 무진장 잘 어울린다는 거."

우뚝, 이번엔 설후도 멈추어 섰다. 그리고 뒤돌아서 화가 난 눈으로 해성을 쏘아보았다.

"네가 나에 대해 뭘 안다고 멋대로 말하는 거야."

"다는 알지 못하겠지. 하지만 지금껏 봐온 이설후는 해부 실습대 위의 카데바랑 다른 점이 보이지 않는다. 그렇게 살면 행복하냐?"

　자신에 대한 해성의 평가에 설후는 울컥했다.

　설후도 사랑을 알았다. 그리움을 느꼈다. 단지 그걸 쏟을 대상이 지금 이곳에 없을 뿐이다. 그래서 설후는 해성을 쏘아보며 자신있게 말했다.

　"적어도 너보다는 행복해."

　라일락 향기가 학교 전체를 휘감으며 봄의 절정으로 치닫고 있었다. 봄의 시작에 멋스러운 양복을 입고 나타났던 설후는 그동안 단 한 번도 오지 않았다. 그랬기에 친구를 많이 사귀라는 설후의 말도 잊고 이수는 공부에 몰두하고 있었다.

　고등학교 와서 첫 시험을 봤다. 시험 기간만은 이수뿐만 아니라 아이들 전부가 긴장하며 하루하루를 보냈다. 교실, 복도, 화장실, 어딜 가든 단어장과 교과서를 든 아이들을 쉽게 볼 수 있었다. 영어 시간이었는데, 생각보다 시험이 쉬워 이수는 가장 빨리 시험지를 제출하고 교실에서 나올 수 있었다. 복도로 나오니 학교는 아무도 없는 것처럼 적요하였다. 신비로운 침묵이었다. 사실은 천 명의 아이들이 만들어내는 순간의 침묵이었으니까. 이제 10분만 있으면 종소리와 함께 아이들은 봉인되었던 입을 열 것이고 그럼 학교는 다시 시끄러운 소음에 빠질 것이었다.

　전쟁 속의 평화 같은 것이었다.

　이수는 창가에서 다음 시험인 사회책을 펼쳐 들었다. 하지만 열심히 하면 할수록 무기력해지고 있었다. 잡을 수 없는 대상을 향해 끝없이 달려가는 기분이었다.

라일락 향기 때문이다. 라일락 향기가 너무 독해 공부에 집중할 수 없는 것이다. 모든 걸 라일락의 탓으로 돌리며 이수는 사회책을 덮었다.

이수는 창문을 열었다. 손만 뻗으면 닿을 곳에 라일락이 흐드러지게 피어 있었다. 새하얀 작은 꽃송이들이 무수히 피어 있는 모습이 눈꽃의 순수함보다는 조금 더 요염하다. 화려한 만큼 향기도 진했다. 어느 여인이 이만큼 사람을 취하게 할 수 있을까 싶었다.

손을 뻗어 꽃 한 송이를 따서 가져왔다. 손안에 놓인 새하얀 꽃송이가 안타까워 보인다. 어찌 그녀의 외로움을 죄없는 자신에게 돌리느냐 탓하는 것만 같았다.

라일락의 꽃말은 첫사랑의 정시, 젊은 날의 추억, 아름다운 맹세.

피식, 자조적으로 웃고 만다. 4월이 시작되는 때, 찾아왔던 설후의 존재는 아득한 꿈만 같다. 언제 올지 알 수도 없고, 찾아갈 수도 없고, 그저 기다려야만 하는 야속한 존재다. 인천과 서울의 거리가 한국과 미국의 거리보다 더 멀게 느껴졌다. 그냥 버스 한 번 타면 갈 수 있는 곳인데, 택시를 타면 더 빨리 올 수도 있는 곳인데.

몇 시간의 만남, 그리고 몇 개월의 기다림.

자신의 의지로 막을 수도 없이 시작된 첫사랑은 기다림이었다. 이수는 언제나 설후가 초록지붕 집으로 찾아오는 날을 기다렸다. 하지만 그는 야속하게도 언제나 기다림에 지쳐서 울고 싶어질 때야 찾아오곤 했다. 기다림이 더 힘든 날은 그가 오히려 밉다. 하지만 그 미움이 내일은 다시 사랑으로 바뀔 걸 안다.

라일락의 꽃말은 첫사랑의 정시, 젊은 날의 추억, 아름다운 맹세.

꺾은 라일락 송이는 사회책 사이에 꽂아놓았다.

오늘은 생식기 실습이 있었다. 실습대 위의 카데바(시체)가 익숙해진 만큼 메스를 들고 카데바를 해부하는 일 역시 점점 거부감이 사라지고 있었다.

그리고 준석이 다시 해부학 수업에 나왔다.

설후는 믿을 수 없다는 눈으로 준석과 해성을 번갈아 쳐다보았다. 설후는 준석이 그대로 의대를 떠날 거라고 생각했다. 그런데 그가 조롱하고 무시했던 해성이 당당히 준석을 다시 해부학 실습실로 데려왔다. 거기다 해성은 준석의 손에 메스까지 쥐어주었다. 그날 준석은 해부학 실습실에 들어와서 처음으로 카데바에 손을 대었다.

"첼로 활을 쥐는 식으로 메스를 잡고, 피부에 대는 각도는 90도로 해서 단번에 잡아당겨. 피부층과 지방층, 근육이 제대로 절단되도록 힘을 고르고 가볍게 주면서."

해성은 준석에게 해부학 수업 첫 시간에 교수에게 들었던 메스 쥐는 법부터 긋는 법까지 상세히 설명했다. 그날 준석은 기절해서 아무것도 못 들었으니까. 준석은 벌벌 떨기는 했지만 그래도 시도를 멈추지는 않았다. 그 옆에서 해성은 잘하고 있다고 칭찬하는 것도 잊지 않았다.

"과연 우리 수석께서도 발기라는 걸 한 적이 있나 궁금하지 않냐?"

준석이 긴장하자 설후까지 끌어들여 저질스런 농담을 던지기도 했다. 다른 때 같았으면 화를 냈겠지만 설후는 조용히 준석이 생식기를 해부하는 걸 지켜보았다. 준석이 집도를 한 그날은 언제나 가장 먼저 실습을 끝내던 설후네 조가 가장 늦게 실습을 끝냈다.

"어떻게 한 거야?"

수업이 끝나고 해부학 실습실을 나오던 길, 설후가 해성을 붙잡고 물었다. 해성은 놀랍다는 눈으로 설후를 쳐다보았다. 항상 자신을 무시하던 설후가 먼저 말을 걸어온 건 처음이었으니까.

"왜 궁금해하는데? 너랑 상관없는 일 아냐?"

"난 상관없는 게 아니라 가망없다 한 거였어."

"너무 쉽게 가망성을 따진 거 아냐? 넌 준석에 대해 잘 알지도 못하잖아."

그건 맞았다. 관심을 가질 이유를 찾지 못했으니까. 설후는 항상 자신보다 위에 있는 사람만 기억했다. 그러니 낙오자가 될

징후가 농후히 보이는 준석에게 관심이 있을 리가 없었다. 그런 설후의 마음을 읽은 듯 해성이 말했다.

"준석이랑 같이 점심 먹을 거야. 너도 갈래?"

설후는 복잡한 표정으로 다시 해성을 보았다. 그의 오지랖이 경박해 보였었다. 그래서 멀리하려 했고, 그의 말을 귀담아듣지 않았었다. 그런데 생각해 보니 그는 다른 사람과 조금 다른 게 있었다. 이 녀석의 첫마디는 '미팅'이었다. 그리고 줄줄이 이어지던 속된 말들. 하지만 그의 입에서 자신의 아버지에 대해 들은 적이 단 한 번도 없다는 걸 설후는 이제야 깨달았다.

"넌 내 아버지가 누군지 알아?"

"웃긴 녀석일세. 밥 한 끼 먹자는데 왜 니 아버지가 나와! 준석도 밥은 자기가 알아서 먹거든."

기분이 썩 좋지는 않지만, 해성이 어떻게 준석을 설득한 것인지 궁금했기에, 두 사람의 점심에 같이 끼기로 했다.

사실 설후는 인천에 가고 싶었다. 매일 공부를 마치고 집에 들어서는 순간마다 인천에 가서 어머니를 만나고, 이수를 만나고 싶다는 충동을 느꼈다. 하지만 설후가 처한 현실이 그럴 수가 없게 만들고 있었다.

의대는 시험과의 전쟁이었다. 중간고사, 기말고사, 쿼터시험, 땡시, 오랄(구술)시험. 시험 기간이 아닐 때도 일주일에 3번 이상 시험을 보기도 하기에 결국 학교 다니는 내내 시험에 시달리며 살아야 하는 것이었다.

해부학 Head&Neck 시험이 있었다. 일명 '땡시'였다. 30초마다 땡땡 종소리가 울린다 해서 붙여진 이름이었다. 종소리에 맞추어 장막으로 가리어진 테이블을 옮겨 다니며 그 위에 놓인 신체구조물의 명칭과 기능을 써내야 했다. 땡, 종이 울릴 때마다 해부학 실습실 밖에서 줄지어 서 있던 의대생들은 한 명씩 출입구 안으로 들어갔다. 아직 밖에서 대기하고 있던 학생들은 마스크와 하얀 가운을 입고 책에 눈을 파묻고 있었다. 바로 몇 초 뒤가 시험이지만, 그 짧은 시간에 하나라도 더 외우려는 처절한 몸부림들이었다.

"으악, 모르겠어."

안에서 해성의 비명 소리가 들려왔다. 아직 순서를 기다리고 있는 의대생들은 웃음을 터뜨린다. 바로 다음 차례였던 설후도 어쩔 수 없는 놈이라고 한숨을 내쉬었다. 또 소리치면 실격이라고 교수님이 엄포를 주자 해성의 비명 소리는 사라졌다.

땡, 종이 울렸다. 설후는 정신을 가다듬고 시험장 안으로 들어갔다. 테이블 위에 놓인 각두기(땡시에 나온 작은 신체 토막을 의대생들이 부르는 말)는 정말 사람의 몸 안에 들어 있었던 게 맞나 싶을 정도로 그저 작은 토막일 뿐이었다. 하지만 의대생들은 그 각두기를 보며 어디에 있는 근육이며, 또 근육 사이를 지나가는 혈관의 명칭까지 써야 하는 경우도 있었다.

설후는 유심히 살펴보았다. Sagittal(얼굴 정면으로 보았을 때

코를 중심으로 자른 단면)로 잘려 있어서 헷갈리기는 했지만 첫 번째 것은 스컬에서 들어낸 자리에서 나온 것 같았다. 설후는 슥슥 답안지에 적었다.

[abducens n.(외전 신경)]

땡, 마지막 자를 적자마자 종이 울렸다. 30초는 생각보다 굉장히 짧았다. 겨우 시간에 맞추어 쓴 설후도 다음 자리로 옮기며 긴장하기 시작했다.

시간에 맞추어 냉정하게 종이 울리는 게 굉장히 긴장되고 신경 쓰이지만 이 땡시에도 깊은 의미가 있었다. 1분 1초가 급박한 위급 상황에서 빠르고 정확한 판단을 내리는 연습을 이 30초 땡시에서부터 훈련시키는 것이었다.

40번의 땡 소리가 들려서야 땡시는 끝이 났다.

"아! 아직도 머릿속에서 땡땡 종소리가 들리는 거 같다."

시험장을 나와서도 해성은 죽는소리를 해대었다. 준석이 설후에게 물었다.

"그런데 15번째 거, semispialis 맞아?"

"splenius capitis(두판상근)야."

"뭐! 진짜? 결이 곧았는데!"

"야! 야! 시험장 나와서 시험 이야기하는 인간들은 죽어야 돼!"

해성이 준석과 설후의 목을 조르며 말을 막았다.

시험 하나가 끝났지만, 금요일 신경해부학 시험이 버티고 있었다. 시험은 시험을 부르고, 그 시험은 또 시험을 불렀다.

"아! 내가 왜 의대를 들어왔을까!"

해성은 한탄을 하며 시험을 저주했다. 자신이 하고 싶은 말을 참지 않고 모두 뱉어내는 그런 해성이 설후는 조금 부럽기도 했다. 그리고 시험도 개의치 않고 동아리로 달려가는 그 자유분방함도.

자신도 해성처럼 그럴 수 있었으면 인천에 어머니와 이수를 만나러 가고 싶은 걸 참지 않겠지만, 설후는 아직 아버지와 맞서 대항할 자신이 없었다. 아니, 어떤 면에서는 아버지가 어머니를 용서하지 못하는 걸 이해했다. 설후가 그럼에도 어머니를 만나러 갈 수 있는 건 설후는 가은의 남편이 아니라 아들이기 때문일 것이다.

금요일 날 신경해부학 시험만 끝나면 꼭 인천에 가야겠다고 생각했다. 어머니와 이수를 만날 생각을 하니 벌써부터 기분이 좋아졌다.

혼자만의 생각에 빠져 웃는 설후를 보던 준석의 얼굴이 붉어진다.

"설후 넌 여자보다 더 예쁜 거 같아."

웃던 설후의 얼굴이 굳어진다. 말이 끝나자마자 얼음처럼 차가워지는 설후의 얼굴을 보고 준석은 소심하게 사과했다. 미안, 예쁘다고 해서.

금요일 오전에 시험이 끝났기에 설후는 점심도 먹지 않고 인천으로 향했다. 선선했던 봄 날씨는 벌써 더워지고 있었다. 여름이 바로 코앞이었다. 설후는 계절이 바뀌어서야 겨우 인천으로 가고 있는 것이었다. 어쩐지 성장기인 이수는 그새 또 컸을 것 같다. 처음 만났을 때는 앳된 소녀티가 나던 중학생이었는데, 고등학생이 된 이수는 몰라보게 성숙해졌다.

이수도 곧 대학생이 되겠지.

어쩐지 그 생각만으로 마음 한쪽이 뻐근하다. 조금은 두렵기도 하다. 그때가 되면 인천에 와도 이수를 볼 수 없게 되는 것인가 싶어서.

인천에 도착한 설후는 습관처럼 이수네 과일가게에 들렀다. 벌써 수박이 나와 있었다. 여름이 오고 있다는 달콤한 신호였다.

"아이고! 잘생긴 총각! 또 왔네. 오늘은 뭐 줄까?"

이수 어머니는 설후를 잊지 않고 알아보셨다. 올 때마다 무턱대고 많이 사가니 그럴지도 몰랐다. 설후는 올해 들어, 아니, 태어나서 처음으로 수박을 샀다. 사람 머리통만 한 수박이 꽤 무서웠다. 수박을 두 팔로 안고 어머니의 집으로 연결되는 언덕을 올랐다. 그런데 설후보다 먼저 언덕을 오르는 사람이 있었다. 처음엔 자전거를 타지 않아서 알아보지 못했다. 교복도 봄에 보았던 것과 달라져 있었다. 벌써 하복을 입은 건지 짧은 반팔 아래 드러난 팔이 연하고 부드러워 보였다. 팔랑팔랑, 하복치마는 그녀가 걸을 때마다 나비 날개처럼 부드럽게 팔락였다. 긴 생머리는 여전히 곱다.

"이수야!"

설후의 부름에 앞서 걷던 소녀의 걸음이 우뚝 멈추어 선다. 그런데 그냥 서 있을 뿐 돌아보지 않는다. 설후는 왜 그러나 싶어 이수의 뒷모습을 주시하였다. 한참 만에야 이수는 천천히 몸을 돌렸다. 커다란 나무의 그늘이 짙게 이수의 얼굴 위로 드리워져 얼굴 표정이 자세히 보이지는 않았지만 금방이라도 울 듯한 얼굴인 거 같았다. 여름의 달콤한 향이 순식간에 지워지는 듯했다. 마음이 쿵, 하고 그가 미처 잡을 새도 없이 떨어져 내렸다.

무슨 일이 있었던 거니, 라고 물으려는데 이수가 설후를 향해 뛰어왔다. 크게 물결을 만드는 머리카락의 움직임이 어지러웠다. 설후가 있는 곳까지 단숨에 달려온 이수는 수박과 함께 설후를 안아버렸다. 소녀의 힘은 그리 세지도 않았는데, 이수에게 안긴 설후는 꼼짝도 할 수가 없었다. 이수는 설후의 가슴에 얼굴을 묻고 한참이나 움직이지 않았다. 설후도 이수가 그를 놓아줄 때까지 조용히 자신을 그녀에게 주었다.

여름이 조금 더 깊어졌다. 얼굴을 붉히며.

한참 만에야 설후에게 떨어진 이수는 평소처럼 환하게 웃었다. 눈가가 붉었지만 더 이상 눈물은 없었다. 그래서 설후는 왜 자신을 안고 운 것이냐 묻지 않았다. 왠지 이수가 그러길 원할 것 같았다. 두 사람은 나란히 언덕을 올랐다.

"우리 가서 화채 해 먹어요."

"그래."

"내가 피아노도 연주해 줄까요?"

"그래, 빈센트."

"만날 빈센트래. 나 다른 것도 잘 쳐요."

"알아."

"그럼 다른 거요? 막 어려운 거 부탁해도 돼요."

"아니, 빈센트."

인천에 오고서야 알게 되었다. 그의 안에도 참 많은 말들이 있었다는 걸. 때론 언어가 마음을 쫓아오지 못하지만 그래도 이수와, 그리고 어머니와 이야기를 할 때면 그도 세상에 온전히 포함된 사람 같다. 그저 아버지의 일부가 아니라, 이설후로 온전해진다.

가은은 잘게 부순 수박에서 씨를 빼고 간 얼음에 사이다를 넣어 화채를 만들어주었다. 보기만 해도 맛깔스러워 보이는 붉은 화채는 이가 시릴 정도로 시원했다. 화채를 먹으며 설후의 학교 이야기를 하고, 이수의 학교 이야기를 하다 보니 시간은 훌쩍 흘러가 버렸다. 인천에서의 시간은 서울에서의 시간보다 몇 배는 빨리 흐르고 있었다. 서글프게도 그랬다.

서울로 돌아가기 전 마지막으로 정원 목련의자에 앉아 이수와 이야기를 나누었다.

"네 손 잡아봐도 돼?"

설후의 부탁에 이수의 얼굴이 붉어졌다. 덩달아 설후도 조금 수줍어져 버렸다. 설후는 이수의 작은 손을 자신의 손으로 감싸 쥐었다. 차가운 카데바에서는 느낄 수 없는 이수의 온기가 그를 안도하게 하였다.

"내가 서울로 오빠 만나러 가도 돼요?"

이수가 어렵게 그 말을 물어왔을 때 설후는 선뜻 대답을 할 수가 없었다. 만약 아버지의 눈에 이수가 띄게 된다면 어쩌면 아버지는 설후가 어머니를 만나러 다닌다는 것을 알게 될지도 몰랐다. 서울의 이설후는 여고생을 사귀고 다니는 게 불가능한 삶을 살고 있었으니까. 인천에서는 가능한 일이 서울에서는 불가능해지는 게 많다. 만약 아버지가 이 모든 걸 알게 된다 면⋯⋯. 그럼 설후는 이번에야말로 영원히 어머니를 잃을 것이 었다.

"⋯⋯안 돼요?"

설후가 대답이 없자 이수는 절망적인 표정을 짓는다. 설후는 이수가 슬픈 것도 싫었다. 자신 때문에 그녀가 아파하는 걸 원 치 않았다.

"그럼 네가 힘들 거야."

이수는 설후의 말을 이해할 수가 없었다. 지금 이수에게 힘든 건 이곳에서 설후를 기다리는 일이었다. 지금 가버리면 언제 또 올지 알 수 없는 설후를 기다리는 시간은 이수에게 이젠 고통이 되었다.

"나 오빠랑 같은 대학 갈 거예요."

설후가 안 된다고 말하면 자신의 의지로라도 그의 곁에 오겠다는 듯 이수는 그만 보고 있었다. 그 어리고 순수한 마음이 벅차다. 과연 자신이 이 마음을 가질 자격이 있을까 싶다. 아버지 몰래 그녀와 어머니를 만나러 오는 자신이 과연……..

"그래, 나도 그랬으면 좋겠다."

소녀와 함께 있는 이 시간이 진정한 자신의 삶인 것 같은 마음. 막연한 느낌이 들었다. 이게 바로 사랑이라는.

사랑이었다. 부정할 수 없는.

본과 3학년이 되면서 설후는 병원 실습을 시작하게 되었다. 주 단위로 실습학과가 바뀌는 PK 생활은 19주 동안 해야 마무리가 되었다. 설후의 실습은 내과부터 시작되었다.

해부학실의 포르말린 냄새는 그대로 병원의 소독약 냄새로 옮겨갔다. 외과의 베타딘, 내과의 페톨 헤파티쿠스 냄새는 꼭 새하얗게 되려고 발악하는 듯한 느낌의 냄새라고 설후는 생각했다. 그 독한 냄새는 병이 나으려고 치료의 아픔도, 병이 주는 고통도 죽도록 참는 환자들과 닮았다.

아버지는 항상 말씀하셨다. 병원 안에서는 감정을 버리라고. 최고의 의료에 감정은 독이 될 수도 있는 것이라고. 하지만 설후는 그럴 수 없었다. 아버지와 똑같이 의사의 길에 들어와 이렇게 병원에 들어선 순간에도 설후의 생각은 같았다.

설후는 어머니의 심장까지 바꾸어놓았던 아버지 같은 의사는
결코 될 수 없을 것이었다.

"학생 선생님."

아직은 학생이었지만 그래도 꼬박 선생님이라고 붙여주는 게
어쩐지 더 쑥스러웠다. 아마도 환자들 때문에 그런 것 같았기에
별말없이 대답했다.

"샘플링(채혈)!"

학생이 처음으로 하게 되는 의료 행위는 대부분 채혈이었다.
설후도 별반 다르지 않았다. 설후가 처음 채혈을 하게 된 환자
는 30대 초반의 여자였는데, 설후가 채혈을 하는 동안 똑바로
설후의 얼굴을 쳐다보지 못하고 붉게 상기되어 있었다. 설후는
그녀보다 한참이나 어린 남자였지만 설후에게서는 나이를 느낄
수 없게끔 하는 어른스러움과 침착함이 배어 있었다.

그래서 그녀는 결코 몰랐을 것이다. 처음 진짜 환자에게 채혈
을 하고 있는 설후가 얼마나 떨었는지 말이다.

간염환자라서 온몸이 퉁퉁 부어 정맥이 잘 보이지가 않았다.
살짝 비치는 가느다란 정맥 줄기를 겨우 발견하고 고무줄을 팔
에 감았다. 설후는 환자에게 주먹을 쥐었다 폈다 해보라고 부탁
했다. 그럼 근육이 수축하며 양팔에 남은 정맥혈을 짜주면 정맥
이 좀 더 부풀어 오른다. 그래도 혈관의 부피를 느낄 수 없자 손
감각에 의존할 수밖에 없었다. 바늘을 환자의 팔에 찌르면서 바

늘 끝이 혈관 벽을 긁는 걸 손끝으로 느끼려 노력했다. 다행히 주사기 끝에 피가 비치면서 첫 번째 채혈에 성공하였다.

하지만 설후는 만족한 표정을 지을 수가 없었다. 겨우 이깟 채혈에 안도한다면서 분명 어딘가에서 아버지의 불호령이 떨어질 것 같았기에.

설후는 어쩔 수 없이 병원 실습 동안에도 주위의 관심을 받게 되었다. 설후가 뛰어나게 잘해서라기보다는 단지 한국대병원 흉부외과 과장의 아들이라는 이유가 제일 컸다. 학교에서도 그게 신경이 쓰였는데, 병원에서는 더 골치 아픈 일이었다. 이장혁의 아들이 얼마나 잘하나 지켜보는 시선들이 집요했기 때문이었다. 그래서 설후는 다른 실습생들보다 배는 긴장을 하고 있어야 했다. 처음 일주일 동안에는 채혈과 드레싱, 폴리(요도를 통해 방광에 넣어 배뇨를 돕는 긴 기관) 꽂는 일밖에 하지 않았는데도 하루 종일 사람들의 시선 때문에 긴장을 했더니, 밤에는 정말 온몸이 뻐근하였다.

어쩐지 이수가 보고 싶어졌다. 아마도 이수는 고3이라 자신의 생각은 할 틈도 없이 공부하기에 바쁠 것이지만 말이다.

정말 그랬다.

이수는 요즘 성적에 목숨을 걸고 있었다. 다른 곳도 아니라 상위 1%가 가는 한국대가 목표였다. 어중간히 해서는 절대로 들어갈 수가 없었다.

“이야! 이수 성적 많이 올랐네. 축하한다.”

모의고사 성적표를 주시며 선생님이 칭찬을 해주셨다. 하지만 성적표를 보는 이수의 눈은 어둡기만 했다. 7%, 아직도 멀었다. 이 성적으로는 한국대에 갈 수가 없었다. 만약 들어간다고 해도 설후와는 고작 1년 같이 다닐 수 있는 것이고, 설후는 병원 실습 때문에 거의 보지도 못할 텐데도, 어쩐지 이젠 한국대에 가는 게 꼭 의무처럼 되어버렸다. 설후를 좋아하는 게 진심이라면 꼭 가야만 했다. 그런 어리석은 의무감에 사로잡혀 있었지만, 공부를 하는 게 나쁜 일은 아니었기에 이수를 말리는 사람은 아무도 없었다.

성적표를 들고 교실을 나오는 이수의 걸음이 무거웠다. 성적표 때문에 기분이 안 좋은 것도 있었지만, 요 근래 제대로 잠을 자지 못했다. 그래도 이수는 바로 도서실로 갈 생각으로 걸어가는데 갑자기 공간이 일그러지며 땅이 사라졌다. 우웅, 날카로운 이명이 들리다 곧 사위가 새카매졌다.

이수가 눈을 뜬 곳은 소독약 냄새와 재즈 선율이 묘한 조화를 이루는 양호실이었다. 이수는 눈을 깜빡이며 천장을 올려다보았다. 자신이 왜 이곳에 있는 것인지 순간 제대로 파악이 되지 않았다.

“아! 일어났네. 괜찮니?”

양호 선생님의 낭랑한 목소리가 들려왔기에 이수는 모로 고개를 틀었다. 의자에 다리를 꼬고 앉은 양호 선생님이 이수를 보며 쯧쯧 혀를 차셨다.

"설마 다이어트하니? 젊은 나이에 왜 현기증으로 쓰러져?"

현기증? 그러고 보니 그랬던 거 같기도 했다.

"제가 여기 얼마나 있었죠?"

"흠! 4시간 정도."

이수는 침대에서 벌떡 일어났다. 여기 이렇게 누워 있을 시간이 없었다. 이수는 침대 아래로 발을 내려 신발을 신으며 양호 선생님에게 말했다.

"저 괜찮으니까 가봐도 되죠?"

"그래, 밥 꼭꼭 챙겨먹고. 잠도 푹 자고. 무리하면 또 쓰러진다."

이수는 양호 선생님의 충고를 듣는 둥 마는 둥 문으로 바삐 걸어갔다. 오늘내로 마무리할 공부 생각으로 머릿속이 복잡했다.

맴맴맴맴.

고작 일주일의 삶이 주어진 게 서러운 것인지 매미들은 시끄럽게도 울어댔다. 윙, 오래된 선풍기에서 나는 소리까지 더해져 이수는 잔뜩 얼굴을 찌푸린 채 수학 문제를 풀고 있었다. 독서실에 간다면 좀 더 나은 환경에서 공부할 수 있지만, 주말이었다. 어쩌면 설후가 인천에 올지도 몰랐다. 그래서 이수는 되도록 주말에는 집에서 공부를 했다. 함수 문제의 답이 자꾸 틀려 손에 힘이 들어가고 있는데 가게 쪽에서 가늘게 사람 목소리가 들려왔다.

"수박 하나 골라주시겠어요."

그 목소리에 이수는 번쩍 고개를 들었다. 이수는 설마라는 생각은 하지도 않고 벌떡 일어나 가게와 연결된 문으로 달려가 조심스럽게 문을 열었다. 수박을 고르느라 허리를 숙인 어머니 앞에 설후가 서 있었다. 문소리를 들은 설후도 고개를 들어 이수가 있는 곳을 보았다.

고개 숙인 어머니를 사이에 두고 이수와 설후의 시선이 마주쳤다. 소리없이 웃는 설후의 미소에 이수의 얼굴이 발그레해졌다. 또 현기증이 올라왔다.

"그런데 청년 자주 보는 거 같네. 이 근처에 사는 사람은 아니지?"

어머니가 수박 하나를 설후에게 안겨주며 물으셨다. 설후는 별말없이 수박 값을 계산하고는 언덕 쪽으로 걸어갔다. 어머니는 더위에 손부채질을 하시며 멀어지는 설후의 뒤태를 눈으로 쫓았다.

"거참! 도대체 어떤 씨를 받아야 저리 신수 훤한 놈을 낳을 수 있는 거야?"

드르륵.

가게 뒤 문이 열리며 이수가 나왔다.

"엄마, 나 선생님 집에서 피아노 좀 치고 올게."

공부한다고 통 안 가다 갑자기 피아노 치러 간다는 이수를 어머니는 이상하다는 눈으로 쳐다보았지만 공부하느라 머리 복잡해서 그런가 보다 하고 선선히 허락하였다.

"가는 길에 수박 하나 가져가. 만날 신세만 지는데 이런 거라도 드려야지."

설후가 사갔으니 필요없다고 말할 수는 없어서 이수는 어머니가 안겨주는 수박을 받아 들고는 서둘러 설후가 간 길을 달려갔다. 이 더운 날 뛰는 이수를 보며 어머니는 자신이 더워 절레절레 고개를 흔드셨다.

그런데 뭔가 좀 이상했다. 어머니는 뭐가 이상한가 골똘히 생각을 해보지만 날씨가 워낙 더워 잘 생각이 나지 않으셨다. 결국 포기하시고 선풍기 앞으로 가셔서 땀이 나는 목 언저리에 바람을 쐬셨다.

설후가 과일을 사고 간 날에는 꼭 이수가 피아노를 치러 간다는 걸 어머니는 아직 눈치 채지 못하고 계셨다.

"설후 오빠."

천천히 걸으며 언덕을 올라가던 설후는 뒤에서 이수가 부르는 소리에 걸음을 멈추고 돌아섰다. 이수가 수박 한 통을 품에 안고 달려오고 있었다. 입고 있는 물빛 원피스가 펄럭였다. 봉긋한 가슴 또한 묘한 흔들림으로 시선을 어지럽혔다.

열아홉의 이수는 소녀인 듯도 했고, 여자인 듯도 했다.

설후는 이수가 안고 있는 수박을 빼앗아 양 손에 한 통씩 들었다. 이수는 팔을 번쩍 들어 설후의 얼굴 앞에 한 뼘의 그늘을 만들어주었다. 이수가 만들어준 그늘 아래에서 설후는 여름보다 더 눈부시게 웃는다. 오늘의 그는 꼭 태양 같아서 이수는 마주하는 것만으로도 힘겨웠다.

맴맴. 매미는 초록지붕 집까지 쫓아와서 울어댔다. 창문 밖의 여름은 사나웠지만, 창문 안 세 사람은 적당히 더위를 즐기며 이야기를 나누었다.

"병원 실습은 끝난 거니?"

어머니의 질문에 소파에 앉아서 화채를 먹던 설후는 고개를 끄덕였다.

"일단은요."

19주의 실습이 끝이 나고 숨 가쁘게 기말고사를 치르니 여름방학이었다. 하지만 의대의 여름방학은 채 한 달이 되지 않았다. 그래도 이게 어디냐 싶다. 학교를 졸업하고 병원에 들어가게 되면 이런 휴식도 사라질 것이었다.

"매일 공부만 했어?"

설후가 이수에게 물었다. 이수는 당연한 질문을 하는 설후를 볼멘 표정으로 쳐다보았다.

"고3이 공부를 하지 그럼 뭘 해요?"

"왜? 초상화 있잖니."

가은의 말에 이수는 놀란 표정을 지으며 손을 내저었다.

"그 말을 왜 지금 하세요!"

가은과 이수가 나누는 대화를 알아들을 수가 없어 설후는 두 사람을 번갈아 쳐다보았다.

"무슨 얘기예요?"

가은이 화려한 여름 수련처럼 웃었다.

"호호, 어떤 이름없는 화가가 이수한테 초상화를 줬단다."

학교에 세워두었던 자전거 앞 바구니에 연필로 이수를 그린 그림이 넣어져 있었다. 그 그림을 가은에게 보여주었던 것이었다.

설후가 눈귀를 좁히며 이수를 쳐다보았다. 조금은 질투가 담긴 눈길이었다.

"누가 준 건데?"

이수는 황급히 고개를 가로저으며 말했다.

"나도 몰라요. 그냥 자전거 바구니에 들어 있었어요."

"남자아이일 게 뻔하잖니. 귀엽기도 하지."

오늘따라 자꾸 하지 말았으면 하는 이야기만 하는 가은을 이수는 원망하는 눈으로 쳐다보았다. 하필 설후 앞에서 그 이야기를 한단 말인가.

설후는 그 초상화에 대해 더 이상 묻지 않았다. 단지 시선을 돌려 녹음으로 가득 찬 창밖을 보며 화채만 먹었다. 설후의 시선이 자신을 비껴가는 것이 속상하여 이수는 울상이 된 얼굴을 화채 그릇으로 가렸다.

딩, 화채를 먹고 이수는 평소처럼 빈센트를 연주해 주었지만,

설후는 듣는 것인지 마는 것인지 눈을 감은 채 미동도 하지 않았다.

"설후 오빠, 자요?"

대답이 없다. 마지막 부분을 남겨두고 이수는 피아노에서 손가락을 떼었다. 피아노 연주가 끊겼는데도 설후는 여전히 눈을 감고 고요하였다. 이수는 피아노 의자에서 일어나 조용히 소파 앞으로 걸어갔다. 편하게 소파 등받이에 몸을 기댄 설후는 손으로 이마를 짚은 채 눈을 감고 있었다. 가장 윗 단추가 풀어진 하얀 셔츠 안으로 깊게 파인 쇄골이 살짝 보이는데 어쩐지 어지러웠다. 이수는 설후의 옆자리에 소리나지 않게 앉았다.

옆에서 보니 감긴 속눈썹은 아찔할 만큼 길었고, 길게 뻗은 콧날은 감각적이었다. 살이 빠져 턱의 선이 도드라져 있었다. 멍하니 설후를 쳐다보던 이수는 저도 모르게 손을 뻗고 있었다. 손가락 끝이 설후의 뺨에 가서 살짝 닿았다. 단지 피부와 피부가 닿았을 뿐인데, 전류가 흐른 듯 온몸이 찌릿했다.

이수는 죄라도 지은 사람처럼 서둘러 손을 내렸다. 잠시 쿵쿵 뛰어대는 심장을 진정시킨 이수는 용기를 내서 천천히 머리를 기울였다. 톡, 설후의 어깨에 머리가 가서 닿았다. 유리창을 통해 보니 설후의 어깨에 머리를 대고 있는 모습이 꼭 연인 같았다. 만족해서 쿡쿡 혼자 웃던 이수도 점점 수면 아래로 내려갔다.

자면 안 되는데, 설후 가기 전에는 자면 안 되는데.

하지만 하루 4시간 이상 잔 적이 없는 체력은 쉬이 버티어내지를 못했다. 편안한 기분은 곧바로 수면으로 이어졌다. 멀어지는 의식 속에서 어쩐지 설후의 시선이 느껴진 듯했지만, 곧 모든 게 까무룩 의식 아래로 잠겨 버렸다.

많이 만들어놓은 화채를 이웃 주민들에게 나누어주고 집으로 돌아온 가은은 소파에서 설후의 어깨에 머리를 기대고 잠이 든 이수를 발견하고는 놀라서 멈추어 섰다.

"이수, 자는 거니?"

멀쩡히 깨어서 이수를 쳐다보고 있는 설후에게 가은이 물었다. 설후는 잠든 이수의 얼굴에서 시선을 떼지 않으며 말했다.

"네, 많이 피곤했나 봐요."

가은은 한숨을 내쉬며 부엌 쪽으로 걸어갔다.

"하긴. 요즘 공부한다고 잠도 제대로 안 자는 거 같더라. 뭐든 무리하면 안 좋은 건데 말이야. 이수가 너무 무리하는 거 같아서 걱정이야. 그만큼 떨어지면 더 충격이 클 테니까."

설후의 손가락이 올라가 이수의 뺨을 조심스럽게 쓸었다. 마치 소중한 걸 만지듯 어루만지는 설후의 행동을 보며 가은은 소리없이 웃음을 짓는다.

그저 작았던 아이일 뿐이었는데, 언제 저렇게 커서 누군가의 남자가 되었나 싶다. 그게 아름다우면서도 슬프다. 가은은 몸을 돌려 등을 보이고는 한숨을 숨겼다.

“어디서 늦은 거냐?”

집으로 들어서던 설후는 할머니가 아니라 아버지가 서 있는 것을 보고 순간 흠칫 놀라 멈추어 섰다. 당연히 병원에 있을 거라 생각한 아버지였다. 그래서 놀람은 더 컸다.

날카로운 장혁의 시선이 심장까지 헤집을 듯 파고들자 설후는 저도 모르게 거짓말을 하고 말았다.

“친구를 만났습니다.”

“친구 누구?”

“그런 것까지 일일이 다 말씀드려야 하는 겁니까?”

반항적으로 나오는 설후를 장혁은 탐탁지 않게 쳐다보았다. 본과에 들어가고부터였다. 설후가 전과 다르게 자신에게 반항적이 된 게. 그게 처음엔 의대생활이 힘들어서인 줄 알았다. 하지만 병원에서 본 설후는 무리없이 병원 생활을 해나가고 있었다.

무언가 다른 이유가 있는 것 같다는 꺼림칙한 짐작이 장혁의 뇌를 압박했으나, 아이큐 160의 천재 장혁도 설마 그게 자신의 입으로 죽었다고 했던 설후의 어머니일 거라고는 생각하지 못하고 있었다.

“방학이라고 해이해져서 돌아다니지 말고, 병원으로 나와.”

장혁은 그 말만을 하고는 방 안으로 들어가 버렸다. 설후는 아버지의 등을 쳐다보다 문이 닫히는 순간 고개를 숙이며 한숨을 내쉬었다.

벌써 4년째였다. 아버지에게 숨기고 어머니를 만난 게.

설후는 고개를 들어 아직도 거실 중앙에 걸려 있는 가족사진을 보았다. 그 안에는 여전히 어머니가 함께 있었다. 그렇게 용서할 수 없었던 거면 왜 저 사진은 그대로 두는 것인가 싶다. 그게 아들인 설후에게 단지 연극을 하고 싶었던 거라면 저 행복해 보이는 가족사진이 너무 처량하다.

설후는 조용히 자신의 방이 있는 2층으로 올라갔다. 완전한 공범자인 그림자만이 조용히 설후의 뒤를 쫓는다.

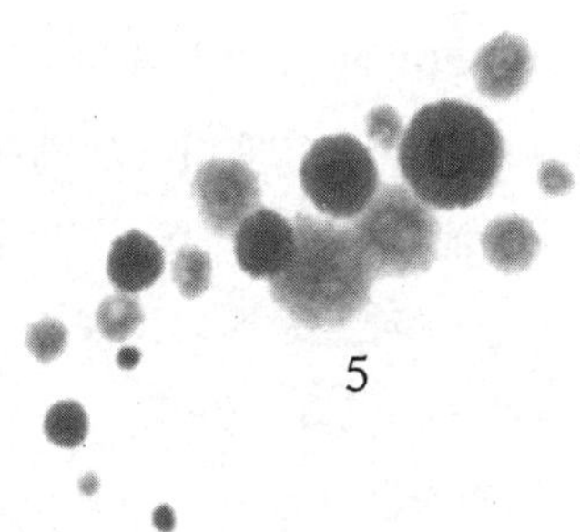

5

이수가 수능을 보는 날은 어김없이 한파가 몰려왔다. 전날 제대로 잠을 자지 못한 이수는 퀭한 눈으로 가족들의 배웅을 받으며 아침 일찍 시험장으로 향했다. 그렇게 열심히 공부했는데도 시험 날은 머릿속이 텅 비는 것 같았다.

이수는 시험장 책상에 앉아 두 손을 모으고 간절히 빌었다.

꼭 한국대에 갈 수 있게 해주세요.

이미 그녀의 마음에 신앙처럼 존재하고 있는 그가 그곳에 있었다. 설후를 만난 이후부터 해를 쫓는 해바라기처럼 계속 그만 보아왔다. 기다림은 목마름이 되고, 목마름은 갈증이 되고, 갈증은 욕심으로 변해 버렸다. 그러니 무슨 일이 있어도 가야 했다. 그곳이 아니면 이수는 자신이 가야 할 길을 찾을 수가 없었다. 해를 욕심내 다가간 해바라기는 태양빛에 타 죽을 운명이라고 해도, 이수는 멈출 수가 없게 되어버렸다.

이수가 수능시험을 보기 시작했을 때, 설후는 교통사고 환자의 수술 방에 있었다.

환자는 소장이 터지고, S자 결장이 찢어져 있었다. 간이나 비장이 파열되지는 않았지만 소장은 거의 1/4을 잘라내야 할 정도로 중상이었다.

피가 철철 넘쳐흐르는 배 안의 터진 내장을 자르고 이어 붙이는 장면은 잔인하기만 하였다. 집도의의 뒤에서 참관을 하고 있던 PK 중 한 명은 구토를 참지 못해 수술장을 달려나가 버렸다. 살아 있는 인간은 결코 카데바처럼 물건 취급할 수는 없었다. 마취 상태에 빠져 의식이 없는 환자가 아프다고 고함을 지르는 듯한 환청이 들렸다. 어찌 이런 잔인한 방법으로 사람을 살릴 생각을 한 것인지, 새삼 의사들이 비인간적으로 느껴졌다. 그런데 설후는 얼굴을 찌푸렸다는 이유로 교수에게 한마디를 들어야 했다.

아버지와는 틀리다고.

설후가 틀린 게 아니었다. 그저 설후는 아버지와 다를 뿐이었다. 하지만 병원 사람들은 그걸 쉬이 인정해 주지 않았다. 한국대 병원은 아버지 그 자체인 곳이었다. 설후는 꼭 아버지 뱃속에서 일을 하는 것 같은 엄청난 억압을 받으며 PK 실습을 받아야 했다.

늦은 밤이 되어서야 겨우 인천 어머니 집에 전화를 걸 수 있었다. 병원을 나와 대학교 안 공중전화에서 걸었다.

"이수 시험 잘 봤대요?"

[그게, 나도 잘 모르겠어. 오늘 못 만났거든. 집에도 아직 안 들어온 모양이야.]

설후는 놀라서 지금이 몇 시인지 확인하기 위해 팔을 들었다. 아버지가 의대 입학 때 선물로 주신 고급스런 은색 로렉스 시계가 막 밤 9시를 넘었다고 알려주고 있었다. 시험이 끝나고 4시간은 된 것 같았다. 겨울이라서 세상은 이미 깊은 밤이었다.

[친구들이랑 놀고 있나 봐. 그동안 놀지도 못하고 계속 공부만 했으니까.]

내내 대학수능시험에 예민하게 굴었던 이수를 알기에 시험 날 연락도 없이 늦는 게 이상했다. 혹시 시험을 못 봐서 어딘가에서 혼자 낙담하고 있는 건 아닌가 싶었다.

그러나 이수와 연락할 방도가 없다. 두 사람의 연결고리는 어머니와 어머니의 집이 유일했다. 그 이상은 공통점이 없었다. 결국 설후는 원하는 대답을 듣지 못하고 전화기를 내려놓아야 했다.

툭툭, 무언가 공중전화 부스를 건드는 소리에 눈을 들어보니 어느새 눈이 내리고 있었다. 상냥한 함박눈이 아니라 세상에 싸움이라도 거는 것 같은 거친 눈이다. 설후는 멍하니 거리를 점령한 눈들을 바라보았다. 이수는 지금 어디서 이 눈을 보고 있을지 염려가 되었다.

공중전화 부스에서 나와 의대로 향했다. 눈과 추위가 한꺼번에 설후를 공격했다. 설후는 무작정 견뎌내며 도서관을 향해 걸어나갔다. 시험이 있었다. 이수가 어디서 무얼 하는지 모르는 이 순간에도 설후는 시험 공부를 해야만 했다.

학교로 걸어가는 설후의 걸음이 점점 느려졌다. 모든 게 너무 허망했다. 자신이 무얼 위해 이리 아등바등 사는 것인지 알 수가 없어져 버렸다. 어째서 어머니를 만나는 것조차 아버지의 눈치를 보면서 살아야 하는 건가 싶었다. 자신이 무얼 잘못했다고.

순간 아버지에게 모두 말해 버리고 싶었다. 아버지가 있는 병원에서 일하는 거 진저리가 난다고. 아버지가 뭐라고 하던 내 어머니를 만나고 싶을 때 만날 거라고.

차오르는 감정을 참지 못하고 걸음을 돌려 다시 병원으로 가려는데, 뒤에서 걸어오던 학생들의 말이 들려왔다.

"야! 가서 달래봐야 하는 거 아냐? 추운 날 얼어 죽으면 어쩌냐?"

"교복 입은 거 보면 몰라? 미성년자다. 괜한 관심 두지 마라."

"이 자식이! 남의 순수한 마음을 왜 더럽게 몰고 가!"

"말은 바로 해. 그 애가 안 예뻤어도 챙겼겠어? 안쓰러운 마음에 챙기다 보면 흑심 드는 게 사내라는 거야."

설후는 고개를 돌렸다. 그와는 전혀 상관없는 이야기였다. 그런데 교복 입은 여학생이라는 말에 저도 모르게 이수가 떠올랐다. 아직 집에 들어오지 않았다는 이수가. 눈 오던 겨울날 먼저 그의 이름을 불렀던 벙어리장갑의 아이가. 그를 위해 언제나 빈센트를 연주해 주는 소녀가.

설후는 몸을 돌려 다시 학교 안으로 걸어갔다. 그리고 어느 순간 뛰기 시작했다.

설후가 이수를 발견한 건 의대 본관 건물 앞에 놓인 벤치에서였다. 뼈까지 얼어버릴 것처럼 너무 추워서 사람들이 모두 집으로 떠나 버린 텅 빈 캠퍼스 벤치에 이수가 앉아서 엉엉 서럽게 울고 있었다. 그 모습이 너무 처량해 설후는 한동안 다가가지 못하고 멀리서 이수를 쳐다보기만 하였다.

이수가 있는 인천에 설후가 찾아갈 때는 언제나 웃고 있던 이수였다. 그런데 설후가 있는 서울에 온 이수는 저렇게 죽을 것처럼 울고 있다. 꼭 자신이 있는 세상이 이수를 말라 죽이려 하는 것만 같아 아팠다. 모든 게 자신이 욕심을 부렸기 때문인 것 같았다. 자신의 것이 될 수 없는 세상을 탐해서 이리된 것 같다.

"이수야."

그의 부름에 울고 있던 이수는 고개를 들었다. 눈물범벅인 이수의 얼굴이 눈에 들어오자 앞이 캄캄했다. 앞에 서 있는 설후를 보고 이수의 눈물은 더 깊어졌다.

"흐흑, 나 진짜 열심히 했어요. 어어엉. 정말 열심히 했다고요. 죽을 것처럼 했는데. 내 모든 걸 다 쏟아 넣었어요. 근데! 근데! 근데……. 허어엉."

서러움과 억울함이 범벅이 된 이수의 말은 꼭 자신에 대한 질책인 것만 같았다. 살갖에 스치는 눈발이 잔인할 정도로 차가웠다. 너무 추웠다. 세상도. 이수도. 자신도. 모든 게.

눈물을 그치지 않는 이수를 데리고 설후가 갈 수 있는 곳은 서울에서 한 곳도 없었다. 이수는 인천에 돌아가지 않겠다 고집을 부려 그를 더 절망스럽게 만들었다. 눈이 퍼붓는 차가운 거리에 버려진 그 절박한 순간 자신을 도와줄 수 있는 이는 한 명밖에 생각나지 않았다.

"……."

해성은 믿을 수 없다는 눈으로 설후의 얼굴과 눈물범벅인 이수의 얼굴과 그리고 이수의 손을 잡고 있는 설후의 손을 번갈아 보았다. 평소에는 귀찮을 정도로 참견이 심한 해성이었지만 그 순간에는 고맙게도 이수에 대해 단 하나도 묻지 않았다. 자취방을 하루만 빌려달라는 설후의 말에 그냥 조용히 집 열쇠를 내주었을 뿐이었다.

그날 밤만은 해성이 하느님보다 더 고마웠다.

해성의 방은 원룸 형식의 작은 집이었다. 다행히 집 안은 깔끔하게 정리되어 있었다. 집에 들어서자마자 설후는 보일러의 온도를 높였다. 그리고 침대에 덮어진 시트를 걷어서 이수의 몸 위에 둘러주었다. 오랫동안 밖에 있었던 이수의 몸은 꽁꽁 얼어 붙어 있었다. 작고 동그란 어깨를 잡자 부들부들 떨리고 있었다.

"곧 따뜻해질 거야."

이수는 여전히 절망에 빠져 허우적거리고 있었다. 눈물은 멈추지 않고 흘러내렸다. 그저 하나의 과정일 뿐인 시험에 이수가 너무 많은 걸 걸어버린 것 같아 안쓰럽다. 대학은 이수가 그리 많은 기대를 걸 만큼 대단한 것도 아니었다.

"괜찮아. 한국대 말고도 좋은 대학 많아."

하지만 그 위로의 말이 오히려 이수의 마음을 건드려 버린 건지 거의 눈물을 멈추었던 이수는 또 서럽게 울기 시작했다. 설후는 어찌해야 할지 알 수가 없었다. 항상 참아만 왔던 자신처럼 무조건 참으라고 할 수는 없었다. 울지 말라는 말은 아무런 도움도 되지 않는다는 걸 너무도 잘 알았다.

어린 시절 갑자기 사라져 버린 엄마를 찾으며 혼자 울었었다. 운다는 건 외로운 일이었다. 철저히 혼자가 되어버리는 일이었으니까. 그 누구도 눈물을 공유할 수는 없었다. 눈물은 가장 외로운 벗이었다. 지금 이수도 그럴 것이라는 생각에 마음이 무거웠다.

혼자가 되어버리려는 소녀를 자신이 있는 곳으로 끌어오기 위해 두 손으로 젖어 있는 이수의 얼굴을 감싸고 자신을 보게 했다. 차가운 피부, 얼음 같은 눈물, 농밀한 눈동자, 부서지는 소녀의 얼굴은 안타까우면서도 참을 수 없이 유혹적이었다.

소녀에게 여자를 느낀 설후는 당황하고 말았다. 그러려던 게 아니었다. 그저 눈물을 멈추게 하고 싶었던 것뿐이었는데.

다시 큰 눈망울에서 눈물이 주렴처럼 떨어져 내렸다. 이수의 눈물은 피어보지도 못하고 떨어져 버린 꽃망울 같았다. 안타까움과 함께 갈망이 피어났다. 시선이 젖어 있는 연분홍 입술에 멈추었다. 건들면 그대로 터져 버릴 것 같았다.

설후의 손끝이 입술에 닿자 이수의 몸이 크게 떨렸다. 눈물의 온도는 차갑고, 입술의 온도는 뜨거웠다. 설익은 욕망은 서툰 위로만큼이나 낯설다.

"아직도 추워?"

이수는 고개를 가로저었다. 내내 눈물에 닫혀 있던 이수의 입술이 달싹였다.

"오빠……."

그 달디단 부름에 더 이상 참을 수가 없었다. 고개를 내려 순결한 소녀의 입술을 훔쳐 깊게 빨아들였다. 완벽하게 겹쳐진 입술은 따스함과 뜨거움이 부드럽게 배어 있었다. 그리고 눈물 맛이 났다. 이수의 눈물에 키스를 한 것인지, 입술에 키스를 한 것인지 알 수 없다.

도망갈 줄 알았던 이수의 두 팔이 설후의 허리를 감싸 안는 순간 세상이 하얗게 지워졌다. 그 순간만은 그를 존재하게 하

고, 그의 인생을 휘저어놓는 아버지도, 어머니도 존재하지 않았
다. 두 손과 입술과 심장으로 느끼고 있는 이수만이 온전히 완
전했다.

그제야 알았다. 이수가 그리도 서럽게 운 게 대학 때문이 아
니라는 걸.

결국 이수는 한국대에 떨어졌다. 하지만 다른 대학은 충분히
지원할 수 있는 높은 점수였다. 그러나 이수는 끝까지 고집을
부려 재수를 하겠다고 했다. 주위에서는 좋은 대학에 갈 수 있
는 점수를 포기하는 이수를 답답하고 욕심 많은 아이로 보았지
만, 이수는 하나도 아깝지 않았다. 처음 목표했던 대로 다시 한
국대를 목표로 공부할 것이었다. 비록 내년이면 설후는 졸업해
버리지만, 목표를 바꿀 생각은 없었다.

재수가 결정되어서 그런지 고등학교 졸업식은 그리 즐겁지
가 않았다. 이제 대학생이 된다는 설렘으로 들떠 있는 아이들
사이에서 이수는 내내 설후 생각만 했다. 후배가 송사를 할 때
도, 학생회장이 울면서 답사를 할 때도, 졸업장을 받을 때도, 가
족들과 사진을 찍을 때도, 고등학교의 마지막 시간이 끝나는 순
간에도. 마음에 설후만으로 가득 채워 버리니 그녀 자신의 시간
이 정지해 버렸다. 설후가 없는 시간은 아주 더디고 지루하게
흘러갔다. 자신이 행복한 것인지, 불행한 것인지도 알 수 없었
다.

그저 밤이 오길 기다린다. 밤에 서울에서 설후가 오겠다고 했다.

졸업식이 끝나자마자 이수는 언덕 위 초록지붕 집으로 갔다. 2월이지만 세상은 아직 겨울 속에 있어서 쌀쌀했다. 언덕을 오르는 이수의 목에는 캐시미어 목도리가 둘러져 있었다. 설후의 것이었다. 이수가 서울로 설후를 찾아갔을 때 춥다고 둘러준 것이 온전히 이수의 몫이 되어버렸다. 이 목도리 하나가 얼마나 비싼 것인지는 알지 못한 채, 설후가 준 것이라 좋아하며 매일 두르고 다녔다. 부드러운 촉감이 설후의 손길 같아서 너무 좋았다.

그리고 설후와의 키스.

이수는 아직도 그 일이 꿈인 것만 같다. 꿈처럼 몽롱한 현실의 기억이었다. 수십 번 수백 번 떠올릴수록 과거는 빛이 나고 오히려 현재는 슬퍼진다. 또다시 그 시간으로 돌아갈 수 없다는 게 견딜 수 없이 아프다.

"저 왔어요, 선생님."

문을 열고 집 안으로 들어서던 이수는 소파에 앉아 머리를 손으로 감싸고 움직이지 않는 가은을 발견하고 이상함을 느꼈다. 평소 피부가 하얀 가은이었지만 오늘따라 피부에 핏기가 없이 창백했다. 금방이라도 산산조각나 부서질 것처럼 보였다. 이수는 가은에게 걸어가며 물었다.

"선생님, 왜 그러세요? 어디 아프세요?"

가은은 그제야 힘겹게 웃으며 고개를 가로저었다.

"아니, 그냥 잠깐 빈혈기가 나서."

"빈혈 있으세요?"

"응, 조금. 약 먹으면 괜찮으니까. 신경 쓰지 마."

가은이 멀쩡히 일어나 부엌으로 걸어갔기에 이수는 걱정을 털어내며 목도리를 풀었다. 가은이 부엌에서 코코아를 타며 이수에게 물었다.

"졸업식은 어땠어?"

"그냥 그랬어요."

이수는 소파 아래의 다리를 교차시키며 힘없이 대답했다.

"10대 마지막 작별식인데, 친구들이랑도 놀아야지."

이젠 친구들과 노는 게 재미없어져 버렸다. 설후가 아니면 아무도 의미가 없다. 어쩐지 좀 몹쓸 아이가 되어버린 것 같기도 했다.

가은이 부엌에서 나와서 이수의 손에 코코아 잔을 올려주었다. 따스한 기운이 손을 통해 온몸으로 전해져 왔다. 이수는 기분 좋게 웃으며 가은에게 고맙다고 말했다.

해가 지고 어둠의 장막이 내려앉을 때쯤 설후가 초록지붕 집으로 들어섰다. 바빠서 못 올 수도 있다고 했는데, 결국 와준 것이다. 혹시나 하고 기다리고 있었던 이수는 기쁜 마음에 한걸음에 현관을 들어서는 설후에게 달려갔다. 붉은 장미꽃다발을 들고 선 설후는 행복한 영화 같았고, 감동적인 시상 같았고, 감미로운 음악 같았다.

"졸업 축하해."

이수는 향기 진한 장미꽃에 얼굴을 묻으며 발그레해진 볼을 숨겼다. 지루했던 하루가 설후가 나타난 밤부터 활력을 띠기 시작했다. 하지만 너무 늦게 온 설후였기에 잠시 이야기만 했을 뿐인데, 시간이 훌쩍 흘러 버렸다. 가은이 걱정스런 목소리로 설후에게 물었다.

"늦어도 되니?"

손목시계를 들여다보는 설후를 이수는 불안한 눈으로 바라보았다. 설후가 금방이라도 일어나 돌아가겠다고 할 것 같았다. 설후가 서울로 돌아가기 전 작별인사를 할 때마다 이수는 아직 겪어보지 못한 이별의 아픔을 맛보았다. 그건 차갑고 불가항력적인 고통이었다.

잠시 손목시계를 내려다보던 설후는 전화기로 걸어가 어딘가 전화를 걸었다.

"난데. 부탁 하나만 할게."

편한 말투를 보니 친구에게 전화를 건 거 같았다. 이수는 설후의 뒷모습을 보며 서울에서 잠시 보았던 설후의 친구를 떠올렸다.

"나 오늘 밤 네 자취방에서 자고 가는 걸로 해줘."

설후가 친구에게 부탁하는 말에 이수의 눈이 커졌다. 지금껏 설후가 단 한 번도 하지 않았던 일이었다. 설후가 그러지 않았기에 그럴 수 있다는 기대조차 가져본 적이 없었다. 달이 기울면 설후는 당연히 돌아가야 하는 걸로 체념하고 있었다.

전화를 끊고 돌아선 설후가 담담히 웃으며 말했다.

"오늘은…… 자고 갈게요."

뭔가 변해가고 있었다. 더 이상은 그리 간절히 설후를 기다리지 않아도 될지도 모른단 기대감이 들었다. 이젠 서서히 설후가 자신에게 오고 있는 것만 같아 이수는 행복했다.

하지만 이수가 행복하다고 해서 세상 모든 사람이 행복한 건 아니었다. 서울에 있는 장혁은 고 여사에게 설후가 오늘 안 들어온다는 말을 듣고 불쾌한 표정을 지었다.

"당장 들어오라고 하세요."

이젠 명령하는 데 익숙해져 버린 장혁은 어머니에게까지 명령을 하고 있었다. 하지만 고 여사는 그런 아들을 타박하지는 못하고 손자 대신 변명을 해주기에 바빴다.

"친구랑 술을 마셔서 잠이 들었다네. 그래서 친구가 대신 전화를 해준 거야."

안 들어오는 것도 모자라 술까지 마셔 인사불성이라는 말에 장혁은 더 표정이 굳어졌다. 설후는 다른 누구도 아닌 그의 아들이었다. 그러니 남들처럼 똑같아지는 건 결코 용납할 수 없었다.

"친구 누구요?"

"설후랑 같은 과 박해성이란 학생이야. 알지?"

공부하는 것보다는 놀기 좋아하는, 결코 의대에 어울리지 않는 학생이라고 알고 있었다. 뭐 하나 마음에 드는 게 없었다.

장혁은 고개를 들어 설후의 방이 있는 2층을 올려다보았다. 2층은 불이 모두 꺼져 어두웠다. 설후는 집에 있을 때에는 저 고립된 공간에 갇혀 나오지 않았다. 장혁은 엔티크 소파 옆으로 걸어가 전화기를 집어 올리며 고 여사에게 말했다.

"전화번호 부르세요."

"내, 내가 전화할게."

"그냥 부르세요!"

고 여사는 불안한 마음을 두 손으로 꼭 누르며 조용조용 번호를 불렀다. 띠리리리 띠리리리. 벨소리가 울리는 동안 장혁의 얼굴은 잔뜩 굳어 있었다. 상대방이 전화를 받자마자 장혁은 먼저 말을 꺼냈다.

"나 이장혁 교수다. 설후 바꿔."

[아! 교수님. 그게 설후가 지금 술에 취해 잠이 들어서, 그게, 깨워도 일어나지를 않아서.]

별로 긴장하는 법이 없는 해성도 장혁의 전화에는 바짝 얼어버렸다. 설마 장혁이 직접 전화할 줄은 몰랐던 것이다. 불시에 남극의 백곰에게 습격을 당한 기분이었다.

"집이 어디야?"

[왜, 왜 저희 집은?]

다 큰 딸도 아니고, 다 큰 아들을 설마 데리러오겠다 할 줄은 꿈에도 몰랐기에 해성의 목소리는 더 크게 흔들리고 말았다.

"내가 왜 묻는지 뻔히 알면서 어째서 되묻는 건가?"

[아뇨, 그런 거 아닙니다. 절대 아닙니다.]

장혁의 눈빛이 날카로워졌다.

"설후 진짜 거기 있나?"

해성은 더 이상 아무 말도 못했다. 그가 무슨 말을 하던 장혁은 결국 알아버릴 거라는 걸 깨달았기 때문이다. 해성은 설후가 왜 그리 폐쇄적으로 자란 것인지 이 순간 절실히 알게 되었다. 이런 절대군주 같은 아버지 밑에서 자라난다면 아무리 밝은 성격의 사람도 웃음을 잃어버릴 것이었다.

[설후도 성인입니다. 자기 의지로 하고 싶은 것은 해도 되는 나이라 생각합니다.]

설후가 불쌍해서 해성은 감히 대교수 앞에서 말대꾸를 하고 말았다. 그건 거의 살인 행위였다.

"지금 감히 누구 앞에서 훈계야!"

장혁의 서릿발 같은 호통에 해성은 그대로 장렬히 전사하였다.

아버지한테 자신의 거짓말이 들켰다는 것도 모른 채 설후는 인천의 별이 빛나는 밤 아래에서 이수에게 피아노를 배우고 있었다. 잠을 잔다고 들어간 가은이 깨지 않게 조심스럽게 피아노 건반을 눌렀다. 긴 밤 빈센트는 굉장히 잘 어울리는 음악이었지만, 설후의 손아래에서는 영 그 빛을 발하지 못하고 있었다.

"왼손이 계속 안 움직이잖아요. 왼손을 움직여요."

설후가 반주 부분을 계속 틀리자 이수는 설후의 왼손을 잡고 직접 건반을 눌러주었다. 항상 이수가 쳐주는 빈센트만 듣다가 처음으로 직접 연주하는 설후의 솜씨는 엉망이었다.

"정말 엉망이야. 너무 못한다고요."

이수는 대놓고 면박을 주었다. 설후는 지지 않고 말했다.

"처음부터 잘하는 사람이 어디 있어."

"그러니까 빈센트 말고 그냥 학교 종이 땡땡땡이나 쳐요."

치지도 못하면서 설후는 빈센트만 고집했다. 설후는 하얀색에 검은 건반이 콕콕 박혀 있는 피아노 건반을 진지하게 응시하면서 계이름을 입으로 소리 내며 하나하나 눌러 내려갔다. 초승달처럼 생긴 눈썹이 건반을 누를 때마다 꿈틀거렸다. 꼭 아장아장 걸음마라도 하는 모습이었다. 옆에서 그 모습을 지켜보는 이수는 설후가 너무 귀여워서 참을 수가 없었다.

딩, 또 틀려 버리자 설후는 눈을 꾹 감고 반성의 시간을 가졌다. 어머니는 정말 잘 치시는데 자신은 왜 이리 피아노에 재능이 없을까. 스스로 반성을 했다. 그런데 뺨 위로 부드럽고 말캉한 게 와서 닿았다. 설후가 조금만 눈을 뜨고 옆을 보니 이수는 아무 일 없었다는 듯이 피아노 건반만 내려다보고 있었다. 발그레해진 볼이 잘 익은 수밀도 같다.

순간 그런 생각이 들었다. 이 고운 소녀를 납치해 가 서울 자신의 방에 숨겨두고 싶다고.

"이수야."

설후의 부름에 이수는 고개를 돌리지 않고 작은 목소리로 네, 라고 대답만 했다.

"이수야."

설후가 다시 부르자 이수는 머뭇머뭇 고개를 틀어 설후를 보았다. 밤하늘을 베어다 품은 듯한 까만 눈동자가 사랑스럽다.

"예쁘네."

설후의 칭찬에 이수는 도리어 입술을 꾹 다물었다. 자신이 아무리 치장을 해도 설후의 앞에서는 빛을 잃기 때문이다. 세상에서 제일 아름다운 건 설후였다. 이수는 아무리 노력해도 쫓아갈 수가 없었다.

"오빠가 서울 안 가고 여기 있으니까 너무 좋아요."

그건 수줍은 고백이었다. 당신과 언제나 함께 있고 싶다고. 설후도 알아들었는지 부드럽게 웃어준다. 밤보다 아름다운 남자. 달보다 감미로운 남자. 그리고 아침이 되면 이슬처럼 사라질 남자.

이수는 팔을 뻗어 설후의 목을 끌어안았다. 설후의 온기가 절실히 필요했다. 더 이상 그녀의 온기만으로는 따뜻해질 수 없어져 버렸다. 설후의 두 손이 그녀의 허리를 조심스럽게 끌어안아 주었다. 좀 더 강하게 안아주었으면 했다. 그리고 서로를 끌어

안고 평생을 살아가는 연리지처럼 자신들도 그럴 수 있었으면
했다.

"사랑해요."

이수의 고백에 설후의 우아한 검은 눈동자는 고요히 물결쳤
다. 설후는 격정적이지는 않았지만 그 누구보다 깊었다. 백 마
디 말보다도 더 떨리는 눈빛으로 그녀를 바라봐 주었다. 설후의
입술이 다가와 사랑을 고백한 그녀의 입술에 겹쳐졌다. 달콤한
고통이 피어올랐다.

"이 교수님 아셨어."

서울에 올라와 해성에게 그 이야기를 듣고도 설후는 별로 놀
라지 않았다. 마치 그럴 줄 알았다는 사람처럼 담담히 앞에 놓
인 물잔만 바라보았다. 마치 딴생각에 빠진 듯 멍한 설후를 보
며 해성은 더 답답해했다.

"야! 이 교수님 의처증이 아니라 의자증 같아. 어찌 아들을 마
누라 감시하듯 감시하냐?"

"어머니가 아버지를 버렸거든."

너무도 깔끔하게 대답하는 설후의 말에 해성은 순간 얼음이
되어버렸다. 자신이 환청을 들은 거라 생각했다. 설후는 그런
엄청난 말을 한 사람이라 믿기지 않을 정도로 단정한 시선으로
앉아 있었으니까. 해성은 마시던 커피 잔을 내려놓고 정말 진지
하게 물었다.

"이설후식 농담이냐?"

피식, 설후가 웃는데 눈이 부셨다. 어째서 이 녀석은 절대 웃으면 안 되는 타이밍에 웃는 것인지. 해성은 욕 나올 정도로 마음이 아팠다.

"아버지가 어머니를 많이 사랑하셨어."

설후는 마치 남의 이야기를 하듯 아버지에 대해 말했다. 이장혁에 대해 조금 알고 있는 해성은 장혁이 누군가를 사랑했다는 게 믿기지가 않았다. 그는 너무 기계적이고 괴물 같은 인간이었으니까. 이미 의학계에서는 인간을 넘어선 신적인 존재가 되어 버렸다. 죽을 사람도 그에게 수술을 받으면 무조건 산다는 말도 안 되는 헛소문이 소위 말하는 엘리트 사회에서 사실로 인정되고 있으니, 이장혁은 의사로서 최고의 위치에 올라 있었다. 그만큼 비인간적이라는 소리도 되었다.

"그런데 왜 어머니는 아버지가 아닌 다른 남자를 사랑한 걸까?"

그러게 말이다. 그건 해성도 참 이해가 안 되었다. 세상에 이장혁보다 잘난 인간이 어디 있다고. 그는 천재에, 성공한 남자였으며, 겉모습조차 완벽했다.

"성격 때문일 수도 있지. 너무 인간미가 없으시잖아."

"어머니랑 같이 계실 때는 안 그러셨어."

보지 못해서 그런지 정말 믿을 수 없는 사실이었다. 설마 그 이장혁이 웃기도 했을까? 그림이 도통 그려지지 않았다.

"그런데 왜 어머니는 아버지를 사랑하지 않으신 걸까?"

설후는 그 사실이 너무도 견디기 힘들다는 듯이 몇 번이나 반복했다. 그 모습이 마치 사랑에 몸부림치는 듯 보여 해성도 같이 마음이 심란해졌다.

"어쩌면 조금은 사랑하지 않으셨을까?"

해성의 조심스런 의문에 설후는 아무 대답도 하지 않았다. 그런 거라면, 결국 사랑도 모든 걸 해결해 주지 못한다는 것이니, 더 슬플 것 같았다. 이수가 그를 사랑한다고 했다. 사랑만이 전부였다면 그 말 한마디에 세상이 달라져야 하는데, 서글프게도 변한 게 없다. 아버지는 여전히 어머니를 증오하고, 설후는 여전히 아버지 몰래 인천으로 가야 했으며, 이수는 그가 숨겨야만 하는 비밀에 속한 사람이었다.

사랑한다는 그 말을 숨겨야 했다. 사랑하는 그 소녀도 숨겨야 했다.

설후는 처음으로 아버지에게 비밀을 만든 자신의 행동이 후회가 되었다. 이수의 사랑을 떳떳하게 끌어안을 수 없는 자신이 초라하고 비참했다.

아버지에게 모든 걸 말하고 싶었다. 하지만 설후는 더욱 그럴 수 없게 되었다. 처음으로 남녀의 사랑을 느끼게 된 설후는 이제야 어머니에게 버림받은 아버지의 고통을, 아버지의 심장이 흘렸을 그 피의 처참함을 알게 되었다.

어머니는 세상에서 가장 잔인한 짓을 아버지에게 한 것이다.

잔혹하고도 아름다운 사랑이라는 이름으로.

　설후가 외박을 하고 집에 돌아왔어도 장혁은 설후를 붙잡고 어딜 다녀온 거냐 캐묻지 않았다. 설후의 외박을 암묵적으로 없었던 일 취급하시려는지 평소와 다름없는 모습을 보이셨다. 그런 아버지를 보며 설후는 더욱 숨이 막혔다. 어쩌면 아버지가 이미 자신이 어머니를 만난다는 걸 알고 있는지도 모른다는 불안은 더 커져만 갔다.
　설후는 자신이 품고 있는 비밀 때문에 하루하루 견디기 힘든 중압감에 짓눌려 살았다. 결국 참을 수가 없었던 설후는 아버지가 아니라 할머니에게 사실을 털어놓았다. 어머니를 만나고 왔다는 설후의 이야기를 들은 고 여사의 얼굴은 죽은 사람처럼 핏기가 사라지셨다. 고 여사는 손으로 입을 가리고 한동안 아무 말씀도 못하셨다.
　"자, 잘살고 있더냐?"
　그래도 설후의 어머니이기 때문인지 고 여사는 가은에 대한 미움을 밖으로 표출하지 않으셨다. 고 여사의 물음에 설후는 그렇다고 고개를 끄덕였다. 그리고 덧붙였다.
　"혼자 살고 계세요."
　만약 가은이 혼자가 아니라 그 남자와 함께였다면 설후도 결코 다시는 어머니를 찾아가지 못했을 것이다.
　"그래, 그렇겠지."

그런데 고 여사는 이미 가은이 혼자인 걸 알고 있다는 듯 중얼거렸다. 고 여사는 불안한 눈으로 설후를 응시하며 물으셨다.

"또 만나러 갈 생각이니?"

설후는 그럴 거라고 고개를 끄덕였다. 어머니를 만나러 간다는 손자를 말릴 수도 없고, 그렇다고 장혁에게 가은을 용서하라고 부탁할 수도 없는 고 여사는 참지 못하고 눈물을 보이셨다. 모두가 가여웠다. 자신이 낳은 아들을 마음껏 만나지 못하는 가은도, 사랑하는 아내에게 버림받아 마음이 죽어버린 장혁도, 아버지와 어머니 사이에서 방황하는 설후도. 누구 하나 행복한 사람이 없어서 고 여사는 신이 원망스러웠다.

"아버지한테는 말하지 마."

고 여사는 눈물을 참으시며 설후에게 부탁했다. 제발 장혁을 두 번 죽이는 일은 만들지 말라고. 만약 고 여사가 아버지에게 모두 말하고 허락을 받으라 충고했다면 그리할 생각이었던 설후는 절망적인 눈빛으로 할머니를 바라보았다. 정녕 자신의 가족이 한 집에 모여 사는 건 불가능한 것인가 싶었다.

설후는 신장내과 실습을 돌게 되었다. 신장내과에서는 평생 투석을 받아야 하는 만성신부전증 환자를 많이 만나게 되는데, 투석기는 사람 신장의 1/10만큼의 기능밖에 못하기 때문에, 환자의 괴로움도, 그리고 경제적 부담도 만만찮은 일이었다. 일주일에 3번 투석을 받는 일을 죽을 때까지 해야 한다는 건 누구나 쉬이 감당할 수 있는 일은 결코 아니었다.

10년 이상을 투석을 받아오셨다는 나이 많으신 할머니 환자 분을 설후가 맡게 되었다. 그 할머니를 간호해 주시는 분은 할머니보다 더 나이가 많으신 백발의 할아버지였다. 그 오랜 간병 생활이 짜증날 만도 하건만 할아버지는 얼굴을 찡그리시는 법이 없이 항상 웃으며 다니셨다. 자신이 웃어야 할머니의 병이 빨리 낫는다고 믿으신단다. 할머니의 병은 신장이식이 아니면 결코 나을 수 없는 병인데 말이다. 할아버지가 하시는 말을 듣고 설후는 어쩐지 명치끝이 찌릿 아파왔다. 한시도 떨어지지 않고 아프신 할머니를 간호해 드리는 할아버지의 모습이 인상적이었었다. 몸이 아파도 마음은 건강한 사람들이었다. 누군가와는 반대로.

"뭘 그리 넋을 놓고 보고 있는 거냐?"

뒤에서 들린 차가운 목소리에 할머니 할아버지를 보고 있던 설후는 흠칫 놀라며 돌아섰다. 흉부외과에 있어야 할 장혁이 신장내과에 내려와 있었다. 집에서 보는 아버지보다 병원 안에서 보는 아버지는 더 위압적인 존재였다. 이곳에서 설후는 피라미일 뿐이지만 그는 이미 왕좌에 앉아 있었으니. 느닷없는 장혁의 출현으로 신장내과 안의 분위기에 긴장감이 흘렀다. 장혁은 다른 사람은 보지 않고 설후를 쳐다보며 말했다.

"따라와라."

설후는 어디로 가냐, 묻지도 않고 조용히 아버지의 뒤를 따라

갔다. 베드 건너 있던 준석이 걱정스런 얼굴로 그를 쳐다보고 있다. 아버지와 함께 가는 설후의 모습이 꼭 도살장에 끌려가는 소처럼 보였나 보다. 설후는 쓰게 웃었다.

장혁이 설후를 데리고 간 곳은 뜻밖에도 병원 근처 레스토랑이었다. 장혁이 고작 저녁 한 끼 같이 먹자고 이리 시간을 냈다는 게 믿기지 않아 설후는 앞에 놓인 스테이크를 먹지도 못하고 바라만 보았다. 상관하지 않으며 식사를 하던 장혁이 불쑥 물었다.

"여자냐?"

설후는 흠칫 놀라며 고개를 들어 앞에 앉아 있는 장혁을 보았다. 장혁은 무표정한 얼굴로 와인 잔을 들어 올려 입을 축이고 있었다.

"무슨 말씀이세요?"

설후가 모른 척을 하며 오히려 그의 의중을 떠보려 하자 장혁은 가소롭다는 듯이 비소를 지었다.

"외박. 여자랑 같이 있었냔 말이다."

설후는 뭐라고 대답을 해야 하는 건지 혼란스러웠다. 장혁의 말이 틀린 건 아니었다. 설후는 이수와 함께 있었으니까. 그리고 어머니도 있었다. 설후가 선뜻 아무런 대답을 못하자 장혁은 역시 자신의 생각이 맞다는 결론을 내렸다.

"설마 병원 사람이냐?"

"아닙니다."

설후는 발작적으로 부정했다. 만약 그렇다고 하면 병원에서의 생활이 끔찍해질 테니까. 장혁은 못마땅한 표정을 지으며 혀를 찼다.

"여자까지 만나고 다닐 여유가 있다니, 의사 생활이 만만한가 보구나."

설후는 억울하다는 눈으로 장혁을 보았다. 바쁜 병원 생활에 쫓겨 일 년에 만나는 횟수가 고작해야 다섯 번이었다. 그걸 여유라고 할 수는 없다. 그건 지옥 같은 거였다.

"제 사생활로 병원에 민폐를 끼친 적 없습니다."

"그래서 넌 남들만큼만 하면 되었다 만족인 거냐?"

대화가 되지 않았기에 설후는 고개를 내려 장혁의 시선을 피했다. 자신은 그처럼 천재가 아니라 아무리 기를 써도 쫓아갈 수 없다고 반박을 해보아도 장혁에게는 통하지 않았다. 그저 의지박약아로 낙인찍히고 조롱만 당할 뿐이었다.

"헤어질 수 없으면 차라리 결혼해."

"네?"

설후는 넋이 빠진 얼굴로 장혁을 보았다. 결혼이라니. 이수도 아직 어리고, 자신도 어렸다. 그래서 단 한 번도 생각해 보지 못한 것이었다.

"그래야 데이트한답시고 시간 낭비하지 않을 거 아니냐."

그런데 장혁은 연애를 시간 낭비로 취급하며 결혼으로 해결하려 해버린다. 장혁의 추진력은 평범한 인간의 범위를 넘어서 있어 도저히 따라갈 수가 없었다.

"헤어질 거냐?"

혼란에 빠져 있는 설후가 결정할 시간도 주지 않고 장혁이 고집스럽게 물어왔다.

"아뇨."

설후는 이성이 아니라 마음으로 대답했다.

"그럼 집에 데려와."

이수와 아버지를 만나게 한다니. 생각만 해도 끔찍했다. 아버지의 얼굴을 똑바로 보면서 이수와 어머니를 동시에 생각하는 순간 설후의 머릿속은 완벽하게 암전이 되어버렸다. 더 이상 생각이 불가능했다.

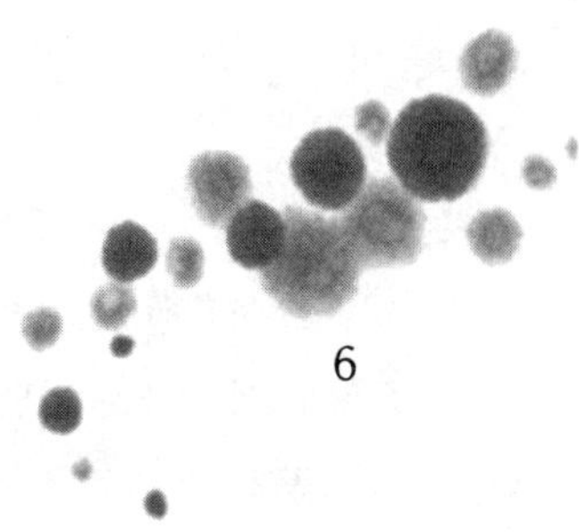

6

봄은 찬란했다.

매년 찾아왔던 봄인데, 올해의 봄은 그 어느 때보다 특별한 듯했다. 만개한 꽃들이 더 아름다워 보이고, 하늘은 더 푸근해 보이고, 봄바람은 보드라웠다.

암울기라고 할 수 있는 재수 생활을 보내며 이수는 고등학교 시절보다 더 활기찼다. 그런 딸을 부모님은 이상하게 보았지만 좋은 현상이었기에 그저 이상하다며 허허 웃고 마셨다.

서울의 큰 서점으로 문제지를 사러 나가던 길이었다. 그저 문제지 하나 사러 가는 것뿐이었는데도 이수는 자신을 곱게 치장하는 데 열중했다. 생전 해보지 못했던 화장도 조금 했다. 립글

로즈를 바른 입술의 반짝임이 맘에 들어 이수는 거울을 보며 수줍게 웃었다.

집을 나서 버스정류장으로 가던 이수는 꽃집 앞에서 멈추어 섰다. 서울로 설후를 만나러 갈 때면 이수는 꼭 꽃이 사고 싶어졌다. 꽃처럼 아름다운 만남을 기대하고 싶어서 그런지도 몰랐다. 이수는 꽃집 앞으로 걸어가 활짝 피어 있는 붉은 장미 한 송이를 꺼내 들었다. 곧 꽃집 안에서 점원이 나왔다.

"어서 오세…… 아!"

점원이 놀라는 소리에 꽃을 고르던 이수도 고개를 들었다. 이수 역시 놀라며 숙였던 허리를 폈다. 새로 온 꽃집 점원은 얼굴이 익은 사람이었다. 아마도 고등학교 때 몇 번 본 적이 있는 남학생 같았다. 그는 설후처럼 한 번에 시선이 빼앗길 만큼 잘생긴 얼굴은 아니었지만, 굉장히 선하게 웃었다.

"이거 줘."

이수는 장미 한 송이를 건네며 포장해 달라고 했다. 남자는 잠깐만 기다리라 말하고, 안으로 들어갔다. 잠시 후 남자는 색이 고운 한지와 비닐로 예쁘게 포장한 장미꽃을 내밀었다. 손이 야무진 것 같았다. 여자가 포장한 것보다 더 예뻤다. 그러고 보니 그림을 잘 그려 몇 번 전교생 앞에서 상을 탔던 것 같다.

이수는 빙긋 웃으며 물었다.

"얼마야?"

"그냥 줄게."

돈을 안 받는다는 말에 이수는 놀라서 눈을 동그랗게 떴다. 남자는 어색하게 웃으며 말했다.

"또 오라고. 서비스."

아! 그제야 이수는 고맙다며 수수한 꽃다발을 받아 들었다. 그리고 그냥 가려던 이수는 다시 고개를 돌려 남자에게 물었다.

"그런데 이름이 뭐야? 난 이수야."

남자는 잠시 수정 구슬 같은 갈색 눈동자로 이수를 응시하다 시선을 조금 내리며 대답했다.

"강호수."

호수. 맑은 느낌이 어쩐지 남자랑 잘 어울리는 이름 같았다. 이수는 꽃을 들고 가며 손을 흔들었다.

"다음에 또 올게. 많이 팔아."

탁탁. 이수는 막 도착한 서울행 버스를 잡으러 뛰어가느라 호수가 끝까지 자신의 뒷모습을 쳐다보고 있다는 걸 모르고 있었다.

설후는 요즘 응급실에서 실습을 하고 있었다.

24시간 쉬지 않고 돌아가는 응급실은 환자들이 들이닥치는 순간 정신 차릴 수 없을 정도로 바빠졌다. 그랬기에 의사 가운 입은 사람은 누구라도 손을 뻗어 환자를 치료해야 하는 곳이 응급실이기도 했다. 초짜니까, 전문의가 아니니까 넋 놓고 있을 수 없는 곳이었다.

설후는 바쁘게 돌아가는 응급실에서 가장 많은 걸 배웠지만, 또 그 안에서 우리나라 응급의료 시스템의 커다란 허점 또한 목격하게 되기도 했다.

응급실은 병상의 수와 상관없이 환자들이 밀려들기 때문에 휠체어나 복도 의자에 앉아 침대가 날 때까지 밤을 새서 기다리는 모습을 심심찮게 볼 수 있었다. 너나 할 것 없이 아픈 환자들이기 때문에 여기저기서 어서 자기 먼저 치료해 달라고 언성을 높이는 소리 역시 흔한 일이었다. 그리고 해당과에 컨설트를 내면 그 과의 의사가 너무 늦게 내려와서 난동이 일어나는 경우도 많았다. 결국 가끔은 응급실이 병원이 아니라 꼭 시장 바닥 같다는 생각을 하게 되고 만다.

"뭐야? 그러고도 당신이 의사야!"

응급실 구석에서 보호자의 험악한 말소리가 들려왔다. 고개를 돌리니 응급실 레지던트 2년차가 보호자에게 멱살을 붙잡힌 채 차근차근 설명을 하고 있었다.

"오해하지 마십시오. 이건 단지 보호자 분의 의견을 물은 것입니다."

맹장염 환자였는데, 지금 한국대병원에서는 병실도 꽉 차고 수술 환자도 밀려 있어 기다려야 하니, 빠른 수술을 원한다면 다른 병원을 소개해 주겠다는 말을 한 것이었다. 사람들이 너나 할 것 없이 제일 큰 대학병원으로 몰려오다 보니 이런 일은 태반으로 일어나는 일이었다.

위급을 다투고 대수술이 아닌 맹장염 수술 같은 것은 꼭 대학
병원에서만 해야 한다는 이유는 없었다.

수술을 받고 낫는 것은 똑같은데 대학병원에서 수술해서 입
원한 거와 다른 병원에서 수술 입원한 게 병원비에서부터 차이
가 엄청난데다 대학병원에는 수많은 환자 사이에서 자신의 순
번이 되기를 한참을 기다려야 한다는 애로 사항이 있었다. 그래
서 우선 도리적으로 말을 하는 경우이기도 했다. 다른 병원에
가지 않고 한국대병원에서 수술받기 위해 기다리겠다면 의사들
도 말리지 않는다. 하지만 지금처럼 성격이 괄괄한 사람들은 그
런 이야기를 듣자마자 불같이 화를 내며 의사들을 환자들을 몰
아내는 악덕 의사로 몰아간다.

그 모습을 보며 설후는 한숨을 내쉬었다. 단지 환자의 아픔을
치료만 해주는 곳이 병원인 줄 알았는데, 그 안에는 알게 모르
게 또 다른 현실적인 문제들이 많이 산재해 있었다.

같이 응급실에서 실습을 하던 준석이 얼굴이 파리해져서 나
타났다. B형 간염 carrier(보균자)인 환자의 동맥혈을 채혈하다
주삿바늘에 찔렸다는 것이었다. 감염내과 펠로우를 만나러 간
다며 걸어가는 뒷모습이 휘청휘청했다. 누가 보면 에이즈 감염
이라도 된 줄 알 것이었다.

분명 성인 때 감염되면 만성화되는 경우가 1%도 안 된다고
알고 있다. 그런데 지레 겁을 먹은 것이다. 하지만 준석과 같은
일은 안 당해야겠다는 걱정에 그 뒤로 설후는 채혈을 더 조심하

며 하게 되었다.

삐삐.

설후의 호출기가 울렸다. 허리에 차고 있던 호출기에 찍힌 번호를 확인한 설후는 모르는 번호임을 알고 고개를 갸웃했다.

누구지?

[오빠.]

호출한 사람은 놀랍게도 이수였다. 벌써 이수를 못 본 지도 두 달이 넘어버렸다. 아버지가 꺼낸 결혼에 대해 고민을 하느라 더 연락을 못한 것도 있었다. 설후는 아직도 결정을 못 내린 상태였다. 이수를 아버지에게 소개해야 하는지, 말아야 하는지에 대해서. 하지만 만약 정말 이수와 결혼을 하게 된다면 그건 피할 수 없는 문제이기는 했다.

"서울이야?"

[네, 문제지 사러 왔다가 병원 근처에 왔어요.]

문제지 이야기를 꺼내는 아이한테 결혼은 역시 무리라는 생각이 들었다.

[잠깐 나올 수 있어요?]

"아!"

설후는 난감한 표정을 지었다. 시간이 없었다. 바로 코앞까지 이수가 왔다는데, 나가서 만날 시간이 없었다. 설후의 단말마에 이수는 조심스럽게 물어왔다.

[바빠요?]

"으응. 그게, 미안."

[아뇨, 괜찮아요. 그냥 온 김에 와본 거야. 할 수 없죠. 일 잘해요.]

이수는 애써 서운함을 삼키며 일부러 명랑하게 말을 했다. 이수가 그냥 끊으려고 하자 설후가 서둘러 이수를 불렀다.

"이수야!"

[네?]

잠시 머뭇거리며 병원 복도를 둘러보던 설후가 누가 들을세라 조심스럽게 말했다.

"그럼 네가 병원으로 올래?"

설후의 말에 이수가 놀라며 물었다.

[그래도 돼요?]

설후는 차가운 벽에 이마를 대며 눈을 내리떴다.

"응, 괜찮아."

사실은 안 괜찮을지도 몰랐다. 병원에서 아버지와 마주치게 되면 분명 곤란한 일이 벌어질지도 모르지만, 그래도 이수가 너무 보고 싶었다.

[그럼 지금 갈게요.]

이수가 그를 만나러 온다. 기분 좋은 열기가 설후의 몸을 휘감았다.

설후를 만나러 한국대병원으로 온 이수는 지상 20층의 거대한 건물 앞에서 한번 멈추어 섰다. 설후가 있는 응급실은 눈에 잘 띄는 1층에 있었기에 찾기 어렵지는 않았다. 이수는 설레는 마음을 안고 응급실 쪽으로 걸어갔다. 응급실을 이런 마음을 가지고 찾아가는 이는 아마도 드물 것이었다. 응급실 앞까지 거의 당도하였는데, 이수의 앞으로 택시 한 대가 급하게 와서 급정거하였다. 차의 기세에 놀라 이수는 짧게 외마디 비명을 지르며 뒤로 물러났다. 곧 택시 뒤의 차 문이 열리며 사람 하나가 내렸다. 배가 남산만 한 임산부였다. 하지만 임산부는 치마 아래로 줄줄 무언가를 흘리고 있었다. 그게 피라는 걸 알고 이수의 얼굴이 새하얘졌다. 택시기사가 따라 내리며 소리쳤다.

"여기 응급환자예요! 산모가 죽는다고!"

픽! 그 말을 증명하듯 산모는 몇 걸음 걷지도 못하고 이수 바로 앞에서 꼬꾸라졌다. 덜덜 떨던 이수는 서둘러 산모에게 달려가서 몸을 흔들었다.

"괜찮으세요! 아줌마! 정신 차리세요."

얼굴은 죽은 사람처럼 파리하고 아래에서 피는 계속 흐르고 있었다. 이수는 택시기사한테 외쳤다.

"아저씨! 같이 부축 좀 해주세요!"

"아이! 썩을! 의사들은 왜 안 나와!"

아저씨는 욕을 하며 달려왔다. 이수와 택시기사는 양옆에서 산모를 거의 들어 안다시피 하며 걸어 응급실 안으로 들어갔다. 이수가 들고 있던 장미가 바닥에 떨어지며 사람들의 발에 밟혀

으깨져 버렸다.

안 그래도 평소보다 환자가 몰려 정신없던 응급실은 위급의 산모가 들어서면서 controlled chaos(통제불능의 혼란) 상태에 빠져 버렸다.

"환자랑 무슨 관계예요?"

의사의 질문에 이수는 도리질을 했다.

"아뇨! 전 그냥 응급실 앞에서 쓰러지기에."

환자는 출혈에 복통, 자궁 긴장도를 보이며 태아의 움직임이 잡히지 않았다. 전형적인 PA(태반조기박리)였다. 응급 C—sec(제왕절개술)을 들어가야 할 상황이었다. 곧 스피커를 통해 산부인과 의사를 찾는 방송이 울려 퍼졌다.

환자가 스트랙쳐(Stretcher:바퀴 달린 병원 침대)에 실려 응급실을 빠져나가서야 다른 환자를 보고 있던 설후가 이수를 발견하고 뛰어왔다. 이수의 치마에 묻은 피를 보고 설후는 당황하여 이수의 몸을 붙잡고 물었다.

"괜찮아?"

이수는 힘없이 고개를 끄덕였다. 단지 설후를 만나러 왔던 것뿐인데, 저도 모르는 사이 설후가 일하는 공간 안에 한발 들이밀고 말았다. 그건 정말 끔찍하고 숨 막히는 경험이었다.

설후는 충격을 받은 이수를 병원 건물 밖으로 데리고 나갔다. 이수를 벤치에 앉히고 설후는 근처 수돗가에 가서 손수건에 물을 적셔서 왔다. 그리고 무릎을 꿇고 앉아 이수의 옷에 묻은 피를 닦아주었다. 하지만 피는 쉽게 지워지지 않고 상처처럼 누런 흔적을 남겼다.

그런 설후의 행동을 말없이 내려다보던 이수가 물었다.

"오빠는 겁 안 나요?"

사람 죽는 거, 피를 흘리는 사람, 고통스러워하는 사람들 보는 거, 이수는 겁이 나서 살 수 없을 거 같았다. 설후는 무릎 위에 묻은 피를 닦아내며 말했다.

"겁나."

"그런데 어떻게 일해요?"

"언젠가는 무뎌질까 해서."

그 말을 하는 설후의 두 눈은 꼭 모진 풍랑 앞에 무방비하게 서 있는 사람처럼 보였다. 이수의 손이 다가와 설후의 얼굴에 닿았다. 이수는 설후의 뺨을 감싸고 위로 올려 자신을 보게 했다.

"오빠가 환자들의 아픔에 같이 울어주는 의사가 됐으면 좋겠어요."

하지만 그럼 설후가 너무 힘들어질 것이었다. 그 고통이 쌓이고 쌓여 결국 설후가 아프게 될지도 몰랐다.

자신의 얼굴을 어루만지는 이수의 손길에 바쁜 일상 속에 겨우 안식을 찾은 느낌이 들어 설후는 입매를 부드럽게 올리며 웃었다. 잔잔한 설후의 미소가 아름다워 이수의 심장이 달음박질치기 시작했다. 간혹 그의 아름다움은 이수를 두렵게 만들었다.

꼭 자신이 가질 수 있는 것이 아닌 것만 같아서.

삑삑, 호출기가 그만 헤어질 시간이라는 걸 알려주었다. 설후는 자리에서 일어나며 말했다.

"미안, 가볼게."

진짜 얼굴만 보여주고 돌아가는 설후를 이수는 붙잡고 싶었지만 그럴 수는 없었다. 잘 가라고 손을 흔들었다. 이수를 쳐다보며 뒤로 걷던 설후는 뒤돌아서 뛰어가기 시작했다. 펄럭펄럭 휘날리는 설후의 흰 가운이 어쩐지 너무 멀게 느껴졌다.

장혁은 타 대학에서 있었던 초청 세미나를 마치고 한국대병원으로 돌아오던 길이었다. 막 병원 부지 내로 차를 몰고 들어오는데 저 멀리 설후가 어떤 여자의 앞에 무릎을 꿇고 앉아 있는 것이 보였다. 장혁은 브레이크를 밟아 차를 세웠다. 두 사람은 환자와 의사라고 하기에는 너무 친밀해 보였다. 설후는 아무한테나 웃어줄 수 있는 사람이 아니라는 걸 장혁은 잘 알았다. 장혁의 눈이 여자에게 가서 멈추었다. 아직은 어린 느낌이 있었지만 분명 설후가 만난다는 여자라는 확신이 들었다. 설후가 호출을 받고 응급실로 뛰어가자 여자는 혼자 남았다. 장혁은 차에서 내렸다. 그리고 아직도 설후가 사라진 곳을 바라보며 서 있는 여자를 향해 걸어갔다.

"잠깐만, 아가씨."

그만 돌아가려던 이수는 자신을 부르는 듯한 목소리에 고개를 돌렸다. 그리고 다가오는 장혁을 보고 놀라서 멈추어 서버렸다. 장혁을 한 번도 만난 적이 없지만 설후와 너무 닮았기 때문이었다. 하지만 장혁은 설후보다 더 차갑고, 더 냉혹한 분위기였다. 이수의 앞에 멈추어 선 장혁은 머뭇거림없이 이수에게 물었다.

"설후가 만난다는 여자가 아가씨인가?"

이수는 당황스런 눈으로 장혁을 올려다보았다. 뭐라고 대답해야 할지 알 수가 없어 대답을 할 수가 없었다.

"실례지만, 누구신지?"

"나 설후 아버지야."

이수는 당혹스런 눈길로 방금 설후가 뛰어가 버린 길을 바라보았다. 설후는 단 한 번도 아버지에 대해 이야기한 적이 없었다. 그래서 자신이 갑자기 그의 아버지를 만나게 된 게 좋은 일인지, 나쁜 일인지 알 수가 없었다.

장혁은 이수에게 잠시 시간을 내어달라 했다. 이수는 거절할 수가 없었기에 장혁을 따라 근처 커피숍으로 향했다.

"내가 설후한테 아가씨를 집에 데려오라고 했는데, 설후가 아무 말 없던가?"

장혁은 커피가 나오기도 전에 이수에게 질문을 하였다. 이수는 놀란 눈으로 장혁을 보았다. 설후의 아버지가 자신을 만나보고 싶었다는 게 믿기지가 않았다.

"모, 못 들었어요."

장혁은 설후가 꾸물거리는 게 마음에 들지 않아 짧게 혀를 찼다. 그는 항상 시간에 쫓기는 삶을 사는 사람이었다. 수술실에서 하루 종일 보내는 날이 허다했다. 아들의 여자 문제로 길게 시간을 낼 수 없었기에 이리 이수를 만난 김에 그냥 마무리를 지어버릴 생각이었다.

"내가 좀 바쁜 사람이라서 말이야. 이리 만난 김에 묻고 싶은 거 묻고 싶은데, 대답해 줄 수 있나?"

이수는 아직도 이 상황이 어떻게 돌아가는 것인지 감당이 안 되었지만 웃어른의 말에 반항할 수도 없었기에 그러겠다고 고개를 끄덕였다.

"몇 살이지?"

"스무 살입니다."

이제야 겨우 미성년자를 벗어난 나이였다. 그래도 결혼하는 데 장애가 있는 나이는 아니었으니 장혁에게는 문제될 것 없는 나이였다.

"대학생인가?"

"아뇨, 재수하고 있습니다."

"왜? 공부 못했나?"

"그게, 한국대에 가고 싶어서."

이수는 자신감을 잃어 목소리가 점점 작아졌지만, 장혁은 그제야 호기심을 보였다.

"갈 실력은 되고?"

"네, 이번엔 꼭 갈 거예요."

이수는 단호히 말했다. 적어도 설후보다는 의지력이 있는 게 마음에 들었다.

"부모님은 뭐 하시지?"

"과일가게 하세요."

별로 마음에 드는 배경은 아니었지만, 그렇다고 문제될 건 없었다. 장혁은 별로 재물욕은 없는 사람이었다.

"서울에 사나?"

"아뇨, 인천이요."

인천이라는 말에 막힘없이 질문을 하던 장혁의 입이 딱 닫혔다. 장혁은 잠시 아무 말 없이 이수의 얼굴을 바라보았다. 집요한 장혁의 시선이 부담스러워 이수는 고개를 숙였다.

"어떻게 설후를 처음 만나게 된 거지?"

장혁의 목소리는 거침없던 처음보다 많이 조심스러워져 있었다. 이수는 순간 자신이 궁지에 몰렸다는 걸 어렴풋이 깨달았다. 설후가 자신의 가족에 대해 말한 적이 없어서 그가 어째서 어머니와 함께 살 수 없는 건지 들은 적은 없지만, 분명 아버지와 불화가 있었기에 부부가 이혼을 하였을 것이다. 그래서 이수는 가은에 대해 말을 해야 하는 건지, 말아야 하는 건지 판단할 수가 없었다. 이수는 난감한 눈으로 장혁을 쳐다보았다.

한순간 이수에게 호의적이던 장혁의 눈은 이제 완전히 경계심으로 가득 차 있었다.

"정가은이라고 아나?"

정가은이라는 이름을 뱉어내는 순간 장혁의 얼굴은 무섭도록 차가워 이수는 가슴이 철렁했다. 무언가 정말 크게 틀어지고 있었다.

가은은 봄이 되면 정원을 손질하며 오후 시간을 보내었다. 초록지붕 집 정원에는 돌보아야 할 꽃과 나무들이 많이 있었다. 모두 그가 심어놓은 것이었다. 가은을 버리고 인천으로 온 그는 집을 짓고 정원을 가꾸고 혼자 살았다. 그래서 이 집은 가은에게 그였다.

가은은 그를 사랑했었다. 그가 떠났을 때 죽고 싶었을 만큼. 그리고 장혁도 사랑했다. 가족이 되고 싶었을 만큼. 설후도 사랑했다. 그녀의 분신이었으니까.

모두를 사랑했는데, 그 결과는 외로움이었다. 사랑이 넘치는 건 결국 혼자인 것보다 더 참담한 것이라는 걸 사람을 사랑하며 살아오면서 깨닫게 되었다.

첫사랑이었던 그가 그녀를 버린 이유가 단지 부모님의 협박 때문이라는 걸 알게 된 건 아버지의 임종 때였다. 아버지는 돌아가시면서 마지막으로 가은에게 미안하다고 말했다. 그를 빼앗아서. 그래서 그녀를 슬프게 만들어서. 이미 그녀는 장혁의 아내이고, 설후의 엄마가 되어버렸는데 말이다. 때론 차라리 모르는 게 행복인 사실이 있다.

　장혁과 설후가 있었으니 그냥 그를 잊고 살아갈 수 있을 거라 생각했는데, 그렇지가 못했다. 버려졌다 생각했던 사랑이 사실은 보호받았다는 걸 깨달을 때마다 가은의 심장은 병원 옥상 난간 위에 서 있었을 때처럼 서글프게 뛰어댔다. 그가 보고 싶었다. 장혁과 설후를 사랑하는데, 그가 보고 싶은 마음을 지울 수가 없었다.

　참지 못하고 찾아왔던 이 집에서 그는 혼자 살고 있었다. 여전히 가은이 사랑했던 그 모습으로, 여전히 가은을 사랑하며. 가은은 그날부터 사랑 때문에 아팠다. 장혁을 사랑해서 아팠고, 그를 사랑해서 아팠다. 하나를 지워낼 수 없는 사랑은 행복이 아니라 고통이었다. 하지만 이젠 사랑 때문에 죽을 수도 없었다. 차라리 장혁을 처음 만났던 그 병원 옥상에서 뛰어내렸어야 했다고 생각하기도 했다. 그럼 적어도 죽을 자유는 있었을 것이라고.

　장혁을 떠난 이유는 하나였다. 장혁을 사랑하지 않아서가 아니라, 장혁에게는 설후가 있었으니까. 그처럼 철저히 혼자는 아니었으니까. 그래서 그에게 갔고, 이젠 그가 떠나 가은은 완전히 혼자가 되었다. 혼자가 된 가은은 이제야 평온을 느꼈다. 더 이상 누구를 버리고, 누구를 선택해야 하는지 고민하지 않아도 되었기에, 그를 혼자 내버려 두었다는 자책감에 시달리지 않아도 되기에, 가끔은 설후의 얼굴을 볼 수 있었으니까.

　더 이상 바라는 욕심은 없었다.

봄이 되면 꽃과 나무를 가꾸고, 여름이 되면 화채를 만들고, 가을이 되면 피아노를 연주하고, 겨울이 되면 사랑하는 이들을 그리워하고. 가끔 설후의 얼굴을 보며, 그리 살 것이었다.

끼이익.

차가 거칠게 멈추어 서는 소리가 가은의 평화로운 오후를 부수며 들어왔다. 화분의 흙을 갈고 있던 가은은 놀라서 고개를 들었다. 대문 밖에 낯선 차가 서 있었다. 이곳까지 올라오는 차가 거의 없기에 가은은 누구일까 싶어 손에 묻은 흙을 털며 일어났다.

운전석의 차 문이 열리고 내리는 사람을 본 가은의 얼굴에 핏기가 사라졌다.

장혁이었다.

20년 가까이 본 적이 없는 사람이었지만, 가은은 그를 보자마자 알아보았다. 장혁은 조수석의 문을 열고 이수를 내리게 하였다. 그리고 이수의 손목을 억지로 잡고서 대문을 향해 걸어왔다. 가은은 장혁과 만나고 싶지 않다는 두려움에 뒷걸음질을 쳤다. 화분이 가은의 발에 채여 넘어지며 흙을 토해냈다.

열쇠도 채워지지 않은 대문을 열고 들어선 장혁은 정원에 서 있는 가은을 보고 걸음을 멈추었다. 가은을 보는 장혁의 두 눈에는 분노뿐이었다. 그래서 가은은 그를 만나고 싶지 않았다. 그가 이젠 그녀를 미워하는 걸 알기에. 사랑이 모두 증오로 바뀌었을 것이기에. 그 미움을 마주하고 싶지 않았었다.

장혁이 거칠게 이수를 앞으로 끌어내며 가은에게 물었다.

"이 애 알아?"

이수는 이미 눈물이 범벅이 된 눈으로 가은을 보았다. 이수는 미안해하고 있었다. 자신 때문에 이런 상황이 되어버렸다. 스스로를 자책하고 있었다. 하지만 지금 상황에서 가은은 이수까지 챙겨줄 여력이 없었다. 가은은 점점 뒷걸음질만 쳤다. 가은이 대답을 하지 않자 장혁은 더 거칠게 물었다.

"이 애 아냐고 묻잖아!"

가은은 차마 장혁의 얼굴을 마주 보지 못하고 아니라고 고개를 저었다.

"똑바로 대답해! 아냐고!"

가은은 두 손으로 귀를 틀어막았다. 장혁의 고함 소리를 듣고 있을 수가 없었다. 가은이 들으려고 하지 않자 장혁은 가은에게 다가가 그녀의 손목을 가로채 잡아당겼다. 가는 가은의 손목이 부러질 듯 휘었다. 이수가 비명을 지르며 달려가 가은의 앞을 막아섰다.

"이러지 마세요! 모른다고요! 모르는 사람이라고 했잖아요!"

하지만 눈에서 펑펑 흘러나오는 눈물이 이미 가은을 알고 있다고 말하는 것과 같았다. 정말 이젠 모두 끝이구나 싶었다. 이대로 설후를 못 보게 되면 어쩌나 싶은 불안에 온몸이 떨렸다. 그런데 내내 그녀를 무섭게 만들었던 장혁의 고함이 더 이상 이어지지 않았다. 가은을 다그치던 장혁이 가은의 팔을 유심히 보고만 있었다. 눈물범벅인 이수의 눈도 가은의 팔로 향했다. 아무것도 없었다. 이수는 그곳에서 아무것도 볼 수 없었다.

그런데 장혁은 갑자기 가은의 다른 팔도 빼앗아 들고는 소매를 걷어 올렸다. 그제야 이수의 눈에도 가은의 팔에 난 작은 멍들이 보였다. 언제 이리 많은 멍이 생긴 것인가 싶었다.

"빈혈 있나?"

화를 내고 소리치던 장혁이라고 믿을 수 없을 정도로 차분한 목소리라 이수는 놀라 버렸다. 이수가 아무 소리 하지 않고 보고만 있자 장혁이 이수를 다그쳤다.

"이 여자 빈혈 있었냐고!"

이수는 저도 모르게 그렇다고 대답했다. 가은이 오랫동안 빈혈약을 먹고 있다는 걸 알기에. 대답을 하고 아차 싶었다. 이렇다면 거짓말을 한 게 완전 들통난 것이었다. 하지만 장혁은 이수의 거짓말에 화를 내지 않고 가은의 얼굴을 뚫어지게 바라보고만 있었다. 가은은 장혁과 대면할 수가 없었는지 꼭 두 눈을 감고 있었다. 언제나 도망치고 회피하려고만 하는 그녀의 나약함이 장혁을 더욱 화가 나게 만들었다.

장혁이 갑자기 가은의 팔을 끌고 걸어가기 시작했다. 이수는 놀라서 그 뒤를 쫓았다.

"그 손 놓으세요! 선생님 어디로 데려가시는 거예요!"

대문 앞에서 이수가 가은의 몸을 붙잡자 장혁은 돌아보며 차가운 목소리로 이수에게 경고했다.

“앞으로 내 아들 근처에는 얼씬도 하지 마.”

설후를 만나지 말라는 그 말이 너무 충격이라 이수는 온몸에 힘이 풀려 버렸다. 장혁이 그대로 가은을 끌고 가버리는데도 이수는 두 사람을 쫓아갈 수가 없었다. 장혁은 가은을 자신의 차에 태우고는 떠나 버렸다. 이수는 멀어지는 장혁의 차를 멍한 눈으로 바라보았다.

어째서 일이 이렇게 되어버린 것인지. 아직은 감당이 안 되고 있었다. 그녀는 단지 설후의 얼굴을 잠깐 보러 병원으로 찾아갔었던 것뿐이었는데. 그의 아버지는 그녀에게서 설후를 영원히 빼앗으려 하고 있다.

도대체 어째서…….

탁, 탁, 탁.

긴 복도를 뛰어가는 발소리는 다급했다. 정신없이 뛰어가는 설후에게 사람들의 시선이 몰렸지만 설후의 눈에는 아무것도 보이지가 않았다. 흔들리는 세상을 힘겹게 뛰어서 달려온 설후는 노크도 없이 아버지가 계신 한국대병원 흉부외과 과장실 문을 벌컥 열었다.

아버지는 언제나와 마찬가지로 책상에 앉아서 환자의 CT를 보고 있었다. 독수리의 눈을 가진 그 냉철한 눈썰미로. 문가에 서 있는 설후를 보고는 다시 CT로 시선을 돌리신다.

설후는 믿고 싶지 않은 목소리로 물어왔다.

“뭐 하신 거예요?”

목소리가 떨렸다. 의사고시 준비 때문에 거의 학교에서 날밤을 새다가 밤늦게 이수의 호출을 받았다. 그의 아버지가 억지로 어머니를 끌고 가버리셨다고. 어디로 데려간지 알 수가 없다고 하였다.

설후는 머릿속이 새하얗게 변해 어떤 말도 떠오르지가 않았다.

5년 동안 숨겨온 비밀이었는데, 그걸 아버지가 모두 아셨다. 하지만 그것보다 더 겁이 나는 건 아버지가 어머니를 끌고 가셨다는 것이다. 아버지가 어머니에게 무슨 짓을 한 것인지 짐작하는 것도 겁이 났다. 그래서 그 길로 바로 아버지가 있는 병원으로 달려온 것이었다.

“어머니 지금 어디 계세요?”

“네 어머니는 죽었다. 난 분명 20년 전에 그리 말했을 텐데!”

“아버지!”

자신이 잘못한 걸 알았다. 아버지에게 거짓말을 하고 어머니를 만났다. 하지만 지금은 그것보다 어디 계신지 모르는 어머니가 먼저였다.

“아버지가 말씀 안 해주시면 지구를 다 뒤져서라도 찾아내요!”

처음으로 아버지에게 선포를 하고 걸음을 떼는데 등 뒤에서 아버지의 목소리가 칼이 되어 설후의 등을 찔러왔다.

“네 어머니는 20년 전에 죽었어!”

“그런 억지 저한테까지 강요하지 마세요! 버림받은 건 아버지지 제가 아니에요!”

비명처럼 외쳤다. 하지만 그게 아버지에게 얼마나 잔인한 말이었는지 그 순간은 미처 깨닫지 못했다. 장혁은 배신당한 눈으로 설후를 쳐다보았다. 피가 몰려 눈까지 붉게 달아오른 장혁의 얼굴은 야차 같았다. 아버지의 살기등등한 표정에 설후는 소름이 돋아났다.

“배은망덕한 놈!”

악문 이 사이로 새어 나오는 욕에 설후는 주춤 뒷걸음질을 쳤다. 장혁의 손이 하얗게 주먹 쥐어졌다. 장혁은 아직도 가은이 떠났던 그 밤을 또렷이 기억하고 있었다.

미안하다는 단 네 마디가 적힌 쪽지도, 장혁의 몸 위로 퍼부어대던 바늘 같은 빗줄기도, 엄마를 찾아 울어대던 어린 설후의 울음소리도, 피를 토할 것 같던 그 배신감도.

장혁은 가은에게 모든 걸 주려 했지만 그녀가 장혁에게 준 건 배신뿐이었다.

장혁은 또다시 살아나는 타오르는 분노에 이를 사리물었다. 장혁은 죽을 때까지 가은을 용서할 수 없었다. 그랬기에 설후에게도 가은이 떠난 게 아니라 죽었다고 한 것이었다. 그런데 자신 몰래 설후가 그 여자를 만나온 것이다. 자식을 버리고 도망가 버렸던 그 여자를 설후는 여전히 어머니라고 부르고 있었다.

이제껏 그를 키워준 아버지를 배신하고 말이다.

서로 아끼고, 믿고, 사랑해야 할 가족들이 끝없이 그를 내몰고 있었다.

붉게 충혈된 장혁의 두 눈에 습윤한 물기가 차올랐다. 하지만 그건 슬픔이 아니라 분노였기에 불보다 더 뜨거웠다.

"네가 내 말을 못 믿겠다면 내 손으로 사실로 만들어주마. 그러길 바라는 거냐?"

설후의 두 눈이 충격에 굳어졌다.

"진짜 이 손으로 네 어미를 죽이는 꼴을 봐야 인정할 거냐?"

아버지는 겁을 주시는 게 아니셨다. 노기등등한 두 눈은 환자의 흉부를 칼로 그을 때보다 더 또렷했다. 설후는 주춤주춤 뒤로 물러나다 문 앞에서 풀썩 주저앉고 말았다.

잔인한 아버지의 모습에서 어머니가 아버지에게 입혔던 상처의 피비린내를 맡은 것만 같아 심장이 얼어붙어 버렸다.

이수는 가은이 없는 초록지붕 집에 밤새 남아 설후의 연락을 기다렸다. 하지만 날이 새도록 설후는 전화를 주지 않았다. 가은에게 무슨 일이 생겼을 것만 같아 떨림이 멈추지가 않았다. 결국 이수는 아침이 되자마자 한국대병원으로 달려갔다. 병원에서 설후를 찾을 수는 없었다. 어쩔 수 없이 설후의 아버지에 대해 물었는데, 아버지가 같은 병원의 흉부외과 과장이라는 걸 이수는 그제야 알게 되었다. 그래서 이수는 설후의 아버지가 일하는 흉부외과 과장실로 찾아갔다.

과장실의 문을 열고 들어가기가 죽기보다 겁이 났지만 이수는 그 문을 열어야만 했다. 똑똑, 힘없이 노크를 하고 대답이 들려오기 전에 문을 열었다. 그곳에 가은을 끌고 갔던 장혁이 하얀 의사 가운을 입고 앉아 있었다. 그제야 깨달았다. 하얀색이 정말 무서울 수도 있다는 걸.

밤새 연구실에 있던 장혁은 이른 아침부터 찾아온 이수를 건조한 눈으로 쳐다보았다. 두 사람의 시선에서는 서로에 대한 경계심만 가득했다.

"서, 선생님, 어디 계세요?"

이수는 매서운 장혁의 눈빛에 겁먹지 않으려 노력하며 가은에 대해 물었다.

"가르쳐 주세요. 저 선생님 만나야 해요."

"어제는 모르는 사이라고 하지 않았나?"

차고 건조하게 이수의 거짓말을 짚어내는 장혁의 물음에 이수는 울고만 싶었다. 그가 너무 무서웠다. 하지만 가은이 어디 있는지 알아내야 했다. 이수는 차오르는 서러움을 꾹 눌러 참으며 장혁에게 사정했다.

"제발 가르쳐 주세요. 선생님 어디 계세요?"

"그래서 설후는 앞으로 안 만날 건가?"

장혁의 말에 이수의 두 눈이 꽁꽁 얼어붙었다. 설후는 이제 이수의 인생이었다. 그가 없는 자신의 삶은 상상할 수도 없었다. 그런데 설후를 만나지 말라니. 그건 불가능했다. 이수가 얼어붙은 채 아무 말도 하지 못하자 장혁도 이수에게서 신경을 끊었다. 마치 그 자리에 이수가 없는 것처럼 자신의 일을 했다.

"저, 전 설후 오빠 없이 못살아요."

이수가 울먹이며 말했다. 장혁은 이수를 쳐다보지도 않으며 말했다.

"나도 그럴 거라 생각한 적이 있지. 하지만 이리 멀쩡히 잘살고 있어. 아가씨도 그럴 거야. 뻔뻔스러울 정도로 잘살 수 있어."

"멀쩡하지 않으시잖아요! 멀쩡하지 않으니까 선생님한테 그리 화를 내시고 끌고 가신 거잖아요! 도대체 우리 선생님 어떻게 하신 거예요!"

장혁은 자신을 함부로 평가하는 이수를 무서운 눈으로 노려보았다. 하지만 이수는 슬픔에 빠져 우느라 장혁이 그녀를 어찌 쳐다보는지도 알지 못했다. 잠시 울고 있는 이수를 바라보던 장혁이 건조하게 이야기를 시작했다.

"점상출혈, 빈혈, 백혈구 수치 2만, 혈소판 수치 5만, 이게 뭘 말하는지 아나?"

이수는 두려운 눈으로 장혁을 응시하였다. 알지 못하지만 좋은 말은 아닌 것 같다는 예감이 들었기 때문이다.

"그게 뭔데요?"

"아직 대답하지 않았어. 설후 다시는 안 만날 건가?"

"그럴 수 없어요!"

"그럼 당장 이 방에서 나가!"

벼락같은 장혁의 고함 소리에 놀란 이수는 그만 그 자리에서 주저앉고 말았다. 두려움에 사로잡힌 심장이 벌렁벌렁 뛰어대고, 두 귀에서는 이명이 들려왔다. 주르륵, 눈물이 힘없이 뺨을 타고 흘렀지만 다정히 위로해 주던 손길은 이곳에 없고, 그의 무서운 아버지만이 살기 어린 눈으로 그녀를 쏘아보고 있었다.

이건 악몽이었다.

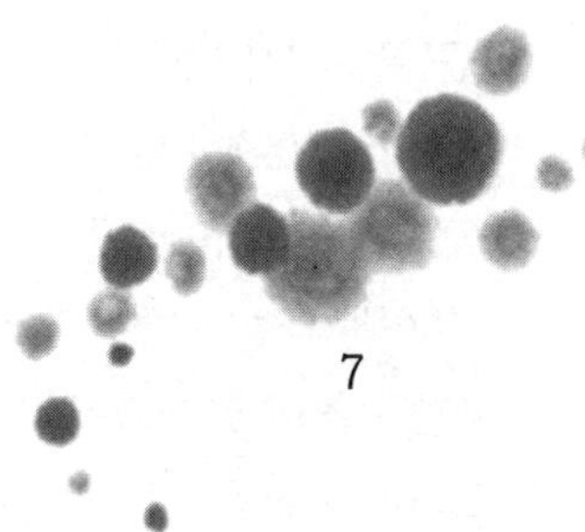

7

저벅저벅.

장혁은 한성병원 복도를 걸어가고 있었다. 가장 구석에 있는 병실 앞에 멈추어 선 장혁은 잠시 아무 팻말도 붙어 있지 않은 병실의 문을 바라보다 문을 열었다. 가은은 이곳에 올 때 입었던 옷으로 갈아입고 환자복을 정리하고 있었다. 그 모습을 보고 장혁의 눈썹이 꿈틀하며 굳었다.

"뭐 하는 거지?"

가은은 놀라며 장혁을 보았다. 그를 보는 그녀의 시선은 두려움과 경계심에 싸여 있었다. 하지만 그녀는 장혁을 미워할 자격이 없었다. 증오를 해야 한다면 장혁이 그녀에게 해야 했다.

"곧 골수검사 받을 거야. 당장 갈아입어."

장혁이 명령했지만 가은은 들으려 하지 않았다.

"전 집에 갈 거예요."

"집? 내 아들을 몰래 만난 그 집 말인가? 당신이 이제 그 집에 돌아갈 자격이 있다고 생각해?"

철저히 가은을 비난하는 장혁을 가은은 슬픈 눈으로 응시하였다. 사실을 알게 되면 그가 화를 낼 거라고는 생각했지만 설마 이 정도로 분노할 줄은 몰랐다. 그만큼 자신에 대한 증오심이 큰 것 같아 몸보다 마음이 더 아팠다.

"이 병실을 나서는 순간 당신은 이 땅에서 추방이야."

"차라리 죽으라 해요. 그래야 설후가 절 안 찾겠죠."

가은이 죽는다는 이야기를 꺼낸 순간 장혁의 눈에 불꽃이 튀었다. 가은의 옆으로 걸어온 장혁은 가은의 가는 팔을 억세게 잡아 틀며 명령했다.

"당장 환자복으로 갈아입고, 검사실로 가. 내 손에 진짜 죽기 전에."

메마르고 성난 장혁의 눈을 보는 가은은 힘없이 쓰러져 갔다. 더 이상은 그를 아프게 하고 싶지 않았다. 이미 그에게 준 고통으로 그녀도 아팠다. 하지만 그녀의 존재 자체가 이젠 장혁에게 고통이었다. 그런데 죽지도 말라고 한다. 가은은 자신이 어찌해야 장혁이 그녀에게 가지는 미움을 버리고 편하게 살 수 있는지 알 수가 없었다. 가은은 장혁의 뜻에 복종하며 환자복을 다시 집어 들었다. 우선은 그의 말을 거스르지 않는 것밖에 다른 도리가 없었다.

골수검사를 위한 것이라며 가은은 허리 부분에 엠나라는 국소마취제를 붙였다. 그리고 1시간 뒤, 가은은 임상병리학과에서 골수검사를 받게 되었다. 국소마취를 하지만 뼛속에 긴 바늘을 찔러 넣어 골수를 채취하는 것이었다. 고통을 동반하는 검사였다. 하지만 가은은 뼈 안으로 굵은 바늘이 꿰뚫고 들어오는 걸 느끼면서도 세게 이를 깨물며 아픔을 참았다.

차라리 몸이 아픈 게 나았다. 그럼 마음의 고통을 잠시 망각할 수 있으니. 고통을 고통으로 덮어씌운다.

장혁은 검사실 밖을 지키고 있었다. 억지로 가은을 고통스런 검사실에 밀어 넣은 그의 표정은 별로 통쾌해 보이지 않았다. 무겁게 가라앉아 차가운 대리석 바닥만 내려다보고 있었다. 병원은 장혁이 가은을 처음 만난 장소였다. 핏기없는 얼굴로 그럼 무슨 약을 먹어야 죽을 수 있을까요? 라고 그에게 묻던 그녀를 떠올린다. 사실 가은은 그때 그 옥상에서 죽었어야 했던 운명인지도 몰랐다. 그런데 장혁이 멋대로 신의 영역에 개입을 해서 그녀를 살리고 그의 옆에 둔 것이다. 그래서 그들의 인생이 이리도 뒤틀리게 되어버린 건지도.

저기, 누군가 부르는 소리에 장혁은 과거에서 벗어나 현재로 돌아왔다. 임상병리학과 레지던트가 장혁의 앞에 서 있었다. 가은이 골수검사를 마치고 회복실로 옮겼다고 했다. 장혁의 시선이 잠시 회복실 쪽으로 향한다. 괜찮을까, 걱정하는 마음과 죽여 버리고 싶다, 분노하는 마음이 똑같은 피를 흘리며 그의 안에 있다. 장혁은 천천히 걸음을 돌려 복도를 걸어갔다. 어째서 사람에게 마음을 열어버렸던 걸까, 후회하고 후회하며.

와르르.

설후는 아버지의 서재를 휘저으며 어머니의 흔적을 찾고 있었다. 무엇이든 아버지가 어머니를 데리고 간 곳이 어디인지 찾아내야 했다. 하지만 책장에 있는 책을 전부 쏟아내 보아도 나오는 게 없었다. 설후의 손에 장혁의 서재가 폭탄 맞은 거리처럼 엉망이 되고 있는 걸 고 여사는 문밖에서 불안한 눈으로 쳐다보고 있었다. 옆에서 가정부 아주머니가 발을 동동 구르며 장혁이 알면 불호령이 떨어질 거라 난리를 떨었다. 고 여사도 몇 번이나 설후를 말렸다.

"설후야! 그만 해! 도대체 왜 이러는 거야!"

하지만 아무리 말려보아도 설후는 듣지를 않았다. 설후는 제정신이 아니었다.

"아버지가 어머니를 데려가셨단 말이에요!"

설후는 같은 말만 반복하며 멀쩡하게 세워져 있는 것들을 어지럽히며 이 집 안에서 내내 유지되고 있던 질서를 무너뜨렸다. 하지만 장혁의 서재를 뒤진다고 사라진 어머니는 돌아오지 않았다. 설후는 어지럽혀진 바닥 위로 무너져 내렸다. 그는 단지 어머니를 만나러 갔던 것뿐이었다. 그건 죄가 아니었다. 하지만 아버지는 철저히 그를 죄인 취급하고 있었다. 배신자로 내몰고 있었다. 설후는 두 주먹을 움켜쥐었다.

그는 죄를 진 게 아니었다. 단지 자신을 낳아주신 어머니를 만났던 것뿐이었다.

설후는 붙잡는 할머니의 손을 떨쳐 내고 집을 나와 병원으로 갔다. 아버지와 싸움을 해서라도 어머니가 계신 곳을 알아내야 했다. 하지만 허망하게도 아버지는 병원에 안 계셨다.

"휴가라고요?"

믿을 수가 없었다. 20년 동안 단 한 번도 휴가를 써본 적이 없으신 분이 휴가라니. 당연하다는 듯이 병원에 있는 사람 그 누구도 장혁이 어디로 간지 알지 못했다. 설후는 완전히 덫에 걸려 버린 기분이었다. 병원에 들어설 때는 어머니만 사라졌었으나, 병원에서 나올 때는 아버지마저 사라져 버렸다.

설후는 터벅터벅 병원을 나와 인천으로 갔다. 항상 어머니를 만나러, 이수를 만나러 찾아갔던 초록지붕 집. 이제 생각나는 곳은 그곳뿐이었다.

설후가 초록지붕 집에 도착했을 때 주위는 밤의 장막에 갇혀 있었다. 지옥처럼 어두운 밤이었다. 그런데 비어 있을 거라 생각한 초록지붕 집에 불이 켜져 있었다. 언덕을 오르던 설후는 초록지붕 집의 불빛을 보고 뛰기 시작했다. 혹시나 어머니가 돌아오셨을지도 모른다는 기대가 생겨났다.

설후가 단 한 번도 쉬지 않고 숨 가쁘게 달려 초록지붕 집의 현관문을 열었을 때 불이 켜진 거실에는 이수만이 혼자 오도카니 앉아 있었다. 돌아오지 않는 가은을 기다리고 있던 이수는 문을 열고 들어온 설후를 보고 울먹이며 그에게 달려와 안겼다.

"흐흐흑. 왜 이제 와요! 얼마나 찾았는데! 얼마나 기다렸는데! 나 혼자 무서워 죽을 거 같았단 말이에요!"

설후는 멍하니 이수의 울음소리를 듣고 서 있었다. 한마디라도 하면 울 것 같았기에 아무 말도 할 수가 없었다. 설후는 두 손을 뻗어 이수의 가는 몸을 껴안았다. 그래도 사라지지 않은 게 유일하게 하나 남았다는 것에 안도했다. 설후는 부서질 듯 이수를 안고 그녀의 등 뒤에서 깊게 숨을 토해냈다.

"다 내 잘못이에요. 인천에 산다는 말을 했으면 안 되었는데."

이수는 자신을 자책했다. 설후는 이수의 어깨를 안고 자신에게 끌어당기며 위로했다.

"아냐. 누구의 잘못도 아냐."

정말 그랬다. 이수의 잘못도 아니었고, 설후의 잘못도 아니었고, 어머니의 잘못도 아니었고, 심지어 아버지의 잘못도 아니었다. 그런데 왜 자신들은 이리 혼돈 속에 던져진 것인지, 설후는 억울하고 아팠다. 신이란 존재는 행복할 때는 보이지 않다가 불행이 찾아오면 가혹하게 그 존재를 드러내며 인간인 그들을 더

욱 작아지게 만들었다. 신의 손아래에서 농락당하는 기분이었
다.

이수는 불안한 눈으로 설후를 올려다보았다. 설후의 얼굴을
보는데 설후를 다시는 만나지 말라는 장혁의 서릿발 내리는 목
소리가 아직도 생생히 들려오는 듯했다. 이수는 두 팔을 뻗어
설후의 목을 끌어안았다.

"다시는 오빠 못 보는 줄 알았어요."

설후는 위로하듯 이수의 등을 손으로 토닥였다. 하지만 설후
의 얼굴은 심각하기만 하였다. 아마도 아버지가 어머니에게 해
를 입혔을 것이라는 생각은 들지 않았다. 아버지가 어머니를 진
심으로 사랑했던 적이 있었다면 그럴 수 없을 것이라 생각했다.
하지만 아버지가 모든 걸 알게 되어버린 이상 모든 게 예전 같
지는 않을 것이었다. 더 이상 어머니를 보지 못할 수도 있었다.
더 이상 이수조차 만나지 못할 수도 있었다. 그건 설후에게 공
포였다.

이수가 고개를 들어 설후의 얼굴을 보며 물었다.

"오빠는 선생님 어디 있는지 알아요?"

"괜찮으실 거야. 너무 걱정하지 마."

"오빠도 모르는 거예요? 어떡해. 우리 선생님 어떡해요."

이수가 다시 울려고 하자 설후는 이수의 얼굴을 감싸고 이마
를 마주 대었다. 지금은 무너지는 자신의 마음보다 이수를 달래
는 게 먼저였다.

"진짜 괜찮으실 거야. 우리 아버지 그렇게 나쁜 분 아냐."

"하지만 너무 무서웠어요."

"아버지가 너한테 뭐라고 하셨어?"

이수는 그 끔찍했던 순간이 다시 생생히 생각나 결국 눈물을 떨어뜨렸다. 창백한 피부에 흐르는 눈물은 너무 차가워 보였다. 설후가 손으로 눈물을 닦아주어도 눈물은 피처럼 멈추지 않았다. 불안했다. 정말 이대로 영영 이수를 잃을 것만 같았다. 어머니도 잃을 것만 같았다.

설후는 고개를 내려 눈물에 젖어 있는 이수의 입술에 자신의 입술을 짙게 찍으며 불안을 부정했다. 이대로 빼앗길 수 없었다. 빼앗기지 않을 것이었다. 더 이상 아버지의 말에 순종만 하는 그런 아들로는 살지 않을 것이었다. 싸워야 지킬 수 있다면 싸울 것이다.

설후는 이수를 안고 그대로 소파 위에 쓰러졌다. 자신의 무게로 이수를 누르며 더 깊게 키스를 하였다. 이수의 손이 미약하게 설후의 어깨를 밀어내었지만 소용이 없었다. 벌어진 입술 사이로 혀가 엉키며 서로를 빨아들였다. 호흡을 설후에게 빼앗긴 이수의 얼굴이 새빨갛게 달아올라 갔다. 설후의 혀가 그녀의 입 안 예민한 점막을 쓸자 설후를 밀어내던 이수의 손이 그의 어깨를 세게 움켜쥐었다.

키스에 몰두하던 설후의 손이 스커트 안으로 파고들어 와 허벅지를 꽉 움켜쥐자 이수는 놀라서 눈을 번쩍 떴다. 이수는 두 손으로 강하게 설후를 밀어내었다. 그제야 그녀에게 밀착되어 있던 설후의 몸이 떨어져 나갔다. 설후도 자신이 방금 무슨 짓을 한 것인지 모르는 듯 잠시 거친 호흡만 내뿜고 앉아 있었다. 그 순간의 설후가 너무 낯설어 이수는 가늘게 몸을 떨었다. 진정이 된 설후는 소파쿠션에 얼굴을 묻고 꼼짝도 하지 않았다. 슬픔을 잊으려 욕망으로 도망친 자신을 자책하는 듯했다. 그런 설후를 불안한 눈으로 보던 이수가 조심스럽게 입을 열었다.

"그러고 보니 오빠 아버지가 이상한 말씀을 하셨어요."

"무슨 말?"

설후는 쿠션에 얼굴을 묻은 채 물었다.

"점상출혈, 빈혈, 백혈구 2만, 혈소판 5만이요."

설후는 갑자기 번쩍 고개를 들었다. 설후는 충격을 받은 눈으로 이수를 보며 물었다.

"어머니가 빈혈이 있으셨어?"

장혁이 물었던 말을 설후까지 묻자 이수는 정말 불안했다. 빈혈이라는 말이 이리 무섭게 들리기는 처음이었다.

"네, 빈혈약을 드시긴 했어요."

"평소에 발열 증상도 있었어?"

"그게, 감기는 자주 앓으셨는데."

"몸에 멍 자국도?"

"그날 오빠 아버지가 오셨을 때 저도 처음 봤어요. 팔에……."

설후의 얼굴이 하얗게 질려갔다. 아버지가 단 한 번 보고 안 사실을 설후는 까맣게 몰랐다. 그의 어머니가 아프다는 걸. 이수가 자신을 사랑하는 건 알았으면서, 어머니의 병에 대해서는 전혀 몰랐었다. 아들인데, 설후만이 유일한 가은의 가족이었는데, 그리고 의사였는데도,

……몰랐다.

설후는 소파에서 벌떡 일어나 전화기 주변을 뒤졌다. 선반 아래에서 전화번호부를 찾아낸 설후는 전화번호부를 탁자 위에 놓고 뒤적이기 시작했다. 갑자기 설후가 분주하게 무언가를 찾기 시작하자 이수는 더 불안해졌다.

"오빠, 왜 그래요? 선생님 설마 아프신 거예요?"

설후는 잠시 이수를 쳐다보다 전화기를 집어 들고 병원마다 전화를 걸어 정가은 환자가 있는지 찾기 시작했다.

장혁은 가은의 검사 결과를 알기 위해 한성병원 내과 전문의를 찾아갔다. 장혁의 학교 후배였던 그는 우선 깍듯이 장혁에게 인사를 했다.

"골수검사 결과 어떤가?"

결과가 좋지 않은지 담당의의 얼굴이 굳어졌다. 언제나 환자들에게 병에 대해 알려주는 입장이었던 장혁은 그 반대가 된 지금 상황에서 미세하게 심장이 긴장을 하고 있다는 걸 느꼈다. 사람의 가슴을 가르고 심장을 꺼낼 때조차 멀쩡하던 심장이 고

작 이런 순간 떨고 있었다.

"M3(급성전골수성백혈병)입니다."

꽤 비현실적인 일이다. 가은이 자신과 설후를 버리고 아무것
도 없는 그 남자한테 간 일도 참 비현실적인 일이었는데, 이건
그보다 더 비현실적이다. 그녀가 기어이 벌을 받은 건가?

장혁은 웃어야 할지, 울어야 할지 알 수가 없다.

가은이 자신을 버린 벌을 받는다면 정말 통쾌할 것이라 생각
했는데, 기대했던 것보다 별로 기분이 좋지 않았다. 그 반대였
다. 자신이 아프기라도 한 것처럼 현기증이 올라왔다.

"어느 병원으로 입원시키실 것입니까?"

장혁이 한국대병원 의사인 걸 알기에 담당의는 조심스럽게 물
어왔다. 장혁은 순간 담배가 피우고 싶었다. 끊은 지 벌써 20년
이나 되었는데. 장혁은 담배를 찾는 손을 꾹 주먹 쥐며 담담히
담당의에게 부탁했다.

"이 병원에 병실 마련해 주게."

가은이 있는 한성병원을 나온 장혁은 집으로 향했다. 그의 어
머니가 있고, 그의 아들이 있는 곳. 그의 행복이 있었던 곳이고,
그의 아내가 그를 버린 곳.

장혁은 집으로 갔다.

"어머니 어느 병원에 숨기신 거예요!"

오랫동안 모습을 보이지 않던 장혁이 집 안으로 들어서자마
자 설후는 장혁에게 소리를 질렀다. 장혁은 무표정한 얼굴로 화

를 내는 그의 아들을 바라보았다. 설후는 붉게 핏발이 선 눈으로 장혁을 노려보았다. 그건 아버지를 보는 눈이 아니었다. 그를 적대한다. 설후를 버리지 않고 지금껏 키운 건 자신이었는데 말이다. 결국 설후마저 자신을 버리려 한다는 사실이 장혁의 마지막 남은 온기마저 빼앗아갔다.

"선택해라."

장혁은 싸늘한 목소리로 설후에게 말했다. 설후의 두 눈이 얼어붙어 갔다.

"네 어머니냐, 그 여자냐."

"아버지!"

설후는 피맺힌 목소리로 장혁을 부르짖었다. 그건 선택할 수 있는 게 아니라고! 인간이라면 그런 선택을 할 수 없다고!

"그 여자를 선택하면 네 어미는 죽겠지."

하지만 장혁은 더욱더 잔인해질 뿐이었다. 슬픔은 그를 더욱 잔혹하게 만들고 있었다. 잔혹해지지 않으면 버틸 수 없다는 듯이 악마가 되어갔다.

철옹성 같은 아버지의 앞에서 설후는 무너져 내렸다. 설후는 두 손에 얼굴을 묻고 사정했다.

"제가 잘못했어요."

어머니가 그리워 찾아갔던 게 잘못이라고 시인했다. 이수를 사랑한 것도 잘못이라고 고개를 숙였다. 자신이 태어난 것조차 죄악이라며 서럽게 용서를 구했다. 하지만 아들의 사죄에도 장혁의 표정은 여전히 밤의 사막이다.

"제발!"

어머니에게 가게 해달라고 빌었다. 어머니가 아프신 동안만
이라도 옆에 있을 수 있게 해달라고. 이수를 포기할 수 없었다.
그렇다고 살아 있는 어머니를 죽었다고 인정하는 건 설후에게
불가능한 일이었다.

장혁은 자신의 앞에 무릎 꿇고 우는 설후를 서늘한 눈으로 내
려다보았다. 20년 전 자신의 모습이 지금 설후의 모습처럼 비참
했을까, 돌이켜 본다. 아니, 비교가 되지 않는다. 장혁은 지금의
설후보다, 지금의 가은보다 더 고통스러웠다. 살아 있는 심장을
가진 채 죽음을 맛보았었다. 그러니 이들을 용서할 수 있는 마
음은 그때 죽어버려 더 이상 용서가 불가능했다.

자신을 버린 가은도, 자신을 속인 설후도.

"선택해. 네 어머니를 죽이던가. 네 여자를 버리던가."

"그런 선택 같은 거 할 수 있을 리가 없잖습니까!"

"그래, 그런 선택을 하는 자체가 인간이 아니지. 하지만 네 어
미는 했다. 너와 날 포기하고 다른 한쪽을 선택했어! 그런데도
네가 감히 날 속이고 그런 인간 같지도 않은 여자를 찾아가!"

찰싹!

장혁의 손이 인정사정없이 설후의 뺨을 후려쳤다. 설후는 그
힘에 밀려 바닥에 쓰러졌다. 아홉 살 마지막으로 아버지에게 맞
아본 이후 거의 15년 만에 다시 아버지에게 맞은 이유는 여전히

똑같았다. 어머니였다. 안절부절못하며 보고 있던 고 여사는 장혁이 기어이 폭력까지 쓰자 달려와 설후의 앞을 막아섰다.

"그만 하게! 제발 그만 해! 이런다고 자네 속이 풀릴 것 같나!"

고 여사도 울며 아들에게 사정했으나 장혁은 두 사람을 외면하고 서재로 걸어갔다. 설후가 엉망으로 만들었던 서재는 그사이 예전처럼 깔끔하게 정리되어 있었다. 하지만 깨어진 액자와 장식품들은 조용히 사라져 있었다. 장혁은 책장으로 걸어가 철자순으로 정리된 책들 중 한곳에 멈추어 서서 책 하나를 꺼내 들었다. 백혈병에 관련된 의학 책이었다.

책을 펼쳐 들었다. 악귀보다 더 차가운 얼굴을 하고.

설후는 불도 켜지 않은 방에 우두커니 앉아 있었다. 아버지에게 맞은 뺨은 멍이 들어 있었다. 하지만 아픈 건 몸이 아니라 마음이었다. 아버지에게 마음이 난도질당한 설후는 꼼짝도 할 수가 없었다. 어째서 자신이 이런 고통을 겪어야 하나 싶었다. 어째서 그의 어머니는, 그의 아버지는 이리 자신을 만신창이로 만드는 것인가 싶었다. 그들의 자식으로 태어난 게 참을 수 없이 고통스러웠다. 창밖의 달은 이런 날조차 시리게 아름답다. 평생 상처 따위는 받지 않을 듯 혼자서만 우아하다. 얼음처럼 굳어버린 설후의 붉은 뺨 위로 눈물이 한줄기 흘러내렸다.

선택을 해야 했다. 어머니와 이수. 둘 중 하나를.

아버지의 강요대로 인간이 할 수 없는 선택을 하고, 야수가
되어야 했다. 동화 속의 야수는 사랑을 되찾고 다시 사람이 되
었다던데. 아마도 설후는 평생 아버지처럼 야수로 살아갈 것 같
았다. 더 이상 꽃 같은 사랑은…… 없을 것이었다.

새벽 동이 뜨기 전 설후는 아버지가 계신 서재로 내려갔다.
파르께한 공기에 휩싸인 서재는 모든 게 얼어붙어 있었다. 책
도, 공기도, 아버지도. 아버지는 언제나와 같은 반듯한 자세로
책을 읽고 계셨다. 그런 아버지를 말없이 바라보던 설후는 기계
적으로 입을 열었다.

"어머니 얼마나 아프세요?"

장혁은 설후를 보지 않은 채 책에 시선을 고정하고 대답했다.

"M3다."

메말랐던 설후의 눈빛이 다시금 흔들렸다. 짐작은 했지만 통
보를 받는 순간 고스란히 충격이 몰려온다.

"살려주세요."

가은을 살려달라고 간청하는 설후를 장혁은 차가운 눈으로
쳐다보았다. 가은과 함께 설후도 용서할 수 없었다. 자신을 속
였다. 그의 믿음을 배신했다.

"그럼 그 여자 안 만날 거냐?"

설후는 표정없는 눈으로 장혁을 바라보았다. 그가 아들인 자
신을 무너뜨리려 하고 있었다. 아들에게조차 복수를 하려는 그
가 더 이상 아버지로 보이지가 않았다.

“……네.”

장혁은 냉소적인 비소를 지었다.

“그 아가씨는 죽어도 버티던데. 넌 쉽게도 포기하는구나. 별 것 아니었나 보지?”

설후는 장혁이 그를 할퀴는 대로 그냥 할퀴게 두었다. 마음에 흐르는 무채색의 피를 그냥 흐르는 대로 두었다.

장혁은 차갑게 설후를 응시하며 경고했다.

“이번에도 네가 날 배신하면 그땐 나도 내가 무슨 짓을 할지 몰라. 그러니 내 뒤에서 네 멋대로 행동하지 않는 게 좋을 거야.”

어머니를 만난 일을 장혁은 배신이라 말한다. 그에게 아들인 설후는 배신자인 것이다. 설후는 섧게 웃었다.

“제가 상처받으면 아버지는 행복하세요?”

장혁의 표정이 죽은 사람처럼 싸늘해졌다.

“날 이렇게 만든 건 네 어머니야. 그러니 원망을 하려면 네 어미한테 가서 해.”

설후는 오히려 다행이라 생각했다. 이 망가진 가족 속에 이수를 끌어들이지 않게 된 게 차라리 다행이라고.

그래, 다행인 건지도 몰랐다.

날이 밝고 설후는 어머니가 계신 한성병원으로 가서 병실에 입원해 있는 어머니를 만났다. 인천 어머니의 집에서 만날 때처럼 웃어주려 했지만 그게 잘 안 되었다. 가은은 설후를 보고 눈물만 지으셨다. 그리고 미안하다는 말만 반복하였다. 마치 설후가 이곳에 오려 어떤 선택을 한 것인지 안다는 듯.

하지만 설후는 가은을 원망하지 않으며 아픈 그녀를 위로했다.

"마음 편히 놓으세요. 곧 건강해지실 거예요."

가은의 앙상한 손이 올라와 설후의 뺨을 보듬었다.

"나야말로 괜찮으니 넌 네 삶을 살아. 나 상관하지 말고, 네 아버지 상관하지 말고."

설후는 힘겹게 웃음 지었다. 그건 불가능한 일이었으니까. 그녀의 살과 아버지의 피를 받아 태어난 그 순간부터 그럴 수 없는 운명을 가지고 살게 되었다.

설후는 그냥 웃기만 했다. 희망도 없이, 절망도 없이.

백혈병 환자들은 염색체의 손상이 와서 생기는 병이기 때문에 염색체의 양상에 따라 세 그룹으로 나뉘며 그에 따라 치료 방법이 결정된다.

"PPG(Poor prognosis Group:예후가 나쁜 그룹)라고?"

가은의 담당의사가 한 말을 듣고 장혁의 얼굴이 어두워졌다.

"네, del(전체 숫자에는 변화가 없으나 5번 염색체의 부분이 손실된 것)입니다."

예후가 나쁜 그룹에 속하면 관해요법에서 완치율이 15% 미만이었다. 장혁은 무겁게 말했다.

“결국 동족이식밖에 방법이 없는 건가?”

가은의 부모님은 부유하였으나 자식을 가은밖에 낳지 않았었다. 그분들도 나이가 너무 많이 들어 이미 돌아가셨다. 결국 가은에게 동족이식을 해줄 수 있는 사람은 이제 세상에 설후 한 명뿐이었다.

장혁은 담당의의 방을 나와 가은이 있는 병실로 향했다. 장혁이 병실 앞에 도착했을 때 안에는 설후가 가은과 함께 있었다. 다정한 두 모자를 쳐다보는 장혁의 두 눈은 차갑게 굳어갔다. 비틀리고 메말라 버린 마음은 다정하고 아름다운 것을 보면 자꾸만 그걸 부셔 버리고 싶은 욕구가 치솟았다. 자신을 배신한 두 사람이 서로를 바라보며 웃고 있는 모습이 장혁은 참을 수가 없었다.

“이설후!”

아버지가 부르는 목소리에 설후의 얼굴에 웃음이 사라졌다. 설후은 굳은 표정으로 돌아보았다.

“곧 의사고시다. 여기서 시간 버리지 말고 가서 공부해.”

아프신 어머니를 앞에 두고 시간 낭비라 말을 하는 장혁을 설후는 화가 난 표정으로 노려보았다. 하지만 여기서 아버지와 싸워봤자 힘들어지는 건 어머니였기에 설후는 화를 누르며 차갑게 말했다.

“네, 명령대로 하죠.”

이수는 혼자 가은이 없는 초록지붕 집을 지키고 있었다. 서울에 가서 가은을 찾아보겠다고 한 설후한테서는 연락이 없었다. 그래서 이수는 설후의 전화가 걸려올까 싶어 내내 전화기만 주시하고 있었다. 시간이 지날수록 날로 걱정만 늘어가고 있었다. 가은에게 무슨 큰일이 생긴 것이 아닌가 하는 불안함이 점점 확신이 되고 있었다. 그래도 설후가 있으니 잘 해결할 거란 믿음이 있었지만, 그 설후조차 지금은 연락이 없으니 마음이 답답할 뿐이었다.

끼이익.

문이 열리는 소리에 이수는 벌떡 앉아 있던 소파에서 일어났다. 가은이나 설후가 왔을 거라 생각한 자리에 서 있는 건 달갑지 않게도 장혁이었다. 장혁은 집 안을 찬찬히 훑어보고 있었다. 벽난로 위의 두 사진에서 장혁의 시선이 멈추어 선다. 설후가 처음 이곳에 왔을 때 그랬던 것처럼. 이수는 장혁을 경계하며 날카롭게 따져 물었다.

"저희 선생님 어디로 데려가신 거예요!"

장혁은 사진에서 시선을 돌려 이수를 보았다. 말없이 이수를 쳐다보던 장혁이 선뜻 입을 열었다.

"한성병원 1014호에 입원 중이다."

이수는 놀란 눈으로 장혁을 쳐다보았다. 장혁이 이리 순순히 가르쳐 줄 거라고는 생각하지 못했었다.

"지, 진짜예요?"

"그건 가보면 알 거 아니냐?"

잠시 불안한 눈으로 장혁을 쳐다보던 이수는 장혁을 지나쳐 초록지붕 집을 뛰어나갔다. 당장 서울로 가볼 생각이었다. 언덕을 뛰어 내려가는 이수의 뒷모습을 장혁은 서늘한 눈으로 쳐다보다 고개를 돌려 벽난로 위에 있는 그 남자의 사진을 노려보았다.

이제 이곳에서 그를 기만하고 행복해했던 인간들이 전부 벌을 받을 시간이었다. 단 하나, 이미 죽어버린 저 남자만은 벌을 줄 수 없다는 게 분할 뿐이었다.

장혁의 분노 사이로, 가은의 아픔 사이로, 설후의 절망 사이로, 이수의 슬픔 사이로 시간이 흘러간다. 서걱서걱. 삐걱삐걱. 그 어느 때보다 뒤틀린 소리를 내며.

장혁에게 말을 듣자마자 이수는 서울로 갔다. 한성병원에 가기 전에 설후를 만나러 한국대병원으로 찾아갔다. 설후와 함께 가은에게 가보고 싶어서였다. 하지만 이번에도 설후는 병원에서 찾을 수가 없었다. 꼭 설후를 찾아야 했기에 이수는 병원 간호사를 붙잡고 설후를 어디 가면 만날 수 있냐 물었지만 간호사는 자신들도 모른다며 자리를 피할 뿐이었다. 낙담한 채 서 있는데 멀리 지나가는 의사 무리 중 한 명이 눈에 익었다. 분명 수능 보던 날 설후가 이수를 데리고 찾아갔던 설후의 친구였다. 이수는 해성을 향해 뛰어갔다.

저녁을 먹으러 가던 길 갑자기 이수에게 붙잡힌 해성은 놀란 눈으로 이수를 쳐다보았다. 해성도 그녀를 기억하고 있었기 때문이다.

"아! 혹시 그때 설후랑 같이 있던?"

이수는 맞다고 고개를 끄덕이며 설후가 지금 어디 있는지 아느냐 물었다. 해성도 요즘 통 설후를 보지 못했기에 난감한 표정을 지었다. 무슨 일이 있는 건지 병원 실습도 제대로 나오지 않던 설후였다. 걱정이 되어 연락을 해보아도 통화가 된 적이 한 번도 없었다.

"나도 걱정하던 참인데, 같이 찾아볼래요?"

해성은 이수와 함께 병원에 실습을 나온 PK 동기들을 찾아 돌아다니며 설후를 본 사람이 있는지 물었다. 성형외과에 실습 중이던 PK가 설후를 보았다고 말해주었다.

"방금 전에 학교 도서관에 책 반납하러 갔는데, 거기 있던데."

"뭐? 도서관에?"

"그래, 걔가 도서관 아니면 병원이지. 어디 있겠어."

해성은 고개를 돌려 이수를 보았다. 설후를 찾았다는 말에도 이수의 얼굴은 근심에 차 있었다. 아니, 오히려 아까보다 더 불안해 보였다. 설후가 어머니를 찾지도 않고, 도서관에서 공부를 하고 있다니. 뭔가 크게 잘못되어 가고 있다는 걸 느꼈기 때문이다. 하지만 그걸 섣불리 입 밖으로 꺼낼 수가 없다. 그럼 정말 잘못되어 버릴 것만 같았다. 이수는 불안함에 눈물이 날 것만 같아서 두 손을 꽉 붙잡았다.

그때 해성이 이수에게 말을 걸지 않았다면 정말 그 자리에 주저앉아 울었을지도 몰랐다.

"도서관 안은 학생증 없으면 못 들어가요. 그러니 나랑 같이 가요."

이수는 불안한 눈으로 해성을 올려다보았다. 다른 사람도 아닌 설후를 만나러 가는 것인데, 가고 싶지 않은 이 마음이 도대체 무엇일까 싶었다. 이수는 애써 불안함을 누르며 해성의 뒤를 따라 설후가 있다는 도서관으로 향했다.

그건 설후에 대한 믿음이 있었기 때문이다. 다른 어떤 이가 그녀를 아프게 하더라도 설후만은 언제나 그녀의 눈물을 닦아 주고 위로해 줄 거라는 그런 믿음이 있었다.

해성은 의대생들로 북적이는 도서관 앞에 이수만 혼자 세워 놓고 도서관 건물 안으로 들어갔다. 설후를 데리고 나오겠다는 말을 마지막으로. 이수는 낯선 공간에 혼자 남겨진 채 초조하게 설후를 기다렸다. 1초가 1분 같았고, 1분이 1시간인 듯 고통스러웠다. 하늘 위 태양은 왜 그리 그녀를 괴롭히는지. 이수는 두 손으로 얼굴을 가리고 깊게 숨을 참았다.

괜찮아. 괜찮을 거야. 다 괜찮아. 괜찮아. 설후 오빠가 있잖아.

해성이 설후를 데리고 나올 때까지 스스로에게 주문을 걸었다.

　전해 들은 말대로 설후는 정말 도서관에 있었다. 언젠가 해성이 설후에게 미팅하지 않을래? 라고 말을 걸었던 바로 그 자리에서 똑같은 자세로 앉아 책을 읽고 있었다. 해성은 잠시 멀찍이 서서 공부를 하는 설후를 바라보았다. 그런데 무언가 좀 이상했다. 자세는 분명 공부를 하는 모습인데 어쩐지 눈빛에 열의가 느껴지지 않았다. 텅 비어 보였다. 책을 보고 있지만 읽고 있는 것 같지 않은 느낌이었다.

　해성은 설후가 있는 곳으로 걸어가 책상을 똑똑 두드렸다. 설후가 천천히 고개를 들었다. 오랜만에 보는 설후의 얼굴이 좀 야윈 듯했다. 게다가 왼쪽 뺨이 붉었다. 누군가에게 뺨이라도 맞은 듯. 해성은 설마 아니겠지, 라고 부정하며 설후에게 웃으며 속삭였다.

　"야, 밖에 손님 왔어."

　"손님?"

　의지가 사라진 목소리는 울림일 뿐이었다. 갑자기 찾아온 이수도 그렇고, 텅 비어 보이는 설후도 그렇고, 해성은 도대체 무슨 일인지 궁금했다.

　"너랑 같이 내 집 빌린 아가씨."

　해성의 말에 텅 비어 있던 설후의 두 눈에 물결이 일었다. 동요를 보이는 설후에게 해성이 설명했다.

　"병원에 널 찾아왔기에 내가 여기까지 데려왔어. 지금 도서관

밖에 있어.”

설후의 시선이 창밖으로 향했다. 하지만 3층인 여기서는 어떤 사람도 보이지 않았다. 해성이 설후의 어깨를 툭 쳤다.

“야, 바보 흉내 그만 내고 일어나. 나가야 보지. 여기서 어찌 봐.”

하지만 설후는 몸이 무겁기라도 한 사람처럼 바로 일어나지 못했다. 천천히, 정말 천천히 그 자리에서 일어났다. 해성은 설후가 금방이라도 주저앉을 것만 같아 불안한 시선으로 설후를 주시하였다. 하지만 다행히 설후는 쓰러지지 않고 자신의 발로 걸어서 나갔다.

1층까지 내려왔을 때 설후가 잠시 걸음을 멈추었다. 화장실에 다녀오겠다고 하였다.

“넌 이 감격스런 상봉의 순간 화장실이 말이 되냐?”

해성이 핀잔을 주었지만 설후는 상관하지 않으며 모퉁이에 있는 남자 화장실로 향했다. 해성은 화장실로 가는 설후의 뒷모습을 잠시 바라보다 먼저 도서관 밖으로 나갔다. 이수가 오랫동안 혼자 기다리는 게 신경이 쓰였다.

쏴아아아.

설후는 세면대 물을 틀어놓고 멍하니 거울을 응시하였다. 거울 안의 자신이 꼭 유령처럼 보였다. 이제 나가서 이수에게 무슨 말을 해야 하나 싶었다. 정말 아버지와 약속한 대로 헤어져야 한다고 생각하면 몸이 움직여지지가 않았다. 그럴 수 없을 것 같았다. 어떻게 자신이 이수에게 모진 말을 한단 말인가. 이수를 얼마나 좋아하는데, 얼마나 사랑하는데, 어떻게 이수에게…….

설후는 차가운 물에 얼굴을 담갔다. 실타래처럼 엉켜 버린 생각을 억지로 잘라내 버렸다. 촤악, 얼굴을 들었을 때 앞머리까지 흠뻑 젖어 있었다. 차가운 물에 싸늘하게 젖은 자신의 얼굴을 설후는 멍하니 응시하였다. 병실에 누워 계신 어머니를 떠올렸다. 야위고 병색을 드러내시는 어머니의 모습이 그의 숨구멍을 콱 막는다. 그리고 아버지, 악마에게 혼이라도 판 듯 지독하고 잔혹해진 그의 아버지. 스물넷의 설후는 아버지를 이길 수도 없었고, 어머니를 혼자 힘으로 살려낼 수도 없었다.

설후는 다시 한 번 더 찬물에 얼굴을 묻었다.

"이런! 이 자식이 왜 안 나와."

화장실에 잠깐 들렀다 온다고 했던 설후가 10분이 지나도 나오지 않자 해성도 안달이 났다. 해성은 아무 말이 없는 이수에게 씨익 웃어 보이며 잠깐 들어가 확인해 보겠다고 했다.

"어머, 이설후다."

그런데 주위에 여학생들의 웅성거림이 들리는 걸 보니 해성이 그럴 필요 없이 설후가 나오는 것 같았다. 고개를 돌리니 그 새 화장실에서 머리라도 감았는지 젖은 머리를 한 설후가 도서관에서 나오고 있었다. 표정이 없는 설후의 얼굴은 분명 언제나처럼 귀공자스러웠으나 어딘지 모르게 부조화였다. 억지로 표정을 억누르고 있다는 느낌이었다.

느릿느릿 걸어오는 설후의 걸음을 기다릴 수 없었는지 이수가 해성을 지나쳐 설후에게 뛰어갔다. 설후의 걸음이 이수에게 닿기 전에 멈추었다. 설후에게 달려간 이수는 설후의 두 팔을 붙잡았다. 이수에게 잡힌 팔이 뜨거워 설후는 움찔하고 만다.

"선생님이 한성병원 1014호에 있대요. 오빠 아버지가 인천에 찾아와서 말해줬어요."

이수의 말에 설후의 눈썹이 미세하게 떨렸다.

"지금 같이 가요, 오빠."

이수는 설후를 재촉했다. 지금은 이곳에 있으면 안 된다고. 그가 있어야 할 곳은 가은의 옆이라고. 이수는 설후와 함께 어서 이곳을 벗어나고 싶었다. 자꾸만 피어나는 불안함은 더 이상 견딜 수 없는 지경이었다. 그런데 설후가 움직이지 않았다. 가은이 있는 곳을 듣고도 아무런 말이 없다. 그런 설후를 보며 이수가 울상을 지었다.

"오빠까지 왜 이래요! 선생님 있는 곳 알았다니까요. 같이 가요."

이수가 설후의 팔을 잡아당겼다. 하지만 바위를 잡아당기는 것처럼 꿈쩍도 하지 않았다. 탁, 설후가 힘을 주어 팔을 뿌리치자 이수는 설후에게서 떨어져 뒤로 밀려났다. 해성이 놀라서 다가왔다. 설후에게 밀려난 이수는 믿음이 상처받은 눈으로 설후를 바라보았다.

“오빠.”

뚝, 이수의 눈에 눈물이 흘러내렸다. 하지만 설후는 눈물을 닦아주지도 위로해 주지도 않았다. 오히려 잔인한 말로 이수의 마음에 상처를 낸다.

“난 안 가.”

라고 말하고 설후는 돌아서서 다시 도서관으로 걸어갔다. 멀어지는 설후의 뒷모습을 이수는 울면서 바라보았다. 거짓말인 것만 같았다. 설후가 자신을 외면하고 저리 걸어가다니. 이건 있을 수가 없는 일이었다. 어찌 설후가 자신에게 이럴 수 있을까 싶었다. 그가 얼마나 자신에게 다정했는데. 이건 있을 수 없는 일이었다. 하지만 부정하면 부정할수록 설후는 멀어져 가고 있었다.

“거기 서요! 오빠!”

이수는 서럽게 설후를 외쳐 불렀다. 걸어가던 설후의 발걸음이 잠시 멈추는가 싶더니, 그는 다시 걸어나갔다.

“설후 오빠!”

이수는 온 힘을 다해 설후를 불렀다. 제발 그가 다시 돌아와 주길 바랐다. 이대로 그녀를 내버려 두고 가지 않기를 바랐다. 그래서 무슨 변명이라도 해주길 바랐다. 하지만 설후는 이수의 시야에서 멀어져만 갔다. 이수가 그 자리에 풀썩 주저앉자 해성이 놀라서 다가와 이수를 부축해 주었다.

"괜찮아요?"

해성이 물었지만 이수는 눈물이 범벅이 된 눈으로 도서관 안으로 사라지는 설후를 보고 있을 뿐이었다. 이건 거짓말이었다. 말도 안 되었다.

결국 이수는 설후가 아니라 해성과 함께 한성병원으로 왔다. 가은은 장혁의 말대로 정말 1014호에 있었다. 이수는 가은의 침대에 쓰러져 오열을 토했다. 아픈 가은의 모습에 가슴이 미어지고, 설후에게 외면당한 마음이 갈가리 찢어지고 있었다. 가은은 자신을 붙잡고 우는 이수를 천천히 위로해 주었다. 울지 말라고, 괜찮다고. 설후가 해주었으면 했던 이야기들을 대신 해주었다.

이수는 시간이 아주 많이 흘러서야 진정을 하고 눈물을 그쳐 갔다.

"많이 아프신 거예요?"

이수의 물음에 가은은 아니라며 고개를 저었다. 하지만 가은이 아니라고 해도, 못 본 사이에 많이 야윈 가은의 모습이 거짓말을 하지 못하게 했다. 가은은 정말 많이 아파 보였다. 어째서 함께 있을 땐 그걸 몰랐을까 싶어, 이수는 마음이 아팠다.

"여기 오기 전에 설후 오빠를 찾아갔었어요."

설후를 이야기하는 이수의 눈에서 다시 멈추었던 눈물이 떨어져 내렸다.

"같이 오자 그랬는데, 안 오겠대요. 그리고 절 버리고 가버렸어요. 설후 오빠가 왜 갑자기 그리 변해 버린 건지 모르겠어요."

설후 때문에 울먹이는 이수를 가은은 측은한 눈으로 바라보았다. 이수가 아픈 게 모두 자신 때문인 것 같아 한없이 미안하기만 했다. 도와줄 수 있으면 좋으련만, 이리 침상에 누워 있는 가은은 아무런 힘이 없었다.

"설후도 이수한테 그러고 마음이 많이 아플 거야."

"마음이 아픈데 왜 그렇게 냉정하게 행동해요!"

"그건 그러니까……."

가은이 뭐라 설명을 해주어야 할지 몰라 난감해하고 있는데 누군가 병실 문을 열고 들어왔다. 병실 간호사였다.

"면회 시간 끝났습니다."

이수는 더 있으면 안 되냐 간호사에게 부탁하였지만 간호사는 냉정히 이수의 부탁을 잘라내었다. 마치 꼭 그래야 한다 교육이라도 받은 사람처럼. 어쩔 수 없이 이수는 가은의 병실을 나와야 했다. 이수는 마지막으로 가은에게 내일도 또 오겠다는 말을 남기고 병실을 나왔다.

해성이 친절하게 인천까지 데려다 주겠다고 했지만 이수는 괜찮다고 거절하고 혼자 차를 탔다. 인천으로 가는 차 안에서 이수는 내내 울었다. 아직도 믿을 수가 없었다. 설후가 자신에게 등을 돌렸다는 걸.

설후가 가은의 병실을 찾아온 건 이수가 돌아가고 면회 시간도 다 끝난 밤이었다. 설핏 잠이 들었던 가은은 인기척을 느끼고 눈을 떴다. 설후가 침대 옆 의자에 앉아 그녀를 바라보고 있었다. 가은은 측은한 눈으로 설후를 보며 물었다.

"이수한테 왜 그랬어?"

아픈 질문일 텐데도 설후는 부드럽게 웃었다.

"보내주려고요."

가은은 슬픈 표정을 지었다. 설후가 얼마나 이수를 좋아하는지 알기에.

"나 때문이니?"

설후는 고개를 가로저었다.

"아뇨, 그냥 이수가 더 행복하길 바라는 거예요."

"이수는 네 옆에 있을 때 제일 행복한 애야."

"하지만 더 이상 행복하지는 못할 거예요."

설후는 조금은 떨리는 목소리를 애써 웃음으로 포장하며 매듭을 지었다.

"그러니 보내주려고요."

가은의 눈에 눈물이 맺혔다. 자신이 장혁에게 입힌 상처의 아픔이 설후에게까지 이어지는 걸 보는 게 너무도 힘이 들었다. 차라리. 차라리 자신이 이대로 죽어서 설후의 슬픔이 끝날 수만 있다면 그러고 싶었다.

죽고 싶었다.

　장혁은 늦은 밤까지 자지 않고 서재에서 책을 읽고 있었다. 하지만 다른 때처럼 책의 내용이 눈에 잘 들어오지 않았다. 장혁은 한 번 읽은 책의 내용은 모두 기억하는 비상한 머리를 가지고 있었다. 하지만 오늘 읽은 책의 내용은 도통 기억이 나지 않았다. 그래도 포기하지 않고 책을 붙잡고 있던 장혁은 갑자기 몸을 강타하고 지나가는 한기에 온몸에 소름이 돋아났다. 장혁은 고개를 들어 창밖을 보았다. 바람은 불고 있지 않았다. 그런데 갑자기 왜 한기가 느껴진 것인가 싶었다. 잠시 창밖을 바라보던 장혁은 자신의 마음속에 피어나는 불안한 마음을 읽어내었다. 무언가 자신이 원치 않는 일이 세상 어디에선가 일어나고 있는 듯한 그런 기묘한 불안감이었다.

　평소였다면 무시했을 직감이었지만, 장혁은 의자에서 일어나 벗어두었던 재킷을 집어 들고는 집을 나왔다. 그리고 장혁이 향한 곳은 가은이 입원해 있는 한성병원이었다. 사람들이 모두 잠든 병원은 거대한 고요와 어둠에 싸여 있었다. 장혁은 곧바로 가은의 병실이 있는 10층으로 올라갔다. 장혁이 병실의 문을 열었을 때 설후는 간의 침대에 누워 잠이 들어 있었고, 침대에 누워 자고 있어야 할 가은이 보이지가 않았다. 텅 비어 있는 가은의 침대를 바라보던 장혁은 갑자기 걸음을 바꾸어 엘리베이터로 달려갔다. 가은이 병원에만 오면 하는 게 무엇인지 그는 잘 알고 있기 때문이었다.

쾅! 장혁이 옥상까지 단숨에 올라가 문을 열어젖히고 나갔을 때, 가은은 27년 전과 마찬가지로 옥상 난간 위에 서 있었다.

"거기서 당장 내려와!"

장혁의 고함 소리에 가은은 천천히 고개를 돌렸다. 땀까지 흘려가며 숨차게 뛰어올라 온 장혁을 보며 가은은 피식 자조적인 웃음을 지었다.

"당신은 내가 죽길 바라잖아요."

그런데 왜 기뻐하지 않고 오히려 겁을 먹는 거냐며, 도리어 묻고 싶다.

"네 속 편하게 죽겠다고! 어림도 없어! 넌 살아서 네 눈으로 지켜봐야 해! 너 때문에 내가 어떻게 망가졌는지! 너 때문에 네 아들이 어떻게 무너지는지! 네가 저지른 모든 걸 똑똑히 다 지켜보며 세상에서 제일 괴롭게 죽어가! 네가 이대로 떨어져도 난 다 망가진 네 몸 내 손으로 다시 살려내서 다 보게 할 거야! 알겠어? 네 맘대로 죽게 하지 않아! 네가 열 번 죽으려 하면 난 열 번 모두 살려놔!"

처절하게 울부짖는 장혁을 가은은 서글픈 눈으로 바라보았다. 27년 전에 저 자리에 서 있던 그는 자신에 대한 자만심에 가득 차 있는, 성공할 미래를 손에 쥐고 있던 의사였다. 그런데 지금의 그는 그녀가 주었던 상처투성이의 과거에 갇혀 버린 채 사납게 아파하고만 있다. 그의 찬란한 미래를 그녀가 빼앗아 버렸다.

가은은 천천히 난간에서 내려왔다. 그리고 신발을 신었다. 자신을 향해 걸어오는 가은을 보는 장혁의 두 눈이 붉게 물든다. 아직도 심장이 아팠다. 죽어버린 심장이 아직도 아프다며 울고 있었다.

가은은 항암 치료를 위해 머리를 삭발해야 했다. 머리카락이 사라진 가은은 어쩐지 점점 더 병자처럼 보이는 듯했다. 잇몸이 부어서 먹는 것도 힘들어했다. 하루 종일 이어지는 적혈구, 혈소판 수혈 때문에 가은의 손목에는 시퍼렇게 멍이 들었다. 그리고 몸 여기저기 빨간 점들이 생기기 시작했다. 혈소판이 부족해서 그렇다고 했다.

가은은 점점 아파가는 것만 같은데, 설후는 기다려도 오지를 않았다. 결국 이수는 설후를 만나러 다시 한국대병원으로 찾아갔다. 또다시 설후에게 외면당할까 겁이 났지만 그래도 용기를 내어 설후를 만나러 갔다.

응급실에서 일하던 설후는 더 이상 응급실에 없었다. 흉부외과로 옮겼다고 했다. 이수는 장혁과 마주치는 것이 거슬리기는 했지만 더 이상 장혁이 겁나지는 않았다. 그래서 설후를 만나러 흉부외과 병동으로 올라갔다.

설후는 환자의 드레싱을 하고 있었다. 자신의 어머니는 백혈병으로 점점 쇠약해져 가고 있는데 말이다. 이수는 일을 하고 있는 설후의 앞에 가서 섰다. 갑자기 나타난 이수를 보고 설후는 놀란 표정을 지었지만 곧 끝맺지 못한 드레싱을 마저 계속했다.

　마치 자신을 투명인간 취급하는 설후의 행동에 이수는 이를 깨물었다. 설후가 점점 자신의 아버지처럼 구는 게 참을 수가 없었다.

　드레싱이 끝나고 병실을 나서는 설후의 뒤를 이수가 쫓아가며 참지 못하고 외쳤다.

　"어머니가 많이 아프세요! 그건 아세요?"

　저벅저벅. 설후는 걸음을 멈추지 않았다.

　"죽을 수도 있다고요! 그것도 알아요!"

　그래도 멈추지 않는 설후의 걸음에 이수는 충격을 받고 자신이 멈추어 섰다. 이수는 배신감에 주위에 쳐다보고 있는 사람들이 있다는 것도 잊고 외쳤다.

　"나랑 같이 안 가면 오빠 평생 안 볼 거예요!"

　우뚝, 설후의 걸음이 처음으로 멈추었다. 설후는 천천히 고개를 돌려 이수를 보았다. 그를 책망하는 이수의 얼굴이 들어왔다. 당연한 것이다. 어머니를 외면하는 자신을 이수가 어찌 이해한단 말인가. 이렇게 그녀를 보내려 한다는 걸 이수가 더 아프기 전에 알아주었으면 한다. 그냥 이대로 자신에게 질려 먼저 떠나가길 바랐다.

　이수의 뒤에 사람들이 몰려 있었다. 분홍 제복을 입은 간호사들, 흰 가운을 입은 의사들, 그리고 아버지. 설후는 서커스 속

원숭이 꼴이 된 자신을 보고 있는 아버지를 차갑게 응시하였다. 장혁의 표정은 서늘하기만 하다. 마치 구경꾼인 듯.

이제 만족하세요? 당신이 원했던 게 이런 거였나요?

설후는 이수를 등지고 돌아서며 생각했다. 죽을 때까지 아버지를 용서하지 못할 거 같다고.

오빠! 이수가 울부짖으며 자신을 부르는 소리가 등으로 파고들어 파편처럼 박혔다. 병원의 복도는 끝도 없이 이어질 듯 계속되고, 등을 보인 마음은 만신창이가 되어갔다.

가은은 히크만을 가슴에 달고 항암 치료를 시작했다. 하루에 항암제를 두 병 맞는데, 그 항암제를 몸 밖으로 빼내기 위해 수액은 항암제의 두 배로 맞아야 한다 했다. 결국 가은은 항암제와 수액을 주렁주렁 매달고 하루 종일 누워 있어야 했다. 하지만 수액이 몸에서 다 빠져나가지 못해 항암 치료를 시작하고 가은의 몸무게가 급격하게 늘어나기 시작했다. 폐에 물이 차면 안되기에 몸에 남은 수액을 빼내기 위해 이뇨제를 맞는데도 몸이 붓는 건 나아지지 않는다 했다.

"우욱."

항암제가 너무 독했기에 가은은 구토 증상까지 나타냈다. 먹은 것도 없는데 변기를 붙잡고 계속해서 토해냈다. 이수가 의사들에게 제발 어찌해 달라 부탁하니, 의사는 가은에게 그라니세트론(항구토제)를 하루에 한 번씩 투여해 주었다. 결국 약에 의한

구토를 약으로 조절해야만 하는 상황이었다.

가은의 병명이 M3라고 하면서 이 병에는 고량의 비타민A를 복용해야 한다고 했다. 그래서 가은은 매일 베싸노이드라는 약까지 먹어야 했다.

그렇게 병을 낳게 하기 위해 먹는 약과 그 약으로 인한 부작용을 없애기 위해 먹는 약으로 매일 복용하는 약이 셀 수도 없을 정도였다.

이수는 매일 가은의 병실을 찾았는데도 이수가 가은의 병실에 있을 때는 설후를 볼 수가 없었다. 그래서 설후가 자신의 아픈 어머니를 외면하는 것이라고만 생각되었다. 이수는 울면서 가은에게 말했다.

"선생님, 저 오빠 용서하지 못할 거 같아요."

가은은 서글픈 눈으로 이수를 보았다. 이수가 이렇게 설후를 떠나가려 하는데도 가은이 해줄 수 있는 게 없었다. 설후가 가여워 말을 해주고 싶어도, 장혁이 가여워 입이 막히고 말았다. 장혁의 말대로 가은은 고통을 느끼며 서서히 죽어가고 있었다.

그리고 설후의 골수와 가은의 골수를 비교한 결과가 나왔다.

"뭐?"

장혁은 믿을 수 없다는 표정을 지었다. 가은의 담당의사 태석은 죄스런 표정을 지으며 말했다.

"죄송합니다."

설후의 골수가 맞지 않는다고 했다. 설후는 가은의 하나뿐인 아들인데도.

골수이식을 하면 나을 수 있기에 장혁은 가은이 죽을 수도 있다는 생각은 해보지도 않았었다. 하지만 설후가 맞지 않는다는 걸 안 순간부터 조급해지기 시작했다.

가은이 죽는다.

장혁의 두 눈이 굳어갔다. 신은 잔혹하다. 장혁에게 가은을 증오할 분노를 주셨으면서, 또한 가은을 치료해야 하는 의사로 만드셨다. 가은이 죽는다는 걸 알았을 때 장혁이 느낀 건 통쾌함이 아니라 무력함이었다.

가은이 죽는다.

기만하고 있던 신에게 급습을 당한 것이다. 장혁은 떨리는 두 손을 내려다보았다. 손가락이 바들바들 떨고 있었다. 꼴사납게도. 이건 신이라 불리는 이장혁의 손이 아니었다.

장혁은 더 이상 병원에 있을 수 없어 바로 집으로 돌아왔다. 장혁은 잠시 차에 앉아서 그의 집을 응시했다. 가은이 이 집을 떠나던 날이 아슴아슴 떠올랐다. 폭풍우가 온다고 한 그날은 비가 억수로 쏟아졌었다. 그날 들었던 사나운 빗소리가 다시 선명하게 들리는 듯했다. 장혁은 차에서 내려 집 안으로 들어갔다. 설후가 장혁을 기다리고 있었다. 오늘 골수 결과가 나온다는 걸 들었기 때문이다. 장혁을 보자마자 설후가 물어왔다.

"골수는 맞나요?"

장혁은 말없이 그의 아들을 쳐다보기만 하였다. 설후가 불안한 눈으로 대답을 강요했다. 장혁은 가은이 죽을지도 모르겠다는 말을 해야 되는 이 순간 그날만을 생각했다.

가은이 이 집을 떠나던 그날.

장혁은 아직도 꿈에서 그날로 돌아갔다. 억수같이 쏟아지는 빗속에서 가은을 찾아 헤매던 그날로. 그녀는 미안하다는 말로 끝내고 싶었겠지만, 그건 미안하다는 말로 끝낼 수 있는 배신이 아니었다. 그녀는 끝까지 장혁의 옆에 남아 있어야 했다. 설령 죽을 것처럼 그 남자를 사랑했었다고 해도, 그 남자가 배신한 게 아니라 부모님의 강요에 의해 억지로 떠났다는 걸 알았다고 해도, 몸뚱이만이라도 그에게 남아 있었어야 했다.

장혁의 입이 무겁게 열렸다.

"그래, 맞는다더구나."

장혁은 자신이 느꼈을 외로움을 그녀도 똑같이 느끼길 잔인하게 소망했다. 그리고 동시에 그녀가 살길 바랐다. 간절히 그녀가 죽지 않길 소망했다.

가은이 점점 죽어갈수록, 장혁도 같이 무너지고 있었다. 그리고 설후는 자신의 가족이 무너지는 걸 그의 눈으로 그냥 지켜보아야만 했다.

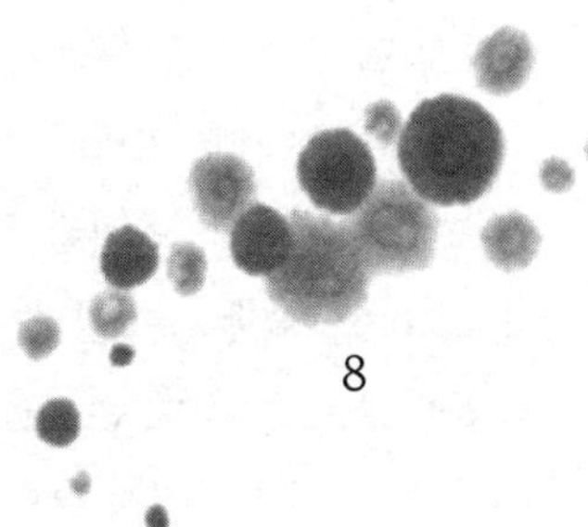

2008년.

이수네.

　자신의 이름이 간판에 박힌 과일가게 앞에서 이수는 자전거의 브레이크를 손으로 잡았다. 벌써 수명이 10년이나 되는 자전거는 쇠가 녹슨 소리를 내며 멈추어 섰다. 겨울이라서 과일가게는 다른 계절보다 좀 쓸쓸해 보이는 풍경이었다. 겨울은 눈의 계절이기는 했지만 과일의 계절은 아니었으니까.
　이수네 가정집은 가게와 연결되어 있었기에 이수는 과일가게 안으로 들어서며 돌아왔다는 인사를 큰 소리로 했다.

"다녀왔습니다, 어머니! 아버지! 왜 가게는 비워둔 거예요?"

드르륵, 안채와 연결된 문이 열리며 어머니가 고개를 내미셨다. 그리고 평생 가게일과 집안일에 시달리시느라 투박해진 손을 들어 이수를 향해 손짓을 하시는 것이었다.

"마침 잘 왔다. 어서 들어와!"

평소와 달리 너무 반겨주신다. 이수는 어쩐지 이대로 그냥 뒤돌아 다시 나가 버리고 싶은 욕구를 꾹 누르며 격자문으로 걸어갔다. 갈색 옥스퍼드 구두를 벗어서는 신발장 위에 가지런히 놓았다. 식구들은 취향도 닮는 것인지 신발장 안에 놓여 있는 신발들이 모두 비슷비슷 닮아 있었다.

거실에는 부모님과 손님 한 명이 계셨다. 지금은 결혼을 해서 출가를 한 둘째 이영이의 중매를 섰던 미용실 박씨 아줌마가 빨간 립스틱을 바른 입술을 쭉 말아 올리며 집 안으로 들어오는 이수를 품평이라도 하듯 요리조리 뜯어보았다. 이수는 불안한 마음을 웃음 속에 숨기며 박씨 아줌마에게 인사를 했다. 어쩐지 저 자신만만한 표정이 마음에 안 들었다.

"이수야! 미세스 박이 네 중매 자리를 가져왔는데, 정말 좋다. 너도 와서 좀 봐."

어머니는 기분 좋으시면 미세스 박이고, 그냥 평소에는 미리 엄마라고 부른다. 박씨 아줌마가 도대체 어떤 남자를 물고 나타난 건지 어머니의 입에서 절로 미세스 박이 흘러나오고 있었다.

“어머니, 전 중매 싫다고 했잖아요.”

이수는 가능한 버릇없어 보이지 않게 정중하게 뒷걸음질쳤
다.

“어휴! 이수 너 나이를 생각하고 튕겨라! 지금 네 나이에 이런
중매 자리 쉽게 못 잡아. 그러지 말고 와서 좀 봐봐.”

둘째 이영이가 시집가는 데 지대한 공헌을 하신 박씨 아줌마
는 노처녀 이수를 이대로 보고만 있을 수 없다는 듯한 사명감에
사로잡혀 있으신지, 이영이가 결혼한 뒤로 이렇게 정기적으로
맞선남의 사진을 들고 이수네 집에 찾아왔다. 그럴 때마다 부모
님은 박씨 아줌마를 귀빈 모시듯 모셨고, 이수는 저승사자 보듯
피하고만 싶었다.

“저 정말 생각없어요.”

하지만 서른한 살 노처녀의 자유 선언은 화려하지도 못했고,
호소력있지도 못했다.

“아! 글쎄. 와서 사진이라도 한번 보라니까!”

세 명의 어르신이 동시에 외치는 소리에 이수의 작은 어깨가
잔뜩 움츠러들었다.

“언니도 나이를 생각하면서 튕겨! 벌써 서른한 살이라고! 아
무리 직업이 며느리 감으로 선호하는 학교 선생님이면 뭐 해!
나이가 그렇게 팍팍 쉬어가는데.”

막내 동생 이선이조차 이수의 가슴에 대못을 박는 말을 서슴

지 않고 하였다. 어째서 이수의 의지로 먹은 게 아닌 나이 때문에 이리 죄인 취급을 받아야 하는 것인지 억울했다. 누구한테나 서른한 살은 찾아왔다. 단지 이수는 결혼을 안 한 서른한 살일 뿐이었다. 씻고 나서 화장대 앞에 앉아 로션을 얼굴에 바르고 있던 이수가 자기 딴에는 매서운 눈초리로 동생을 쏘아보았지만, 발톱을 깎느라 고개를 숙이고 있던 이선이는 눈치도 채지 못했다.

"정말 결혼 생각은 없는 거야?"

"네 방 가서 깎아. 왜 내 방에서 깎는 거야!"

손톱깎기 찾으러 이수의 방까지 왔다가 눌러앉아서 발톱까지 깎는 이선이는 입을 비죽였다.

"또 말 돌린다. 언니는 결혼 이야기만 나오면 그러드라."

"빨리 나가. 나 할 일 있어."

"알았어! 나간다! 근데 분홍색 매니큐어 있어?"

"없어!"

"쳇!"

자꾸 나가라고 떠미는 이수의 말에 이선은 입을 한 대발 내밀며 자리에서 일어났다. 방을 나가려고 방문으로 걸어가던 이선이는 창문 앞에서 멈추었다. 무언가를 본 듯 이선의 눈에 놀란 빛이 스친다.

"어? 저 집 또 불이 켜졌네. 아무도 안 사는데 왜 가끔씩 불이 켜지나 몰라."

이선의 말에 로션 뚜껑을 닫고 있던 이수의 손길이 순간 뚝 멈추었다. 이수는 이선이가 그대로 나가는 발소리가 들리고 방문이 닫히는 소리가 들릴 때까지 움직이지 않았다.

그리고 겨우 혼자 남겨졌을 때, 이수는 천천히 고개를 돌려 창문 쪽을 보았다.

저 멀리 언덕 위 초록지붕 집에 환하게 불이 켜져 있었다.

석 달 만에 다시 켜진 불빛이었다. 그리고 그전에는 한 달이었다. 육 개월 만에 켜진 적도 있었다. 1년 동안 한 번도 안 켜진 적도 있었다. 그렇게 10년이다. 10년 전에 주인을 잃은 집의 영원히 안 켜질 것 같은 아스라한 불빛은 포기할 만하면 다시 켜졌다.

그리고 켜진 그 순간만은 고흐의 '별이 빛나는 밤에'에 그려진 그 영롱한 별빛처럼 빛나며 이수에게 어서 오라고 손짓하고 있는 듯했다. 이수는 창가로 걸어가 망설임없이 커튼을 쳐버렸다. 그리고 불을 끄고 침대로 가 누웠다. 하지만 그 밤은 오래도록 잠이 들 수가 없었다.

아침 해가 떠오르고 있었다. 더 이상 방 안에 환하게 켜진 형광등 불빛은 별빛처럼 빛나지 못했다. 온 세상을 비치는 태양빛 아래 힘없이 사그라져 버린다.

설후는 피처럼 붉은 빛을 뿜어내며 떠오르는 태양을 보며 길게 담배 연기를 뱉어냈다. 탁한 연기는 물고기처럼 공중으로 헤엄쳐 올라가다 허무하게 사라졌다.

  툭.

  필터만 남은 담배를 가지고 다니는 작은 재떨이에 비벼 껐다.
어느새 재떨이 안에는 설후가 피우다 버린 던힐의 시체들이 가
득했다. 이 집에 오면 항상 잠을 자지 못했다. 쉬려고 오는 것인
데 더 쉬지를 못하면서도 결국 발길을 끊지 못하고 찾아오게 된
다.

  더 이상 이곳엔 아무도 남아 있지 않은데도…….

  설후는 밤새 앉아 있던 창가에서 일어나 현관으로 걸어갔다.
이제 떠날 시간이었다. 집을 나서기 전 마지막으로 고개를 돌려
거실에 놓여 있는 그랜드피아노를 쳐다보았다. 웃음소리도, 음
악 소리도, 숨결도 모두 떠나 버렸지만, 여전히 그 자리를 지키
고 있는 피아노가 어쩐지 갸륵해 보인다.

  설후는 쓸쓸히 웃는다.

  또 올게요, 어머니.

  탁, 밤새 켜져 있던 불을 껐다.

  서울에 있는 소망병원으로 돌아오면 인천에서의 길고도 긴
밤이 아득하게 느껴질 정도로 바쁜 생활이 다시 시작된다.

  소망병원 흉부외과 중환자실이다.

  설후가 수술한 대동맥박리 환자의 상태를 살피기 위해 중환
자실에 왔을 때, 환자의 활력징후(혈압, 맥박, 체온, 호흡수, 배뇨

량) 상태는 양호하였으나 어쩐 일인지 24시간 환자를 돌보라고 붙여놓았던 레지던트 우민이 보이지 않았다. 설후는 중환자실 안을 휘휘 둘러보다 그래도 우민을 찾을 수 없자 그의 뒤에 서 있는 간호사에게 물었다.

"우 선생 어디 갔습니까?"

"그게, 아까 나가시고는 들어오시지 않았습니다."

"나간 지 얼마나 됐습니까?"

"30분 정도요."

화장실을 다녀오는데 30분이나 걸릴 리는 없었다. 그리고 갑자기 자신도 모를 수술에 들어갔을 리도 없었고, 급박한 외출이 있다면 이렇게 종적도 남기지 않고 사라지지는 않았을 것이다. 설후는 점적주사며, 호흡관이며, 심전도며, 드레인이며, 폴리며, 주렁주렁 줄을 매달고 기계들에 둘러싸여 누워 쉽게 회복하지 못하고 납처럼 굳어 있는 듯 보이는 환자의 얼굴을 쳐다보며 차갑게 말했다.

"호출해요. 1분 내로 튀어오라고."

우민이 다시 중환자실에 나타난 건 5분이나 지나서였다. 호출을 받고 숨도 쉬지 않고 뛰어왔는지 설후의 앞에 차렷 자세로 선 우민은 폐가 찢어지도록 거친 숨을 들이켜고 있었다. 우민에게 한 발자국 다가선 설후는 말도 없이 갑자기 손을 뻗더니 우민의 입술 옆을 스치고 지나갔다. 차가운 손길이 닿는 순간 우민은 그대로 얼어붙어 버렸다. 설후의 손가락 끝에는 새하얀 크림이 묻어 있었다. 우민의 입술 옆에 묻어 있던 것이었다.

"그, 그게 제가 오늘 생일이라고 제 여자 친구가 생일 케이크를 사들고 병원까지 찾아와서, 그게 그래서 차마 그냥 돌려보낼 수가 없어서."

주섬주섬 땅에 떨어진 음식을 주워 먹듯 변명을 하던 우민은 결국 설후의 살벌한 눈빛을 견뎌내지 못하고 90도로 고개를 숙이며 사죄했다.

"죽을죄를 지었습니다. 이제 평생 생일 따위는 버리겠습니다."

"그…… 럼 안 되지."

가느다란 할머니의 목소리가 끼어들었다. 우민과 설후는 동시에 고개를 돌렸다. 대동맥파열로 수술을 받고 오늘 아침 심전도가 정상적으로 돌아와 겨우 인공호흡기를 뗀 4번 침대의 할머니였다. 죽음의 고비를 넘긴 할머니는 잔주름을 만들며 웃고 있었다.

"부모님이 주신 귀한 생일을 버리면 쓰나."

할머니는 마지막 말을 잊지 않았다.

"생일 축하하우, 의사 선생님."

우민은 감격해서 울먹이는 얼굴로 할머니를 쳐다보았다. 마음 같아서는 달려가서 손이라도 붙잡고 고맙다고 말하고 싶은데, 앞에 하늘 같은 전문의가 버티고 있어서 우민은 한 발자국도 움직일 수가 없었다. 설후의 명령 없이는 우민은 지금 서 있는 자리에서 손가락 하나 까닥할 수 없었다.

"1시간 준다."

설후의 말에 우민은 놀라서 고개를 돌려 설후를 올려다보았다. 설후는 우민이 담당했던 3번 침대로 걸어가고 있었다.

"그동안 내가 옵저베이션(Observation:별다른 처치 하지 않고 관찰)할 테니까 가봐."

얻어맞아도 당연한 상황에 오히려 설후가 자유시간을 주자 우민은 갑자기 찾아온 복이 감당이 안 되어 10초 정도 그 자리에 그대로 서 있었다.

설후가 침대 옆 간이 의자에 앉으며 긴 다리를 꼬았다. 그리고 아직도 그 자리에 서 있는 우민을 쳐다보며 왜 아직도 거기서 있냐는 눈을 하였다. 넋을 놓고 설후를 보고 있던 우민이 그제야 꾸벅 설후에게 감사의 인사를 했다.

"3, 30분 내로 돌아오겠습니다!"

그렇게 말하고 달려나가는 우민에게 간호사들과 인턴들이 축하 인사를 했다.

"선생님! 생일 축하드려요."

우민이 퇴장하고 중환자실 안에는 다시 무거운 침묵이 흘렀다. 중환자실은 온갖 생명 유지 장치들과 약물투입기와 인공호흡기들이 뿜어내는 소리들이 점령하는 곳이기에 오히려 방금 같은 일상적인 상황이 이상한 것이었다.

설후는 깊은 시선으로 깨어나지 않는 환자의 심전도를 주시하였다.

갑작스런 브이택(V—tac:심실세동)이었다.

바로 몇 시간 전 우민에게 생일 축하한다고 말해주었던 그 할머니 환자 분이었다. 우남용의 환자였지만, 그 시간 CCU(흉부외과 중환자실)에 남아 있던 전문의는 설후뿐이었기에, 설후가 CPR을 맡았다.

"디피(제세동기) 가져와! 에피네프린!"

설후가 간호사들에게 소리치는 동안 우민은 빠르게 인투베이션(기관 내 호흡관을 집어넣는 행위)을 하고 인공호흡기를 연결하였다. 설후가 심장마사지를 하는 동안 간호사도 서둘러 정맥주사로 에피네프린을 투여하였다. 다른 간호사는 제세동기를 밀며 뛰어와서는 전원을 켠 후 설후에게 패들을 넘겼다. 설후가 패들을 손에 잡으며 말했다.

"200J!"

어시턴트 간호사는 에너지를 200줄에 맞추고 우민은 설후의 손에 들린 패들 방전판에 젤리를 발랐다. '삐이' 소리를 내며 충전 램프에 초록 불이 켜지자마자 간호사가 'charge'라고 말했고, 우민과 나머지 간호사가 침대에서 한 발자국 물러났다. 설후가 'clear'라고 외치며 환자의 가슴에 패들을 가져다 댔다. 순간 엄청난 전기 에너지가 환자의 심장에 흘러들어 가며 환자의 몸이 요동쳤다. 하지만 심전도가 아무 반응이 없음을 확인하자마자 설후는 신경질적으로 외쳤다.

"300J!"

간호사는 설후의 명령에 따라 서둘러 제세동기의 에너지를 300줄에 맞추었다. charge되는 그 짧은 순간에도 생명과 죽음은 치열하게 싸운다.

"charge!"

설후는 다시 'clear'라 외치며 패들을 튀겼다.

삑, 삑, 삑.

겨우 심박동을 알리는 신호음이 터져 나왔다.

"돌아왔습니다!"

우민이 심전도를 보며 환호하듯 외쳤다. 간호사들 사이에서도 그제야 안도의 한숨이 터져 나왔다. 두 손에 패들을 든 설후는 다시 살아나 박동하는 생명선을 멍한 시선으로 쳐다보았다.

이 순간만은 언제나…….

애달픈 감동이 심장의 혈관을 타고 흘러들어 왔다.

푸우.

생각해 보니 저녁을 먹지 않았다. 그런데 배고픔을 느낀 순간 설후의 손에 들린 건 숟가락과 젓가락이 아니라 던힐 한 대였다.

이러다 마흔 살 되기도 전에 죽지.

흉부외과 의사이니까 폐암의 위험은 그 누구보다도 잘 아는

데도, 이상하게 이 담배만은 끊을 수가 없었다. 허기짐이 하루에도 몇 번씩 치솟아오를 때마다 쉽게 손에 넣을 수 있는 풍족은 바로 이 담배뿐이라서 그런가 보다. 그리고 빈센트.

밤하늘을 올려다보며 담배를 피우는 혼자만의 시간, 또 저도 모르게 흥얼거리고 있었다. 담배를 너무 펴대서 그런지 목소리는 쉬어 터졌고, 뱃속은 텅 비어서 힘도 없고, 방금 CPR을 마쳐서 손끝도 가늘게 떨렸다. 그래도 머릿속은 한없이 투명하기만 하다.

별이 총총한 밤
파랑, 회색으로 팔레트를 물들이고
여름날, 내 영혼의 어두운 면을 꿰뚫는 눈으로 밖을 바라봐요
언덕에 드리운 그림자
나무와 수선화를 스케치하고
미풍과 겨울의 찬 공기도 화폭에 담으세요
눈처럼 하얀 캔버스 위에 색을 입히세요

쾅!
갑자기 비상계단의 문이 벌컥 열리며 우민이 쳐들어오면서 설후의 노래는 담배 연기와 함께 흐려졌다.

"교수님! 응급실에 들어온 TA(교통사고) 환자가 폐혈흉이라서 흉부외과 이웅인 교수님이 수술 들어갔는데, 대동맥파열이 있

답니다."

설후는 더 이상 망설일 것 없이 수술이 한창 진행 중일 수술실로 달려갔다. 설후가 수술복을 갈아입고 스크럽을 하자마자 수술실에 들어섰을 때 수술장은 그야말로 피바다였다. 천장에 있는 무영등에까지 피가 튀어 있었다. 수술을 진행하고 있던 집도의와 어시턴트들은 모두 피를 뒤집어쓰고 안간힘을 쓰며 출혈을 막아보려 하고 있었다. 집도의는 으르렁대며 석션을 외쳐대고 있었다.

설후는 사망 확률 90%를 넘나드는 환자를 구하기 위해 그 피바다 속으로 거침없이 뛰어들었다. 피가 쏟아져 나오는 대동맥을 박리하기 위해 우선 대동맥을 양쪽에서 묶어서 피가 나오지 않게 하였다. 잘라진 대동맥의 양끝을 사친스키와 sew클램프로 강하게 물자 분수처럼 솟구치던 출혈이 거짓말처럼 멈추었다. 계속 출혈과 싸웠던 다른 이들이 숨을 돌리는 동안 설후는 4번 더블암 프롤린으로 빠르게 대동맥의 양끝을 이어나갔다.

살아 있는 사람의 피 냄새가 뜨거웠다.

"으음~ 으음~ 음."

레지던트 1년차의 중요한 업무인 차트 정리를 하며 경아는 저도 모르게 빈센트를 흥얼거리고 있었다. 중독성이 깊은 노래였다. 아니, 사실 그 노래를 좋아하는 사람이 중독성이 깊은 사람인 것이다. 모니터에 얼굴을 가까이 대고 열심히 일에 몰두하고 있는데, 누군가의 그윽한 목소리가 바로 옆에서 들려왔다.

"흐음! 빈센트군."

경아는 화들짝 놀라 자리에서 벌떡 일어났다. 언제 왔는지 소아과 전문의 박해성이 데스크에 엉덩이를 걸치고 앉아 있었다.

아이들에겐 자상하고 여자들에게 헤픈 전대미문의 미스터리 소아과 의사가 어째서 예쁜 여자도 없고, 아이도 없는 심장혈관 외과에 나타난 것인지 경아는 당최 짐작할 수가 없었다. 전문의에 대한 무조건적인 복종으로 굳어 있는 경아에게 더 이상 관심 없는지 해성은 정적에 싸여 있는 밤의 병동을 둘러보며 물었다.

"이설후 선생 지금 수술인가, 최 선생?"

"네? 네."

그러고 보니 해성과 설후가 동문에 같은 나이라는 걸 이제야 깨달은 경아였다.

해성은 더 이상 꼬치꼬치 캐묻지 않고 일어났다. 해성이 엘리베이터 쪽으로 발걸음을 돌린 걸 보고 나서야 경아는 안도하여 다시 컴퓨터 앞에 앉으려는데, 해성이 다시 멈추어 서며 그녀를 불렀다.

"참! 그리고 말이지, 최 선생."

자리에 앉으려던 경아는 다시 벌떡 일어났다. 훌륭한 레지던트의 견본을 보여주듯 스태프에게 깍듯한 경아에게 해성은 싱긋 웃으며 한마디 했다.

"빈센트 부르지 마. 몸에 해로워."

경아는 어색하게 웃고 만다. 그렇게 말하는 장본인이 더 해로 워 보였기에.

설후가 사선을 넘나들던 환자를 겨우 살려놓고 지친 몸을 이 끌고 자신의 방으로 왔을 때, 그의 방을 허락도 없이 들어와 소 파를 차지해 누워 있는 사람이 있었다.

해성이었다.

사람 사이의 일이란 정말 예측 불허였다. 절대 안 보고 살 것 같았던 해성은 이리 옆에 남아 있고, 평생 옆에 있어줄 줄 알았 던 이수는 더 이상 그의 옆에 없다. 설후는 해성이 누워 있는 반 대편 소파로 가서 해성처럼 길게 소파에 누웠다. 의국 침대가 있지만 여러 사람이 모여 자는 의국보다는 혼자 쓰는 방의 소파 가 더 편했다. 병원 근처에 혼자서 사는 오피스텔이 있지만 들 어가 본 지가 까마득했다.

집도 없이 떠도는 방랑자 같았다.

눈을 감고 잠을 청하려는데 자고 있는 줄 알았던 해성이 말을 해왔다.

“야, 미팅하자.”

저 말을 대학 때부터 시작해서 100번은 들어본 거 같았다. 설 후가 해성의 말을 듣고 그런 자리에 나간 적은 단 한 번도 없었 다. 그렇게 계속 무시당하면서도 100번이나 설후의 옆구리를 찔러볼 끈기가 있었기에 여전히 해성이 설후의 옆에 남아 있을 수 있는 것 같았다.

"너한테 지금 가장 필요한 건 여자야."

심장 발작으로 실려온 노환자가 한 명 있다. 자신의 심장이 아픈 게 사랑하는 이와 헤어졌기 때문이라고 했다. 새로운 사랑을 찾는 게 아니라 파괴된 심장의 근육 세포를 흉터 섬유모 세포로 대체해야 나을 수 있는 것이라는 걸 뻔히 아는 설후인데도 어쩐지 그 말이 계속 마음에 남는다.

"뭐든 몸에 오래 쌓여 있으면 썩는 거야. 섹스를 해서 배출을 해줘야 안 늙지. 너 몇 년 사이 엄청 늙은 거 아냐?"

설후는 두 팔을 들어 얼굴과 귀를 가렸다. 해성의 목소리가 멀어졌다. 판막의 닫힘으로 생기는 심장의 박동 소리, 품에 안았던 소녀의 심장 소리를 제대로 들어보지 못했던 게 아쉽다.

검푸른 밤하늘 총총히 떠 있는 별빛들이 흘리는 눈물이 병원 위로 흐르는 듯한 밤이었다.

한국대병원 산부인과에서 전화가 왔다. 오영아라는 이름의 환자에 대해 물어왔다. 설후가 잘 아는 이름이었다. 승모판 협착증으로 설후에게 수술을 받은 환자였다. 설후가 처음으로 집도한 승모판막 수술이었기에, 설후에게는 꽤 의미가 있는 환자였다.

승모판막 수술을 받은 환자들은 평생 동안 항응고제를 복용하여야 하기 때문에 오영아는 한 달에 한 번씩 그에게 진료를 받고 있었다. 그러니까 이번 상황에 대해서 정확히 고찰하자면 설후의 담당환자가 담당의 몰래 딴 병원 산부인과에 간 것이었다.

심하게 말하면 설후는 환자에게 버림받은 것이다.

어째서 이렇게 들킬 일을 자신에게 말을 안 한 걸까 한 번은 생각해 보며 설후는 한국대병원으로 향해야 했다. 별로 가고 싶은 곳은 아니지만 환자의 일에 개인 감정을 내세울 수는 없는 것이었다.

생각해 보니 문제는 자신에게 있었던 것 같다. 약혼을 한 상태에서 수술을 받은 영아 씨에게 주의 사항으로 그런 말을 했었다. 임신은 위험하니 가능한 피임을 하라고. 심장판막증 환자에게 임신은 여러모로 위험한 일이었다. 생명이 걸려 있었다.

오랜만에 한국대병원에 온 설후는 잠시 그 앞에 서서 거인처럼 드높이 솟아 있는 한국대병원 건물을 올려다보았다. 이 엄청난 크기의 병원 건물이 순간 아버지처럼 느껴져 소름이 돋았다. 설후는 고개를 내리고 병원 안으로 걸어 들어갔다. 자신은 오영아의 담당의 자격으로 온 것이었다. 쓸데없는 생각으로 감정 소모할 필요는 없었다.

설후가 산부인과에 도착했을 때, 산부인과 외래진료실에 앉아 있던 오영아는 동갑내기 남편의 품에 매달리며 설후를 마치 저승사자 쳐다보듯이 보았다.

"전 꼭 낳을 거예요."

설마 내가 억지로 지우기라도 할까 봐 날 피해 이 병원으로 온 것인가.

설후는 모든 감정을 배제하고 의학적 사실을 먼저 말했다.

"그럼 오영아 씨가 복용하고 있는 코마우딘이 기형아를 낳게 할지도 모릅니다."

"그럼 안 먹으면 되잖아요!"

그 약을 안 먹으면 자신이 어찌 되는지 잘 알면서도 저리 말하는 저의를 설후는 죽어도 애는 나아야 한다는 말로 받아들이기로 했다. 하지만 영아가 죽으면 결국 그 아기도 죽는다는 뜻이었다.

설후는 영아가 아니라 남편 쪽으로 시선을 돌렸다. 아직 20대의 젊은 남편은 혼란스러운 눈을 하고 있었다. 그는 오영아가 수술받을 때도 그랬었다. 수술받는 당사자보다 더 겁을 먹고, 더 많이 울었었다. 아마도 그에게 오영아를 설득하라고 하는 건 무리일 듯했다.

"정말 후회 안 할 자신 있습니까?"

설후는 어린 엄마가 될 오영아의 두 눈을 보며 물었다. 만약 그녀가 그렇다고 대답한다면 의사인 그는 결국 도와주어야 했다. 코마우딘 대신 매일 헤파린을 복부에 일정량 주사해 주어야 했다. 그리고 그녀가 부디 제왕절개를 하지 않기를 기도해야 할 것이고, 아기가 기형이 아니기를 기도해야 할 것이었다.

"네."

대답을 하는 오영아의 두 눈은 흔들림이 없었다. 그 자신감과 확신이 설후에는 슬프게만 들릴 뿐이었다. 설후는 이미 죽음에 대해 너무 많이 알아버려서 희망만을 품을 수가 없다.

그래도 설후는 그녀를 도와야 했다. 그녀는 그의 환자였고, 그는 그녀의 담당의사였으니.

수업 시간의 학교는 수천 명의 사람이 만들어내는 기묘한 침묵 속에 빠져든다. 마치 소리를 흡수해 버리는 바닷속 같다. 그래서 그 시간 혼자 복도를 걷고 있으면 꼭 물고기가 된 기분이었다. 수업이 없는 이수는 양호실을 찾았다. 열은 없었지만 기운이 없었다. 초록지붕 집에 불이 켜지고 나면 한동안은 몸이 아픈 것처럼 스스로를 컨트롤할 수가 없었다.

설후는 이제 그녀에게 감기 바이러스 같은 존재가 되어버렸다.

그의 흔적을 본 것만으로 아프고 만다.

"두통 있어? 약 줄까, 한 선생?"

양호 선생님의 말에 이수는 눈을 감은 채 괜찮다고 대답했다. 침대에 누웠지만 잠이 들면 안 된다고 스스로에게 암시를 주었다. 지금 잠들면 분명 꿈을 꿀 것이었다. 그것 역시 그가 다녀가고 난 뒤 따라붙는 나쁜 습관이었다.

원치 않는 꿈을 꾼다. 꿈에도 병이 든 것처럼.

"선생님, 개 키우신다고 하셨죠?"

잠이 들지 않기 위해 이수는 양호 선생님에게 궁금하지도 않은 이야기에 대해 물었다. 혼자 사시는 나이 많은 양호 선생님은 개에 대한 애정이 깊으신지 묻자마자 자신이 키우는 개에 대해 말을 하기 시작했다. 아주 멋있는 콜리라고 하는데 이수는 콜리가 개 이름인지 개의 종인지도 헷갈렸다.

"요즘 발정기라서 좀 예민해졌어. 지나가는 개…… 있지. 그래서……."

양호 선생님의 말씀이 점점 끊겨서 들렸다. 몸이 깊고 어두운 물속으로 빨려 들어가는 기분이었다.

위험해, 라고 생각했을 때는 이미 잠에 빠져 있었다.

"……선생, 한 선생!"

자신을 부르는 목소리에 잠이 들었던 이수는 천천히 눈을 떴다. 양호 선생님이 이수를 내려다보고 있었다. 멀리 소란스러움이 밀려오고 있었다. 아마도 쉬는 시간인 것 같았다.

"6교시 수업 있다고 했지. 시간 다 되었어. 몸은 이제 괜찮아?"

이수는 말 대신 엷은 미소로 괜찮다는 대답을 대신했다.

역시 설후의 꿈을 꾸었다. 마치 현실인 듯 그녀의 손을 잡았던 설후의 체온까지 생생하여 꿈에서 깬 아직도 손끝이 저릿하다. 하지만 꿈은 단지 과거의 파편일 뿐이었다. 11년이란 시간의 무게를 짊어진 과거의 감정은 결코 현재가 될 수 없었다.

가은이 죽은 지 10년이 되고, 설후의 얼굴을 보지 않은 지는 벌써 11년이나 되어간다. 11년 전에는 이수가 만나러 가고 싶어도 그럴 수 없었지만 이젠 언제든 마음만 먹으면 만날 수 있는데도 절대 만나러 가지 않는다. 서울과 인천 사이에는 우주가 존재하고 있었다. 그 우주를 통과할 수 있는 문은 11년 전 닫혀버렸다. 그래서 이젠 만나고자 하는 마음이 없다면 결코 만날 수가 없게 되어버렸다.

수업 하나가 남아 있었기에 이수는 양호실을 나와 지친 걸음으로 교무실로 걸어갔다. 감기 같은 우울증에서 벗어날 때까지 며칠 동안만 아무도 없는 곳에 가서 쉴 수 있으면 좋겠지만 현실은 그리 녹록치 않다. 지금 당장만 하더라도 그녀가 가르쳐야 할 40명의 학생이 그녀를 기다리고 있을 것이었다.

겨울의 찬 기운이 텅 빈 복도로 밀려들어 왔다. 추운 날씨였다. 마음까지 얼어붙을 정도로.

그날 마지막 수업을 들어간 이수는 비어 있는 자리를 발견하고 반 학생들에게 물었다.

"강은이 어디 갔어?"

아이들은 모르겠다는 표정만 짓고 있다. 하긴 자기 공부만으로도 허덕이는 고3이다. 다른 사람의 부재까지 신경 쓸 여유가 그들에게는 없었다. 학생 한 명 사라졌다고 수업을 안 할 수는 없었기에 이수는 국어 교과서를 펼쳤다. 더 이상 피아노를 치지 않는 손은 둔탁하게 느껴질 정도로 굳어버렸다.

만약 지금 피아노를 친다면 손마디에서 삐꺼덕거리는 볼썽사나운 소리가 튀어나올 거 같았다.

수업을 마치고 나와 이수는 교무실에서 전화 한 통을 걸었다.

"여보세요? 호수니? 나 이수야."

호수와는 고등학교 때 얼굴도 모르고 지내다 졸업을 하고 나서야 조금씩 알아간 사이였다. 이수의 집 근처 꽃집에서 호수가 아르바이트를 했는데, 이수가 꽃집 손님이 되면서 호수와 친해졌다.

"강은이 일로 할 말이 있어서. 시간 되면 학교로 와줄래."

그리고 이젠 이수가 그의 동생 강은의 담임선생님이다. 호수의 동생 강은은 억세고 제멋대로인 기질이 있는 여학생이었다. 선생님들이 가장 골치 아파하는 스타일의 학생이었다. 그리고 불행히도 강은은 이수를 싫어했다. 그래서 이수의 반 학생이 된 뒤로는 이수를 괴롭히려고 일부러 그러는 듯 더 삐뚤어지게 굴고 있었다.

이유도 없이 사람에게 미움을 받는 건 힘든 일이었다. 그리고 이유도 없이 사람을 좋아하게 되는 것은 더 힘이 든 일이었다.

이젠 집보다 익숙해진 연구실 안에서 설후는 오늘도 밤을 새고 있었다. 달이 하늘 정중앙에 걸려 있을 때 책상에 앉았는데 지금은 새벽의 희붐한 빛이 블라인드 사이로 스며들어 오고 있었다.

설후는 판막수술을 받은 환자의 임신과 관련한 논문을 읽고 있었다. 임신을 한 판막환자 오영아 때문이었다.

기계 판막으로 치환한 환자가 임신한 경우 임신 확인이 되어 즉시 항응고제를 와파린에서 헤파린으로 바꾸고 분만까지 계속 사용한 경우 한 사람의 임부에게서 두 번의 임신 모두 태아 사망으로 유산되었다는 기록이 있었으며, 다른 한 사람은 성공적인 분만을 이루었다고 한다. 태아 사망이라는 글을 읽는 설후의 눈이 어둡다. 세상에 그런 말이 존재한다는 자체가 서글프다.

통계를 찾아보았다. 21회의 임신 중 자연유산이 5번, 인공유산이 8번, 조산이 1번, 판막 혈전증으로 임신 9개월에 사산이 된 경우가 1번이었다. 그리고 성공적인 분만은 6번이란다.

26.1%.

영아의 아기가 살 확률이었다. 숫자는 아주 냉정하게 소수점까지 찍으며 그 아기는 죽을 가망성이 더 크다고 일깨워 준다. 설후는 두 손을 모으고 그 애매한 수치를 한참이나 쳐다보다 인공유산 쪽으로 시선을 돌린다.

사실 그 새벽 논문을 보고 있을 때만 해도 오영아를 만나면 인공유산을 다시 한 번 더 권해보자 생각을 했다. 갑자기 강도처럼 당하는 자연유산보다는 그래도 덜 슬프지 않을까 짐작하며. 하지만 아침이 되어 헤파린 주사를 맞기 위해 병원에 온 영아를 만났을 때 영아의 맑은 부탁에 설후는 입이 막히고 말았다.

"우리 아이 이름 좀 지어주세요."

설후는 오늘 그 아이를 죽이자 말하려고 했다. 그런데 아이의 이름을 지어달라니. 묵직한 죄책감이 심장을 짓누른다.

"그리고 나중에 우리 딸이랑 선생님 아들이랑 결혼시키지 않으실래요? 드라마 보면 자주 나오잖아요. 아이가 태어나기 전에 인연이 깊은 부모끼리 아이들의 짝을 지어주는 거요. 너무 낭만적인 거 같아요. 그럼 분명 두 아이가 운명적인 사랑을 할 거예요."

영아의 배에 있는 아기의 성별은 아직 알 수가 없다. 그리고 무엇보다 설후는 아들은커녕 아이 낳아줄 아내도 없었다. 신이 나서 계속 조잘대는 영아의 말에 설후는 단 한마디도 대꾸할 수가 없었다. 영아가 말하는 것 중 지금 현실인 것은 단 하나도 없었으니까.

아직 점일 뿐인 아이가 들어 있는 영아의 하얗고 납작한 배가 오늘따라 더 거대해 보였다.

설후는 레지던트 치프 우민과 레지던트 1년차 경아와 함께 저녁 회진을 돌았다. 우민이 담당 환자들의 상태에 대해 설후에게 노티를 했다.

"어제 낮 갑자기 PEA가 생겨 응급 CPR 시행 후 현재 호전 중입니다."

"PEA가 뭐지?"

설후는 경아에게 물었다. 전문의는 환자의 치료와 함께 전공의들에 대한 교육에도 책임이 있었다. 그랬기에 교관들이 군인들을 훈련시키듯 전문의들은 끊임없이 질문을 던지면서 전공의들을 좀 더 프로페셔널하게 만들어내었다.

설후의 질문에 경아는 막힘없이 대답했다.

"맥박은 없고, 심장의 전기적 리듬만 존재하는 상태입니다."

"어떤 때 발생하지?"

"저체온증, 카디악 탐폰, 긴장성 기흉입니다."

그리고 몇 가지의 질문을 설후가 더 했는데, 경아는 끝까지 정확한 답을 내놓았다. 지식 면으로는 이미 완벽한 답안을 머리에 담고 있었다. 의대 시절부터 인턴까지 A학점 이하를 받아본 적이 없는 그녀였다. 하지만 그렇다고 그녀가 완벽한 사람은 아니었다.

회진이 끝나고 경아가 조심스런 목소리로 설후에게 말했다.

"저기, 교수님. PD(소아과) 박해성 교수님이 시간 되시면 꼭 연락달라고 하셨거든요."

설후가 잊지 않게 내내 기억하고 있다가 일부러 설후가 한가해진 시간에 말을 전한 것인데 설후는 경아를 지나쳐 걸어가며 단호히 말했다.

"찾지 말라 전해."

설후의 지시에 경아는 얼굴이 하얗게 변해 버렸다. 레지던트인 경아가 전하기에는 너무 격한 말이었다. 분명 해성은 그 말을 전한 경아를 가만 놔두지 않을 것이었다. 그렇다고 설후를 억지로 해성에게 끌고 갈 수도 없는 노릇이었다. 두 전문의 사이에 샌드위치 소스처럼 끼여 버린 신세가 된 경아는 도대체 이 사태를 어찌 해결해야 할지 몰라 멍하니 멀어지는 설후의 뒷모습만 바라보고 서 있었다.

[바쁘다고?]

그래서 결국 경아가 선택한 것은 거짓말이었다.

"네, 그게 갑자기 수술 스케줄이 잡히셔서요. 오늘은 도저히 시간이 안 날 것 같다고. 죄송하다고 대신 전해달라고 하셨습니다."

정말 죄송한 마음으로 정성을 다해 거짓말을 했다. 경아는 누구나 인정하는 바른 생활 소녀였다. 물론 거짓말도 해본 적이 없다. 초등학교 시절 책상 가운데 세워진 가방 너머로 고개를 내밀고 컨닝을 하던 짝궁에게 당당히 '그러면 안 돼!' 라고 말할 정도로 성실한 삶을 살아왔다. 그런데 아픈 사람들을 도와주기 위해 들어온 병원에서 거짓말을 하게 되다니, 아이러니였다.

[죄송하다고 전해달라 했다고? 이 교수가?]

너무 지나쳤던 걸까? 하긴 자신이라면 몰라도 설후는 쉽게 사과를 할 사람이 아니다. 왜냐하면 사과란 실수를 밥 먹듯이 하는 엉성한 사람들의 전매특허 비굴대사니까. 설후는 완벽한 사람이었다. 그러니 사과를 하지 않을 거 같았다.

경아는 앞에 해성이 있는 것처럼 슬그머니 시선을 아래로 떨어뜨렸다. 어쩐지 전화기 반대편에서 해성이 어떤 표정을 짓고

있을지 눈으로 본 듯 선명하다. 해성 특유의 표정이 있다. 나른
하게 무방비해 보이면서도 사람을 해부하는 영악한 표정.

[최 선생은 말이지.]

설후가 아니라 갑자기 자신을 부르는 말에 경아는 고개를 들
었다. 왜 내 이름이 나오는 거지?

[참 재미있어.]

태어나서 재미있다는 말을 처음 들어보는 경아는 그게 정확히
무슨 뜻인지 파악할 수가 없었다. 대학교 생화학 실습 때 페놀에
의한 단백질 변성 실험을 하기 위해 마우스피펫으로 페놀(살균
및 소독제로 쓰이는 맹독성 화합물)을 빨아들이던 학생이 그만 그
페놀을 들이마시고 말았을 때 지었던 표정을 순간 경아가 짓고
있었다.

제대로 바보 취급당한 기분이었다.

병원의 밤은 다른 어느 곳보다 무겁고 검다. 오늘도 무사히
하루가 지나갔다는 환자들의 탄식을 어둠이 먹기 때문일 것이
다.

오늘 소망병원 흉부외과에서는 심장이식수술이 있었다.
1992년 설후의 아버지 장혁이 첫 성공을 이룬 이후 매해 수많은
심장병 환자들이 새로운 심장을 이식받고 새 생명을 얻고 있었
다. 설후가 아버지에게 미쳤다고 했던 일이 이젠 많은 사람들의
희망이 되고 있었다.

설후는 심장이식수술을 했던 최 과장과 함께 중환자실에 남아 환자를 지켜보고 있었다. 이식한 심장이 제 기능을 하는지 확인하려면 소변이 나와야 했다. 그런데 아직 환자의 소변통은 비어 있었다. 중환자실에 있는 모든 의료진의 관심이 오늘 심장을 이식받은 환자의 소변통에 집중되어 있었다.

"다음엔 자네가 칼을 잡아보도록 해."

조용히 환자를 지켜보던 최 과장이 옆에 서 있던 설후에게 말했다. 심장이식수술의 첫 집도를 맡아보라고. 하지만 설후는 아무런 대답도 하지 않았다.

심장은 판도라의 상자였다.

아마도 아버지가 할머니의 심장을 욕심내지 않았다면 설후는 평생 어머니가 인천에 살아 있다는 걸 모르고 살았을 것이었다. 그리고 이수 역시 만나지 못했겠지.

심장은 모든 아픔의 뿌리였다.

소변통 안으로 황색의 소변이 뿜어져 들어오기 시작했다.

심장은 살아났다.

사람의 병든 과거도 저 심장처럼 새로이 이식할 수 있다면 얼마나 좋을까 싶었다.

"남의 소변 줄기 보고 있는 게 친구보다 더 좋냐?"

바로 귀 옆에서 들린 간지러운 목소리에 고개를 돌리니 역시나 해성이 서 있다. 설후가 계속 무시를 하니 병동까지 찾아온 것인가 보다. 하여튼 포기를 모르는 인간이다. 어찌 이리 남에 대해 꾸준한 관심을 보일 수 있나 싶다. 서울로 자신을 만나러 왔던 이수를 데리고 해성에게 도움을 요청하러 간 걸로, 그리고 해성이 도서관으로 이수를 데리고 왔던 일로, 이미 설후는 너무 많은 걸 해성에게 보여 버렸다. 더 이상은 치사량이었다.

"환자도 살아난 것 같으니 그만 가지."

"논문 써야 해."

"바람났냐? 왜 이리 날 피해?"

해성의 농을 들은 간호사들이 피식 저희들끼리 웃었다. 뒤에 서 있던 경아도 웃고 싶은 걸 참느라 입술 끝이 미묘하게 씰룩이고 있었다. 하지만 설후는 전혀 우습지 않았다.

"가버려. 바빠!"

그러나 설후에게 더 이상 수술이 없다는 이유로, 당장 살려내야 하는 응급환자가 없다는 이유로, 박해성보다 더 끈질기지 못하다는 이유로, 설후는 해성의 손에 억지로 끌려 병원을 나와야 했다.

병원 건물을 나서자마자 낯선 세상에 끌려 나온 듯 불안하다. 혹독한 냉기가 살갗을 잔인하게 파고들었다. 해성은 술을 마시고 싶다며 시장통의 허름한 골목 안에 있는 삼겹살집으로 설후를 끌고 갔다. 해성의 단골집이었기에 해성을 알아본 주인 아주머니가 반가워하며 고기를 더 얹어주셨다. 아주머니의 구수한 경상도 사투리와 아주머니를 따라 한 해성의 어설픈 경상도 사투리가 몇 마디 오가고, 철판에 올려놓은 고기에서 지글지글거

리는 소리가 올라오며 겉 표면이 노릿하게 익어갔지만 설후는
전혀 식욕을 느낄 수가 없었다. 풍경처럼 삼겹살집에 녹아들어
가는 다른 손님과 달리 설후는 혼자만 동떨어져 튕겨 나간다.
꼭 별들에게 따돌림당하는 달처럼.

"너 설마 내가 여자 만나자고 강요했다고 나 피하냐?"

해성은 자신의 잔에 술을 따르고, 설후의 앞에 놓인 잔에도 술
을 따라주었다. 설후가 마실 마음이 없다고 해도 해성은 찰랑거
릴 정도로 따라주었다. 그게 술을 마시는 기본 예의라면서.

설후는 낮게 눈을 내리깔고 앞에 놓은 술잔을 보았다. 투명한 액
체는 꼭 순한 물처럼 보이지만 사람을 죽일 수도 있는 독이었다.

"하여튼 여자보다 더 예민해."

해성은 투덜거리며 자신의 잔을 한 번에 비워내었다. 젓가락
을 들어 투박하게 썰어진 고기 한 점을 들어 입에 넣더니 생동
감있게 씹는다. 해성은 뭐든 맛있게 먹었다. 그리고 설후는 뭘
먹어도 맛없이 먹었다. 어머니가 만든 요리 외에 맛있다고 느낀
음식은 없었다. 해성의 말대로 너무 예민한 건지도 몰랐다. 어
쩌면 사랑에 미친 부모 때문에 망가져 버린 건지도.

"너와 내 문제가 뭔지 알아? 난 너무 많이 만나고, 넌 너무 안
만난다는 거야. 그러니까 결국 이렇게 둘이 마주 앉아 있잖아.
마흔 살까지 이러고 있다면 정말 끔찍하지 않겠어?"

해성은 심란하다는 듯이 말했다. 얼마 전 병원에 에이즈 감염
환자가 입원했었다. 에이즈라는 병의 특성 때문에 환자는 어쩔

수 없이 동물원 원숭이 꼴이 되고 만다. 아픈 것도 서러운 일인데 말이다. 성관계를 맺은 여자들에게도 검사를 받아보라 해야 하기 때문에 환자에게 관계를 맺은 여자의 전화번호와 이름을 적으라고 했더니 A4종이 세 장이 나왔다 했다. 그 많은 여자들의 이름과 전화번호를 보고 부러운 게 아니라 해성은 끔찍한 데 자뷰를 느꼈다. 어쩌면 자신도 저 꼴이 될지도 모른다는 무서운 상상이 되면서 인생에 회의가 들었다.

처음으로 한 여자와의 결혼에 대한 생각을 하게 되었다. 그리고 그 생각을 한 순간 설후가 생각났다.

"여자 싫어하는 것도 아니잖아? 과거도 있으면서 빼기는."

해성이 이수 이야기를 할 거라는 걸 알았기에 설후는 그를 피하고 싶었던 거였다. 자신이 무슨 이야기를 하는지도 모르고 웃으면서 그의 마음을 헤집어놓을 것이기에.

해성이 이수의 이야기를 꺼낸 뒤부터 더 이상 설후의 귀에는 아무 소리가 들리지 않았다. 그저 아련하고 가늘게 눈 내리는 소리가 들려왔다. 그날 이수의 어깨를 하얗게 뒤덮었던 그 무정한 눈꽃 떨어지는 소리가⋯⋯.

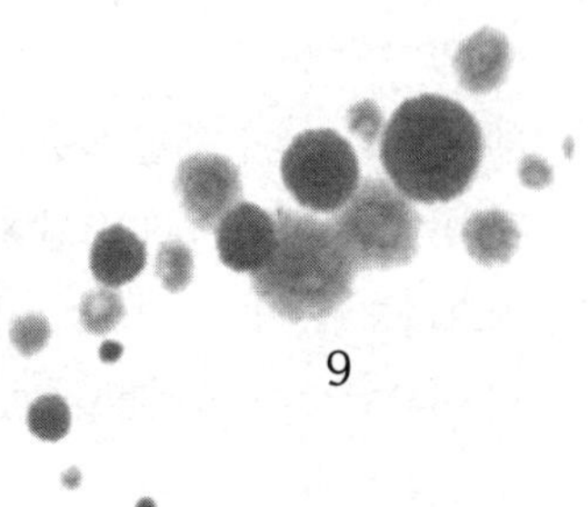

9

갑자기 옷가게에 찾아와 옷을 고르는 이수를 강은은 못마땅한 눈으로 쳐다보았다. 분명 자신이 일하는 가게인 걸 알고 온 것이라 강은은 확신했다. 당장 나가라고 외치고 싶은 걸 참느라 얼굴이 딱딱하게 굳어 있었다. 아무것도 모르는 주인 언니가 어서 가서 손님한테 옷 좀 팔라고 눈치를 주었다. 어쩔 수 없이 강은은 이수의 옆으로 걸어갔다. 12㎝ 하이힐을 신고 있었기에 선생인 이수보다 훨씬 커져 있었다.

이수는 옆으로 온 강은을 힐긋 보더니 다시 옷을 고르는 데 집중한다. 정말 옷을 사러 온 사람처럼. 스퀘어 네크라인으로 된 원피스를 꺼내어서는 거울 앞에서 몸에 대어본다.

“입어봐도 되니?”

거울 속의 자신만 쳐다보며 강은에게 물었다. 입을 쭉 내미는 강은의 모습이 보지 않고도 그려졌다. 깨진 유리 조각처럼 서걱 거리는 강은의 목소리가 날아왔다.

“안 되거든요.”

“입어보지도 않고 어떻게 사?”

“그럼 사지 말고 그냥 가요.”

카운터에 있던 주인이 놀라서 강은을 불렀다. 강은은 쯧 혀 차는 소리를 내더니 주인에게 좀 더 상냥한 목소리로 설명했다.

“내가 아는 사람이에요. 절대 옷 안 살 사람이야.”

“살 거야.”

라고 못을 박은 뒤 이수는 꺼내 들었던 원피스를 제자리에 끼 워 넣고 다른 옷을 뒤적였다. 이수의 등 뒤로 강은의 못마땅한 시선이 쭉 따라왔다. 학교였다면 참지 않고 바로 싫은 소리를 뱉어내는 아이가 그래도 일을 하는 곳이라고 참고 있는 게 용하 다.

당장 주인에게 강은이 고등학생이라 말하고 데리고 나가는 게 맞았지만 이수는 그러지 않았다. 모스그린 스웨터를 하나 사 고 그냥 가게를 나왔다. 가게에서 나오며 강은에게 한마디만 했 다.

내일 보자고.

당했다는 표정을 짓는 강은을 뒤로하고 다시 북적이는 거리로 나왔다.

　오랜만에 사람들이 북적이는 거리로 나온 이수는 강은이 일하는 가게를 나와 근처의 카페에 들렀다. 문을 열고 들어가자 차가운 거리의 공기를 몰아내고 뜨거운 공기가 이수를 덮쳐 왔다. 크리스마스는 한참 전에 지났는데 카페의 구석에는 여전히 크리스마스 트리가 놓여 있었다. 더 이상 관심받지 못하는 녹색의 트리는 꼭 버려진 아이같이 보였다. 이수는 창가에 남은 2인석 자리에 앉았다. 창밖에도 창 안에도 짝을 이룬 사람들투성이였다. 이수처럼 혼자 다니는 사람은 드물었다. 멀리 강은의 가게가 보였고, 그 안에서 일하는 강은의 모습이 어렴풋이 보였다. 적어도 매일 잠만 자는 학교 생활보다는 더 좋아 보였다.

　남들과 같은 길을 가는 게 모두에게 좋은 건 아니었다.

　하지만 강은의 오빠인 호수가 더 걱정이다. 자신이 가지 못한 대학 강은만은 꼭 보내고 싶어하는 눈치였는데.

　대학이란 거 생각보다 별거 없는데 말이다. 가보지 못한 사람은 가지지 못한 것에 더 큰 환상을 품게 되고 만다. 이수도 그랬으니까. 설후가 다니는 한국대만이 그녀의 유일한 희망처럼 느껴졌었다. 하지만 한국대에 가지 않고도 이수는 설후를 만날 수 있었다. 3년 동안 죽어라 악을 썼던 게 억울할 정도로 아무 문제 없이 말이다.

처음 자신의 발로 서울에 있는 설후를 만나러 갔던 이후, 이수는 설후를 만나러 몇 번 서울로 찾아갔었다. 그녀의 의지로 흐름을 바꾸어 버렸었다. 그게 어떤 재앙을 몰고 올지는 꿈에도 모르고 말이다.

"내가 만나러 오는 게 불편해요?"

서울에서 만나는 설후는 긴장하고 불안해 보였었다. 설후가 보고 싶어 한참이나 버스를 타고 왔는데 자신을 반겨주지 않는 게 서운하여 원망하듯 물으면 설후는 그제야 웃으며 아니라고 고개를 가로저었었다. 그럼 그 아름다움에 혼까지 빼앗겨 아무런 생각이 나지 않게 되어버렸다. 설후는 웃으면 감당할 수 없을 정도로 아름다운 사람으로 변해 버렸다. 그래서 그가 웃는 것을 보면 겁이 나기도 했다. 혹시 다른 사람들한테도 이리 웃어주며 혼을 빼놓나 해서.

이수는 사람들이 있는 것도 아랑곳하지 않고 키스를 하는 커플을 바라보다 시선을 돌리며 아메리칸을 한 모금 마셨다. 조금 탄 맛이 혀에 까끌하게 달라붙었다.

"맛없어."

설후와 만나면 일부러 커피만 시켰었다. 자신이 어리지 않다는 걸 과시하고 싶어서 말이다. 커피는 어른들이 마시는 음료라 생각했다. 그런 생각을 하고 있다는 게 아직 어리다는 표시라는 걸 그땐 몰랐었다. 처음 아무것도 모르고 단지 이름이 멋있다는 이유로 에스프레소를 시켰다가 그 사약 같은 맛에 속이 새카맣게 타버리는 것 같았었다. 조금 탄 아메리칸의 맛과는 비교도 되지 않게 최악이었다. 그래도 억지로 참고 끝까지 마신 이수에게 설후가 웃으며 말했었다.

"참 잘했어요 도장이라도 줘야 할 거 같아."

별로 화가 날 말이 전혀 아닌데도, 그때는 그 말에 마음이 상해 퉁퉁거렸었다. 설후가 쩔쩔매며 달랠수록 더 토라진 사람처럼 굴었었다. 그즈음에는 자신이 무엇 때문에 화가 났는지 기억도 나지 않았다. 그저 설후가 자신에게 신경 써주는 게 좋아서 더 연장시키고 싶었을 뿐이었다.

어쩜 그리 어렸는지.

반 이상 남은 커피의 표면에 비친 서른한 살의 자신을 바라보던 이수는 자리에서 일어났다. 어울리지도 않게 카페에서 멋스런 휴식을 즐기려고 했더니 쓸데없는 생각이 자꾸 드는 것이었다. 차라리 집에 가서 가게 일이나 돕는 게 더 나을 것 같았다.

카페 문을 열고 나오자 기온이 아까보다 더 떨어져 있는 듯했다. 찬바람이 드러난 살갗을 무자비하게 할퀴었다. 이수는 입고 있는 반코트의 깃을 바짝 끌어 올리고는 가방에서 장갑을 꺼내 두 손에 꼈다. 황토색의 가죽 장갑이었다. 더 이상 벙어리장갑은 끼지 않았다.

고개를 드니 넓고 넓은 어둠 속에서 달이 덩그러니 던져져 있다. 그 쓸쓸한 풍경에 하얀 입김이 터져 나오며 눈이 뻑뻑해졌다.

겨울에도 언제나 소란스러운 곳은 학교뿐일 것 같았다. 10대의 아이들은 결코 지치는 법이 없었다. 영하의 날씨가 그들을 교실로 몰아대도 아이들은 절대 기죽지 않는다. 교복 치마 아래 체육복을 입은 여학생들을 단속하라는 교감 선생님의 특명이 아침 조회 시간에 내려졌다. 그 모습 보면 시집 못 갈까 걱정된다는 교감 선생님의 혀 차는 소리가 조금은 정겹게 들리기도 했다.

"눈이 미쳤나. 또 오네."

옆 선생님의 한숨 섞인 목소리를 듣고 이수는 고개를 돌렸다. 정말 눈이 내리고 있었다. 벌써 4월이 다 되어가고 있는데, 겨울은 지독할 정도로 끈질기게 머물고 있었다. 무슨 미련이 그리 남아서 떠나지 않는 것인가. 영원히 봄은 오지 않을 거 같은 미련스런 날씨였다. 이수는 자신을 닮은 날씨를 건조한 눈으로 응시하였다. 결코 동정하지도, 동조하지도 않으며.

그날 방과 후 호수가 커다란 꽃다발을 들고 학교에 방문했다. 파란색 점퍼에 청바지를 입은 호수는 누가 보아도 알 수 있듯이 열심히 일하며 사는 사람의 냄새를 풍기고 있었다. 꽃다발을 내미는 손이 온통 상처투성이었다. 그래서 선생님은 학부모에게 아무것도 받으면 안 된다는 교칙을 깨고 호수가 내민 꽃다발을 받을 수밖에 없었다. 그 모습을 강은은 잔뜩 못마땅한 눈으로 쳐다보고 있었다. 꼬리가 올라간 강은의 눈은 조금만 치켜떠도 굉장히 사나왔다. 강은의 성격을 그대로 드러내 주는 눈이었다.

이수는 상담 노트를 펼쳐 놓고 조심스럽게 이야기의 서두를 꺼내었다. '강은이가 고3이 되었는데'로 시작하는 말은 끝이 애매하게 끊어져 버렸다. 강은을 설득해야 하는 것인지, 호수를 설득해야 하는 것인지 아직 확실히 정하지 못했다.

"난 대학 안 가."

강은은 단호히 말했다. 호수는 강은의 말을 무시하며 이수에게 부탁했다.

"이 녀석이 워낙 고집이 세. 말 안 들으면 때려도 괜찮으니까 엄하게 가르쳐 줘."

"오빠! 자꾸 그러면 나 고등학교도 때려친다!"

그다음은 뻔하였다. 두 남매의 큰 소리가 작은 상담실 안을 가득 채웠다. 평소에는 조용한 호수였지만 아무래도 여동생 일이다 보니 저절로 큰 소리가 나오나 보다.

"남들 다 가는 대학! 이젠 나와봐도 취직도 안 돼!"

"남들 다 가는 대학이니까 가라는 거야! 남들도 다가는데 넌 왜 못 나왔냐고 무시당하지 말고 살라고!"

호수의 그 말을 들으니까 어쩐지 아무 대학이라도 강은을 집어넣어야 하는 거 아닌가 싶기도 했다. 호수는 고졸이 받을 수 있는 불평등을 겪어본 사람일 테니까.

"4년제가 아니라 전문대라면 취업에 많이 도움도 될 거야. 그쪽은 어때, 강은아?"

"당신은 좀 닥쳐요!"

"선생님한테 그게 무슨 말버릇이야!"

"오빠야말로 왜 항상 저 여자 편만 드는데! 정말 짜증나!"

"지금 그 이야기가 아니잖아! 네 이야기를 하고 있었어! 네 인생에 좀 욕심을 내!"

부자도 아니고 그렇다고 찢어지게 가난하지도 않은 과일가게 첫째 딸로 태어난 이수가 살면서 욕심내어 본 건 단 두 가지뿐이었다.

피아노와 설후.

하지만 지금은 둘 다 잃어버렸다. 갈망했던 걸 잃어버리는 건 생명을 갉아먹는 거 같은 일이었다. 그래서 그 뒤로 원한다는 행위를 그만두어 버린 거 같았다. 원하지 않으니 절망하는 일도 무너지는 일도 사라졌다.

강은에게 이런 자신을 닮으라고 이야기할 수는 없다. 크게 바라지도 말고, 크게 욕심내지도 말고 그저 흐름에 몸을 맡겨 버리라는 무책임한 말. 학생들에게 결코 모범이 되지 않는 삶을 살고 있었다. 그런데도 이수는 학생들을 가르치는 선생님을 하면서 잘살고 있다.

호수가 강은에게 하는 질책이 꼭 자신에게 떨어지는 불호령 같아서 이수는 고개를 숙인 채 자신의 짧은 손톱만 보고 있었다.

"강은이가 꼭 대학에 가길 원하니?"

계속 화만 내는 강은을 보내고 이수는 호수와 둘이서만 대화를 나누었다. 호수는 동생에 대한 걱정으로 그 어느 때보다 심각한 얼굴로 말했다.

"그래, 다른 건 몰라도 그건 양보할 수 없어. 보내야 해. 강은이 공부를 하기 싫다고 해도 무조건 보내야 해."

자신의 대학은 너무도 쉽게 포기했으면서 동생의 대학은 집착하는 것처럼 고집한다. 꼭 옛날의 자신처럼. 그래서 이수는 호수의 마음을 조금은 이해할 수 있었다. 꼭 공부 때문은 아닐 것이다. 대학이라는 것에 대한 사람들의 편견에 강은을 던져 놓고 싶지 않은 것이다. 그리고 그걸로 자신의 인생도 보상받고 싶은 건지도 몰랐다.

"내가 어떻게든 설득해 볼게. 걱정 마."

자신도 없으면서 호수에게 자신만 믿으라 호언을 해버리고 말았다. 선생님이었으니까. 한이수는 더 이상 아무 쓸모도 없는 인간이 되어버렸지만, 선생님은 언제든 학생들의 이정표가 되어주어야 했으니까.

"고마워."

진심으로 감사하는 호수에게 이수는 어색하게 웃었다.

"내가 할 일인걸."

아마도 올해는 강은과 싸우다 지날 것 같았다. 그리고 서른둘이 되면 그때도 여전히 미련을 떨고 있으려나.

마지막 눈이 내리고 봄은 빠르게 찾아왔다. 언덕 위 초록지붕 집에 목련이 핀 게 이수의 방에서도 조금 보였다. 처음 목련이 핀 걸 발견했을 때 이수는 한참이나 멍하니 하얀 목련의 흐트러짐을 바라보고 서 있었다.

진달래도 피었을까? 메리골드도, 팬지도, 옥잠화도, 해당화도 여전히 건강할까?

가은이 살아 있을 때 초록지붕 집의 정원은 봄꽃이 먼저 봄이 온 걸 알려주었었다.

꽃은 내 자식들이거든.

그리 말하며 하루도 거르지 않고 정원을 손질하는 가은에게 이수는 '그럼 설후 오빠는요?' 라고 물었었다. 그 말에 가은은 아무 말도 하지 못했었다. 설후가 그녀의 아들인 건 분명한 사실인데도 말이다.

가은이 너무 좋은 사람이라, 그녀가 설후와 그의 아버지에게 그리 큰 잘못을 했을 거라고는 이수는 생각도 못했었다. 가은이 이수에게는 한없이 고맙기만 한 사람이라 모든 사람에게 그럴 줄만 알았었다.

어쩌면 설후가 한 잘못도 가은이 한 것과 같은 과오일 수도 있었다. 원치 않았지만 어쩔 수 없이 그럴 수밖에 없었을지도 몰랐다. 하지만 그런 걸 안다고 해도 용서할 수 없는 일이 있었다. 저주처럼 끝없이 반복되고 있다. 사람에서 사람으로 원망과 서러움이 옮겨간다.

그럼 이젠 나의 차례인 건가? 난 또 누굴 상처 입힐까?

이수는 커튼을 쳤다.

봄날이 시작되었지만 이수에게 봄은 너무 멀어져 버렸다.

아침 식사를 하는데 어머니께서 슬쩍 사진 한 장을 이수의 앞에 밀어 넣으셨다. 모르는 남자의 사진이었다. 30대 중반의 성실하게 보이는 인상의 남자.

“미리 엄마가 사진을 가지고 왔더라. 은행에서 근무한다고 하더라. 주식으로 돈도 꽤 모았대.”

어머니의 설명에 이수의 옆에 앉아 있던 이선이 재빨리 사진을 낚아채 자신이 본다. 얼굴이 마음에 안 드는지 얼굴을 찌푸린다. 이미 맞선은 안 보겠다고 말을 했던 이수는 자신과 상관없는 일이라는 듯 밥만 먹었다. 그런 이수의 태도가 마땅찮아 어머니가 언성을 높이셨다.

“이것아! 이제 1년만 지나도 이런 맞선자리도 안 들어온다더라! 들어올 때 해야지! 여보, 당신도 뭐라고 한마디 해봐요.”

이수는 대꾸없이 입 안에 쌀밥을 밀어 넣고 꾹꾹 씹었다. 그리고 마음속으로 초록지붕 집에 불이 켜진 날이 얼마나 지났는지 세고 있었다.

두 달이 넘어가고 있었다.

학교에는 벚꽃이 지고 라일락이 피어났다. 이수는 벚꽃보다는 라일락을 좋아했다. 꽃도 아름답지만 그 향기가 진정 봄이라고 생각했다.

날씨가 따뜻해지자 교실에만 갇혀 있던 아이들이 모두 운동장으로 쏟아져 나왔다. 하지만 교감 선생님이 끔찍이 싫어하는 치마 아래 체육복 입은 아이들은 사라지지 않았다. 아마도 그건 추위 때문이 아니라 그들만의 패션이었나 보다. 아무리 야단을 쳐도 의아할 정도로 고집을 했다. 별로 좋아 보이지도 않는데 말이다.

점심 시간에 불러낸 강은도 치마 아래 자주색 체육복을 입고 있었다. 뭐라고 한마디 할 수 있었지만 이수는 아무 말도 없이 강은에게 자판기에서 뽑은 코코아 한 잔을 내밀었다. 하지만 강은은 받지 않고 흥 콧소리를 내며 외면한다. 이수는 강은이 앉아 있는 옆에 종이컵을 놓고 한 발자국 물러났다.

"옷은 잘 팔리니?"

이수의 질문에 강은은 퉁명스런 어조로 받아쳤다.

"이해하는 척하지 마요. 어떻게 하면 그만두게 할까 머리 굴리고 있으면서."

이수는 들고 있던 커피를 마셨다. 블랙 커피여서 굉장히 썼다. 하지만 에스프레소만큼은 아니었다. 같은 커피인데도 인스턴트와 원두는 맛이 참 다르다. 같은 사람인데도 다들 다른 것처럼.

"돈은 대학 다니면서도 벌 수 있어."

강은의 날카로운 시선이 이수에게 떨어졌다. 강은이 별로 듣고 싶지 않다는 걸 온몸으로 느낄 수 있었지만 이수는 멈추지 않고 말했다.

"장학금 받으며 다닐 수도 있고."

둘 다 강은이 엄청나게 노력해야 가능한 일이지만 이수는 그 모든 게 얼마든지 가능한 일인 것처럼 말했다. 아마 그 말을 얼마만큼 강은이 믿게 만드는 게 선생님으로 재능일 것이다.

"내가 대학 가길 원해요?"

공격적인 강은의 질문에 이수는 순수하게 웃으며 고개를 끄덕였다.

"당연하잖아."

단지 돈 때문에 대학을 포기하는 건 좋은 일이 아니었다. 대학이 유토피아도 아니었지만 하여튼 그랬다.

강은이 앉아 있던 자리에서 벌떡 일어났다. 키가 큰 강은이 이수를 내려다보았다. 꽤 위압적이기까지 하다. 이 순간 이수가 강은보다 우위에 있는 건 선생님이라는 직책뿐이었다.

"그럼 우리 오빠랑 결혼하실래요?"

이수는 좀 놀란 눈으로 강은을 쳐다보았다. 강은은 비웃듯이 웃었다. 누구를 향한 비웃음인지 알 수 없다. 이수인지, 아니면 자신인지.

"그럼 저도 대학 갈게요. 어때요? 공평하지 않아요?"

강은은 이수의 대답을 기다리지도 않고 그대로 몸을 돌려 교실 쪽으로 걸어갔다. 이수는 강은을 붙잡을 수가 없었다.

365일 강은이 호수의 동생이라는 게 변함이 없는 것처럼 강은은 365일 이수에게 화를 냈다. 그 이유를 어렴풋이 짐작한 순간부터 이수는 호수보다 강은이 더 측은해져 버렸다.

이수는 어찌할 수 없이 강은을 화나게 하고, 강은은 어찌할 수 없이 이수에게 화를 낸다.

어찌할 수 없다는 말, 정말 짜증나는 말이었다.

아마 섹스를 하지 않아서일 거야.

그날 집에 돌아오는 길 이수는 대뜸 그런 결론을 내렸다. 자신이 설후를 잊지 못하는 게 같이 자지 않아서라고. 남녀 사이에 할 수 있는 모든 일 중 가장 중요한 걸 하지 않아서 내내 미련으로 남은 거라고.

그리 결론을 내리고 허무함에 웃었다. 진짜 별 이유 아니잖아.

하지만 웃음은 빠르게 지워져 버렸다. 자신을 안지 않았던 설후가 서울에서 다른 여자를 안았을까? 라는 생각이 들며 심장이 딱딱하게 굳어져 버렸다. 그는 남자니까 분명 그럴 것이란 확신이 들면서 딱딱하게 굳었던 심장에 날카롭게 금까지 갔다.

그의 여자.

설후가 웃어주고, 설후가 키스해 주고, 설후가 안아주는.

신호등은 초록 불로 바뀌었지만 이수는 꼼짝도 하지 않고 서 있었다. 이수의 옆에 서 있는 어린아이가 신호가 바뀌자마자 튀어나갔다. 그리고 신호가 바뀌었는데도 멈추지 않고 달려온 버스가 거짓말처럼 이수의 바로 눈앞에서 그 작은 아이를 치었다.

이수의 두 눈이 크게 떠지며 굳어졌다.

버스가 멈추고 사람들이 몰려들었다. 차에 부딪힌 아이는 엉엉 소리 내어 울며 엄마를 찾았다. 다행스럽게도 마침 지나가던 앰뷸런스가 멈추어 서더니 하얀 가운을 입은 의사들이 뛰어나와 다친 아이를 보았다.

하얀 가운을 입은 사람들의 어지러운 움직임을 이수는 멍하니 쳐다보았다. 차에 치여 피를 흘리는 아이보다 더 이수를 혼란스럽게 하는 풍경이었다. 이름도 모를 의사의 위로 하얀 가운을 입은 설후의 모습이 덧그려졌다. 정말 설후가 눈앞에 있는 것처럼 너무도 선명했다. 설후가 고개를 돌려 이수를 보며 말까지 건다.

"괜찮아. 내가 꼭 살릴게."

겁이 났다. 설후의 모습이 아니라, 설후의 망령에 사로잡혀 있는 자신이. 스트렉처에 누워 있는 아이보다 자신의 상태가 더 심각하였다. 이대로라면 평생 벗어나지 못할 것이다. 죽을 때까지 망령만 껴안고 살 것이었다.

이수는 비틀거리며 뒷걸음질을 치다 그대로 몸을 돌려 길을 걸어갔다. 1시간이면 도착할 집을 2시간이나 헤매다 돌아와서 어머니에게 말했다.

맞선 보겠다고.

심장혈관외과 레지던트 1년차 최경아는 그 어느 때보다 유심히 이설후 조교수를 관찰하고 있었다. 왜냐하면 그의 상태가 어쩐지 다른 날과 조금 달라 보였기 때문이었다. 평소처럼 회진을 돌고, 외래를 보고, 승모판류성형술에서는 경아에게 승모판막 협착이 안 생기게 하는 법까지 가르쳐 주었지만 무언가 미묘하게 엇나가고 있었다. 경아는 그게 무엇인지 찾아내기 위해 유심히 설후를 눈을 쫓았다. 완벽하게 똑같은 그림 두 장에서 틀린 부분을 찾는 것처럼 집중력이 필요한 일이었다.

"불타는 눈빛이네."

갑자기 귀 옆에서 들려온 목소리에 소름이 불꽃처럼 피어났다. 하지만 언제나 신중함을 몸에 익혀온 경아는 섣불리 피하지 않고 천천히 고개를 돌렸다. 너무도 가까운 곳에 해성의 톡 쏘는 얼굴이 그녀를 쳐다보고 있었다. 경아의 눈으로 보기에 해성은 정말 톡 쏘는 얼굴을 가지고 있었다. 콜라처럼 말이다. 그걸 좋아하는 사람은 한순간 그에게 끌리는 것이고, 그걸 싫어하는 사람은 한순간에 그에게 경계를 하게 된다. 경아는 후자 쪽이었다. 경아는 해성 같은 스타일이 정말 거북했다. 일반적인 룰에서 벗어나 자신만의 룰을 가지고 살아가는 스타일. 그 룰이 좋은 것일 수도 있지만 어떤 때는 말도 안 되게 제멋대로일 때도 있다. 여자들은 이런 예측 불가능한 남자를 겁도 없이 좋아하는군, 라고 언젠가 그가 여자와 나란히 걸어가는 걸 보고 생각한 적이 있다.

"이건 특별히 최 선생한테만 말해주는 건데 말이야."

별로 특별히 안 그래 주었으면 했다. 하지만 레지던트 1년 주제에 전문의에게 '됐습니다. 닥치세요' 라고 할 수는 없었기에 그냥 묵묵히 듣고 있었다. 해성의 입술이 조금 더 가까이 다가왔기에 본능적으로 옆으로 피하는 정도가 경아가 취할 수 있는 방어였다.

"내가 설후 사랑해."

해성의 말에 경아의 온몸이 빳빳하게 굳어버렸다. 해성은 경아의 어깨를 두 번 툭툭 두드리며 뻔뻔할 정도로 해맑게 웃었다.

"같은 동지로서 비밀 지켜줘야 해."

그리 말하고 설후가 있는 곳으로 유유히 걸어갔다. 경아는 멀어지는 해성이 흔드는 손을 보며 자신이 또 바보 취급당했다는 생각을 지울 수가 없었다. 경아는 조롱당한 기분을 달래기 위해 생화학 시간에 배웠던 아미노산을 열거하기 시작했다.

"히스티딘, 이소로이신, 로이신, 리신, 메티오닌, 시스테인……."

암기란 신체의 리듬을 원활하게 해주는 경쾌하고 건강한 행동이라고, 경아는 생각했다. 하지만 인간의 생장에 직접적인 영향을 주는 20가지의 아미노산을 모두 외울 때까지도 설후를 사랑한다는 해성의 목소리가 지워지지 않았다. 정말 말도 안 되게 콜라 같은 인간이다.

경아는 절대 콜라는 마시지 않았다. 몸에 해로운 음료였으니까. 탄산은 뼈를 녹이고, 박해성은 사람을 녹였다.

헤파린 주사를 맞으러 온 영아는 설후에게 아기의 초음파 사진을 보여주었다. 아기는 점점 사람의 형상을 갖추어가고 있었다. 작은 아기의 몸에 들어 있을 심장이 뛰는 소리가 환청처럼 들려오는 듯했다. 내가 지금 살아 있다고 말하는 그 약하고 충실한 소리가 눈물겹다. 영아는 사진 속에서 잠자고 있는 아기를 세상에서 가장 사랑스러운 존재라는 듯이 바라보았다.

"저희 아기 예쁘죠?"

매일 주사를 맞느라 복부에 보랏빛 피멍 자국으로 얼룩이 진 채 영아는 웃으며 묻는다. 씩씩한 사람은 설후를 힘들게 한다. 그 씩씩함을 지켜주어야 하는 게 설후의 몫이었으니까. 그 책임감이 유일하게 설후를 버티게 하는 원동력이기도 했지만, 그만큼 그를 짓누르는 압박이기도 했다.

설후는 넝마가 되어버린 영아의 배를 바라보았다. 아마도 의사라는 직업은 설후에게 어울리지 않는 직업일지도 몰랐다. 아픈 환자들은 그를 아프게 했고, 죽는 환자들은 그에게 죽음을 느끼게 해주었다. 그래도 설후는 관둘 수가 없었다. 이것마저 관두면 자신에게 남는 건 아무것도 없을 것이기에. 그건 자살 행위였다.

이 거대한 하얀 건물 안에서 환자들이 힘겹게 버티며 삶을 붙들고 있듯 설후도 그리 살아야 했다.

"선생님, 우리 아기 이름 생각해 보셨어요?"

아마 이 아기는 버티지 못할 거라고, 영아는 죽음과 맞닿은 몇 번의 고통을 견뎌내야 겨우 아이를 볼 수 있을 거라 생각하면서, 설후는 다음엔 꼭 생각해 오겠다 말했다.

삑삑삑, 허리에 차고 있던 설후의 호출기가 시끄럽게 울렸다. 꺼내보니 응급이었다. 설후는 응급실로 바로 달려갔다.

가슴 통증을 호소하는 환자가 실려와 있었다. 설후가 오기 전에 이미 찍어놓은 체스트씨티에 대동맥류 파열이 나와 있었다. 대동맥이 약해져서 언제 터질지 모르는 응급질환이었다. 응급 수술이 필요해서 설후를 급하게 호출한 것이었다.

"수술방 어레인지 했어?"

설후는 응급실에 내려와 있던 경아에게 물었다. 경아는 그렇다고 대답했다. 설후는 환자와 함께 바로 수술방으로 들어갔다.

환자의 복막을 열자마자 혈관이 터지며 피가 쏟아져 나왔다. 설후의 얼굴로 피가 튀었다. 하지만 설후는 피하지 않고 필드로 손을 뻗어 터진 혈관을 손가락으로 막았다. 뿜어져 나오던 피가 순간 멈추었다. 설후는 피를 뒤집어쓰고 반사적으로 뒤로 물러나 있는 어시스턴트 경아에게 소리쳤다.

"뭐 해! 석션!"

그제야 정신을 차린 경아가 서둘러 석션기를 들고 피를 빨아들였다. 설후는 봉합사로 빠르게 출혈 부분을 지혈했다. 유리병에 피가 콸콸 차올랐다. 바이탈이 오락가락하다 점점 정상을 찾아갔다.

환자가 살면 설후가 살고, 환자가 죽으면 설후가 죽었다.

"죄송합니다."

수술이 끝나고 경아가 깊숙이 허리를 숙이며 설후에게 사과를 했다. 설후가 먼저 꾸짖은 것도 아닌데 경아는 스스로 자신의 실책을 꺼내놓았다.

"이머전시 오피(응급수술)는 처음이라 당황했습니다. 좀 더 침착했어야 했는데."

그리고 어시스턴트를 들어올 레지던트가 없어 1년차인 경아가 처음으로 퍼스트 어시스턴트를 선 것도 압박으로 다가왔을 것이다.

"물론 처음이니까 실수가 용납된다고 생각하지는 않습니다. 사람의 생명은 실수로 죽었다고 다시 살릴 수 있는 게 아니니까요. 이곳 병원에서는 모르는 거보다 더 큰 죄악이 실수라고, 전그렇게 생각합니다."

설후가 괜찮다 용서해 주지도, 잘못했다고 꾸짖지도 않으니경아만 말이 많아졌다. 한참이나 말이 없던 설후가 차분한 목소리로 경아에게 물었다.

"혹시 아기 이름 지어본 적 있어?"

경아는 그게 무슨 뜻인가 싶어 고개를 들어 설후의 얼굴을 바라보다 그림 같은 설후의 옆모습에 숨을 훅 들이켠다. 정말 너무 완벽해서 부담인 얼굴이라 똑바로 바라볼 수가 없다. 경아는 서둘러 시선을 내렸다. 설후는 경아를 보지 않고 유리문 안 중환자들을 바라보며 중얼거렸다.

"이름이 생각 안 나."

그 일이 마치 환자가 난치병에 걸렸다고 말하는 것 같아서 경아도 같이 불안해졌다. 경아는 등 뒤에서 맞잡은 손을 꼼지락거리며 막 생각난 걸 말했다.

"전에 만화책에서 봤는데, 여주인공 친구 이름이 고흐였어요. 성이 반 씨였거든요."

라고 말하고 나서 경아는 후회했다. 만화책을 읽는 건 아무도 모르는 경아만의 비밀이었다. 존경하는 아버지의 방에는 언제나 어려운 의학 서적과 논문들뿐이었다. 경아는 아버지가 그녀가 만화책을 읽는 걸 알면 자신을 굉장히 창피하게 여길 것이라는 강박관념이 있었다. 그래서 어릴 때부터 몰래 만화책을 읽는 게 습관이 되어버렸다. 아주 가끔, 기분이 우울해질 때만.

반고흐, 설후는 이름을 한 번 중얼거린다. 좋은 이름이네, 라고 설후가 말해주어서야 경아는 말하길 잘했다는 생각을 가지게 되었다.

아마도 경아가 설후에게 가지는 건 이성간의 연애 감정이라기보다는 한 명의 사람으로 인정받고 싶다는 마음인 거 같았다. 설후가 그녀의 말에 동조해 주거나 그녀의 능력을 칭찬해 줄 때 경아는 울고 싶을 만큼 뿌듯했다. 설후와 데이트를 하고 싶다거나 육체적인 접촉을 하고 싶다는 생각은 결코 하지 않았다. 경아는 해성에게 맹세도 할 수 있었다.

"하지만 그 아기 아빠는 반 씨가 아닌데……."

설후는 난감한 투로 말했다. 결국 이름을 가지지 못할 거라 생각하면서 아기의 이름을 열심히 생각하고 있었다.

맞선남이 서울에 산다는 이유로 맞선 장소는 서울이 되었다. 호텔의 커피숍은 유럽풍으로 꾸며져 있었다. 맞선 장소로 유명한 곳이라고 하더니 이수 외에도 맞선을 보는 사람들이 몇몇 있었다. 어색하게 보인다 싶으면 백이면 백 다 맞선이었다.

아이보리색의 비즈네크라인 블라우스에 플레어 스커트를 입은 이수는 말없이 앞만 쳐다보고 있었다. 앞자리에 앉은 맞선남이 계속해서 말을 걸었지만 아무런 대답도 하지 않았다. 결국 그는 화를 내며 먼저 가버렸다.

첫 맞선은 최악이라는 말이 어울릴 자리였다.

첫사랑을 잊지 못해 11년이나 방황하고 있는 한심한 자신을 위로하기 위해 술을 마시고 싶었다. 그런데 한심하게도 술을 같이 마실 사람이 없었다. 사람을 많이 사귀었어야 할 고등학교와 대학교 시절 이수는 그러지 못했다. 내내 설후라는 존재에 갇혀서 다른 사람을 제대로 보지 못했다.

이기적으로 살아야 했다. 아무것도 남기지 않고 전부를 주었다 모두 잃어버리고 난 다음에 후회해도 소용이 없다. 그 사람에게 족쇄 채워놓고 평생 묶어둘 것이 아니라면 끝까지 함께할 거라는 확신은 어리석은 것이다. 사람을 어찌 믿는단 말인가. 밤에 사랑을 속삭이다 아침이 되면 차갑게 등 돌리는 게 사람이란 것인데.

"저기, 혹시 이설후 알지 않아요?"

설후라는 이름에 반사적으로 반응한 눈동자가 위로 올라갔다. 앞에 남자가 한 명 서 있었다. 단정한 스프라이프 슈트를 입고 있는 말끔한 인상의 남자는 어쩐지 낯이 익은 것도 같았다. 이수의 얼굴을 가까이에서 본 남자의 얼굴이 환해졌다.

"맞네. 나 기억 안 나요? 옛날에 내 방도 빌려주었었는데."

그제야 기억이 났다. 남자가 아니라 남자의 방이. 온갖 잡다한 책으로 가득한 책장, 세계지도가 큼지막하게 걸린 벽, 아무것도 없던 싱크대, 머리카락이 젖어 있던 설후, 첫키스, 느리고 빠르게 흘러가던 벽시계, 그리고 설후의 손, 눈빛, 입술, 호흡…….

해성도 그녀처럼 맞선을 나온 자리라고 했다. 이수가 해성에게 같이 술을 마시자고 한 건 충동 같은 행동이었다. 마치 원나잇 스탠드를 제안하는 여자처럼 이수는 무방비상태였다. 그래서 오히려 해성이 조심스러워졌다. 해성이 그녀와 같이 술을 마신 건 이수가 불안해 보였기 때문이다. 이 밤 이수를 혼자 보내면 무슨 일이 생길 것만 같아서 그녀의 옆자리를 지켰다. 두 사람은 맞선을 보았던 호텔 와인바에서 술을 마셨다. 어두운 조명 아래 바이올렛 소파가 굉장히 관능적인 바였다.

이수는 목적없이 술을 마시고, 의미없이 웃고, 슬프게 고개를 떨구기도 했다.

"설후 어찌 지내는지 안 물어요?"

해성이 먼저 설후의 이야기를 꺼내었다. 그렇지 않으면 이수가 계속 의미없는 행동들을 반복할 것 같았기에.

"헤어졌어도 옛 애인이 어찌 사는지 궁금한 게 사람들 심리잖아요."

애인이라는 말이 아름답고 슬프게 들린다. 이수는 자신이 설후의 애인이었던 적이 한순간이라도 있었던가 의구심을 품는다. 설후는 단 한 번도 그녀에게 사랑한다 말한 적이 없다. 그녀가 그저 그리 믿어버렸다. 그의 감미로운 눈빛에 취해 바보같이 사랑이란 걸 믿고 자신을 모두 걸어버렸다.

"안 궁금해요."

설후를 사랑하는 마음에서 도망치고 싶어 맞선 자리에 나온 것이다. 설령 그게 허무하게 실패할 일이라고 해도 이수는 계속 도망쳐야만 했다.

"나 버린 사람 절대 안 궁금해요."

해성은 설후를 생각하며 의구심을 떨치지 못했다. 사랑을 버렸다는 설후는 내내 버림받은 사람처럼 외롭고 슬프게 살고 있었으니까.

어째서 버림받은 불쌍한 사람만 두 명이고, 사랑을 버린 오만한 사람은 없는 것인가.

이수가 스스로 술잔에 술을 따르려 했기에 해성은 서둘러 술병을 빼앗아 이수의 잔에 술을 따라주었다. 그리고 몸 상한다고 과일 안주도 챙겨주었다. 해성은 충실하게 이수의 술시중을 들며 설후가 여전히 싱글이고 이수도 잊지 못하고 있다고 넌지시 알려주었지만 이수는 술에 취해 제대로 듣지 못하는 듯 보였다. 설후는 너무 안 마셔서 탈이고, 이수는 너무 많이 마셔서 탈이었다.

정말 난감한 두 사람이었다.

태어나서 그리 술을 많이 마신 건 처음이었다. 덕분에 몸의 리듬이 엉망이 되었다. 이수는 술기운이 남아 있는 몸으로 학교에 출근을 했다. 괜찮냐고 묻는 사람들에게 괜찮다고 말할 수는 있었지만, 웃어줄 수는 없는 그 정도 상태였다. 식욕이 없어 점심은 따뜻한 허브차를 마셨다. 건강해지는 차라며 가정 선생님이 직접 만들어주신 것이다. 입 안이 텁텁하고 목이 아파서 맛을 제대로 느낄 수는 없었지만 따스한 기운이 좋아서 끝까지 마셨다.

수업에 들어가서는 아이들 앞에서 불쌍한 표정을 지으며 얌전히 자습을 해달라고 부탁을 했다. 학생들은 땡 잡았다는 표정을 감추지 않았다. 아이들이란, 난감할 정도로 솔직하다.

이수는 창가 자리에 의자를 놓고 앉아 휴식을 취했다.

창가로 들어오는 봄바람에 아이보리 커튼이 서걱거리는 소리를 내며 나부꼈다. 이수는 창밖으로 라일락 꽃잎이 바람에 날리는 걸 바라보았다. 꽃잎은 살아 있는 것처럼 날아올랐다. 자유를 갈망하고 있는 것 같았다.

그는 아직도 날 사랑할까.

라일락 향에 갑자기 막을 새도 없이 그런 생각이 떠올라 왈칵 눈물이 솟았다. 사랑한다고 고백받던 순간을 떠올릴 추억조차 없는 옛사랑은 너무도 비참하다. 그가 그녀를 버린 것보다 그가 그 말을 해주지 않았다는 게 더 미웠다.

바람이 사라지고 꽃잎이 땅으로 떨어졌다. 하늘에서는 아름다운 생명 같았던 꽃잎이 땅에서는 시체 같아 보인다. 같은 꽃잎인데도 같아 보이지가 않는다. 그게 서글퍼 다시 울고 싶어졌다.

하지만 울지 않았다. 그녀는 학교에서 여자가 아니라 선생님이었으니까.

학교 수업이 다 끝났을 때쯤 이수의 몸 상태는 여전히 엉망이었다. 무리해서 움직인 것이 탈인 거 같았다. 어서 빨리 집에 가서 다시 눕고 싶다는 마음뿐이었다. 그런데 강은이 또 학교 수업도 제대로 듣지 않고 사라져 버렸다. 이수가 아픈 건 자기랑 전혀 상관없는 일이라는 듯 모질게 행동한다.

때론 결코 상처 따위는 받을 거 같지 않은 그 못된 성격이 부럽기까지 하다.

오늘은 그냥 강은의 실종을 모른 척했다. 어차피 거리의 옷가게에서 늙게 차려입고 옷을 팔고 있을 테니까. 며칠 모른 척한다고 강은의 인생이 확 뒤바뀔 반란은 아니었다. 하지만 몸이 다 나으면 확실히 강은에게 말을 해야 했다.

대학은 가는 게 좋을 거라고. 너를 위해서도, 네 오빠를 위해서도.

평소에는 자전거를 타고 다녔지만 페달을 밟을 만큼 기분이 좋지 않았기에 택시를 타고 집에 돌아왔다.

"다녀왔습니다."

과일가게 안에는 아버지 혼자서 지키고 계셨다. 어머니는 아마도 저녁 준비 중이신 거 같았다. 손님이 없는 가게를 지키고 계시는 아버지의 얼굴이 어쩐지 피로해 보인다. 아버지는 가슴이 답답하신지 손으로 가슴을 문지르시며 '왔니? 몸은 어때?'라고 묵직하게 말하신다.

하지만 정말 아픈 건 그녀였기에 이수는 대충 대답하고 거실로 연결된 문으로 걸어갔다. 덜커덩, 낡은 문은 요란한 소리를 내며 열렸다. 지금은 그 소리조차 거슬렸다. 문소리를 들으신 건지 부엌에서 어머니의 목소리가 들려왔다.

"이수니?"

이수는 검은색 에나멜 구두를 벗으며 힘없이 대답했다.

"네."

문을 붙잡고 일어서는데 아버지가 앉아 계신 쪽에서 크고 무거운 물체가 바닥에 떨어지는 소리가 들렸다. 놀라서 고개를 돌리니 아버지가 왼쪽 가슴을 움켜쥐시고 바닥에 쓰러져 계셨다. 이수는 놀라서 신발도 신지 않고 아버지에게 달려갔다.

"아버지? 왜 그러세요?"

아버지 홍만은 그 짧은 사이 얼굴이 파리해지며 괴로운 신음을 뱉어내셨다. 홍만은 숨구멍이 막혀 버린 사람처럼 제대로 숨을 쉬지도 못했다. 이수는 두 팔에 안고 있는 아버지의 생명이 점점 색을 잃고 있는 걸 보았다.

이수의 몸에도 열이 치솟았다. 눈앞이 새카맣다. 또다시 원치 않는 암흑이 밀려오고 있었다. 이수는 비명이라도 지르고 싶은 심정이었다.

설후는 오랜만에 한가한 저녁을 가지게 되었다. 신기할 정도로 환자가 없었다. 맡고 있는 환자들도 모두 안정을 찾은 상태라 굳이 전문의인 설후가 옆에 있을 필요가 없었다. 그가 마음껏 쓸 수 있는 시간이 생겨 버렸지만 설후는 무얼 해야 할지 알 수가 없었다.

인천에 갈까?

아직도 습관처럼 그리 생각하고 만다. 인천에 가자고. 어머니와 이수가 있는. 더 이상 어머니도 없고, 이수와는 이미 헤어졌는데도. 몹쓸 병이었다. 설후는 담배 한 대를 꺼내서 입에 물었

다. 라이터를 찾아 주머니를 뒤지는데 삑삑. 휴대전화로 문자가
왔다.

나 어제 이수 씨랑 술 마셨다. 부럽냐?

설후는 해성이 보낸 문자를 한참이나 말없이 들여다보았다.
해성이 자신을 놀리는 거라 생각했다. 해성은 설후와 이수의 사
이를 알았던 유일한 사람이니까. 박해성을 죽이는 걸로 오늘 저
녁 시간을 때울까. 아주 잠깐은 그런 생각도 들었다. 휴대전화
를 던져 버리고 담배에 불을 붙이던 설후는 다시 휴대전화로 시
선을 주었다.
그런데 해성이 이수의 이름을 알았던가?
항상 그의 집에 데려왔던 여자라던가 이설후의 과거라고 말
하기만 했었다. 단 한 번도 이수의 이름으로 말한 적이 없었다.
설후는 서둘러 손을 뻗어 휴대전화를 다시 집어 들었다. 그리고
해성에게 전화를 걸었다.
"진짜야?"
해성이 전화를 받자마자 물었다. 다급한 설후와 달리 전화기
반대편의 해성은 느긋했다. 가진 자의 여유를 즐기듯.
[엉. 이 몸이 결혼을 하기 위해 맞선을 보러 호텔에 갔었거든.
거기 이수 씨도 맞선 보러왔더라고. 서로 맞선이 잘 안 되어 기
분이 꿀꿀했기에 같이 술 마셨지.]

맞선이라는 말에 땅의 중력이 10배는 더 세어진 기분이었다. 몸이 자꾸 아래로 처진다.

"행복해 보여?"

힘없는 설후의 질문에 해성은 코웃음을 친다.

[야! 행복한 여자가 맞선을 나오겠냐? 행복하지 않으니까 나온 거지.]

설후는 왜라고 반문하고 싶다. 행복하라고 보낸 건데, 어째서 행복하지 않은 거냐고. 자신은 그녀의 행복을 바라며 이리 외로운 건데, 어째서 똑같이 외로운 거냐고.

[이수 씨도 너에 대해 묻던데. 잘 있냐고. 결혼은 했냐고. 애인은 있냐고. 뭘 그리 꼬치꼬치 묻는지. 청문회 나간 줄 알았다.]

해성은 일부러 거짓말을 했다. 다음 질문을 하기 위해서.

[아무래도 그쪽도 너 못 잊은 거 같던데, 니들은 왜 그러고 사냐?]

"왜 그런 걸까?"

[야! 너 지금 그걸 나한테 묻는 거냐? 이거 이제 보니 완전 바보 아냐! 이제 알겠다. 네가 바보라서 그런 거야. 바보 씨! 끊으세요. 전 환자 보러 가야 합니다.]

뚝, 해성이 일방적으로 전화를 끊어버려 더 이상 설후의 목소리를 들어주는 이는 없었다. 그래도 설후는 물었다.

"……왜?"

어머니는 결국 병에 아파하다 돌아가셨고, 아버지는 결국 그를 신으로 만들어주었던 메스를 스스로 놓으셨고, 그와 이수는 헤어졌다. 자신들은 왜 이렇게 살아야만 했던 건지 설후는 사무치게 알고 싶다.

아버지라면 알고 있을까?

광기에 들린 사람처럼 그와 이수를 갈라놓으셨던 아버지라면 그 해답을 알고 있어야 했다. 설후는 오랜만에 아버지를 찾아가기로 했다. 때론 증오스러울 정도로 밉고, 때론 눈물날 정도로 불쌍한 그의 아버지를.

찾아가서 물을 것이다. 자신이 왜 이리 살아야 하냐고.

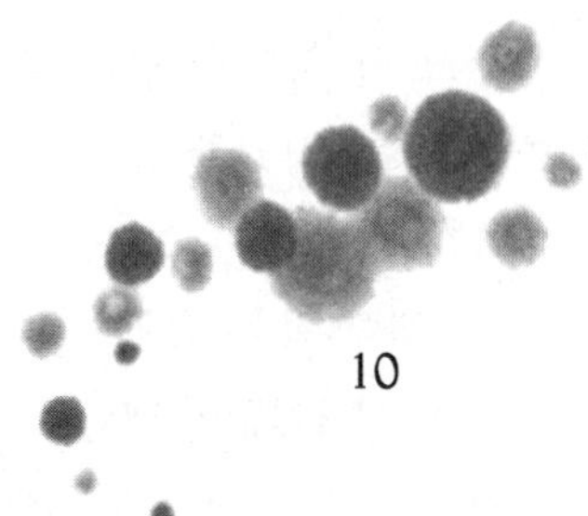

10

　이수의 아버지 홍만이 소망병원 심장혈관응급센터로 실려 들어오자마자 대기하고 있던 응급실 의사들과 간호사가 몰려들어서 빠르게 치료를 시작했다. 제세동기를 비롯한 응급 소생 기구들이 침대 옆에 대기되었으며, 심전도 전극을 가슴에 붙이고 심전도 모니터를 작동시켰다. 심근경색은 2시간 이내에 응급치료가 이루어져야 소생률이 높기에 모두의 손이 바빴다.

　응급실 치프가 홍만에게 물었다.

　"어디가 아프세요?"

　심장발작 이후 겨우 정신을 차린 홍만은 힘겹게 대답했다.

　"가, 가슴이."

"가슴이 어떻게 아프세요? 뽀개지듯이 답답하세요? 압박하
는 느낌인가요? 묵직하게 눌리는 불편함인가요? 아니면 쓰라린
가요?"

"뽀, 뽀개질 거 같아."

아버지는 힘없이 대답한다. 금방 의식을 잃을 듯 위태로운 상
태였다. 다른 의사가 보호자로 같이 온 이수에게 물었다.

"아버님이 평소에 협심증이나 심근경색이 있었나요?"

이수는 침대에 누워 있는 아버지에게 눈을 떼지 못하고 고개
를 저었다.

"아뇨, 건강하신 분이셨어요."

인턴이 치프에게 심전도 결과를 보고했다.

"ST분절 상승이 보입니다."

"빨리 흉부 방사선 촬영과 심장초음파 검사, 그리고 흉부 조
영 컴퓨터 단층 촬영해!"

인턴에게 검사지시를 내린 치프는 간호사들에게는 약물투여
지시를 빠르게 내렸다.

"니트로글리세린 0.6mg!"

"몰핀 4g 15분 간격으로 투여해요!"

"아테놀롤!"

계속해서 아버지의 몸에 투여되는 약들을 이수는 불안한 눈
으로 응시하였다. 도대체 어찌 돌아가고 있는지 알 수가 없었
다. 이수는 두 손을 꽉 쥐었다. 허무하게 죽어갔던 가은의 마지

막 모습이 떠오르며 숨이 막혀왔다. 아버지도 그리 허무하게 죽게 하고 싶지는 않았다.

하지만 지금 이 순간 자신이 할 수 있는 일이 없었다. 그때처럼 그저 이리 지켜보고 있는 것 외에는.

밤이 몰려오고 있었다. 기나긴 밤이.

병원에서 은퇴한 장혁은 현재 한국대 의대 교수직만을 맡고 있다. 하지만 그건 이장혁이라는 브랜드 네임을 한국대에서 잃고 싶지 않아서 억지로 붙잡은 자리였지 아버지가 원한 자리는 아니었다. 강의 시간 외에 아버지가 하시는 일이 정확히 무엇인지 설후는 알지 못했다. 정확한 건 결코 환자를 살리는 일은 아니었고, 항상 저녁 6시에 끝나는 일이라는 것이다. 가정부 아줌마의 말에 아버지는 저녁 7시가 되면 반드시 집에 돌아온다고 했다. 시계처럼 정확하게.

그리고 7시 반에 저녁 식사를 한다고 하셨기에 오늘 설후는 그 시간에 맞추어서 집으로 왔다. 그런데 아버지는 일부러 그 시간에 맞추어 온 설후를 보고 놀라지도 않으신다. 무슨 일이 있는 거냐고 묻지도 않으셨다. 할머니가 돌아가시고 6년 만에 처음 찾아온 것이었는데 말이다.

아프신 어머니 앞에서는 광기로 보일 정도로 그들을 몰아쳤던 아버지였는데, 어머니가 돌아가신 이후 아버지는 모든 의지를 잃어버린 사람처럼 조용해져 버리셨다. 그렇게 증오하던 어머니를 잃고 나서야 자신을 지배하던 분노에서 벗어날 수 있었다는 듯이. 아버지는 완전히 다른 사람이 되어버렸다.

그렇다고 해서 아버지를 용서할 수 있는 건 아니었다. 자신이 아프다고 아버지가 설후에게 한 짓은 너무 가혹한 것이었으니까.

"제가 만약 이수 다시 만나겠다고 하면 어쩌시겠어요?"

설후는 저녁 식사 중 갑자기 이수의 이야기를 꺼냈다. 하지만 장혁은 이수라는 이름 자체가 생소하다는 듯 무표정한 얼굴이셨다. 이젠 설후가 이수랑 결혼을 한다고 해도 그와는 상관없다는 표정이었다. 그런 아버지를 설후는 화가 난 눈으로 쳐다보았다.

"아세요? 아버지가 제 인생 망치신 건."

장혁은 듣기 싫다는 듯 대꾸도 없었다. 어찌 이리 자기 편한 대로 행동할 수 있나 싶다.

"아버지는!"

장혁에게 화를 내려는데 설후의 휴대전화가 시끄럽게 울려대기 시작했다. 설후는 어쩔 수 없이 자리에서 일어나 전화를 받았다. 심장혈관응급센터에 응급환자가 있다는 우민의 전화였다. 설후는 전화를 끊자마자 아버지의 집을 나와 전철을 탔다. 막 밤에 접어든 서울의 도로는 정체로 꽉 막혀 있을 것이기에 이런 때는 대중교통이 더 빨랐다.

오랜만에 타는 지하철은 늦은 퇴근과 밤 외출을 나온 사람들로 가득해서 사람 냄새로 질식할 것만 같았다. 밤의 전철은 포효하는 듯한 소리를 내며 땅굴을 내달린다. 끝 칸에 탄 설후는 벽에 기대 사람들을 외면하려 어둠밖에 없는 창밖으로 시선을 돌렸다. 진동하듯 빠르게 지나치는 파이프들을 보고 있으니 현재가 고속의 속도로 빠르게 흘러가 버리는 것 같았다.

신기한 것을 보는 듯한 사람들의 시선이 설후에게 몰렸다 무리로 사라지곤 했다. 설후는 항상 대중과 잘 섞이지 못했다. 의대가 아니더라도 어디서든 혼자서 동떨어지는 기분이었다. 같은 목적을 가지고 지하철에 탔고, 같은 사람 냄새가 나는데 왜 사람들이 자신을 힐끔거리는 것인지 설후는 알 수 없었다. 설후는 몸을 돌려 벽을 바라보았다. 입이 있는 사람보다 입이 없는 벽이 차라리 편했다.

심장혈관응급센터의 붉은 불은 환하게 켜져 멀리서도 잘 보였다. 관상동맥질환은 시간과 전쟁을 해야 살아날 수 있는 질환이었다. 후유증을 최소화하려면 6시간 이내에 막힌 혈관을 뚫어줘야 했다. 12시간이 지나면 심장근육이 심한 손상을 받아 회복 불능의 상태가 된다. 사람을 가능한 많이 살리기 위해 지은 응급센터였다. 하지만 설후는 그 응급센터의 붉은 불을 볼 때마다 오히려 슬프다. 사람을 살릴 수 있는 경우보다 이미 늦은 경우가 많기에.

의사 가운을 입은 설후가 심장혈관응급센터에 들어서자마자 대기하고 있던 우민이 달려와 설명을 하였다.

"AMI(급성심근경색)환자인데, 심초음파 검사에서 MI(승모판 폐쇄부전)가 보였습니다. 지금 최 과장님이 보고 계십니다."

심근경색의 급성 기계적 합병증으로 승모판 폐쇄부전이 생긴 경우였다. 승모판 폐쇄부전은 그대로 두면 급성폐부종을 일으켜 사망할 수도 있는 심각한 합병증이었다. 그러니 수술은 필수였다. 이런 경우 캐비지 수술을 할 때 승모판막수술도 같이 해주어야 했다. 그래서 설후가 필요한 것이었다.

"환자 완전혈행재건 가능한 상태인가?"

"네, 다행히."

설후는 환자를 보기 위해 빠른 걸음으로 세상과 절단된 응급센터 안으로 걸어갔다. 사람들이 가장 많이 모여 있는 곳에 환자가 있을 것이었다. 응급센터 안은 귀가 아플 정도로 소란스러웠다. 생명이 버티는 소리였다. 아직 살아 있기에 시끄러울 수도 있는 것이었다. 그러니 이곳은 시끄러우면 시끄러울수록 좋았다.

뚜벅뚜벅. 환자에게 걸어가던 설후의 걸음이 점점 느릿해졌다. 뒤에 따라오던 우민이 보폭을 맞추지 못하고 휘청했다. 결국 설후의 걸음은 완전히 멈추고 말았다. 더 이상 걸어갈 수가 없었다. 눈이 거짓말을 하고 있었다.

어떻게…….

우민이 걱정스런 눈으로 설후를 보며 입을 벙긋거렸다. 하지만 바닷속에 있는 듯 주위의 공기가 무겁고 소리가 절단되었다.

오빠.

이수가 그를 부르던 부드럽고 조심스런 기억의 울림이 전해져 왔다. 그제야 확신이 선명해졌다.

이수였다. 번잡한 사선의 끝에 서 있는 건 분명 이수였다.

설후의 시선을 느낀 것인지 이수가 천천히 고개를 돌렸다. 허리까지 내려오는 긴 생머리가 물고기처럼 이수의 몸을 휘감았다. 가부키 배우처럼 이수의 얼굴이 너무 새하얗다. 그와 눈이 마주친 순간 저주가 내린 것인지 이수의 가는 몸이 물먹은 인형처럼 흐느적거리며 아래로 쓰러져 내렸다. 앗, 위험해라고 우민이 생각한 순간 설후는 이미 이수의 앞까지 달려가고 있었다. 그 찰나의 반응은 의식보다 더 빨랐고 본능보다 절박하다.

"이수야!"

사실 죽어가는 건 설후의 품에 쓰러진 그녀가 아니라 그녀의 아버지였지만, 그곳에 있는 누구도 설후에게 번지수가 틀렸다고 꾸짖지 못했다.

처음이었다. 이설후가 누군가의 이름을 그리 감정을 담고 부르는 거.

급성심근경색보다 더 희귀한 경우였다.

"다행히 이쪽은 Fever(발열)만 있네."

갑자기 쓰러지는 바람에 병원 침대 하나를 차지하고 누운 이수를 진료한 건 의료팀 중 가장 막내인 경아였다. 진료 결과 실신은 정신적인 쇼크에서 온 거 같았다. 숙취로 인한 몸살이었다. 경아는 이수의 손에 IV(정맥주사)를 꽂으면서 이수의 창백한 얼굴을 물끄러미 바라보았다.

여자의 얼굴이 어찌 생겼는지는 경아에게 중요하지 않았다. 여자의 얼굴에 겹쳐지는 설후의 표정이 중요했다.

환자가 죽을 때에도 설후의 표정에 감정이 드러나는 걸 경아는 보지 못했었다. 적어도 의사로서의 분함이라도 드러내야 하는데 그것조차 없었다. 그래서 심장이 멎은 환자를 바라보는 설후의 무표정에서 경아는 혼자 상상을 하곤 했다. 그가 지금 어떤 기분인지, 슬픈 것인지, 낙담한 것인지, 낭패스러운 것인지, 그저 고깃덩이를 바라보는 기분인 것인지. 그런데 아까는 다 죽어가는 AMI환자 앞에서 겨우 실신한 여자를 붙잡고 고스란히 바닥을 보였었다.

그런 일이 어떻게 가능한 것인지 경아는 아직도 이해할 수가 없었다. 한 사람 때문에 어떤 이의 인격이 그리 달라질 수 있다는 걸 믿을 수가 없었다.

그게 설후라서 더 충격인 것 같았다.

분명 알고 있다고 생각한 어떤 사람에 대해 사실은 전혀 모르고 있었다는 걸 깨닫는 건 상당한 상실감이었다. 경아는 천천히 뇌에서 신체 각 부분으로 명령을 전달하는 12개의 신경을 외우기 시작했다.

"올팩토리, 옵틱, 오큘러모토, 트로크레어……."

경아의 목소리를 들은 것인지 감겨 있던 여자의 눈이 가만히 떠졌다. 하지만 한 번 암기에 빠진 경아는 눈치 채지 못했다.

"잘 아는 사이인가?"

홍만의 캐비지 수술을 맡게 된 최 과장이 설후에게 물었다. 수술을 할 환자와 개인적인 친분이 깊다면 무시할 수 없는 일이었다. 이번 수술은 큰 수술 두 개를 함께 해야 하는 경우였기에 가장 최고의 실력이 필요했지만 그것뿐만 아니라 최고의 컨디션을 가진 의사여야 했다. 짧은 순간의 방심으로 환자의 생명을 놓칠 수도 있는 위험 부담이 큰 수술이었다.

"수술, 제가 할 겁니다."

질문의 대답이 아니라는 것이 거슬렸다. 최 과장이 설후를 신뢰하는 건 언제나 환자와 자신 사이의 거리를 완벽하게 지켜내기 때문이었다. 그래서 실수가 적었다. 팀웍이 중요한 수술이었기에 경력보다 믿음을 먼저 중시해서 판막수술에 부교수인 채 교수가 아닌 설후를 부른 것이었다. 그런데 이건 생각도 못한 상황이었다. 큰 수술 앞에서 이런 변수가 최 과장은 달갑지 않았다.

"내가 다른 의사로 바꾸겠다면 어쩔 건가?"

최 과장의 그 말을 설후는 받아들일 수 없었다. 설후는 무조건 이 수술에 들어가야 했다. 이수의 아버지를 자신의 손으로 살리고 싶었다. 그건 절박함이었다. 과거에 병들어 죽어가는 어머니를 살리지 못했다는 죄책감이 설후를 몰아치고 있었다. 설후는 의사를 하고 처음으로 환자의 생명에 집착을 하고 있었다. 죽음은 피할 수 없는 숙명이라 여겼었다. 아무리 뛰어난 의사도 죽음을 뛰어넘을 수는 없다고. 하지만 지금은 그 죽음과 싸우고 있었다. 설후가 성급하고 단호하게 말했다.

"살릴 겁니다. 절대 죽게 하지 않습니다!"

절대 죽게 하지 않는다는 그 말이 최 과장은 오히려 불길하게 들렸다. 그런 확신을 고집한다는 게 설후는 이미 환자와 너무 가까이 다가서 있었다. 설후는 거리에서 완전히 벗어나 있었다. 그런 설후의 태도가 수술에 플러스가 될지, 마이너스가 될지 판단하는 게 최 과장의 영역이었다. 깊이 생각하던 최 과장이 입을 열었다.

"환자 딸의 의견을 듣고 싶군. 이수라고 했나?"

홍만의 아내이면서 이수의 어머니인 명자는 갑작스런 사태에 정신이 하나도 없었다. 수술을 받아야 살 수 있다고 들었을 때는 머릿속이 새하얗게 변하며 아무런 생각도 할 수가 없었다. 아프지 않던 사람이 갑자기 죽을 위기에 처한 것이라 혼란은 전쟁과 같았다. 이런 혼란스런 상황에 의지할 이수조차 쓰러져 버렸다. 명자는 바짝 타 들어가는 속에 발만 동동 구르고 있었다. 그때 이수를 치료해 주었던 여의사가 다가와 명자에게 이수가 깨어났다고 알려주었다.

"저기, 따님이 깨어나셨거든요."

명자는 그나마 다행이라 생각하며 이수에게 달려갔다. 침대에서 일어나 앉아 있는 이수는 멍하니 허공을 응시하고 있었다. 명자는 딸의 어깨를 잡으며 눈물을 보이셨다.

"이것아! 네 아버지가 저 지경이 됐는데, 너까지 이러면 어떡해!"

이수가 고개를 돌려 어머니를 보았다. 하지만 그 눈은 똑바로 명자를 보지 못했다. 이수는 아직도 현실을 제대로 받아들이지 못하고 있었다. 아버지가 쓰러지신 현실이 아니라, 설후가 자신의 앞에 나타난 현실을. 이곳은 한국대 병원이 아니었다. 그런데 어떻게 설후가 이곳에 있는 것인지 이수는 알 수가 없었다.

과거로부터 급습을 당한 기분이었다.

설후와 즐거웠던 기억과 설후 때문에 고통스러웠던 기억이 한꺼번에 이수를 무너뜨리려 몰려왔다. 쓰러진 아버지조차 기억에서 지워져 버렸다. 무거운 어둠 속에서 자신이 왜 병원에 있는 것인지 몽롱하다.

"아! 마침 정신이 들었군요."

굵직한 의사의 목소리가 어머니와 이수 사이를 파고들었다. 명자가 고개를 돌렸고, 이수도 고개를 들었다. 최 과장이 있었고, 그리고 그 옆에는 설후가 서 있었다. 이수의 눈동자가 얼어붙어 갔다.

정말 그였다. 자신이 본 게 허깨비가 아니었다는 걸 깨달은 이수는 온몸이 굳어버렸다. 놀라움과 분노, 거기다 그리움까지 뒤범벅이 된 감정이 견디지 못하고 석고처럼 뻣뻣하게 굳어버려 푸른 실핏줄을 관통한다. 누군가 손가락으로 건들기만 해도 퍼석 소리를 내며 깨어져 버릴 거 같다.

그런 이수를 설후는 불안한 눈으로 바라보았다. 그녀가 다시 또 힘없이 쓰러져 버릴 거 같았다.

"흠! 한홍만 씨 수술에 대해 드릴 말씀이 있습니다."

나이 많은 의사가 아버지 이름을 꺼내지 않았다면 이수는 그 자리에서 도망쳐 버렸을 것이다.

"한홍만 씨 같은 경우는 관동맥 우회수술과 함께 승모판막 수술을 같이 해야 합니다. 개심술을 여러 번 한다는 건 노환의 환자에게도 무리가 있으니까요. 관동맥우회수술은 제가 맡을 것이고, 승모판막 수술에 대한 것인데……."

최 과장의 시선이 설후에게 향했다 다시 이수에게 돌아왔다.

"여기 있는 이설후 교수가……."

"안 돼요!"

최 과장이 괜찮냐고 묻기도 전에 이수는 발작적으로 거부를 했다. 그 자리에 있던 모든 사람이 놀라 버렸다. 이성보다 감정이 앞선 이수는 강렬하게 설후를 거부했다.

"우리 아버지 절대 저 사람에게 맡길 수 없어요!"

설후는 아픈 어머니에게 가자는 말을 단 한 번도 들어주지 않았다. 이수에게 설후는 그의 어머니를 외면한 사람이었다. 죽어가는 가은 때문에 우는 이수도 외면했다. 그건 이수가 아무리 설후를 사랑한다고 해도 변하지 않는 죄악이었다. 이수는 자신의 아버지가 가은처럼 죽기를 바라지 않았다.

결국 이수는 그에게 유죄를 내린다. 당신은 의사를 할 자격도 없다며. 그리고 설후는 이수가 내린 단죄에 아무런 반박도 할 수가 없었다.

"채 교수 당장 콜해! 이머전시 오피 있다고."

스테이션으로 나온 최 과장은 우민에게 지시했다. 우민은 설후의 눈치를 살피며 알겠다고 어정쩡하게 대답하고는 전화를 하러 달려가려 했지만 설후의 손이 우민의 팔을 붙잡으며 막았다.

"제가 하겠습니다."

여전히 꺾이지 않은 설후의 고집에 최 과장은 버럭 성을 내었다.

"보호자 말 못 들었어! 자네한테 수술 안 받겠다잖아!"

"수술받을 건 보호자가 아니라 환자입니다."

"적당히 해! 왜 이리 감정적이야! 환자를 살려놔야 할 거 아니야!"

"살리고 싶어서 이러는 겁니다!"

"지금 자네 보면 저 환자 죽일 태세야!"

"저희 아버지는 자기 어머니 심장도 바꿔놓았습니다! 저라고 못할 거 같습니까!"

최 과장은 놀란 눈으로 설후를 쳐다보았다. 설후가 자기 입으로 아버지 장혁에 대한 이야기를 꺼낸 건 처음이었다. 설후가 아버지의 그늘에서 벗어나고 싶어 소망병원으로 온 거라는 걸 최 과장은 알고 있었다. 철저히 자신이 이장혁의 아들이라는 걸 숨기면서 병원에서 일해왔다. 그런 설후가 스스로 아버지를 내세워서라도 수술에 들어가려 하고 있었다.

최 과장은 불안한 눈으로 위태로운 선 위에 서 있는 설후를 보았다.

"그래도 수술 못 들어가게 하면 어쩔 건가?"

설후는 칼로 공기를 가르듯 대답했다.

"의사, 그만두겠습니다."

최 과장은 기가 막힌다는 눈으로 설후를 보았다. 사실 욕심을 냈었다. 장혁을 이겨보지 못한 패배 의식을 보상받고 싶은 마음에 그의 아들이라도 자신의 손으로 최고의 의사로 만들어보고 싶었다. 그래서 차별이라는 사람들의 소리에도 일부러 귀 닫으면서 설후가 전문의가 되자마자 중요한 수술을 맡겨왔었다. 그리고 설후는 이장혁의 아들답게 무섭게 최 과장의 기대를 쫓아왔었다. 그런데 기껏 환자 한 명의 수술에 의사의 생명을 걸다니, 설후에 대한 실망과 배신감에 최 과장은 한동안 아무 말도 못했다.

그리고 시간이 흘러가고 있었다. 똑딱똑딱, 심근경색은 시간과의 전쟁이었다. 시간보다 먼저 환자의 생명에 도달해야 했다.

그런데 의사를 그만두겠다는 설후에, 설후를 거부하는 보호자
까지. 최 과장이야말로 당장 이 병원을 뛰쳐나가고 싶은 기분이
었다.

"이수야."

명자는 불안하게 흔들리는 목소리로 딸의 이름을 불렀다. 수
술을 해줄 의사를 거부한 이수의 설명을 듣고 싶었으나 이수는
아무런 대답이 없다.

모든 게 흔들리는 밤이었다. 아버지의 생명도, 이수의 마음
도, 과거도, 현재도, 사랑도, 믿음도.

애간장이 타서 손으로 자기 가슴만 두드리고 있던 명자는 다
가오는 설후를 보고 흠칫 놀란다. 설후는 명자에게 짧게 고개를
숙여 인사를 하고 이수를 보았다. 이수는 설후를 쳐다보지 않았
다. 아무것도 보고 있지 않았다. 이 상황과 이 시간과 설후에게
서 필사적으로 도망치고 있었다. 11년 전 설후가 그랬던 것처럼.

"의사 선생님!"

명자는 놀라서 설후를 불렀다. 왜냐하면 설후가 갑자기 두 사
람의 앞에서 무릎을 꿇었기 때문이었다. 명자는 사색이 되어 어
서 일어나라 재촉을 하고, 이수는 천천히 고개를 돌려 그제야
설후를 보았다. 바닥에 앉아 고개를 숙인 설후는 지금껏 그녀가
알아왔던 그 어떤 설후와도 달랐다. 이 남자 누구야, 라는 시선
으로 이수는 그녀의 앞에서 무릎을 꿇은 하얀 가운의 의사를 멍

하니 바라보았다.

"꼭 살리겠습니다."

홍만을 살리겠다고 말하면서 설후는 그의 어머니를 생각하고 있었다. 백합을 닮았던 그의 어머니. 그 아름다움이 결국 슬픔이 되어버린 여인.

"믿어주십시오."

설후는 바닥까지 내려간 곳에서 애원했다. 용서를 해달라는 게 아니라고, 그저 살릴 수 있는 기회만 달라고. 살리고 싶었다. 10년 전에 지켜낼 수 없었던 생명을 지금이라도 구해내고 싶었다. 그런다고 해서 그의 어머니가 살아나는 게 아니라고 하더라도, 한계투성이 인간이 할 수 있는 일이란 절박하게 현재에 매달리는 것뿐이었다.

……살리고 싶었다. 간절하게.

"도대체 어떻게 돌아가는 건지."

사람살이가 어찌 돌아가던 결국 수술은 진행되었다. 응급센터에 남아 있던 우민과 경아가 어시스턴트로 들어가게 되었다. 우민은 스크럽을 하며 복잡하다는 표정을 지었다. 설후와 환자의 딸과의 관계도 정말 궁금했고, 설후가 보호자들 앞에서 무릎까지 꿇으며 수술을 그리 고집부리는 것도 놀라웠다.

"그냥 연인 사이였다고 하기에는 좀 사연이 복잡한 거 같지?"

옆에 있는 경아에게 물었는데 대답이 없다. 고개를 돌려보니 브러쉬로 팔을 문지르며 뭔가를 중얼중얼거리고 있다. 경험으로 이런 때 경아에게 아무리 말을 걸어도 대답을 들을 수 없다는 걸 알았다. 여기나 저기나 참 이해 안 되는 인간들투성이라 우민은 절레절레 고개를 저으며 벨파스로 손을 닦아 말렸다.

설후가 수술실에 들어왔을 때 홍만은 마취가 되어 의식이 없었다. 설후는 수술을 시작하기 전 잠시 잠든 홍만의 얼굴을 쳐다보았다. 그 어느 수술보다 살리고 싶은 마음이 강했다. 어머니를 허무하게 잃었던 억울함마저 더해져 그 갈증은 더 심했다. 하지만 넘치는 건 모자란 것보다 더 못할 때가 있었다. 설후는 천천히 마음을 진정시켰다. 수술실에서의 아버지를 떠올렸다. 아버지는 그 어떤 수술에서도 감정을 나타낸 적이 없었다. 환자가 수술 도중 부정맥을 일으켰을 때조차 당황하는 아버지를 보지 못했다. 그래서 사람들은 더 아버지를 대단하게 보았었다. 그토록 피하고만 싶었던 아버지지만 지금 이 순간만은 그런 아버지를 닮아야 했다. 만약 아버지 장혁이었다면 절대로 성공할 테니까.

오늘만은 진심으로 아버지를 닮길 바랐다.

그때 문이 열리며 CABG 수술을 맡은 최 과장이 들어섰다. 최 과장은 먼저 들어와 있는 설후를 보며 단호히 말했다.

"테이블데스 나오면 사표 써야 할 거야."

그 말에 더 긴장한 건 우민과 경아였다. 절대로 실수하면 안 되는 수술로 머릿속에 각인되었다. 본격적으로 수술이 시작되었다. 설후와 최과장의 눈빛이 오고 가고 설후가 스크럽간호사에게 손을 내밀었다.

"메스."

살이 베어지고 뼈가 잘려서 흉골의 중심이 절개되어 펄떡펄떡 뛰는 심장이 드러났다.

심근보호액이 환자의 몸에 흘러 심장이 정지되었다. 왼심방을 심방사이고랑 뒤쪽에 세로로 절개하고 잇달아 하대정맥까지 절개선을 연장하여 시야를 확보하자 승모판이 보였다.

보존수술만으로는 부족하기에 생체판막으로 치환하여야 했다.

버팀조각이 달린 바느실로 수평매트리스 결절봉합을 판막륜에 걸고 잇달아 아코디언방식으로 첨판조직에다 통과시켰다. 너덜거리는 첨판조직을 판막륜에 잡아당겨 송모판막 입구가 넓어지고 판막조직 때문에 혈류에 방해가 되지 않게 하였다.

그 어느 때보다 빠르고 신속하게 생체판막을 봉착하는 설후를 보며 경아는 놀라움을 삼켰다. 그러다 이상함을 깨달았다. 알고 보니 오늘은 빈센트도 안 틀었다. 항상 수술 중간에 음악을 틀어달라던 설후가 오늘은 그 말이 없었다. 그만큼 긴장한 건가 싶었다.

아니다. 어쩌면 그녀의 아버지 최 과장 때문인지도 몰랐다. 그 노래 때문에 CABG 수술을 하는 최 과장의 리듬이 깨어질까 염려한 건지도.

이수는 가족들과 함께 수술실 밖에서 아버지 홍만의 수술이 끝나기만을 기다렸다. 연락을 받고 달려온 둘째 딸 이영과 그녀의 남편도 같이 있었다. 어머니는 결국 참지 못하시고 눈물을 보이셨다. 이영과 이선이 울지 말라 어머니를 위로하다 같이 눈물을 흘리고 만다. 하지만 이수는 말없이 수술 중이라고 깜빡이고 있는 수술실 문만 바라보았다.

예전에 가은이 무균 치료실에서 치료받는 모습을 두꺼운 유리창을 사이에 두고 바라보았었다. 점점 죽어가고 있는 가은의 모습을 보고 있기가 너무 괴로워 사실은 그 자리에서 도망치고 싶은 마음만이 가득했었는데, 자신마저 떠나 버리면 가은은 정말 혼자뿐이기에 그럴 수가 없었다.

이수는 설후 어머니의 죽음을 그저 지켜본 것뿐이었다. 그 외에 그녀가 할 수 있는 건 아무것도 없었다. 하지만 지금 설후는 그녀의 아버지에 생명을 직접 자신의 손으로 고치고 있다. 신이 저지르고 있는 지독한 장난 같다.

설후가 있는 저 수술실 안에서 아버지가 돌아가시게 된다면, 분명 이수는 평생 그를 용서하지 못할 것이다. 남아 있는 사랑마저 증오로 바뀌어서 그를 미워하는 것에 자신의 인생을 허비할지도 몰랐다.

하지만 그가 아버지를 살려낸다면…….

"도대체 그 의사 선생님은 어찌 알고 있는 사이야?"

어머니가 울먹이시며 이수에게 물으셨다. 이수는 대답없이 움직이지 않았다. 이수의 외면에 어머니의 통곡 소리가 더 높아지셨다.

이수도 차라리 울 수 있었으면 했다. 눈물조차 안 나왔다. 죽어가는 건 아버지가 아니라 자신인 것만 같다.

벌컥, 계속 닫혀 있던 수술실의 문이 열리며 푸른색 수술가운을 입은 최 과장이 가장 먼저 나왔다. 대기 의자에 앉아 있던 이수네 가족은 모두 벌떡 일어났다. 가족들 앞에 걸어온 최 과장은 밝은 표정을 지었다.

"수술은 잘되었습니다. 깨어나는 걸 봐야 하겠지만 우선 안심하셔도 될 것 같습니다."

잔뜩 긴장하고 있던 어머니의 얼굴에서 또 눈물이 떨어졌다. 어머니는 최 과장의 손을 잡고 몇 번이나 감사하다 말씀드렸다. 나머지 가족들도 최 과장을 은인처럼 생각하며 기뻐했다. 이수만이 다른 곳을 보고 있었다. 이수의 눈은 수술실 문으로 향했다. 수술을 한 건 최 과장과 설후인데, 설후가 나오지 않았다.

"음악 좀 틀어줘요."

최 과장이 나가서야 설후는 간호사에게 부탁했다. 수술실 안에 감미로운 팝송 선율이 울려 퍼졌다. 별이 총총 빛나는 밤 캠퍼스에 그림을 그린다는 노래는 수술실의 천장에 알알이 별이 박힌 검은 밤하늘을 옮겨다 놓는다. 설후는 직접 흉부수처를 하였다. 제1어시스트를 섰던 우민이 조심스럽게 설후에게 말했다.

"교수님, 제가 해도 되는데."

"내가 해드리고 싶어서 그래."

설후는 수처를 멈추지 않았다. 아무것도 해드리지 못했던 어머니를 대신해 이수의 아버지에게라도 뭐든 해드리고 싶었다. 뭐든. 아무거나.

경아와 우민은 어쩐지 경건한 마음이 되어 설후가 수처하는 모습을 지켜보았다.

주르륵, 수처를 하던 설후의 눈에서 소리도 없이 흘러나온 눈물을 보고 우민과 경아는 흠칫 놀란다. 하지만 정작 설후는 아무 일도 없는 것처럼 봉합에 집중하였다. 한 땀 한 땀 조심스럽게 손을 움직였다. 빈센트를 부르는 돈 맥클린의 감정 깊은 목소리는 고통 속에 찌든 얼굴은 예술가의 사랑스런 손길로 달래진다고 말하고 있었다.

눈물은 살아 있는 자의 특권이다. 죽은 자는 울고 싶어도 울수가 없다. 비록 죽은 자에 대한 추모가 살아 있는 자들을 위한 위안일 뿐이더라도, 그래도 슬퍼한다. 그게 사랑했다는 흔적이기에. 눈물 속에서도 빛을 잃지 않는 설후의 두 눈은 그 어느 때보다 아름답다.

수술실 밖에는 희붐한 빛이 세상을 비추고 있었다. 태양 아래의 세상은 움트는 숲 같다. 전쟁으로 파괴된 도시에도, 모든 게 얼어붙은 남극에도, 분단이 된 나라에도, 기아로 허덕이는 나라

에도, 노숙자들의 공원에도, 생명의 마지막 성역인 병원에도 새
로운 아침이 밝고 있었다. 어제와 다르고, 몇천 년 동안 찾아왔
던 그 어떤 아침과도 다른 시작의 날이다.

우민은 병동으로 돌아가면 다른 레지던트들에게 밤사이 있었
던 일을 말할 생각이다. 하지만 분명 말해도 안 믿을 거라고, 혼
자 짐작을 한다.

쏴아아아.

아무도 없는 남자 화장실에서 설후는 오래도록 세수를 했다.
피부에 달라붙어 있던 무거운 감정들을 씻어내었다. 물은 믿음
직스러울 정도로 깨끗하고 차갑다. 뼈마디가 선명한 손가락 사
이로 물방울이 흘러내렸다. 젖은 머리카락에도 눈물처럼 물이
떨어져 내렸다. 눈의 뻑뻑함이 가시지 않았다.

어머니가 돌아가셨을 때에도 울지 못했었다. 너무 미안해서.
결국은 아버지한테서 지켜 드리지 못한 것만 같아서. 참담해서.
울 자격도 없다 생각했었다.

설후는 다시 차가운 물로 눈물의 습한 냄새가 배어 나오는 얼
굴을 씻어내었다.

죽음을 피한 밤은 그 어느 때보다 긴 밤이었다. 설후는 가늘
게 떨리는 자신의 손을 내려다보았다. 수술방을 나오자마자 손
이 떨리기 시작했다. 수술 중에 이랬을 수도 있다는 생각에 아
찔함이 심장을 관통했었다. 차가운 물로 손에 붙어 있던 감정도

씻어내었다.

설후는 고개를 들어 거울을 보았다. 흠뻑 젖은 남자 한 명이 거울 속에 있었다. 힘겹게 하루를 건너와 지치고 조금은 안도한 표정을 짓고 있는 인간이다. 다행히 혐오스러워 보이지는 않았다.

자신의 모습이 신기해 설후는 한참이나 바라보았다. 이리 자세히 자신의 모습을 바라본 적이 그동안 없었다. 내가 이렇게 생겼었군, 이라고 생각하며 손으로 턱에서 흘러내리는 물기를 닦아내었다.

이제 집중 치료실로 옮겨진 이수의 아버지에게 가봐야 한다. 이수도 있을 것이었다. 눈가에 잔물결이 일었다. 설후는 눈을 감았다. 긴 속눈썹이 길게 그늘을 만든다.

괜찮아, 라고 자신에게 말했다. 아무도 죽지 않았다고. 괜찮다고, 몇 번이나 자신에게 말을 했다.

설후는 마지막으로 차가운 물에 세수를 했다.

심전도동맥압 모니터, 트란스듀서, 기관구강내흡입기, 인공호흡기, 방울주사 주입기, 드레인지속흡입기에 둘러싸인 홍만은 심전도, 의식, 신경계 관찰, 흉부X선조영, 혈액가스동맥말초, 적혈구침강속도, 인공호흡기 조건, 혈액검사, 생화학검사, 페이스메이커 등이 기록되며 수술 후 상태를 정밀하게 검사받았다. 이 검사가 진행되는 동안에는 가족 면회를 할 수가 없었기에 홍만의 병상 옆은 주치의인 경아가 지키고 있었다. 시간 단위로 순환모니터(심전도, 심박수, 동맥압, 중심정맥압, 배뇨량)를 해야 했다. 요도카테테르에 접속된 비닐관을 들어 배뇨량을 확인하던 경아는 설후가 중환자실 안으로 들어오는 걸 보고 환자 바이탈은 괜찮다고 노티를 했다. 하지만 설후는 직접 자신의 눈으로 일일이 확인을 하였다.

그런 설후를 보며 경아는 수술방에서 울던 설후를 떠올렸다. 설마 설후가 울 줄은 상상도 못했었다. 그 순간 자신이 느꼈던 감정도 굉장히 당혹스러웠다. 풍덩 깊은 바다에 빠진 기분이었다. 숨이 막히고 아찔했다. 어쩐지 눈앞에 있는 설후를 똑바로 쳐다볼 수 없어 환자의 차트만 고집스럽게 바라보았다.

"환자 가족들은?"

설후의 물음에 경아는 퍼뜩 정신을 차리며 보고했다.

"아! 당분간은 면회 안 될 테니까, 집에 다녀오시라고 했습니다. 그러니까 그 여자 분이 어머니한테 그러라고. 자기가 지키고 있겠다고 했습니다. 그리고 저한테 최 과장님 계신 곳을 물어보셨습니다. 아마도 과장님을 만나러 간 것 같습니다."

하지만 그녀의 말을 제대로 듣지 않은 건지 설후의 시선은 중환자실 밖을 응시하고 있었다. 경아도 시선을 돌려 설후가 보고 있는 창밖의 풍경을 보았다. 유리문 하나를 두고 완전히 다른 저편의 세상인 것 같았다. 사람들한테서 색이 넘쳐 나고, 시간이 제대로 흘러가는 곳이었다. 사람들이 힘겹게 삶을 버티고 있는 이곳과 달리.

긴 머리의 그녀가 복도 모퉁이에서 모습을 드러냈다. 경아는 고개를 돌려 설후를 보았다. 그녀의 모습을 본 설후의 두 눈이 감정의 울림을 일으키고 있었다. 그건 어떤 악기나 단어로도 표현할 수 없는 신비로운 떨림이었다. 경아는 시선을 돌려 환자의 소변통을 보았다. 어서 저게 가득 차야 하는데, 라는 생각을 하며 환자에게 마음을 집중했다.

설후가 중환자실 문을 열고 나오는 걸 알고도 이수는 창으로 보이는 아버지의 모습만 주시했다. 기계들에 둘러싸여 있는 아버지는 여전히 아파 보였다. 수술을 한 최 과장이 이젠 괜찮아질 거라고 말을 했어도 눈으로는 믿을 수가 없었다.

"이수야."

자신을 부르는 설후의 부름에 이수는 입술을 꾹 다물었다. 그가 부르기도 전에 반응하는 심장이 밉다. 이수는 애써 설후를 외면하고 서 있었다. 그의 얼굴을 똑바로 볼 자신이 없었다. 지금은 가은의 일로 그를 책망하는 것도, 아버지의 일로 그에게 감사하는 것도 할 수가 없었다.

"몸은 괜찮아?"

설후의 물음에 습격을 당한 기분이었다. 자기 자신조차 몸이 아파 혼절까지 했었다는 걸 기억하지 못하고 있었다. 어지러운 기운은 남아 있었지만 죽다 살아난 아버지에 비하면 아픈 거라 말할 수도 없는 정도였다.

"상관하지 말아주세요."

이수의 목소리는 돌처럼 차갑고 무거웠다. 그녀가 의도하지 않아도 그런 목소리밖에 나오지가 않았다. 옛날엔 그에게 화를 내는 건 상상도 못했었다. 그는 그녀의 신앙이었다. 그가 초록 지붕 집에 나타난 이후 이수의 인생은 그를 기다리고, 그를 쫓아가는 걸로 모두 채워졌었다. 자신이 원한 것도 아니었는데, 어느새 그녀는 자신보다 설후를 더 생각하고 있었다. 그런데 이젠 너무 변해 버린 자신의 태도에 스스로가 소름이 돋았다.

"그래, 함부로 휘젓지 않아. 걱정 마. 하지만 내가 네 아버지 담당의사라는 건 부정하지 않았으면 좋겠어. 깨어나셔도 바로 퇴원하실 수는 없어. 네 아버지 안정을 찾을 때까지 이 병원에 입원해 있어야 해."

친절하게 선을 그어주는 그의 예의 바른 말이 처음으로 상처로 다가왔다. 마음에 차가운 소금물이 스며드는 거 같다.

"자기 어머니나 그렇게 챙기지 그랬어요?"

참을 수 없어 터져 나온 설움이 저속하고도 지독한 비아냥거림으로 이어지고 말았다. 이수는 말을 하고 나서 바로 후회를 했다. 그런데 그에게서 돌아오는 말이 없다. 이수는 그제야 천천히 고개를 돌려 설후를 바라보았다.

하얀 가운을 입은 그를 처음으로 제대로 눈에 담았다. 열에 들뜬 눈이 아니라, 불안과 공포로 일그러진 눈이 아니라, 한이수의 눈으로 본 그는 여전히 가은을 닮아 초록의 아름다움을 간 직하고 있었고, 그녀의 말에 상처를 받아 있었다. 하지만 이수 는 그에게 미안하다는 말을 할 수가 없었다.

어쩌면 우연히 다시 마주치게 되면 기적적으로 사랑이 되살 아날지도 모른다 기대하기도 했었는데, 그건 인생에 대한 오만 이었다.

기적이란 말은 결코 생길 리가 없기에 기적인 것이었다.

해성이 9층을 찾아오게 된 건, 심장혈관외과 이설후가 여자 에게 무릎을 꿇고 매달렸다는 기이한 소문을 들은 후였다. 하룻 밤 사이에 생겨날 수 있는 소문치고 꽤 충격적이고 재미있었다. 물론 99.99999%는 과장된 것일 테지만 분명 그런 허무맹랑한 소문을 나오게 한 불씨가 있을 것이었다.

설후가 중환자실에 있다는 간호사의 친절한 설명을 듣고 중 환자실로 향하던 해성은 소문과는 다른 기이한 장면을 보았다. 빵을 들고 복도에 서 있는 최경아가 기도문을 외우듯 무언가를 열심히 중얼거리고 있었다. 도대체 혼자서 뭘 저리 열심히 말하 고 있는 건가 싶어서 조심스럽게 옆에 가서 들어보니, 사람의 몸에 있는 206개의 뼈 이름을 외우고 있었다.

"scapoid(손배골), lunate(반달골), hamate(갈고리골)…… 읍!"

열심히 손목뼈 부분을 암기하던 경아는 갑자기 입이 손에 막 히자 놀라서 숨을 들이켰다. 고개를 돌리니 해성이 쯧쯧 혀를 차며 경아를 쳐다보고 있었다.

"최 선생, 몽유병보다 더 심각한 게 뭔지 알아? 바로 암기병이야. 아무 데서나 중얼중얼. 남들이 보면 미쳤다고 하거든. 적당히 해."

해성의 손에 입이 막힌 경아는 이 손 치우라 바동거리지도 않고, 개 줄에 묶인 개처럼 처연한 눈으로 해성을 쳐다보았다. 이상함을 느낀 해성이 손을 내리며 물었다.

"왜 그러시나? 재미있는 최 선생이 재미없는 표정 짓고 있네."

경아는 대답은 않고 손에 들고만 있던 빵을 꾹 한 입 베어 물었다. 홍만의 순환 모니터를 하느라 시간이 없어서 대충 때우고 있는 저녁이었다. 해성은 허리를 숙여 빵만 먹는 경아의 얼굴을 들여다보았다. 경아는 볼에 빵을 있는 대로 밀어 넣고 목이 멘 목소리로 중얼거렸다.

"전 충분히 조절할 수 있어요."

해성이 천재 심령술사가 아닌 이상 도저히 알아들을 수가 없는 소리였다.

뭘 조절해? 빵을?

경아가 너무 무식하게 먹고 있는 모습이 보기 안 좋아 해성은 경아의 손에서 1/3쯤 남은 빵을 빼앗으며 소문에 대해 우선 물어보았다.

"아! 혹시 말이야 어젯밤에 이설후가 여자 앞에서 무릎을 꿇는 미친 짓을 했다는 소문 들어봤어?”

경아는 해성의 질문에 꾸벅 고개를 끄덕이며 기계적으로 말했다.

“네, 제가 봤어요.”

해성은 놀라서 눈을 동그랗게 떴다.

“뭐? 그럼 그 소문이 사실이었어?”

그리고 울기도 했다는 말을 경아는 차마 할 수가 없어 해성의 손에 빼앗긴 소보로빵을 다시 빼앗아 크게 베어 먹었다. 맛은 종이를 씹는 것 같았고 속은 울렁거렸지만 머리는 텅 비어 있었다. 무언가는 너무 모자라기도 했고, 무언가는 또 너무 과잉되어 있었다. 하지만 자신이 충분히 조절할 수 있는 상황이라고 경아는 마음속으로 다시 다짐했다. 세상에 의지보다 강한 건 없다고 경아는 믿고 있었다. 사랑도 해본 적 없고, 질투도 해본 적 없고, 심지어 짝사랑도 해본 적 없이, 인생의 반을 암기만 해온 그녀의 생각은 그랬다.

하루가 다 가도록 깨어나지 못하는 홍만을 설후는 말없이 지켜보고 있었다. 홍만의 수술을 한 뒤 그동안 자신을 짓눌러 오던 자괴감과 죄책감에서 어느 만큼은 해방이 된 기분이었다. 결국 홍만의 수술을 고집한 건 자기 자신 때문이었다.

구원받고 싶었나 보다.

비록 이수는 이제 그를 사랑하지 않고 미워하게 되었다고 하더라도. 죽지 않고 살아나 준 홍만으로 인해 설후는 과거의 고통에서 구원받을 수 있었다. 어머니도 분명 자신이 이수의 아버지를 살린 걸 기쁘게 바라보고 계실 것이다. 더 이상 닿지 않는 그 어떤 곳에서.

"이분이 이수 씨 아버지야?"

목소리에 고개를 돌리니 해성이 서 있었다. 해성은 진심으로 걱정하는 눈으로 설후에게 물었다.

"상태는?"

"괜찮아지실 거야."

라고 말하며 웃는 설후를 보며, 오랫동안 설후를 알아온 사람으로서 해성은 그가 하룻밤 사이 달라졌다는 것을 느낄 수 있었다. 내내 자신을 외면하며 살아온 그가 정면으로 자신을 응시하는 느낌이었다. 아름다운 친구가 생기까지 있으니 겁이 날 정도로 눈이 부시다.

"그럼 이수 씨는?"

기분 좋게 물은 질문인데, 이 물음에는 아무 대답이 없다. 다시 인형으로 돌아가는 설후의 얼굴을 보며 해성은 한숨을 웃음 속에 숨긴다.

하지만 모든 게 다 잘될 것이라는 계시였는지, 그때 홍만이 눈을 떴다. 설후가 가장 먼저 홍만의 옆으로 다가갔다.

"괜찮으세요?"

기관 내 삽관을 하여 말을 못하는 홍만은 어리둥절한 눈으로 설후를 쳐다보았다. 모든 게 백지가 되어버린 듯한 순백의 눈이었다. 우주를 떠돌다 막 지구에 귀환한 사람 같다.

"호흡이 편해지면 기관튜브는 발관할 거니, 불편하시더라도 조금 참으세요."

환자가 기계호흡에 적응하지 못해 난폭해지는 경우도 있기 때문에 설후는 친절히 설명했다.

"가슴이 아프세요?"

홍만이 얼굴을 찌푸리며 고개를 끄덕였다.

"마취가 풀려서 그래요. 점점 통증도 없어질 겁니다. 그래도 참을 수 없으시면 말씀하세요."

세세한 걸 하나하나 물으며 홍만의 상태를 살폈다. 그리고 홍만이 알고 싶어할 말을 했다.

"가족 분들 불러 드리겠습니다."

그제야 홍만은 안도하는 표정을 지었다.

그날 홍만은 깨어나 안정을 찾았고, 이수와 그녀의 가족들은 안도하고 기뻐했으며, 이수의 어머니는 설후의 손을 잡고서 몇 번이나 고맙다고 감사를 했고, 그리고 해성이 사준 늦은 저녁도 맛있었다. 그래서 설후는 밤에 집으로 돌아가 편하게 잠이 들 수 있었다.

11년 만이었다. 꿈도 없이 고요히 잠이 든 건.

영아는 조심스럽게 주위를 둘러보았다. 언제나 오는 소망병원인데 오늘은 분위기가 왠지 좀 달랐다. 사람들이 다 그녀와 설후를 힐끔거리며 쳐다보고 있었다. 처음엔 그녀의 상처투성이 배를 보는 건가 했는데, 웃는 걸 보니 그건 아닌 거 같았다. 아픈 자신을 보고 웃을 정도로 잔인한 사람들은 아니라고 생각했다. 아무래도 설후를 보고 있는 듯했다. 영아는 시선을 돌려 설후를 보았다.

설후는 영아의 배에서 주사를 놓을 수 있는 위치를 찾고 있었다. 모두 멍투성이여서 이젠 주사 놓을 자리도 쉽게 찾을 수가 없었다. 그리고 지혈이 제대로 안 되기 때문에 주사를 놓고 1시간은 지혈을 해야 피가 멈추었다.

영아는 처음 판막수술을 해줄 담당의사라고 말하는 설후를 보았을 때 깜짝 놀랐었다. 빛깔이 다른 사람이라서. 한 번에 눈을 사로잡을 정도로 잘생긴 외모보다도 그를 이루고 있는 분위기가 꼭 무리 속의 섬 같았었다. 영아는 그래서 더 설후가 좋았었다. 아픈 자신과 닮은 점이 보였기에 때론 눈물겹게 친근하기도 했다.

"선생님, 우리 아기 이름 생각해 보셨어요?"

영아의 물음에 설후는 생각 중이라고 말하며 웃는다. 어쩐지 웃음이 행복해진 것 같다. 예전엔 웃어도 서늘한 느낌만 가득했는데.

"좋은 일 있으세요?"

라고 물으니 설후는 겨우 주사를 놓고 솜으로 지혈을 하며 없다고 고개를 가로저었다. 그리고 웃으며 덧붙였다.

"나쁜 일도 없어요."

좋은 일도 나쁜 일도 없는 평범한 하루, 그 평범함의 위대함을 잘 아는 두 사람은 공감하는 시선을 나누며 아기에 대해 이야기를 나누었다.

이수의 아버지 홍만은 기관 튜브 발관을 해서 자발호흡을 하게 되었고 발열현상이 나타나 체온이 높아졌다. 개심술 직후 3, 4일 사이에 거의 대부분의 환자에게 발열현상이 나타난다. 이런 종류의 발열은 대개 특별한 처치 없이도 저절로 해결되는 게 보통이지만, 한홍만 같은 경우는 39℃까지 올라갈 정도로 높아서 주치의인 경아는 간호사에게 아스피린과 타이레놀좌약을 투약오더 내렸다.

"왜 이렇게 열이 나는 거죠? 혹시 어디 잘못된 건가요?"

홍만의 부인 명자의 걱정스런 물음에 경아는 사무적이지만 예의 바르게 대답했다.

"아뇨, 체외순환으로 인해 산화기에서 생기는 발열성 변성단백질이나 폴리펩타이드, 그리고 국소성 무기폐 때문에 생기는 발열입니다."

명자는 도대체 그게 무슨 소리냐는 눈으로 경아를 쳐다보았다. 보다 못해 옆에 있던 간호사가 웃으며 좀 더 쉽게 설명해 주었다.

"일반적인 현상이에요. 수술 후에는 이렇게 체온이 높아졌다가 곧 정상으로 돌아와요."

그제야 명자는 안도하였고 경아는 고개를 돌려 간호사를 쳐다보았다. 내 말이 바로 그 말이었는데 왜 또 설명을 하느냐는 눈길이었다. 간호사는 투약오더에 내려진 약품을 가지러 총총 자리를 떠났다.

그때 중환자실의 문이 열리며 설후가 들어섰다. 설후는 외래가 끝나거나 수술이 끝나면 꼭 중환자실에 들러 홍만의 상태를 확인하였다. 주치의인 경아가 할 수 있는 것까지 모두 설후가 확인을 하니, 사실상 경아는 아무것도 할 일이 없었지만 그래도 주치의로서 할 일은 다 하고 있었다. 경아는 설후에게 방금 전 투약오더 내린 걸 노티하고는 다른 환자에게 발걸음을 옮겼다. 이 병원에 환자는 한홍만만 있는 건 아니었으니까.

"식사는 제대로 하셨나요?"

설후의 질문에 명자가 고개를 끄덕이며 입맛이 없다는 걸 끝까지 먹게 했다고 말했다. 그리고 설후에게 조심스럽게 퇴원 날짜를 물었다.

"병원에서 재활 치료를 충분히 받고 퇴원하셔야 일상 생활에 무리가 없으십니다. 가능한 마음을 편하게 가지세요."

"재활이요? 저희 남편은 사지가 멀쩡한데요?"

"식사나 호흡, 세면, 배뇨, 배변도 모두 재활에 들어갑니다."

설후는 명자가 묻는 질문에 사소한 것까지 하나하나 친절하고 상세히 설명을 해주었다. 명자의 질문이 너무 많아 홍만이 괜찮으니까 의사 선생님 그만 귀찮게 하라고 자신의 부인을 핀

잔 줄 정도였다.

중환자실을 나온 설후의 뒤를 명자가 따라 나오며 설후를 불러 세웠다. 설후가 걸음을 멈추고 뒤돌아보았다. 명자는 남편의 옆에 있을 때와는 사뭇 다른 표정을 지으며 설후를 보았다. 그건 그러니까 아픈 남편의 아내보다는 좀 더 강인한 어머니의 얼굴이었다.

"곰곰이 생각해 보니까, 아무래도 의사 선생님을 만난 적이 있는 거 같아서요. 혹시 옛날에 저희 과일가게에 과일 사러 가끔 오시지 않으셨어요?"

자신을 기억해 낸 명자의 기억력에 설후는 놀란 표정을 지었다. 벌써 10년이 훨씬 지난 일이었고, 일 년에 많아 봐야 5번이었다. 설마 자신을 기억하고 있을 거라고는 생각하지 못했었다.

"아! 네, 맞습니다."

"그럼 그때 우리 이수를 만난 건가요?"

이수가 개인적으로 설후를 알고 있고, 게다가 수술까지 거부했던 게 내내 신경 쓰여 열심히 생각한 것이었다. 설후의 얼굴이 워낙 인상적이어서 명자도 겨우 기억을 해낼 수 있었다.

"……네."

"어떤 사이였던 건가요?"

명자의 질문에 설후는 뭐라고 대답을 해야 할지 알 수가 없었다. 이수와의 사이는 한 단어로 규명 짓기가 힘이 들었다. 분명 단순한 남녀 사이가 아니었다. 설후가 선뜻 대답을 못하자 명자가 덧붙였다.

"그러니까 내가 듣고 싶은 말은, 그니까 지금도 만나고 있었던 관계냐 뭐 그런 걸 알고 싶어서."

"아뇨, 아닙니다. 11년 전에 끝났습니다."

이번엔 너무도 단호한 설후의 대답에 명자는 실망스런 표정을 지었다. 11년 전이라면 너무 까마득하다. 거의 타인이 되어버린 사이라는 뜻이었다. 이수의 예민한 반응 때문에 설마 그리 오래전 사이라고는 생각하지 못했었다.

"그래요? 내가 그럼 괜한 질문을 했네. 그냥 이수 어미로서 한번은 물어야 할 거 같아서 물은 거니 너무 기분 나빠하지 마세요."

설후는 괜찮다고 대답했다. 명자는 거듭 설후에게 괜한 질문해서 미안하다 고개 숙여 사과하고는 홍만이 있는 중환자실로 다시 들어갔다.

혼자 남은 설후는 유리문 안 홍만과 명자를 바라보았다. 사실 홍만의 수술을 하는 것 외에 다른 건 생각하지 않았었다. 그런데 명자의 질문에 갑작스럽게 절실히 깨닫고 말았다.

자신과 이수가 이젠 완전한 타인이라는 걸.

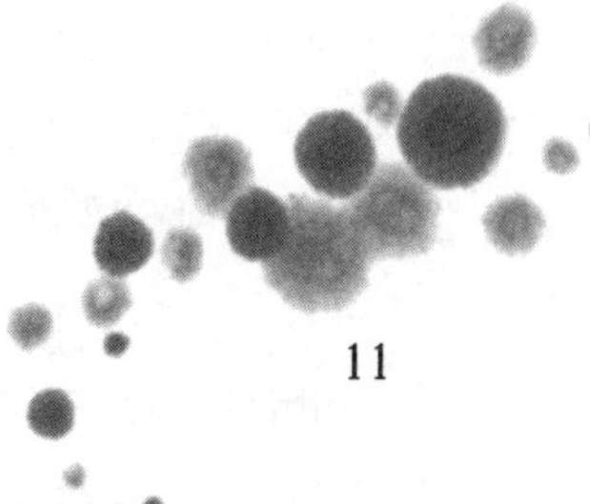

11

　아버지의 수술 때문에 며칠 동안 학교를 나오지 못하다 아버지의 병세가 호전되면서 처음으로 학교에 나온 날, 이수는 아버지 어떠시냐 묻는 동료 선생님들에게 몇 번이나 이젠 괜찮아지셨다는 이야기를 해야만 했다.

　학생들은 이수가 며칠이나 보이지 않았는데도 어제 만났다 헤어진 사람들처럼 변함이 없다. 하지만 지나친 관심보다 그런 무신경함이 오히려 편하기도 했다. 자신의 반 수업에 들어간 이수는 또 비어 있는 강은의 자리를 보고 한숨을 내쉬었다. 이수는 수업이 끝나고 반의 실장을 불러 자신이 없는 동안 강은이 몇 번이나 없어졌는지 물었다.

하지만 그걸 안다고 해서 지금은 당장 잡으러 갈 수도 없다. 맡은 수업만 끝나고 또 바로 아버지가 있는 병원으로 가봐야 했다. 결국 이수는 강은의 휴대전화에 문자를 남겼다.

선생님 아버지가 큰 수술을 받으셔서 선생님 병원에서 자릴 비울 수가 없거든. 그러니까 네가 병원으로 찾아와. 서울 소망병원이야.

물론 안 올 거라고 확신은 하고 있었지만, 이런 것조차 안 하면 선생님으로서 너무 성의가 없는 것 같아 마음이 걸렸다.

아버지에, 강은에, 그리고 설후까지.

설후 때문에 병원 가기를 불편해하면서도 아버지가 퇴원하게 되면 다시 영영 그를 못 볼 것이라는 두려움을 갖는 자신이 초라했다. 병원 안에서의 그는 이수에게 자꾸 나쁘고 아픈 기억만 떠올리게 해 저도 모르게 그를 나쁜 사람 보듯 쳐다보곤 했다. 그럼 설후는 그걸 부정하지 않고 자신의 죄를 모두 시인하는 표정을 짓는다.

그런 설후의 표정이 그녀를 못 견디게 만들었다. 그를 두 팔로 끌어안을 수도 없고, 그의 뺨을 후려칠 수도 없는 견딜 수 없는 공황에 빠지고 만다.

아무리 생각을 한다고 해도 결론이 나지 않는 상황이었다. 지금 중요한 건 아버지라고, 설후의 생각을 억지로 잘라내며 이수는 학교를 나와 다시 병원으로 향했다.

아픈 아버지가 계신 병원이다. 설후가 있는 병원이 아니라.

병원 정문을 들어서다 환자를 배웅하는 해성을 보게 되었다. 9살 정도 되어 보이는 어린아이의 손을 잡은 해성의 모습이 정말 다정한 의사 선생님 같았다. 따뜻한 날씨에 어울리지 않는 털모자를 쓴 아이가 해맑게 웃으며 해성에게 손을 흔들자 해성도 같이 손을 흔들어주고 있었다.

해성은 아이가 어머니의 손을 잡고 걸어가 아버지가 몰고 온 차에 탈 때까지 응시하며 서 있었다. 마지막에 아이가 뒤돌아보다 해성이 아직도 그 자리에 있는 걸 알고 손을 흔든다. 해성도 주머니에서 손을 빼서 같이 흔들어주었다. 슬픈 이별이 아니라 다정한 이별의 순간 같았다. 세상의 모든 이별이 저 모습 같을 수 있으면 얼마나 좋을까, 라고 이수는 허무하게 생각했다.

아이가 탄 차가 떠나자 해성의 시선이 멀어지는 차에서 이수에게 향했다. 그녀가 그곳에 서 있는 걸 처음부터 알았다는 듯이. 해성이 짧게 고개를 숙여 인사하자 이수도 덩달아 고개를 숙였다. 그날 호텔에서 인사불성이 될 때까지 술을 마시고 처음 보는 것이라 반가움보다는 어색함이 더 컸다.

"아버지 간병 오는 길이죠?"

해성이 물음에 이수가 그렇다고 고개를 끄덕였다.

"퇴원환자 배웅까지 직접 하시나 봐요?"

"귀엽잖아요."

해성의 목소리에 진심이 담겨 있었기에 이수는 사심없이 받아들이고 병실로 올라가기 위해 해성에게 마지막으로 인사를 했다. 그런데 해성이 이수를 붙잡았다.

"혹시 저녁 전이에요? 나 지금 저녁 먹으러 가는 길인데, 같이 갈래요?"

이수는 난감한 표정을 지었다. 저녁을 아직 안 먹기는 했지만, 중환자실에서 아버지를 하루 종일 간병하고 있을 어머니도 마찬가지일 것이다.

"어머니랑 교대를 해드려야 해서."

"괜찮아요. 어머니들은 원래 자식들이 배불리 먹어야 더 배부른 종족들이거든요. 밥 먹고 왔다고 하면 장하다고 하실 거예요. 가죠."

이수는 억지로 해성에게 끌려갔다. 지금껏 만나보지 못했던 인력에 이수는 제대로 거절도 못했다. 해성은 이수를 끌고 하얀 가운을 입은 군단이 넘쳐 나는 구내식당으로 갔다.

멸치에 감자조림에 김치, 그리고 쇠고기 무국. 음식은 간단하면서 정갈했지만 입맛이 별로 없었던 이수는 그냥 먹는 시늉만 했다.

"수술 거부했었다는 말 들었어요. 설후가 엄청나게 미웠나 보죠?"

해성의 말에 이수는 젓가락질을 멈추었다.

"조심해요. 이 병원에 이설후 탐내는 여자들 엄청 많아요. 대

놓고 설후 미워하다 어디서 등에 칼 맞을지 몰라요. 아! 병원이
니까 주삿바늘이 날아오려나.”

이수가 고개를 들어 해성을 응시하자 해성은 대수롭지 않은
이야기를 하듯이 웃는다.

“몰래몰래 미워하라고요. 그래야 안전해요.”

이수는 그와 술을 마시면서 자신이 무슨 이야기를 했는지 전
부 기억하지는 못했다. 어쩌면 자신이 하지 말아야 할 이야기를
했을 수도 있다고 생각했다. 자신의 마음이라던가, 가은에 대한
이야기라던가. 그래서 이젠 해성의 앞에서 함부로 말을 꺼낼 수
가 없었다. 더 이상 자신의 속내를 보이기 싫었다.

“근데 저녁 사준 보답으로 하나만 물어봐도 돼요?”

밥은 반도 먹지 않았지만 이수는 예의상 고개를 끄덕였다.

“이젠 설후 싫어진 거예요?”

해성의 질문에 이수는 가슴이 턱 막혔다. 생각도 못한 순간
심장을 기습당한 것 같았다.

“설후의 얼굴도 보기 싫을 정도로 끔찍하게 정 떨어졌었어
요?”

이수는 아무 말도 못하고 질문을 퍼붓는 해성의 얼굴을 바라
만 보았다. 결국 끝까지 대답을 할 수가 없었다. 입을 열면 바보
같이 울어버릴 거 같았다.

해성과 헤어지고 아버지가 계신 9층으로 올라왔다. 막 엘리

베이터에서 내리는데 사이렌이 울리듯 방송으로 여자의 목소리가 울려 퍼졌다.

—CPR CCU, CPR CCU.

방송이 나오자마자 느긋하게 서 있던 흉부외과 의사들이 한 방향으로 뛰어갔다. 아버지가 입원해 있는 중환자실 쪽이었다. 이수는 멍하니 달려가는 의사들의 하얀 가운을 바라보다 그녀도 같이 뛰었다. 절대 아닐 거라는 생각이 들었지만 불안함을 참을 수가 없었다.

이수가 중환자실까지 달려갔을 때, 중환자실 문은 일반인에게 차단되어 있었다. 어머니도 밖에 서서 불안한 시선으로 중환자실 쪽을 바라보고 있었다.

"어머니! 어떻게 된 거예요?"

달려온 이수가 어머니를 붙잡고 물었다. 명자는 고개를 가로저으며 이수를 진정시켰다.

"네 아버지 아냐. 다른 사람이야."

이수는 고개를 들어 중환자실 안을 바라보았다. 한 침대에 의사들과 간호사들이 몰려서 분주하게 움직이고 있었다. 패들을 환자의 가슴에 댈 때마다 환자의 몸이 튀겨진 물고기처럼 펄떡이는 모습이 끔찍했다. 이름조차 모르는 환자였다. 그저 몇 번 얼굴 본 게 다이지만, 그 광경을 지켜보고 있는 사람들은 하나같이 똑같은 생각을 하고 있었다.

제발 무사해야 할 텐데, 라고.

이수의 눈은 제세동기 패들을 들고 있는 설후에게 고정되어 있었다. 필사적으로 무언가를 붙잡으려 하고 있었다. 그녀에게 아버지 수술을 허락해 달라고 빌던 때와 마찬가지로 절박해 보인다. 어째서 그의 어머니에게는 보여주지 않았던 모습을 상관없는 타인들에게는 그리 쉽게 보여주는 것이냐 원망이 들었다. 단 한 번만이라도 그녀와 함께 가은의 병실을 찾아가 주었다면 이리 원망이 깊지는 않았을 것이었다.

"돌아왔습니다."

어렴풋이 그렇게 외치는 의사의 목소리를 들은 거 같았다. 의사들이 환자의 몸에서 물러나며 서로의 어깨를 두드렸다. 환자는 괜찮아진 거 같았다.

"아휴! 살았나 보네. 보는 내가 다 애간장이 탄다."

옆에 계신 어머니는 그제야 한숨을 크게 토해내셨다. 중환자실 앞에 몰려 있던 사람들은 구경이 끝난 사람들처럼 제각각의 방향으로 흩어졌다. 어머니가 이수에게 뭐라고 물으셨지만 이수의 눈은 환자의 가슴에 청진기를 대보며 심장이 제대로 뛰고 있나 확인하는 설후에게 고정되어 있었다. 벗어날 수가 없다. 시선의 끝에 항상 그가 있다. 이미 체념한 집착이다. 평생 이리 살다 죽어도 어쩔 수 없다 굴복한 미련이었다. 그의 모습을 눈으로 쫓으며 이수는 생각했다.

먼저 버린 건 어느 쪽이었지. 그였던가? 아니면 나였나?

별이 총총한 밤
파랑, 회색으로 팔레트를 물들이고
여름날, 내 영혼의 어두운 면을 꿰뚫는 눈으로 밖을 바라봐요

결국 중환자실로 들어갈 수 없었던 이수는 사람들이 없는 비상계단 창가에 서서 흥얼흥얼 빈센트를 불렀다. 습관처럼. 주문처럼.

"빈센트죠?"

갑자기 들린 여자 목소리에 이수는 흠칫 놀라며 고개를 돌렸다. 아버지의 주치의인 여자 의사가 손에 빵 봉지 하나를 들고 비상계단 문 앞에 서 있었다. 이수가 놀라서 쳐다보기만 하자 경아는 이수의 시선을 피하며 이젠 습성이 되어버린 무미건조한 말투로 말했다.

"이 교수님 수술방에서 그 노래만 들으세요."

그 말만 하고 경아는 몸을 돌려 늦은 저녁을 먹으려고 들렀던 비상계단을 벗어났다. 혼자 남은 이수는 멍하니 닫힌 문을 바라보았다.

Starry, starry night.

빈센트, 그대를 부르는 또 다른 언어였다.

홍만은 호흡이나 혈행동태가 안정되고, 신장기능, 긴장기능이 양호하고, 의식이 확실하며 중증사지마비나 중증감염증이

없으나 아직 출혈이 있어서 중환자실에 머무르고 있었다. 출혈만 멈추면 일반 병실로 옮겨 재활치료를 받을 수 있었다.

경아는 흉부X선 검사와 혈액가스 분석 결과를 보며 기관튜브 발관 후 PaO_2와 $PaCO_2$의 수치가 허용 범위인지 확인하고 있었다. 분명 설후가 와서 자기 눈으로 직접 확인할 테지만 어쨌든 자신이 확인하는 게 맞는 일이니까.

"많이 좋아졌죠?"

명자가 물었다. 이제는 자기 눈으로 환자의 상태를 진찰하는 게 가능한지 거의 확신하는 말투였다. 사람이 밥을 먹는 것만 봐도 그 사람의 건강 상태를 알 수 있다는 나이 많은 사람들의 지혜를 알지 못하는 경아는 그녀가 어째서 그런 확신을 할 수 있는 건지 의아했다. 그 며칠 사이 의학 공부라도 했나 싶었다.

어쨌든 맞았다. 아마도 내일쯤이면 일반 병실로 옮길 수 있을 거 같았다.

"그런데 말이에요. 그이 수술해 준 젊은 선생님 혹시 애인 있나요?"

명자가 경아를 붙잡고 사적인 걸 묻자 홍만이 명자를 나무랐다.

"병원에서 그런 걸 물으면 어떡해!"

명자는 모르면 가만히 있으라는 눈빛으로 홍만을 쳐다보았다. 홍만은 아파서 수술받았던 날의 상황을 모르지만 그걸 옆에서 고스란히 본 명자는 아무래도 자꾸만 설후가 마음에 남았다. 게다가 이제는 홍만의 생명까지 구해준 의사다. 어찌 그냥 무시할 수 있겠는가.

하지만 경아는 그런 질문이 정말 참을 수 없이 답답했다.

"죄송합니다. 그건 모르겠습니다."

라고만 말하고 뒤돌아서는데 갑자기 새카만 어둠이 몰려왔다. 몸의 균형이 느껴지지 않으며 삐이— 이상한 기계음이 들렸다. 경아는 느꼈다. 자신이 기절하고 있다는 걸. 그리고 그대로 정신을 잃었다.

"최 선생님!"

가장 근처에 있던 간호사가 달려왔다. 그때 중환자실을 들어오던 설후가 쓰러진 경아를 보고 달려와 상태를 확인하였다. 간호사는 갑자기 쓰러졌다고 설명했다. 베드를 찾았으나 중환자실에는 남는 침대가 없었다. 할 수 없이 설후는 경아를 침대가 있는 일반 병동으로 데려가기 위해 번쩍 안아 올렸다. 그 모습을 간호사들은 놀라서 쳐다보았다. 보지 말아야 할 장면을 본 사람들처럼 어머머, 라는 감탄이 절로 터져 나왔다. 설후의 품에 안긴 경아는 아무것도 모른 채 무의식을 헤매고 있었다. 아래로 늘어 뜨려진 경아의 팔이 설후가 걸음을 뗄 때마다 인형의 팔처럼 흔들렸다.

그 모습을 명자는 복잡한 눈으로 쳐다보았다. 설후에게 애인 있냐 묻고 난 뒤 바로 그 사람이 다른 여자를 안고 나가는 모습을 보게 되다니, 아무리 아픈 거라고 해도 어쩐지 영 찜찜했다.

경아를 일반 병동의 남는 침대에 눕힌 후 가장 먼저 심전도를 체크하였다. 경아의 심전도는 와위에서 심박수는 65/min이었고, 입위가 된 5분 후에 심박수가 110/min으로 상승하고 있었다. 설후가 경아를 안고 가는 걸 보고 같이 따라온 우민이 옆에서 혈압을 체크했다.

"혈압이 저하되고 있고, 8.5초의 동정지가 나타나고 있습니다."

심전도를 확인한 설후는 낮게 눈을 뜨며 말했다.

"NMS(신경 조절성 실신) 같은데, 최 선생 평소에 발작 있었나?"

우민이 자신없는 목소리로 말했다.

"syncope(실신)는 아니고 giddiness(현기증)를 느끼시는 건 몇 번 봤었습니다."

하지만 별일 아니라고 느꼈었다. 워낙 일도 많고 끼니도 제대로 챙겨먹지 못하는 흉부외과였기에 피로는 언제나 달고 사는 것이었다. 그런 거라고만 여겼었지 병이라고는 전혀 생각하지 못했었다.

설후는 병실 간호사에게 심장내과에 콜해서 tilt검사할 환자 한 명 있다고 전하라 지시했다.

신경 조절성 실신을 확진하기 위해 하는 검사였다. 서맥이나 혈압 저하로 실신에 이른 것이었다. 다행히 약으로 치료를 할 수 있는 병이었다.

설후는 우민에게 경아를 맡기고 병실을 나가며 당부했다.

"최 선생 오늘은 죽어도 침대에서 못 내려오게 해."

"넵!"

우민은 결의에 찬 경례를 하며 답했다. 전우가 아플 때 의사들은 더 사명감에 불타오르는 듯했다. 설후는 오늘 마지막 스케줄로 수술이 있었기에 바로 수술실로 향했다.

경아는 금방 정신을 차렸지만 결국 침대를 사수하라는 설후의 지시 때문에 억지로 침대에 매여 있어야 했다. 그런데 항상 움직이던 사람이 가만히 누워 있는 건 고역이었다. 간만에 잠이나 자려고 해도 잠도 오지 않았다. 동료 의사들이 시간 단위로 한 명씩 들렀다. 괜찮냐 얼굴 들이밀었다 너무 괜찮은 모습을 보고 실망하고 돌아갔다.

왜 실망을 하는 거냐고.

설후한테 안겨서 병실까지 갔다는 것도 문병 온 간호사에게 들었다. 경아가 빠진 경아의 무용담을 말하듯 장황하게 설명을 해주었다. 하지만 경아는 전혀 기억이 없었다. 그저 선명한 건 실신하는 순간의 그 아찔한 감각이다. 이제야 환자들이 기절하는 순간을 공감할 수 있게 되었다. 의사로서 좋은 경험이었다고 스스로 고개를 끄덕였다.

해성이 찾아온 건 늦은 밤이었다. 설마 해성까지 문병을 와줄 줄은 몰랐기에 경아는 놀란 눈으로 해성을 쳐다보았다.

"왜 그리 놀란 얼굴이야?"

그야 설후를 만나러 병동에 왔던 해성을 오다 가다 마주치기는 했지만 이리 직접적으로 자신을 만나러 오기는 처음이었으니까. 그리고 흉부외과와 소아과 사이에는 자그마치 6층이라는 어마어마한 차이가 있었으니까. 그리고 해성은 전문의였고, 자신은 레지던트 1년차였으니까. 또 해성은 바람둥이였고, 자신은 연애조차 못해본 석녀였으니까. 놀라는 이유는 셀 수 없을 정도로 많았다.

해성은 퇴근하다 들렀는지 의사 가운을 벗고 와인색 벨벳 재킷을 입고 있었다. 튀는 옷인 거 같은데 해성에게는 잘 어울렸다. 여자랑 데이트라도 가는 차림 같았다. 해성이 사온 초밥 도시락을 경아의 침대 위에 놓아주었다.

"매일 빵만 먹었지? 좀 영리하게 챙겨먹으라고. 안 그러니까 이리 쓰러지지."

입원 같지도 않은 병실 생활에 문병 선물까지 사온 사람은 해성이 처음이라 경아는 동그란 눈으로 초밥 도시락을 바라보았다. 마음은 꽤 감격하였는데 입은 제멋대로 사실을 폭로하고 있었다.

"저 생선 못 먹는데."

절대 거짓말을 못하는 이 입을 누군가 질린다고 말한 적이 있었다. 왜 지금 그런 말이 다시 떠오르는 건가 싶다.

"뭐? 어떻게 이 맛있는 걸 못 먹어?"

해성은 애써 사온 초밥 도시락 어쩌냐며 잠시 투덜거렸다. 그 때 병실 문이 열리며 오늘 제일 늦은 방문자가 들어섰다. 경아의 아버지 최 과장이었다. 하루 일이 다 끝나서야 겨우 딸의 병실을 찾은 것이었다. 최 과장은 딸의 병실에 있는 해성을 놀란 눈으로 보았다. 아마도 경아가 놀란 것과 비슷한 이유일 것이다.

해성은 별일 아니라는 듯이 최 과장에게 반듯하게 인사하고는 병실을 나갔다.

"박 교수랑 친했었냐?"

해성이 나가고 최 과장이 경아에게 취조하듯이 묻자 경아는 고개를 가로저었다.

"여자 관계 복잡하다고 소문난 남자다. 가능하면 가까이하지 마."

경아의 시선은 해성이 두고 간 초밥 도시락에 머물렀다. 소문처럼 그리 헤픈 사람이 아닐 거라고 해성 대신 변명하고 싶었지만 관뒀다. 어쩐지 그러면 진짜 친해져 버릴 거 같아서.

출근을 해야 하는 이수는 항상 지하철 막차를 놓치지 않을 수 있는 시간쯤 병원을 나섰다. 이수가 아버지 간병을 오는 밤 시간에는 병실에서 거의 설후를 볼 수 없었다. 낮 시간에는 자주

와서 챙겨준다는 어머니의 말을 듣고 혹시 일부러 피하는 것일
수도 있겠다고 생각했다.

그녀가 또 그를 비난할까 겁이 났던 걸까. 하긴, 다시 만난 후
이수는 내내 설후를 거부하고 비난하기만 했으니까. 자신이라
도 피하고 싶을 것이었다. 아버지가 건강해지시고 계셨다. 그걸
로 된 거라고 생각해 보지만 마음 깊은 곳에 살고 있는 소녀는
여전히 울고 있다.

가은이 그립다. 가은이 있었던 초록지붕 집이 그립고, 그 집
에 가은을 만나러 오던 설후도 그립다.

집으로 돌아가기 위해 복도를 걸으며 이 길이 과거로 가는 길
이면 얼마나 좋을까 터무니없는 생각을 했다. 병원의 밤은 왜
이다지도 침울한지 모르겠다. 죽은 망자들이 머무는 것처럼 생
기가 없이 무겁다. 봄의 기운도 느낄 수가 없었다. 한참이나 엘
리베이터 앞에 서 있던 이수는 자신이 엘리베이터 단추를 누르
지 않았다는 걸 깨닫고 그제야 단추를 눌렀다.

붉은 빛이 깜빡거린다. 그 불빛이 벌레 같다는 생각이 들었
다. 아주 차갑고 냉혹한 벌레.

엘리베이터 문이 열렸을 때 안에는 아무도 타고 있지 않았다.
깊은 밤이었다. 그리움조차 잠이 드는.

"안 타요?"

느닷없는 사람의 목소리에 습격을 당해 이수는 놀란 눈으로
고개를 들었다. 해성이 서 있었다. 정말 깜짝 놀랐다. 반면 갑자

기 나타난 해성은 천진하게 보이기까지 하다. 고독이 부린 요술인가 보다.

해성과 둘만 엘리베이터를 탔다. 해성은 문병을 다녀가는 길이라고 말했다.

"아! 이수 씨도 알 텐데. 아버지 주치의라고 했던 거 같으니까."

해성의 말에 이수는 귀엽지는 않지만 미인이고, 표정이 풍부하지는 않지만 총명한 여자를 떠올렸다. 설후가 수술방에서 빈센트를 듣는다고 말해준. 그래서 더 혼란스러워져 버렸다.

"아픈가요? 어제까지만 해도 건강해 보였는데."

"NMS라고, 사람들 뒤통수 치는 병이에요. 갑자기 픽 쓰러져 놀라게 하는."

"난감한 병이네요."

해성은 엘리베이터의 벽에 몸을 기대며 쓸쓸한 목소리로 말했다.

"네, 난감한 밤이에요."

어쩐지 신경에 거슬리는 말과 목소리였지만 이수는 무슨 일이 있느냐 묻지 않았다. 이미 많이 지쳐 있었다. 집에 돌아가서 쉬고 싶을 뿐이었다. 그런데 해성이 NMS라는 병에 걸렸는지 갑자기 물어왔다.

"이수 씨는 설후가 죽으면 어떨 거 같아요?"

예기치 못한 창살은 단숨에 심장까지 꿰뚫었다. 아무런 방비도 없었던 이수는 대책없이 충격에 할퀴었다. 이수는 아무런 대답도 하지 못했다. 해성은 허무한 눈으로 작아지는 숫자를 보았다.

"그 녀석 가끔 자살할 것 같은 눈 하는 거 알아요?"

띵, 청량한 벨소리와 함께 1층에 도착한 엘리베이터 문이 열렸다. 그리고 문 앞에 펼쳐진 건 붉은 지옥이었다.

의사로 산다는 건 죽음은 결국 피할 수 없는 일이라는 걸 처절하게 깨달아가는 삶을 살아가는 것과 같았다. 죽을 사람은 결국 죽었다.

오늘 설후가 수술한 환자가 죽었다. 여든 세의 할머니였으니 아쉬울 거 없는 죽음이었다고 말할 사람도 있을 것이었다. 하지만 의사에게 수술대에 누운 환자는 한 살의 신생아든 아흔 살의 노인이든 똑같은 생명의 무게였다. 지상에 태어난 이래 절대로 멈추지 않았던 펄떡이던 생명이 자신의 손안에서 점점 사그라지다 결국 죽는 순간,

설후는 자신의 죽음을 느꼈다.

그건 슬픔과 고통, 자책과 두려움 같은 감정과는 다른 것이었다. 그런 감정들조차 소멸되어 버리는 진정한 죽음이었다. 그래서 그 밤은 무덤처럼 어두운 연구실에 혼자 앉아 아무것도 하지 않았다. 아무런 생각도 하지 않았다. 어머니도, 아버지도, 그리고 이수조차 잊고 있었다.

죽음이란 그런 것이니까.

지금까지 다섯 번의 죽음을 경험하였다. 매 죽음마다 설후는 힘겹게 살아난다. 여명의 빛이 그에게 미치는 순간 자신이 죽지 않고 살아 있음을 느끼며 절망한다. 살아 있다면 다시 또 죽음이 찾아올 것이기에.

아마도 의사라는 직업은 설후의 생명을 단축시키고 있는지도 몰랐다. 그래서 그가 단명하게 될지도. 앞으로 몇 번의 죽음을 경험하다 결국 진짜 자신의 죽음을 맞게 되면 정말 모든 게 끝이 나는 것이었다. 더 이상의 반복은 없었다. 그래서 그때는 오히려 평온을 얻게 되지 않을까, 자신의 것이 아닌 죽음에서 깨어날 때 생각하기도 했었다.

팟!

어두운 연구실에 갑자기 환한 불빛이 쏟아졌다. 예기치 않은 빛은 설후의 죽음을 더 고통스럽게 하였다. 설후는 두 손에 얼굴을 묻었다. 당장 이 밝음으로부터 도망치고 싶다는 생각뿐이었다.

"오빠."

세상에서 그를 그리 부르던 사람은 한 명뿐이었다. 이수는 주는 것을 두려워하지 않았다. 언제나 자신의 모든 걸 담고 설후를 불렀었다. 그래서 영원을 얻은 그 부름이 이수가 떠나 버린 후에도 설후를 사로잡고 떠나지 않았었다. 때론 떨림으로, 때론 아픔으로.

살아 있는 자의 손이 설후의 손을 그러잡았다. 그 생생한 온기가 닫혀 있던 설후의 모든 감각을 다시 깨웠다. 앞에 있는 이수를 인식하는데 한참이나 걸렸다. 설후는 막 세상에 태어난 신생아의 눈으로 이수를 응시하였다. 이수가 말하고 있었다.

죽지 마요.

이수의 손가락이 강하게 그의 살갗을 파고들어 오며 고통이 살아났다. 심장의 고동 사이로 시간이 스며들며 이수의 목소리가 증폭했다.

"오빠 죽으면 나도 죽을 거야!"

죽는다는 이수의 말이 설후의 죽음을 산산이 깨부수고 그를 삶의 공포로 밀어 넣었다. 소멸되었던 감각들이 앞을 다투어 일제히 살아나며 비명을 질러댔다.

죽음에서 깨어난 순간, 이수가 있었다.

이수는 아직도 손이 떨렸다.

해성에게 설후가 자살할 것 같은 눈을 한다는 말을 듣고 제정신이 아니었다. 정신없이 설후의 방으로 달려갔는데 그는 정말 자신도 못 알아볼 정도로 정상적인 상태가 아니었다. 순간 그가 정말 자신의 옆에서 영원히 사라져 버릴 수도 있다는 극도의 공포가 밀려왔었다.

설후가 죽는 건 견딜 수 없었다. 그녀가 그걸 버틸 수 있을 리가 없었다.

　절박하게 그에게 매달렸는데, 어느새 설후는 멀쩡한 눈을 하고 이수를 바라보고 있었다. 오히려 이수를 걱정하는 눈으로 바라보며 괜찮냐, 물었다.

　그 자리에서 울면서 주저앉지 않은 게 기적이었다.

　바로 설후의 방을 나와 버렸다. 그런데 지하철 막차는 이미 끊긴 시간이었다. 택시를 타기 위해 도로로 다가가는 이수를 설후가 붙잡았다.

　"태워다 줄게."

　이수는 싫다고 거부했다. 화가 났다. 아니, 아직도 겁이 났다. 엘리베이터 문 밖에 있던 붉은 지옥, 죽음의 문턱에 서 있는 것 같았던 설후, 끔찍한 경험을 해버렸다. 어서 빨리 벗어나고 싶다는 마음뿐이었다.

　"그냥 타!"

　설후도 평소와 달리 고집을 부렸다. 설후의 손이 그녀의 손을 부여잡았다. 이수는 놀란 눈으로 설후를 올려다보았다. 그는 이제 완전히 멀쩡해져 오히려 그녀를 압도하고 있었다. 이수는 그의 손이 이끄는 대로 걸어가야 했다. 설후는 그녀를 자신의 차에 태우자마자 차를 출발시켰다.

　차는 미끄러지며 밤의 도로를 달렸다. 인천 쪽 도로는 두 사람만 남겨진 것처럼 텅텅 비어 있었다. 오렌지 빛 불빛만이 두 사람 뒤를 하염없이 쫓아왔다. 밤의 공기는 눅눅하고 차가웠다.

　"수술 중에 내 환자가 죽었어."

설후는 조심스럽게 설명했다. 그는 이제 환자의 죽음을 객관화하고 있었다. 죽음에서 벗어난 것이다. 눈빛은 청명하고 목소리는 또렷했다.

"설마 그걸 들은 거야?"

다시 해성의 말이 생각난 이수는 터져 나오려는 눈물을 참으려 입술을 깨물었다. 설후의 시선이 느껴져 창 쪽으로 고개를 돌렸다.

"이수야."

그의 부름에 눈을 질끈 감았다.

"난 안 죽어."

울고만 싶었다.

"너희 아버지도 죽지 않을 거야."

비를 맞고 싶은 심정이었다. 한껏 쏟아지는 소나기에 온몸을 적시고 싶었다. 그럼 눈물이 눈물이 되지 못하고 비가 되어버릴 것 같았다.

"죽게 하지 않아. 난 옛날처럼 그리 나약하지 않아. 믿어줘."

설후는 의사로서 이수의 신뢰를 원했다. 하지만 더 이상 그의 두 팔로 이수를 안아주지는 않았다. 설후는 더 이상 그녀를 원하지 않는 것 같았다. 이수는 서글픈 눈으로 창을 응시하였다. 불빛이 반사된 창가에 선명하게 비친 서른한 살의 자신의 모습이 한없이 초라하게 보이기만 하였다. 몇 시간 사이에 10년을 한꺼번에 늙어버린 것 같은 기분이었다.

"태워다 줘서 고마워요."

라고 말하고 이수는 오는 내내 외면하고 있던 설후의 얼굴을 똑바로 쳐다보았다. 설후는 애잔한 얼굴로 그녀를 보고 있었다. 정말 그가 그런 표정을 짓고 있는 것인지 그저 자신의 눈에 그리 비치는 것인지 이수는 알 수 없었다.

"갈게요."

라고 말하고 바로 이수는 차 문을 열고 내렸다. 집으로 걸어가는 그녀의 등에 그의 시선이 쫓아오고 있었다. 그가 지금 어떤 마음으로 그녀를 보고 있는 것인지 이수는 알 수가 없었다. 조금은 사랑인 것인지. 더 이상 사랑은 될 수 없는 감정인지.

달칵, 이수가 가게 문을 열고 들어서자 차가 출발하는 소리가 들렸다. 집에 있던 이선이가 왜 이리 늦었냐며 외치는 소리가 들렸지만 이수는 아무런 대답도 못했다.

자신의 방으로 들어온 이수는 창가로 걸어가서 언덕 위의 집을 쳐다보았다. 밤하늘에 박힌 초승달 아래 초록지붕 집은 정말 그림 같다. 그리고 그 집에 불이 켜지는 순간 그 집은 별이 된다. 아롱아롱 빛나는 초록지붕 집의 불빛을 이수는 물기 어린 눈으로 바라보았다.

바람이 분다. 구름이 흐른다. 달이 기운다. 꽃잎 떨어진다.

그래도 여전히 사랑은 눈물겹다.

출혈이 멈춘 홍만은 혈액일반검사, 혈액생화학, 혈청학검사, 혈액가스분석, 소변검사, 심전도, 흉부X선 사진의 검사 내용이 이상없음이 확인된 후 일반 병실로 옮겼다. 이제 점점 퇴원이 가까워 오고 있었다. 주치의와 간호사들의 도움으로 충분했지만, 설후는 시간을 내서 하루에 한 번씩은 들러 홍만의 상태를 살폈다. 이수가 없는 시간에.

"수술 후 관리도 중요하기 때문에 입원 기간이 좀 긴 거니 불편하시더라 조금만 참아주세요. 재활치료만 끝나면 곧 퇴원하실 수 있을 겁니다."

설후의 친절한 설명에 어머니 명자는 그저 웃으며 감사하다 말했다. 홍만도 눈에 띄게 건강이 좋아져서 그녀도 이젠 시름이 짙게 깔려 있던 얼굴이 많이 맑아졌다.

"아휴! 선생님! 매일 그 양반만 봐주지 마시고. 저도 좀 봐주세요. 제가 더 아파요! 숨 쉬기가 너무 힘들어요."

옆에 있던 나이 많은 아주머니 환자가 불평을 털어놓았다. 설후는 난감한 눈으로 그 환자를 쳐다보았다. 심장 파트 환자가 아니었다. 폐암수술을 받은 걸로 알고 있다.

명자가 그동안 친분이 쌓였는지 걸걸한 말투로 한마디 했다.

"그쪽이야 그쪽 담당 선생님이 봐주시는 거지! 그 있잖아. 배 나오고 머리 벗겨진 선생님! 그 선생님한테 봐달라 해야지!"

"아니, 같은 병원비 내는데 사람 차별하나! 나도 그쪽 젊고 잘생긴 의사한테 진찰받고 싶어!"

"늙어서 주책이야!"

아줌마들의 솔직담백한 대화 속에서 설후는 난감히 서 있다 어서 가보라는 홍만의 손짓을 보고, 불편한 곳이 있으면 바로 알려달라는 말을 남기고 조심스럽게 병실을 나왔다.

해성이 오랜만에 술이나 한잔하자는 전화를 걸어왔다. 다른 때 같으면 내키지 않아 거절하였을 텐데 이번은 설후도 술을 마시고 싶었기에 그러자 화답했다. 두 사람은 병원에서 함께 나와 해성이 잘 가는 삼겹살집으로 향했다. 가는 길에 비가 내리기 시작했다. 장마가 시작되려는 거라며 해성이 투덜거렸다. 벌써 이 장마만 지나면 여름이었다.

설후는 여름을 견딜 수가 없어했었다. 뜨거운 여름에 그의 어머니가 돌아가셨다. 그래서 여름의 열기가 고통스럽기만 했었다. 하지만 올해는 그래도 조금은 가벼운 마음으로 여름을 추모할 수 있을 것 같았다.

주룩주룩, 술집 슬레이트 지붕에서 주렴처럼 떨어지는 빗방울을 응시하며 술잔을 기울였다. 비에 갇혀 술을 마시는 기분은 적당히 쓸쓸하고, 적당히 운치있었다.

"이수 씨네 아버지 곧 있으면 퇴원이겠네?"

해성은 질문도 아닌, 그렇다고 혼잣말도 아닌 의미 모호한 말을 했다. 해성은 오늘 좀 우울해 보인다. 아마도 어린 환자의 상태가 나빠졌던가, 죽은 것일 게다. 해성이 우울해지는 이유는 아픈 아이들뿐이었으니까. 그 외에는 그를 힘들게 할 수 있는 일은 없는 듯 보였었다. 세상 그 누구보다 건강한 정신을 가진 인간이었다.

문득 그라면 어떨까 싶었다. 이수의 옆에 있을 사람으로.

하지만 생각하는 순간 날카로운 고통에 베인다. 설후는 상처를 소독하려 술을 마셨다.

"그런데 왜 너랑 이수 씨는 그대로인 거야? 무릎을 꿇었으니 역사를 세워야지."

해성은 의지력없는 목소리로 설후를 다그쳤다. 설후는 해성을 외면하고 다시 비가 내리는 거리로 시선을 돌렸다. 비에 젖은 거리는 흑백으로 보였다. 차들도, 사람들도, 땅도, 하늘도, 공기조차. 색을 잃고 아파 보였다.

"이수한테는 건강한 사람이 어울려."

"네가 사람들 건강 찾아주는 의사잖아."

"……우리 아버지도 의사였어."

하지만 어머니를 죽게 하셨다. 어머니는 백혈병이 아니라 아버지가 죽인 거라고, 설후는 내내 생각했다.

"이 교수님은 도대체 왜 메스를 놓으신 거냐고! 이 교수님이 안 계시니까 한국 의학이 발전을 못하잖아! 돌아오시라 그래! 죽어가는 사람들 살려야지! 이 교수님이 안 계시면 그걸 누가 하냐고!"

해성은 갑자기 버럭버럭 성을 내며 설후의 아버지를 찾았다. 아무래도 환자가 죽은 것 같았다. 아직 피어보지도 못한 생명하나를 보내주었나 보다.

　해성은 그답게 슬픔을 표출하는 것도 행복을 드러내는 것처럼 두려워하지 않는다. 자신이 할 수 있을 만큼 슬퍼하고 원통해하다 다시 자신의 자리로 돌아온다. 사랑하다 상처받고 넘어지더라도 다시 사랑하는 데 망설임이 없다.

　그 건강한 마음이 미치게 부럽다.

　수술 환자들의 드레싱을 하기 위해 카트를 끌고 병실을 돌던 경아는 홍만이 입원해 있는 병실 앞에서 놀라 멈추어 서고 말았다. 모르는 젊은 남자가 문병을 와 있었다. 그것도 이수와 함께.

　"아휴! 이렇게 안 와도 되는데, 고마워요. 꽃집 총각, 신경 써서 와줘서."

　말을 들어보니 결코 가족은 아니었다. 경아는 복도 쪽으로 시선을 돌렸다. 이수의 앞에서 무릎을 꿇던 설후의 모습이 덧그려지며 혹시라도 설후가 보았을까 염려가 되었다.

　호수가 아버지 병문안을 와주었다. 강은이에게 들었다고 했다. 이수는 강은이 약았다는 생각을 지울 수가 없었다. 이러라고 병원을 가르쳐 준 게 아니었다.

　"미안, 요즘은 아버지 때문에 통 강은이에게 신경을 못 썼어."

　돌아가는 호수를 배웅하며 이수가 사과했다. 호수는 괜찮다며, 아버지 건강만 신경 쓰라고 말해주었다. 사실 아버지가 건강해지는 건 아버지의 의지였다. 아픈 아버지에게 이수가 해드린 건 거의 없는 데도 그 핑계로 다른 모든 일을 손에서 놓아버리고 있었다.

자꾸만 신경 쓰이는 한 가지 때문에 다른 게 눈에 들어오지가 않고 있었다. 옛날과 똑같다. 점점 옛날처럼 변해가는 자신이 무서우면서도 이수는 의지로 그걸 막을 수가 없었다.

엘리베이터 앞에서 호수가 그만 들어가 보라고 따라오려는 이수를 만류했다. 하지만 이수는 고집을 부려 엘리베이터에 올라탔다. 호수에게 미안한 마음에 로비까지만이라도 배웅해 주고 싶었다. 지금 이수가 호수에게 해줄 수 있는 일은 그것뿐이니까.

호수와 나란히 엘리베이터에 타고 반대로 몸을 돌려서야 스테이션에 서 있는 설후를 발견하였다. 그녀를 바라보고 있었다. 그리고 그녀의 옆에 서 있는 호수도. 그의 시선이 살갗을 파고 들어 왔다. 옆에서 호수가 하는 말도 들리지가 않았다. 고요한 시선은 너무 멀리 있어 그 안에 담긴 감정을 읽어낼 수가 없었다.

엘리베이터 문이 닫히며 설후의 시선이 사라졌다. 하지만 텅 비어버린 마음속에 설후의 시선만이 팽팽했다. 엘리베이터가 아래로 내려가며 몸이 한순간 공중으로 떠올랐다. 그대로 하늘로 던져져 버릴 것만 같았지만, 그녀의 두 발은 단단히 엘리베이터의 바닥을 디디고 있었다.

이수가 호수를 배웅하고 다시 9층으로 돌아왔을 때, 설후가 서 있던 자리는 텅 비어 있었다. 하지만 이수는 한참이나 그 자리에서 설후의 모습을 덧그리며 서 있었다.

남들은 이미 퇴근하여 집에서 가족들과 오붓한 시간을 보내고 있을 시간에도 흉부외과는 바쁘게 돌아가고 있었다. 말단 중의 말단인 인턴 종수는 썩을썩을 욕을 하며 차트를 정리하고 있었다. 흉부외과 인턴을 시작하고 제대로 쉰 적이 없었다. 거기다 숨넘어가는 어레스트는 왜 그리 자주 터져 주시는지, 이 과에 있는 동안 아무래도 자기 심장에 병이 생기지 않을까 걱정이 이만저만이 아니었다. 빨리 한 달이 지나가길 아무리 빌고 빌어도 이제 겨우 열닷새가 흘렀을 뿐이었다.

"난 기필코 피부과 간다. 얼마나 좋아. 칼퇴근에, 돈도 많이 벌고. 예쁜 여자 환자도 많고. 여기에 비하면 천국이지, 천국이야. 암!"

그렇게 혼자 중얼거리며 키보드를 마의 속도로 두드리고 있는데, 젊은 여자의 목소리가 조심스럽게 말을 걸어왔다.

"저기, 말씀 좀 물을게요."

고운 여자 목소리에 종수는 영업용 미소를 지으며 고개를 들다가 너스스테이션 앞에 서 있는 이수를 보고 그대로 굳어버렸다. 그게 이설후 교수가 이 여자 앞에서 무릎을 꿇었다는 건 소망병원이 생겨난 이래 최대의 스캔들이었기 때문이었다.

"이설후 의사 선생님 지금 어디 계시나요?"

"네, 그게, 딸꾹."

말을 하는데 저도 모르게 딸꾹질이 터져 나왔다. 종수는 서둘러 입을 틀어막았다. 그리고 자리에서 벌떡 일어나 여자에게 그 자리 그대로 있으라는 제스처를 취하고는 설후가 있을 중환자실로 달려갔다.

설후는 혈흉이 생긴 환자에게 트로카 카테테르를 삽입하려 하고 있다. 간호사가 환자의 상체 아래 베개를 깔자 겨드랑이 중간선에서 뒤쪽으로 24Fr의 굵은 카테테르를 삽입하여 튜브를 지속 흡인기에 접속시키자 가슴에 고여 있던 피가 콸콸 빨려 나오기 시작했다.

그때 중환자실 문이 열리며 종수가 헐레벌떡 뛰어들어 왔다.

"교수님! 딸꾹! 저기! 딸꾹!"

안 그래도 분위기 무거운 중환자실에 딸꾹질과 함께 소란을 몰고 온 종수를 우민이 탐탁지 않은 시선으로 쳐다보며 주의를 주었다.

"시끄러워! 이 자식아! 나가!"

"그게 아니라, 딸꾹! 교수님 손님이, 딸꾹!"

"누구!"

딸꾹질 소리가 거슬려 우민이 짜증스럽게 물었다.

"그분!"

그분이 오셨다니, 사이비 교주가 온 것도 아니고, 우민은 계속 딸꾹질이 터져 나오는 종수의 입을 틀어막고 직접 중환자실 밖으로 끌고 나갔다. 하지만 1분 뒤, 이번엔 우민이 중환자실 안으로 뛰어들어 왔다. 그리고 설후에게 우민이 흥분한 목소리로 말했다.

"교수님, 그분이 교수님 찾으신다는데요."

설후는 그분이 누구냐는 눈으로 우민을 쳐다보았다.

설후가 스테이션으로 나왔을 때, 정말 종수와 우민이 말한 대로 이수가 서 있었다. 이수가 그들이 말하는 '그분'이었던 것이다. 이수가 먼저 찾아온 건 처음이라 설후는 당황했다.

"왜? 아버지 상태 안 좋아지셨어?"

이수는 고개를 가로저었다. 그녀는 금방 돌아갈 사람처럼 겉옷을 입고 핸드백까지 매고 있었다. 이수는 무언가 대단한 결심을 한 사람 같은 표정을 지으며 설후를 똑바로 바라보았다. 이수의 두 눈을 보는 설후의 눈빛이 흔들렸다. 이런 이수의 눈빛 분명 본 적이 있었다. 한국대에 꼭 갈 거라고 말할 때 이수는 지금과 닮은 눈빛을 하고 있었다.

"저녁 먹었어요?"

이수의 질문에 설후는 쉽게 대답을 할 수 없었다. 설후 대신 대답한 건 뒤에 있던 우민이었다.

"교수님, 중환자실 케어는 저 혼자 충분합니다. 다녀오세요."

그녀가 이 병원에 나타난 첫날 설후가 그녀의 앞에서 무릎까지 끓는 걸 생생히 본 우민이었다. 무조건 도와주어야 한다는 사명에 불타 설후가 부탁하지도 않았는데도 설후의 등을 꾹꾹 밀어주었다. 고맙다 말한 건 설후가 아니라 이수였다.

"고맙습니다."

설후를 이수와 같이 보내는 데 큰 공헌을 한 우민은 나란히 엘리베이터로 걸어가는 설후와 이수의 뒷모습을 쳐다보며 흐뭇하게 웃었다. 하늘 위에서 부유하던 영혼이 이제 겨우 지상에 발을 디딘 느낌이랄까. 지금 설후에게 그런 느낌이 들고 있다고 우민은 멋대로 해석하며 좋아했다. 그런데 그런 치프의 깊은 속내를 이해 못한 인턴 종수가 눈치없이 물어왔다.

"딸꾹, 왜 치프 선생님이 흐뭇해하세요? 딸꾹."

"넌 딸꾹질이나 당장 멈춰! 치프 명령이야!"

"딸꾹, 그걸 어찌 사람 마음대로 해요. 진짜 이젠 별걸 다 시키셔."

"왜 못해! 치프가 명령하면 나오던 똥도 끊는 거야!"

"드럽게. 딸꾹."

우민은 방자한 종수의 엉덩이를 뻥뻥 걷어차며 중환자실로 몰았다. 설후가 없는 동안 완벽하게 지키고 있어야 했기에.

병원 앞 24시 설렁탕집에는 늦은 저녁을 해결하는 택시기사들이 빠른 수저질로 허기진 배를 채우고 있었다. 김이 모락모락 나는 설렁탕 두 그릇을 들고 아줌마는 이제 막 들어온 손님이 있는 상으로 걸어가고 있었다. 여자 한 명과 남자 한 명이었다.

아줌마의 눈길을 끈 건 당연히 남자였다. 꼿꼿하게 허리를 세우고 앉는 절도있는 자세하며 귀티나는 반듯한 이목구미가 아줌마로 하여금 잊고 있던 여자를 느끼게 해주었다. 서슴없이 추파를 던지고 배를 벅벅 긁는 기사들과는 차원이 다른 남자였다.

그래서 여자의 앞에는 빠르게 뚝배기를 놓았지만, 남자의 앞에서는 천천히 그릇을 놓으면서 남자의 얼굴을 감상하였다. 옆모습도 감탄스러웠는데, 앞모습은 오금이 저릴 정도였다. 비록 이 젊은 남자는 식당에서 일하는 늙은 아줌마는 눈에도 들어오지 않을 테지만 아줌마는 비음 섞인 목소리로 맛있게 드세요, 라고 말했다. 남자가 그녀와 눈을 맞추고 잘 먹겠습니다, 라고 말한 순간 아줌마는 세상을 다 얻은 것처럼 만족스러웠다. 주방으로 걸어가는 걸음이 가벼웠다.

"먹어요."

이수가 말하며 수저를 들어 올렸다. 설후는 심란한 눈으로 설렁탕의 우윳빛 국물을 수저로 조금 떠서 마시는 이수를 바라보았다. 설후는 그녀의 용서를 욕심내지 않았었다. 그런데 그녀는 느닷없이 아무 일 없었던 것처럼 굴고 있었다.

혹시라도 그녀가…….

"담배 많이 피워요?"

이수의 물음에 설후는 흠칫 놀랐다. 정말 많이 피웠기에. 밥 대신 피우는 게 담배였다. 이수는 콧잔등에 작은 주름을 만들며 얼굴을 찌푸렸다.

"담배 냄새 오빠한테 안 어울려요."

그제야 설후는 수저를 들어 설렁탕을 먹기 시작했다. 설렁탕의 진한 고기 냄새로라도 담배 냄새를 지워내고 싶어서.

설후가 고개를 숙이면 눈을 가리고도 남는 긴 앞 머리카락을 보고 이수가 한숨 쉬며 말했다.

"앞 머리카락도 잘라야겠어. 너무 길어요."

목으로 넘어가는 부드러운 국물이 삼키기가 힘이 들었다. 설후는 고개를 들어 이수를 보았다. 이수가 웃고 있었다.

"내가 잘라줄까요?"

느낄 수 있었다. 그녀가 다시 그에게 오려 하고 있다는 걸.

떨림보다 먼저 설후를 덮친 건 두려움이었다. 옛날에 그에게 오려 한 그녀를 받아들이고, 그는 자신이 빠진 암흑에 이수까지 끌고 들어가 버렸었다. 이수는 설후를 사랑한 대가로 감당할 수 없는 고통을 껴안아야 했었다.

그였다. 이수를 상처 입힌 건. 그 때문이었다. 이수가 울었던 건.

그의 사랑은 고통을 동반하고 있었다. 저주받은 것처럼.

"이발소 가서 자르면 돼."

설후의 거절에 이수는 불만 가득한 표정을 내보였다.

"왜요? 내가 이상하게 자를까 그래요?"

그게 아니라······.

설후는 가늘게 떨리는 검은 눈동자를 긴 머리카락 사이에 숨겼다.

내가 다시 너를 붙잡으려 할까 봐.

거절했어야 했는데, 결국 끝까지 그러지 못했다.

이수의 손에 가위가 들리고, 설후는 이수의 앞에 앉아 눈을 감고 있었다. 연구실 창가로 초여름의 달빛이 스며들어 와 잔잔한 마음을 일렁이게 하였다.

사라락, 머리카락이 잘려 나가는 소리는 가냘팠다. 이수는 자신의 손 위에 떨어지는 검은 머리카락을 받아내었다. 그리고 또다시 가위를 가져가 조심스럽게 설후의 긴 앞머리를 잘랐다. 사라락, 청량한 음이다. 번뇌와 아픔이 잘려 나가는 듯한.

이수가 앞머리를 자르는 동안 설후는 눈을 감고 있었다. 차가운 가위의 날이 이마를 스칠 때마다 길고 검은 속눈썹이 파르르 떨렸다. 언제나 먼 듯 느껴지는 그이지만, 이렇게 자신에게 모든 걸 맡기고 눈을 감고 있으니 그 어느 때보다 한없이 가까이 느껴진다.

이수의 손가락 사이로 가는 머리카락이 감겼다. 그 부드러운 감촉에 심장이 떨렸다. 이수는 조심스럽게 설후의 얼굴을 더듬었다. 단정한 눈매며, 고독과 기품을 모두 품고 있는 콧날과 아름다운 입술까지.

그립고 원한다.

“……다 됐어?”

더 이상 차가운 가위 날이 느껴지지 않았기에 설후가 조심스럽게 물었다. 이수는 그제야 설후의 머리카락에서 손을 떼었다.

“네, 됐어요.”

감겨 있던 설후의 눈이 천천히 떠졌다. 달빛을 빨아들인 눈동자는 그 어느 때보다 신비로운 색깔을 띠고 있었다. 그 눈동자를 마주하고 있으니 불가사의한 감동이 밀려온다.

설후는 바로 앞에 있는 이수의 얼굴을 보고 한동안 아무 말도 못했다. 가장 가까운 곳에 이수가 있었다. 그가 사랑하는 모든 게 손을 뻗으면 붙잡을 수 있는 곳에 있었다. 하지만 손을 뻗어 만져 볼 수가 없었다.

그대로 부서져 버릴까 겁이 났다.

“오빠.”

옛날, 그 거친 눈이 내리던 날, 두 사람의 바람막이가 되어주었던 친구의 방에서, 그렇게 불렀던 것처럼 이수가 설후를 불렀다. 하지만 지금 설후는 그때와 같을 수가 없었다.

그때는 사랑밖에 보이지 않았지만, 지금은 사랑보다 더 절실한 삶이 보였기에, 섣불리 여인을 안을 수 없다.

“난 이제 일하러 가봐야 할 거 같아. 환자가 있어.”

설후의 말에 이수의 눈이 슬픔으로 일그러졌다. 그런 이수의 눈을 더 이상 마주 보고 있을 수가 없었다. 설후는 자리에서 일어나 이수보다 먼저 연구실을 나왔다. 문을 닫자마자 상실감이 밀려왔다. 잘려 나간 머리카락이 어색하다. 중환자실을 향해 걸어가던 설후는 주머니에 있던 던힐 담뱃갑을 꺼내 구기고는 근처에 있는 쓰레기통에 던져 넣었다.

어딘가에서 축제를 하는지 불꽃 터지는 소리가 들려왔다. 차라리 불꽃처럼 한순간 찬란하게 피어오르다 그대로 사그라지는 존재였으면 싶다.

헤파린 주사를 맞으러 온 영아는 설후의 얼굴을 유심히 쳐다보고 있었다. 어쩐지 분위기가 조금 달라진 거 같았기 때문이었다. 좀 더 깔끔해지고 샤프해진 느낌이다.

"아! 이제 보니 앞머리 자르셨구나."

영아의 지적에 설후는 고개를 들어 영아를 보았다. 영아는 재미있다는 듯이 방싯 웃었다.

"선생님이 앞머리만 자르자고 미용실 갈 분은 아니시고, 도대체 누가 잘라준 거예요?"

설후는 어떻게 대답해야 할지 몰라 잠시 난처한 표정만 지었다. 그런 설후의 표정을 보고 영아는 즐거운 듯이 키득였다.

"어머나! 선생님 얼굴 붉어지고 있어요. 연애하세요?"

연애라는 달콤한 울림이 무겁게 설후의 마음으로 떨어졌다. 머리 잘라주는 일 같은 걸로 이루어진 게 연애의 전부라면 좋겠다. 손을 잡고, 키스를 하고, 피아노 연주를 듣고, 같이 나란히 거리를 걷고, 그런 것들만이 사랑에 속한 것들이라면 얼마나 좋을까.

"잊지 않으셨죠? 우리 별이랑 선생님 아들이랑 결혼시키기로 한 거요."

별은 뱃속 아이의 태명이었다. 설후는 잊지 않았다고, 대답해 주고는 간호사에게 지혈을 부탁했다.

그날은 바뀐 설후의 앞머리를 보고 사람들이 한 번씩은 꼭 머리 잘랐냐고 물어보면서 설후를 괴롭혔다. 설후는 손을 뻗어 짧아진 앞 머리카락을 힘껏 잡아당겼다. 하지만 억지로 머리카락이 자랄 수 없듯이 억지로 되는 건 없었다.

경아의 시선이 앞 머리카락을 잡아당기고 있는 설후에게 닿았다. 다듬은 머리 때문에 모습은 더 깔끔해졌지만 어쩐지 그 내면에는 더 긴 그림자가 드리워져 있는 것 같았다. 무슨 일이 있는 건가 걱정이 되었다. 하지만 일적인 것 외에 사적인 건 함부로 묻지 않는 게 경아의 성격이었다.

그러다 해성에게 문병 와준 것에 대해 고맙다는 인사를 하지 않은 걸 깨달았다. 경아는 전화를 들어 소아과 해성의 연구실 내선 전화로 전화를 걸었다. 항상 병동을 돌아다니는 의사를 생각한다면 받지 않을 게 거의 확실한 곳으로 전화한 거나 마찬가지였다. 그래서 울리는 전화벨 소리를 들으며 경아는 자신이 참 바보 같다는 생각을 했다.

[네, 박해성입니다.]

그런데 해성은 마침 연구실에 있었는지 전화를 받았다. 굉장

한 우연이네, 라고 생각하며 바보 같다고 생각했던 마음이 많이
나아졌다.

"네, 안녕하세요. CS 최경아입니다."

[오! 최 선생.]

해성은 놀랍다는 듯이 그녀를 불렀다. 그녀가 전화를 할 줄은
몰랐다는 투였다. 사실 경아도 그가 문병을 와줄 줄은 전혀 몰
랐었다.

"그게, 저번에 병실로 초밥 사들고 문병 와주신 거 고맙다고
인사드리려고요."

[초밥 못 먹는다며. 근데 뭐가 고마워.]

"새우는 먹을 수 있어요. 그래서 새우 초밥은 먹었어요."

[그래? 그나마 다행이네.]

쿡쿡, 해성의 목소리에 웃음기가 스며들었다. 그는 참 별거
아닌 말에 잘 웃었다. 그래서였던 거 같다. 장난치는 거처럼 느
껴지고, 바보 취급당한다고 여겼던 거.

"아! 그리고요. 물어볼 게 있는데 물어도 될까요?"

[그래? 뭔데?]

"이 교수님한테 무슨 일 있나요?"

[왜? 설후가 물어도 무시하고 그래?]

"그게, 사적인 일인 거 같아서 묻기가 어려워서요."

[그래? 근데 설후한테 묻기 어려운 말이 나한테 묻기는 안 어
려워?]

듣고 보니 그렇다. 어째서 설후한테 물을 수 없는 걸 해성한테 물을 수는 있었던 거였지? 해성이 설후의 하나뿐인 친구라는 걸로는 설명이 턱없이 부족한 거 같다. 경아가 생각에 빠진 사이 해성이 말했다.

[내가 만만한가 보지? 최 선생, 그러다 큰코다친다.]

결국 꾸중만 듣고 전화가 끊겼다. 해성이 제대로 된 해답을 주지 않아서인지 마음은 여전히 어지러웠다. 설후를 걱정하는 마음과 그걸 해성에게 물은 마음 둘 다 자신의 것이 아닌 것 같았다. 경아는 언제나 답이 있는 마음만 가지고 있었다. 그런데 답이 없다니. NMS 때문에 복용하고 있는 약의 부작용인가 싶었다.

경아는 복잡한 생각을 휴대전화와 함께 주머니에 넣어버리고, 병실로 향했다. 레지던트 1년차는 잡생각을 할 시간도 없을 만큼 바빴으니까.

장대비가 쏟아져 내렸다. 우두둑, 땅 위의 모든 걸 쓸어내 버릴 듯 거센 비였다. 힘없는 나뭇잎들은 빗방울에 두드려 맞아 땅에 떨어지기도 하였다. 변덕스럽고 고집 센 장맛비였다. 폭염을 몰고 올 비는 사나웠다. 비의 장막은 빛을 모조리 흡수하여 순식간에 주위를 암흑으로 뒤덮었다. 거리의 사람들은 비를 피해 부산스럽게 움직이기 시작했으며 작은 동물들은 소리도 내지 못하고 오들오들 떨었다.

잔혹한 신이 강림한 듯한 풍경이었다.

중환자실에 있던 설후는 엄청난 빗소리에 걱정스런 눈으로 창밖을 보았다. 지금쯤이면 이수가 병원에 올 시간이었다.

"최 선생, 한홍만 환자……."

무턱대고 홍만의 주치의인 경아에게 말을 꺼냈다가 말이 막히고 말았다. 이수가 왔냐는 질문을 어떤 식으로 해야 할지 알 수가 없었다.

"아냐, 됐어."

결국 묻는 걸 포기했는데 경아가 말했다.

"아직 안 오셨습니다."

설후는 놀란 눈으로 경아를 보았다. 경아는 시선을 돌려 창밖을 보며 중얼거리듯이 말했다.

"비가 거세서 우산을 써도 젖겠네요."

설후의 시선도 다시 창으로 향했다. 유리를 때려대는 빗방울에 자비는 없어 보였다. 지하철 역에서 병원까지 오는 길은 걸어서 5분 정도였다. 그리 먼 길은 아니었다. 그러니 이수는 분명 택시는 타지 않을 것이다. 비에 젖은 이수의 모습이 그려지며 마음이 쓰였다.

오늘 같은 날은 그냥 집에서 쉬면 좋으련만, 아마도 이수는 오늘도 올 것 같았다. 이 비를 뚫고, 인천과 서울의 경계선을 넘어.

지하철에서 내려 개찰구를 나오고 나서부터 거센 빗소리가 들려왔다. 지하라서 빗소리가 더 크게 울렸다. 망할 비, 라고 욕을 하며 지하철 계단을 내려오는 사람들도 있었다. 밖에서 지하철 안으로 들어오는 사람들은 하나같이 젖어 있어서 습한 물 냄새가 지하에 진동했다. 지하철 안이 꼭 습지 같았다. 이수는 한숨을 내쉬며 계단을 올랐다. 우산이 있긴 하지만 아무래도 병원 정문에 도착했을 때에는 흠뻑 젖어 있을 것 같았다. 갈아입을 옷도 없어서 조금 짜증이 밀려오기도 했다.

"어머! 저 계단 끝의 남자 완전 아트다."

"누구 기다리나?"

그녀를 앞서 계단을 올라간 대학생쯤 되어 보이는 젊은 여자 두 명의 목소리가 들려왔다. 젊다는 건 좋은 것 같았다. 이 폭우 속에서도 남자가 눈에 들어오니 말이다. 이수는 자신이 꼭 피난민이 된 기분이었다. 어떻게든 이 비를 피하고 싶다 생각하며 우산을 펼쳐 들기 위해 고개를 들던 이수는 지하철 계단 끝에 서 있는 그를 보고 놀라서 멈추어 섰다.

사람들과 비와 우산들과 불빛 사이에 설후가 있었다.

이수는 그곳에 설후가 있다는 것을 믿을 수가 없어 한참이나 멍하니 쳐다보고 있기만 하였다. 후두둑 후두둑, 어둠 속에서 빗줄기는 보이지 않고 빗소리만이 굉장했다. 하지만 이수의 눈에는 마치 그를 처음 만난 날 내렸던 첫눈이 그의 등 뒤에 놓인 어둠 속에서 내리고 있는 듯한 착각이 일었다. 그날 단번에 자신의 눈에 파고들었던 것처럼 그가 다시 한 번 더 이수의 눈으로 쏟아져 들어왔다.

이수가 올라오기를 기다리던 설후는 사람들이 파도처럼 빠져나간 후에도 이수가 움직이지 않자 결국 자신이 움직였다. 적어도 저 폭우한테서는 이수를 지켜주고 싶었다. 그것마저 못한다면 사랑이 너무 억울했다.

"비가 너무 많이 와서……."

비 때문에 자신을 데리러 왔다는 설후를 이수는 한참이나 말없이 쳐다보기만 하였다. 처음 만났을 때 설후가 그랬던 것처럼.

병원 지하 주차장에 들어서자 동굴 속에 들어온 듯 바깥세상이 아득하게 멀어졌다.

"집에 갈 때도 비가 멈추지 않으면 전화해. 데려다 줄게."

설후는 항상 세우는 자리에 차를 세우고는 이수에게 말했다. 하지만 이수는 아무 대답이 없었다. 설후는 고개를 돌려 이수를 보았다. 차를 탔는데도 머리카락과 어깨가 조금 젖어 있었다. 설후는 옆에 있는 티슈를 뽑아 들어 이수에게 건넸다. 이수는 설후가 건넨 하얀 티슈를 받지 않고 바라만 보다 고개를 들어 설후를 보았다. 감정이 물결치는 얼굴에는 균열이 생기고 있었다.

"친절한 의사 선생님으로 남고 싶어요? 그래서 이래요?"

이수의 말에 설후는 아무런 말도 할 수가 없었다. 설후의 어중간한 친절이 그녀를 더욱 고통스럽게 만들었는지 이수는 괴로운 표정을 지었다. 아픔은 그대로 전염되어 설후 역시 굳어갔다.

"난!"

격정적인 이수의 목소리가 사방이 막힌 지하 주차장을 울렸다.

"난 오빠랑 친구도 될 수 없고, 아는 동생도 될 수 없고, 환자도 될 수 없어요."

마지막에 이수는 거의 울먹이고 있었다.

"전부가 아니면 차라리 평생 안 보고 사는 게 나아."

그는 언제나 그녀의 전부였다. 사랑이 아름다웠을 때에도, 사랑이 고통이 되었을 때에도. 그리고 11년이 흐른 지금도.

그래서 이수는 설후의 전부를 원했다. 그렇지 않으면 의미가 없었다.

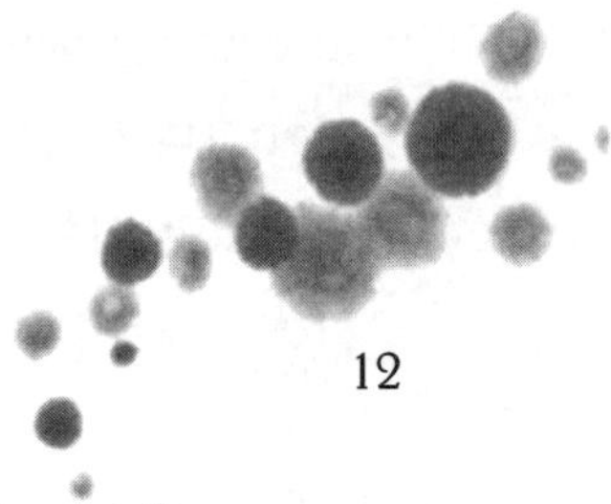

12

매미가 울지 않았다.

이상한 여름이었다. 날씨는 무참할 정도로 더워지는데 매미 소리는 들리지 않았다. 지구가 병들어가고 있는 거 같았다. 그런데도 아이들은 여름방학을 하였다고 여기저기 놀러 다니느라 정신이 없다. 하긴 길게 살아봐야 19년을 살아온 아이들에게 몇십 년 동안 이어져 온 환경오염을 책임지라고 하는 건 말이 안 되었다. 지금보다 좀 더 나이가 들면 스스로 깨닫게 되겠지라고 믿을 수밖에 없다.

이수는 여름방학이 시작되고 학원에 다니기 시작했다. 낮 시간에는 너무 더워 이른 오전에 학원에 갔다가 점심때쯤 돌아왔다. 이수는 학원에서 피아노를 쳤다. 이젠 전부 까먹어서 동요도 못 칠 것 같았는데, 피아노 건반을 누르니 그래도 예전에 배웠던 게 조금씩 기억나기는 했다. 이수보다 더 어린 학원 선생님의 도움을 받으며 옛날에 쳤던 클래식 곡을 하나하나 다시 배우고 있었다. 모차르트, 베토벤, 하이든, 바하, 유명한 음악가의 음악을 하나하나 익혀가는 일은 역시나 즐거웠다.

하지만 더 이상 빈센트는 연주하지 않았다.

설후는 이수를 붙잡지 않았다. 그래서 이수도 이젠 설후를 깨끗이 잊기로 했다. 그에게 말한 것처럼, 전부가 아니면 완전한 타인인 게 나았다.

11년 전에 제대로 못한 이별을 이번에 확실히 한 기분이었다.

병원에서 퇴원한 아버지는 무리없이 일상생활을 하시고 계셨다. 하지만 한 달에 한 번은 꼭 병원에 가서 통원치료를 받아야 하셨다. 그래서 아버지와 어머니는 여전히 설후를 만나고 계셨다. 아마도 병원을 바꾸지 않는다면 평생 만나실 것이었다.

그리고 어머니는 설후를 만나고 오는 날마다 이수를 다그치실 것이다. 정말 그 의사 선생님하고 아무 사이 아니냐고, 놓치기 너무 아까운 남자라고. 만약 이수가 다른 남자와 결혼을 한다면, 그녀의 남편과 설후를 비교하실지도 몰랐다.

하지만 아마도 결혼은 하지 못할 것 같았다.

이수는 설후가 아닌 남자와 평생 같이 살 자신이 없었다. 상관없는 타인까지 끌어들여 고통을 주고 싶지는 않았다.

설후를 잊기로 했지만 가끔 잠자기 전에 생각했다. 어머니가 설후의 이야기를 꺼낸 날이라던가, 이선이 남자친구 이야기를 한 날이라던가, 하늘에 별이 뜬 날에. 그는 왜 자신을 붙잡지 않은 걸까, 라고. 그녀는 가은의 일까지 잊고 그를 받아주겠다고 했는데도.

더 이상 그녀를 사랑하지 않는 거라고 생각하게 되면 하염없이 우울해지고, 아마도 그의 어머니 일이기에 그는 잊는 게 불가능한 거라 생각하면 그가 하염없이 측은해졌다.

요즘 들어 가끔 가은의 꿈을 꿨다. 꿈속에서 만난 가은은 건강했고, 또 웃고 있었다. 아름다운 사람, 이수는 가은을 닮은 어른이 되고 싶었었다. 그런데 어느새 어른이 되어 있는 그녀는 전혀 가은을 닮지 않았다. 그게 서글프고, 조금은 안도되기도 했다. 그래야 점점 가은을 잊어갈 수 있을 테니까.

그리고 더 이상 초록지붕 집에는 불이 켜지지 않았다. 짐작할 수 있었다. 그가 이젠 그 집에 오지 않으리라는 걸. 그녀가 전부가 아니면 아무것도 아니길 원했으니까. 아마도 이제 초록지붕 집에 불이 켜지는 날은 그가 그녀에게 오려는 날일 뿐이리라.

하지만 그런 날이 올까.

요즘 미련을 잊는 법을 배우고 있다. 그래서 이수는 다시 피아노를 쳤다.

"선생님, 피아노 배우기 시작했다."

이수의 말에 강은은 기괴한 표정을 짓는다. 강은이 일하는 옷 가게였다. 이수는 또 옷을 사러 이곳에 왔다. 여름 원피스가 예쁜 것들이 많았다. 걸치면 정말 여름 여자가 될 수 있을 거 같지만 이수는 자신보다 예쁜 옷을 입기가 조금은 두렵기도 했다.

"원래 피아노로 음대 가고 싶었거든. 근데 돈도 없고, 실력도 별로라서 못 갔어."

강은은 도대체 그 이야기를 왜 자신에게 하는 거냐는 눈으로 이수를 쳐다보았다. 이수가 찾아오면 그래도 옷은 사가기에 억지로 쫓아내지도 못했다.

"나한테 피아노 가르쳐 주셨던 분 이름이 너랑 비슷했어. 가은이셨거든."

"전 성이 강 씨고, 이름이 은이거든요!"

"그래, 하지만 아무도 너한테 은이라고는 안 부르잖아."

그건 맞는 말이기에 강은은 입을 꾹 다물었다. 살쾡이 같은 이미지 때문인지, 은이라는 부드러운 이름으로 불린 적이 없었다. 사람들은 언제나 그녀를 강은이라 불렀다.

"그래서 음대 포기하고는 한국대 가려고 했었어."

한국대라는 말에 강은은 이수를 비웃듯이 코웃음을 친다.

"좋아하는 남자가 거기 다녔거든."

그리고 다음 말에 강은의 눈초리가 날카로워졌다. 그녀의 오빠가 자길 좋아하는 걸 뻔히 알면서 그런 남자 이야기를 꺼내는 이수가 맘에 들지 않았다. 그러니까 그런 잘난 남자 아니면 상대를 안 한다는 소리처럼 들렸다.

"대학에 가서 무언가를 배운다는 기대도 없이 무조건 그 사람만 보며 공부했었어. 좀 바보 같았지?"

강은은 금방이라도 나가라고 소리칠 기세로 이수를 쳐다보고 있었다. 그러나 이수는 일부러 모른 척하는 건지 정말 모르는 건지 태연히 물방울 원피스를 꺼내어 자신의 몸에 대보았다.

"대학에 가는 목적이 말이야. 다들 제각각이야. 꼭 공부만을 위한 건 아니야."

이수는 물방울 원피스가 마음에 들었기에 그걸 강은의 손에 올려주며 방긋 웃었다.

"넌 오빠가 중요하니? 돈이 중요하니?"

노려보는 강은에게 이수는 진지하게 말했다.

"네가 대학 안 가면 넌 편할지 몰라도, 네 오빠는 평생 편하지 않을 거야."

"그래서 말했잖아요! 우리 오빠랑 결혼하면 대학 가겠다고."

쓸데없는 고집을 부리는 강은을 이수는 서글픈 눈으로 바라보았다.

"넌 내가 네 오빠랑 결혼하면 네 오빠가 행복할 거 같니?"

강은은 짐작도 못할 것이다. 주고받지 못하는 결혼이 어떤 곳으로 흘러가는지.

"날 믿어, 강은아. 그럼 네 오빠는 불행해져."

영아는 결국 열 달을 견뎌냈다. 그건 설후조차 상상하지 못한 것이었다. 사실은 임신 중간에 자연유산이 될 가망성이 가장 크다고 생각하고 있었다. 그래도 어쩔 수 없는 것이라 미리부터 포기하고 있었다.

하지만 영아는 그런 설후를 이기고, 병을 이기고, 신을 이기고 버텨냈다.

심장판막 환자는 약해도 어머니는 강한 것인가, 라고 진심으로 통감했다. 출산 예정일 20일을 남겨두고 영아는 산부인과 병동에 입원을 하였다.

설후는 미리 신생아 옷을 사 들고 영아의 병실을 찾아갔다. 항상 밝고 명랑하던 영아였는데, 어쩐 일인지 아기 옷을 보고 눈물을 흘리기 시작했다.

"사실은 무서워 죽겠어요. 우리 별이 나 같으면 어쩌죠?"

의학적으로 기형아를 낳을 확률이 높았다. 분만이 제대로 진행되지 못하고 하혈이 심하다면 산모의 목숨까지 위험해질 수도 있었다. 하지만 여기까지 왔으니 설후는 이제 믿고 싶었다. 아무것도 확신할 수 없지만, 그래도 믿음에 모든 걸 맡기고 싶다. 의사보다 더 전능한 건 믿음이었다.

"난 건강한 아기 나올 거라고 믿어요."

처음으로 긍정적으로 말해주는 설후를 영아가 눈물범벅인 얼굴로 올려다보았다.

"그리고 무럭무럭 자라서 내 아들이랑 결혼할 것도 믿고요."

그제야 영아는 하얀 이를 드러내며 웃음을 지었다. 그리고 설후가 사온 아기 옷을 가슴에 품고 믿음에 몸을 맡긴다.

"세상에서 제일 튼튼하고 예쁜 아기를 낳을 거예요."

말하고, 또 말하고. 영아는 끝없이 같은 말을 반복하며 언어를 힘으로 승화시켰다.

영아와 함께 그 어느 때보다 강해지는 믿음 속에서 설후는 작고 청아한 얼굴 하나를 떠올렸다. 그리움이 묻어나는 얼굴을 가슴에 다시 담으며 마음으로 묻는다.

나한테 정말 너를 사랑할 자격이 있는 걸까?

경아는 요즘 설후가 우울할 거라고 생각했다. 그의 첫 환자였던 영아가 곧 아기를 낳을 것이니 말이다. 출산은 축복받은 일이었지만 그건 확실히 위기이기도 했다. 어떤 의사한테든 첫 환자는 굉장히 중요한 의미를 지닌다고 여겼다. 그러니 설후는 분명 영아의 아버지라도 된 것처럼 불안하고 걱정이 많을 것이다.

"이게 뭐냐?"

해성은 경아가 내민 표 두 장을 이리저리 살펴보며 물었다. 경아는 평소 윗사람에게 노티하는 투로 간결하게 해야 할 말만 했다.

"뮤지컬 티켓입니다."

다른 여자였다면 이 여자가 자신한테 데이트 신청을 하는 거라고 여겼을 것이다. 하지만 경아는 좀 달랐다. 분명 다를 것이었다. 그녀가 이리 재미없게 나올 리가 없다.

"어쩌라고?"

이쯤에서 경아는 조금 머뭇거리더니, 그래도 성격답게 거짓말은 못한다.

"이 교수님 기분 안 좋으실 테니까 뮤지컬 같은 걸 보면 어떨까 해서……."

역시나 만만한 건 해성이었고, 어려운 건 설후였던 것이다. 해성이 티켓을 손으로 탁탁 털며 암표 장사꾼 같은 말투로 말했다.

"내가 장담하는데, 설후는 뮤지컬 봐도 절대 기분 안 좋아지거든."

"네? 진짜요?"

충격받은 얼굴로 쳐다보는 경아의 어깨를 해성이 위로 차 툭툭 때렸다.

"걘 원래 그렇게 생겨먹은 인간이라고. 우울이 친구고, 인내가 지 누나인 줄 알고, 슬픔이 아마 연인쯤 될 거야."

경아가 동정심이 가득한 눈으로 먼 허공을 응시한다. 아마도 죽여주게 생긴 그녀의 교수님을 생각하는 거 같았다.

도통 연애에 지혜롭지가 못하다. 예쁘게 생겨서 어쩜 이리 우둘투둘한지. 영락없이 해삼이다. 해성은 이 해삼을 어쩌지, 라는 표정으로 경아를 쳐다보았다. 자신의 길을 제대로 찾아가지 못하는 눈먼 영혼들을 해성은 그냥 지나치지 못했다. 그게 그의 천성이기도 했고, 그의 골치 아픈 딜레마이기도 했다.

"최 선생, 소개팅할래? 내가 정말 좋은 사람 소개시켜 줄게.

그럼 그 소개팅남이랑 이 뮤지컬 가면 되잖아.”

경아는 싫다고 거절했다. 해성은 앙탈부리지 말라고 잘라내고는 싫다는 경아에게 억지로 뮤지컬 티켓 날짜와 맞추어 소개팅 약속을 잡아주었다.

소망병원의 해삼을 소망병원의 해파리로 만드는 것이었다. 경아는 훌륭한 해파리가 될 수 있을 것이라 생각했다. 그 암기 병만 고친다면 말이다.

영아가 언제 출산을 하게 될지 몰랐기에 설후는 집에 들어가지 않고 병원에서 머물고 있었다. 출산 일이 가까워 올수록 초조함이 늘어갔고, 초조함은 담배를 생각나게 했다. 이미 중독자가 되었는지 끊기가 힘이 들었다. 하지만 설후는 담배를 손에 들지 않고 주먹만 하얗게 쥐었다.

이수가 보고 싶었다. 당장이라도 달려가서 만나고 싶었다.

만약 영아가 무사히 출산을 한다면, 아기와 산모가 모두 무사하다면 그땐 신이 자신을 용서한 것이라 여겨도 되지 않을까라는 이기심이 생겼다.

“괜찮아, 친구?”

해성의 목소리가 들려와도 설후는 고개를 들지 않았다. 우울의 바다가 몰려온다. 이곳이 세상의 끝인 것만 같다. 결국은 또 모두 슬프게 되고 말 것이라는 참담한 체념이 그를 잠식시켰다. 스스로 슬픔의 늪으로 걸어 들어가고 있는 설후를 쳐다보던 해성이 담담히 말했다.

"넌 모르지? 이 세상에 널 사랑하는 사람이 얼마나 많은지. 이 병원 안에서만도 백 명이 넘을 거야. 좋겠다, 넌. 주는 거 없이 사랑받아서."

설후는 천천히 고개를 들어 해성을 보았다. 설후는 자신이 야수라 생각했다. 사랑하는 이를 불행하게 만들고 결국은 혼자 외롭게 죽어갈 서러운 동물이라고. 그래서 차마 이수를 잡을 수가 없었다. 자신의 운명이 또 이수를 불행하게 만들까 두려워 용기가 나지 않았다.

그런데 해성은 그렇지가 않단다. 해성이 웃으며 말했다.

"넌 행복한 놈이야. 잊지 마."

설후는 눈물을 품고 눈을 감았다. 별이 총총 떠 있는 밤하늘 아래 그림같이 자리 잡고 있는 언덕 위 초록지붕 집이 보인다. 빈센트가 듣고 싶다. 이수가 연주하는 그 행복한 음악을.

이수는 초록지붕 집에 갔다. 그녀의 의지로 찾아가기는 10년 만에 처음이었다. 가은이 1년 동안 아파하다 죽은 뒤 그 집도 죽었다 생각하고 가지 못했었다. 이젠 설후조차 오지 않으니 집이 폐허로 변해갈까 봐 걱정이 되어서였다. 그런데 오랫동안 비었던 집은 신기하게도 먼지 한 톨 없다. 그제야 설후가 이 집을 정기적으로 청소시킨다는 걸 알았다. 그의 손으로 직접 하는 것은 아니지만, 그의 의지는 담겨 있었다.

깨끗한 집을 보며 깨달았다. 설후에게 이 집은 어머니라는 걸.

죽어가는 어머니를 외면했으면서도 어머니가 죽어서도 오랫동안 잊지 못하는 설후의 모순이 이수를 슬프게 했다. 그는 처음 볼 때부터 그랬다. 남들과 달리 아무도 몰래 어머니를 만나러 오곤 했었다. 그리고 해가 지고 달이 뜨며 처연한 모습으로 돌아가야만 했다.

슬픈 동물.

영혼까지 스며 있던 그 슬픔이 그를 사랑하게 만들었지만, 결국 그녀를 힘들게 만들어 버리기도 했었다.

이수는 가은이 했던 것처럼 다듬어지지 않은 정원에 주저앉아 정성껏 잡초를 뽑아내었다. 여름의 강렬한 태양이 그녀의 위로 쏟아져 내렸지만, 이수는 땀을 흘리며 계속해서 나쁜 풀을 뽑았다. 땀과 함께 눈물이 초록 위로 떨어졌다.

정원 청소를 끝내고 나니 어두워져 버렸다. 하지만 이수는 집으로 돌아가지 않고 거실로 들어가 피아노 앞에 섰다. 언제나 설후에게 빈센트를 연주해 주었던 피아노 건반을 꾹 눌러보았다. 이미 음이 죽어버렸을 거라 여겼던 피아노는 조율이 되어 있었다. 이 집에서 죽은 건 아무것도 없었다. 단지 가은만 없을 뿐이었다.

이수는 피아노에 앉아 쇼팽의 즉흥환상곡을 쳤다. 너무 어려워서 예전엔 감히 엄두도 못 내었던 곡인데, 한 번 쳐보고 싶었다. 정신없이 피아노에 빠져 모든 걸 다 잊고 싶었다. 쇼팽은 삶의 마지막을 함께하고 싶은 여인이 있었다고 한다. 여인의 이름은 조르쥬 상드, 상드가 쇼팽에게 말했단다. 만일 당신이 죽는다면 제 팔 안에서예요, 라고. 그래서 쇼팽은 죽는 그 순간까지 상드를 기다렸지만 상드는 끝까지 오지 않았다고 한다.

정말 슬픈 일이다. 죽는 순간까지 그리 허망한 사랑이라니. 이수는 그런 건 싫었다. 삶은 함께할 수 없다고 해도, 죽는 순간만은 설후와 함께하고 싶었다. 쇼팽이 원한 것처럼 그녀는 설후의 팔 안에서 죽고 싶었다.

"이수야."

자신을 부르는 목소리에 띵, 음이 높아져 버렸다. 이수는 잠시 새하얀 건반을 내려다보다 천천히 고개를 돌렸다. 거짓말인 것처럼. 오래전 그녀와 가은을 만나러 이 집을 찾아왔던 그때처럼 설후가 문 앞에 서 있었다. 그때보다는 좀 더 성숙한 모습으로, 그때보다는 좀 더 지친 모습으로.

설후는 피아노 앞에 앉아 있는 이수를 보며 소리없이 가냘프게 웃었다.

"내 첫 환자가 아기를 낳았어."

설후의 말을 이수는 조용히 듣고만 있었다.

"딸인데 굉장히 귀여워."

설후는 집 안으로 들어오지도 않고 내내 문턱 바로 밖에 서 있었다. 달빛에 감싸인 설후의 얼굴은 환상 속에 존재하는 사람인 것처럼 아름답고 멀었다.

"환자가 부탁을 해서 아기 이름을 내내 생각했었는데 결국 생
각해 내지 못했어. 그래서 아기 아빠가 아기 이름을 그냥 아기
엄마 이름으로 하겠데. 영아라고. 평생 자기 엄마 잊지 말라고."

물기가 차오르는 설후의 눈을 보며 이수도 울고만 싶어졌다.
설후는 한 손으로 자신의 얼굴을 가렸다.

"이수야, 난…… 난 말이지."

영아의 아기는 건강하게 태어났다. 하지만 영아는 살아남지
못했다.

영아의 피가 바다처럼 흐르는 곳에서 설후는 영아를 살려야
된다고 악을 썼었고, 산부인과 의사는 산모는 가망이 없으니 제
왕절개를 해서 아기만이라도 살려야 한다고 고함을 질렀었다.
그 고통의 현장에서 아기는, 아기만은 살아남았다.

세상에 영원한 행복은 존재하지 않는 것만 같아 설후는 고통
스러웠다. 그런데도 이수가 보고 싶었다. 보지 않으면 살 수가
없어서 그래서 왔는데, 이렇게 이수를 만나러 왔는데…….

"널 사랑해."

설후는 슬픈 동물의 울음소리로 사랑을 고백했다. 그녀를 만
난 지 16년이 지나서야.

"그래서 겁이 나."

맴맴맴. 여름 내 잠만 자던 매미들이 마지막 발악을 하듯 갑
자기 비명을 질러댄다. 이수는 차오르는 감정에 눌려 무거워진
몸을 천천히 일으켰다. 그리고 설후에게 다가갔다. 자신을 사랑

한다는 남자의 앞에 섰다. 그의 시선은 그녀를 비껴간다. 이 순간조차 도망가려는 듯. 하지만 이수는 더 이상 설후를 놓아줄 수가 없었다. 그가 없으면 사랑도 없었다. 겁이 난다는 그가 또 도망치지 못하게 자신의 두 팔로 설후를 끌어안았다.

"안아줘요."

거친 숨소리에 섞인 유약한 유혹에 달도 귀 기울인다. 설후는 눈물이 끓어오르고 몸이 뜨거워졌다. 제발, 설후는 유약하게 거절한다. 이수가 그의 목을 옭아매며 강하게 애원했다.

그냥 내 옆에 있어요.

이수는 까치발을 세우고 설후의 입술을 찾아갔다. 하지만 안타까운 거리를 남기고 닿지 않았다. 뜨거운 숨결만 그의 입술에 닿았다.

제발.

시선이 얽혔다. 그 길고 긴 고통을 겪고도 아직도 사랑뿐인 눈빛들은 청춘의 열망을 품고 불꽃이 되었다. 설후의 고개가 내려와 그녀의 얼굴 위로 그림자를 만들었다. 입술이 닿기 전에 그의 숨결과 머리카락과 체취가 먼저 와서 닿았다.

그리운 체취와 온기에 눈물이 났다.

설후와 키스하며 하늘을 날아다니던 라일락 꽃잎을 생각했다. 그 꽃잎은 분명 다시 하늘로 날아서 원하는 곳으로 갔을 것이라 믿고 싶다.

설후의 팔이 그녀를 안아 들었다. 서른한 해 동안 이수가 발

딛고 있던 세상은 순식간에 멀어졌다. 이대로 아픔 쌓인 세상을 벗어나 둘만의 세계로 떠나려는 듯 설후는 그녀를 안고 걸어갔다.

나비 춤추고, 봄꽃 자유롭고, 달이 웃는 그런 세상으로…….

등 뒤에 닿는 시트의 느낌이 부드러웠다. 이수는 자신의 위에 있는 설후의 얼굴만 바라보았다. 달빛을 등진 그의 얼굴은 세상 사람이 아닌 듯 비현실적으로 보였다. 이게 꿈인가 순간순간 두려움이 밀려왔다. 자신이 너무 설후를 원해서 현실 같은 꿈을 꾸고 있는지도 몰랐다. 하지만 그녀의 몸에 닿은 그의 손길은 분명 따스했다. 물결치는 이수의 머릿결을 조심스럽게 쓸던 설후는 다시 입술을 겹쳐 왔다. 이번엔 입술의 무게에 그의 무게가 더해졌다. 그 뻐근한 만족감에 이수는 낮게 신음을 흘렸다.

설후의 손이 올라와 섬세하게 그녀의 카디건을 벗겨내었다. 부드러운 천이 쓸리며 벗겨지는 소리에 이수의 숨결이 더 흔들렸다. 처음에 대한 두려움은 있었지만 거부감은 없었다. 이 사람뿐이라는 걸 알기에 그에게 모든 걸 내주는 데 망설임이 없었다. 이 밤에 화려하게 피어올랐다 사라져 버리는 불꽃같은 거라도 상관없다 생각했다.

이수는 흐트러지는 숨결을 잡으려는 듯 두 팔을 뻗어 설후의 목을 휘감았다. 뜨거운 설후의 손이 옷 안으로 들어와 한 겹의 속옷 아래 있는 그녀의 가슴을 가득 품었다. 그의 손길에 꽃을 피우듯 소담한 젖가슴의 정점이 활짝 일어났다. 설후는 여린 브래지어까지 밀쳐 내고 부드러운 여인의 가슴을 손안에 담았다. 살결과 살결이 섞이는 아찔한 감각이 하얗게 부서져 내렸다.

옷깃 스치는 소리가, 살결 쓰다듬는 소리가 팽창하여 두 사람의 공간을 가득 채웠다.

키스의 밀도가 깊어지며 설후의 손길도 깊어졌다. 부드럽게 부풀어 있는 가슴을 감싸 쥐는 설후의 손길이 참을 수 없어 이수는 열기를 품은 숨결을 토해냈다. 설후의 입술이 달아오른 그녀의 피부를 타고 흘러 어느새 깊게 패인 쇄골에 묻혀 있었다. 이수는 점점 차오르는 낯선 뜨거움을 견딜 수 없어 고개를 꺾었다. 여리게 드러난 목에 설후는 깊게 낙인을 찍었다. 피어난 붉은 꽃은 잔인할 만큼 만족스러웠다.

설후의 입술이 점점 아래로 내려와 계곡에 이르렀다. 설후는 잠시 그녀의 왼쪽 가슴에 얼굴을 가져다 댔다. 쿵쿵. 설후가 자신의 심장 소리를 듣고 있다는 생각에 이수의 심장박동이 더 빨라져 버렸다. 건강한 그녀의 심장 소리에 그가 안도하는 듯했다. 따스한 그의 숨결이 가슴 위에서 터지자 동그란 가슴이 더 크게 오르락거리며 떨고 있었다.

설후는 두 손으로 가슴을 모으고 그 위에 입을 맞추었다. 뜨거운 숨결이 가득한 그의 입 안으로 그녀의 가슴이 밀려들어 갔다. 가슴의 가장 예민한 곳에 혀의 끝이 닿자 전율은 등줄기를 타고 강렬하게 흘렀다. 설후의 입술과 손길 아래서 이수는 점점 자신이 아니게 되었다. 거친 호흡 소리가 낯설었다. 뜨거워지는 몸이 생경하다. 감각만이 그녀를 지배했다.

아득히 꽃 피어나는 소리, 나비 날갯짓하는 소리가 환각처럼 들려왔다.

설후의 몸에서 옷이 벗겨져 땅 아래로 떨어져 내렸다. 드러난 상체가 경이롭다. 자신이 설후와 함께 가야 할 길의 끝을 본 듯한 느낌이었다.

무엇이든, 당신이 주는 거라면.

다시 다가온 그는 숨기는 것 없이 온몸을 겹쳐 왔다. 마주한 살결이 눈물나게 부드럽다. 이수는 그의 벗은 어깨에 입술을 가져갔다. 그의 품이 이리도 뜨거울 것이라고 상상도 못했다. 그의 삶처럼 조금은 차가울지도 모른다 생각했었다. 그래서 자신이 덥게 해주어야 한다 여겼었는데. 하지만 설후의 품은 그녀보다 더 뜨겁고 농밀했다.

습한 설후의 눈과 마주쳤다. 거친 헐떡임이 부끄러워 이수는 여리게 시선을 떨어뜨렸다. 자잘한 키스가 이어졌다. 떨고 있는 그녀를 달래듯이 입을 맞추어주었다. 하지만 달래주는 설후의 입술도 떨리고 있었다.

그의 손은 벨벳처럼 감겨오는 살결을 쓰다듬고, 주무르고, 느꼈다. 이수는 그의 손길 아래에서 다시 새로운 모양을 가지는 듯했다. 그전보다 더 아름답고 성숙한 모습으로. 잘록한 허리 곡선에서 배회하던 그의 손이 인력에 이끌리듯 아래로 흘러 내려가

더니 그녀의 허벅지를 만졌다. 예민한 살결에 오소소 감각이 일어섰다. 다리가 좀 더 벌어지고, 그의 몸이 좀 더 밀착해 오고, 허리가 부드럽게 휘며, 키스의 숨결이 뜨거워지고, 그리고…….

그가 밀려들어 왔다. 11년이란 시간의 단단한 막을 부수고, 그녀를 온전히 차지하기 위해, 세상을 반으로 가르며 그가 그녀의 안으로 들어왔다.

그 엄청난 고통이 때묻고 먼지 쌓인 과거의 고통을 밀어내고 새로 그녀의 가슴에 자리 잡았다. 그래서 그녀는 그가 주는 아픔에도 환희를 떠올릴 수가 있었다.

순식간에 자신을 채운 그의 뜨거움에 이수는 길게 숨을 토해냈다. 새하얀 현기증이 몰려오며 세상이 지워졌다. 그의 움직임은 안달난 듯 느렸지만, 서서히 폭풍을 몰고 왔다. 이수는 손을 들어 끝없이 움직이는 그의 등줄기를 껴안았다. 아름다운 율동을 손으로 느꼈다.

그가 밀려들어 올 때마다 신음을 토해냈고, 그가 빠져나갈 때마다 울음소리를 흘렸다.

흔들리는 그녀의 가슴에 그의 입술이 와서 닿았다. 그녀의 안을 묵직하게 채운 그를 느끼고도 불안해 두 팔과 다리로 그를 옭아매었다. 그가 그녀를 가지고 싶은 거라면, 그녀는 그를 놓치고 싶지 않았다.

별들이 한꺼번에 땅으로 떨어지고, 태양과 달이 충돌하고, 그는 그녀의 안에서 산산이 부서졌다. 폭풍의 끝자락에 기적 같은 고요가 오고 두 사람의 시선이 마주했다.

문득 궁금해졌다. 아담이 이브를 안은 건 욕정이었을까? 사랑이었을까?

문득 궁금해졌다. 자신이 피아노를 원하지 않았다면 설후도 만날 수 없었던 걸까?

문득 궁금해졌다. 모든 것에 끝이 있듯, 이 사랑에도 끝이 있는 것인지.

답은 말이 아니라 그의 무게였다. 그녀를 누르고 있는 지금 그의 무게만큼 이수는 안도하였다. 달리고 달려 첫사랑의 끝에 겨우 도달한 느낌은 또 다른 시작이었다.

아름다운 그대, 날 납치해 달로 떠나주세요. 이별이 없는 그곳으로.

혼절과도 같은 잠에 빠져 있다가 옷깃처럼 부드러운 것이 스치는 작은 소리에 이수는 힘겹게 눈을 떴다. 아슴아슴 드러나는 주위 풍경이 순간 낯설었지만 옷을 입고 있는 설후를 보고는 모든 게 선명해졌다. 이수는 놀라서 벌떡 일어났다.

"어디 가요?"

그제야 설후는 고개를 돌려 이수를 보다 시트가 흘러내려 그녀의 우윳빛 가슴이 드러난 걸 보고 저도 모르게 시선을 내렸다. 밤에 그가 안았던 몸이었지만, 떨어진 거리에서 보는 여인의 몸은 자신과 달리 탐스러워 부끄럽고 쑥스럽다.

설후는 조심스럽게 몸을 돌리며 와이셔츠를 집어 들었다.

"지금 출발해야 늦지 않게 병원 도착하니까. 더 자. 아직 새벽이야."

자신을 깨우지도 않고 그냥 가버리려 한 설후의 행동이 야속해 이수는 시트를 끌어 올려 몸을 가리며 비틀어 잡았다.

"아침도 안 먹었잖아요."

원망하듯 말하니 설후는 와이셔츠의 단추를 잠그며 괜찮다고 대답했다. 그는 이제 옷을 거의 다 입었다. 머리가 젖어 있는 걸 보니 한참 전에 일어나 샤워까지 한 것 같았다. 설후가 도망갈 준비를 할 동안 아무것도 모르고 자고 있었다는 게 정말 바보스러웠다.

옷을 다 입은 설후가 침대로 다가와 이수의 앞에 조심스럽게 걸터앉았다. 그는 지금 무슨 행동을 해도 조심스럽다. 그래서 더 주위 공기가 위태롭게 변해 금방이라도 무언가 와장창 깨어지는 소리가 나올 거 같았다. 망설이던 설후가 조심스럽게 물었다.

"몸은 괜찮아?"

처음이라 아팠지만, 고통이 마치 그녀의 일부인 것처럼 느껴졌다. 이 아픔마저 없었다면 이수는 자신이 설후에게 안겼다는 걸 믿을 수가 없었을 것이다.

이수의 눈에 눈물이 차오르는 걸 많이 아파서 그런 거라 여긴 설후의 표정에 당황스러움이 떠올랐다. 설후는 아픔을 치료하는 의사지만 그런 아픔을 치료하는 방법은 알지를 못하기에 더 난감했다.

"또 올 거예요?"

당황하고 있던 설후에게 이수가 물었다. 그는 분명 그녀를 사랑한다고 했다. 하지만 그가 다시 올지는 이수는 확신할 수 없었다. 사랑한다면서도 붙잡지 않았던 그였으니까.

"또 올 거죠?"

설후가 대답이 없자 이수가 애원하듯 물었다.

그가 더 이상 오지 않을까 겁이 난다. 그 두려움이 몸의 아픔을 능가하고 있었다. 설령 섹스라는 게 아픔뿐인 행위라고 해도, 그가 주는 아픔을 또 느끼고 싶었다. 그 아픔 속에서 느꼈던 완벽한 일치감을 놓치고 싶지 않았다.

설후의 팔이 뻗어와 이수의 가는 어깨를 끌어안았다. 단단한 뼈와 부드러운 살결이 부딪쳤다. 조심스럽게 안는 설후와 달리 이수는 팔을 뻗어 그의 몸을 으스러지게 껴안았다. 그를 그녀의 안에 품고 영원히 가둬 버리려는 듯이.

"응, 올게."

남자는 수줍고, 여자는 안도했다. 설후가 떠나고 이수는 다시 조용한 수면에 빠졌다. 그들이 행복했던 초록지붕 집 아래에서.

저벅저벅. 말끔한 슈트 차림으로 흉부외과 병동을 빠르게 가로지르는 해성에게 사람들의 설익은 인사가 떨어졌다 멀어졌다. 해성은 사람들을 무시한 채 한 사람만을 찾아 넓은 병동을 헤집고 있었다.

경아를 발견한 건 4인실 병실에서였다. 해성은 탈주한 범죄자를 발견한 간수처럼 드레싱을 하고 있던 경아에게 다가가 손을 낚아채 잡았다. 경아가 흠칫 놀라며 해성을 본다. 핀셋으로 집고 있던 거즈가 떨어져 내리자 옆에 서 있던 인턴이 재빠르게 손을 뻗어 받아내고는 해냈다는 표정을 짓는다.

"네가 감히 날 바람맞히냐?"

해성의 말에 인턴이 어머, 라고 감탄사를 뱉으며 거즈로 놀란 입을 가린다. 하지만 해성의 말은 해성이 주선해 준 소개팅 이야기였다. 오늘 약속을 잡았는데, 약속 시간이 되어도 경아가 안 나온다는 소개팅남의 전화를 받고 이리 잡으러 온 것이었다.

경아는 탐탁지 않은 표정으로 해성을 보았다.

"전 싫다고 분명 말씀드렸습니다."

"그럼 뮤지컬 티켓 날릴래?"

"그거 날리기 싫다고 남자 만나는 것도 좀 우습지 않나요?"

"전혀 안 웃기거든. 인턴 선생! 오늘 오프 누구야?"

갑자기 질문을 받은 인턴은 군대식으로 차렷 자세를 취하고 크게 대답했다.

"네, 박형석 선배입니다."

"당장 전화해서 돌아오라고 그래."

그리 통보만 하고 해성은 경아의 손을 억지로 잡아끌며 걸어갔다. 경아는 안 가겠다고 버텼지만 해성의 힘을 당해낼 수가 없었다. 인턴은 서둘러 쫓아 나와 두 사람의 뒷모습을 길게 쳐다보았다. 정말 생각도 못한 이상한 커플이라고 생각하며.

해성이 경아를 끌고 소개팅 장소로 갔을 때, 소개팅남은 이미 떠나고 보이지가 않았다. 해성은 허탈하게 의자에 주저앉았다.

"네가 벌여놓은 일을 보라고!"

해성의 질책에 경아는 이해할 수 없다는 표정을 지었다. 그녀는 아무것도 하지 않았기에.

"제가 뭘 벌여놓았는데요?"

"아무 일도 일어나지 않게 했잖아! 네 인생의 하루를 그냥 똑같이 흘려보내게 했어. 넌 그게 얼마나 허무한 일인지 진짜 자각을 못하는 거야?"

"그런가요?"

"그래, 어제가 오늘이고, 오늘이 어제야. 도통 내일은 안 오고 있잖아!"

해성이 그렇게 말하니 정말 그런 거 같기도 했다. 죽어라 열심히 살아왔다고 생각했는데 엄청나게 게으름을 피운 착잡한 기분이 든다. 경아는 우울한 표정으로 비어 있는 탁자를 바라보았다. 짜증을 가라앉히며 창밖을 보고 있던 해성이 자리에서 일어났다.

"가자."

"병원에요?"

"아니, 뮤지컬 보러. 티켓 있지?"

놀란 눈으로 바라보는 경아를 해성이 겁이 날 정도로 똑바로 바라보며 말했다.

"아무 일도 일어나지 않으면 억지로라도 일어나게 만들어. 그럼 결국 무언가는 변하게 되어 있다고!"

경아는 감정이라는 것에 둔감했다. 항상 사람이 아니라 책과 함께 살아왔다. 살아 있는 말이 아니라 활자로 소통을 해왔다. 그런데 그 순간부터 서서히 감정이라는 존재가 깨어나는 기분이었다. 그건 누군가에게 반하고, 누군가를 질투하고, 누군가를 원하는 것보다 더 숭고한 덩어리처럼 느껴졌다. 새가 알을 깨고 처음으로 세상을 마주하는 순간 느끼는 그 빛 덩어리와 같을까.

실컷 울고, 실컷 화내고, 실컷 웃고, 실컷 터뜨려 버리고 싶은 기분이었다.

그래서 경아는 해성과 함께 뮤지컬을 보러갔다. 원래는 설후의 기분을 풀어주고 싶어 산 티켓을 자신을 위해 사용했다.

공연장으로 가는 길에 해성의 전화가 몇 번이나 울렸지만, 해성은 받지 않았다. 그리고 그날 뮤지컬은 기대 이상으로 재미있었다. 경아는 바람대로 실컷 웃을 수 있었다. 무대를 가득 메우던 그 생생한 생명력을 경아는 얼마 동안 잊지 못했다.

기다림의 고통은 첫 섹스의 고통과 비슷했다. 분명 아픔이지만 그 아픔 속에는 쾌락도 내재되어 있었다. 그래서 섹스의 아픔이 모두 사라져 버린 후 이수는 그 고통을 즐기며 설후를 기다렸다.

전화를 할 수도 있었다. 자기 없이 뭐 하며 지내냐고, 언제 오냐고. 하지만 일부러 하지 않고 기다렸다. 초록지붕 집에 환하게 불이 켜지면 그게 설후가 왔다는 등댓불일 테니, 그때 달려갈 것이었다.

반 아이들은 이제 곧 수능이라 정신이 없는데 담임 선생님이라는 사람이 이렇게 다른 데 정신이 팔려 있어서 전혀 도움이 되지 않고 있었다. 강은은 결국 수능을 보기로 했다. 졸업은 하지 않아도 좋으니 우선 들어만 가라는 이수의 말이 먹힌 것인지, 호수가 끈질기게 강은을 설득한 게 통한 것인지는 알 수 없었다. 전문대에 가기로 했다. 옷 파는 걸 보고 의상 디자인 쪽으로 가서 옷을 만들어보는 게 어떻겠냐는 이수의 말에 강은이 처음으로 관심이 있는 표정을 지어 보였다. 하지만 말투는 여전히 부정적이었다.

"저 같은 게 그런 걸 배운다고 되겠어요?"

"그거야 해보지 않으면 모르지. 선생님도 다시 피아노 배우잖니."

신기하게도 그런 설득이 먹혀들었다. 피아노를 다시 배우길 잘했다는 생각이 들었다.

학교가 끝나고 집에 와서 샤워를 하는데 설후가 그녀의 몸에 남겼던 키스마크가 어느새 모두 사라져 있었다. 순결한 처녀처럼 깨끗해진 몸을 이수는 서럽다는 눈으로 바라보았다.

초록지붕 집에 불이 켜진 건 고통 속에서 더 이상 쾌락을 느낄 수 없게 되었을 때였다. 불빛은 정말 별빛이었다. 고흐가 밤하늘의 별을 보고 받았을 감동을 이수는 설후가 켜놓은 불빛에서 받았다.

모두 잠든 집을 몰래 빠져나오는 일은 도둑처럼 조심스러웠다. 하지만 아무도 없는 어두운 언덕길을 달리는 일은 봄처녀처럼 팔랑거렸다. 긴 머리카락이 바람을 일으키며 나부꼈다. 원피스 자락이 바람을 품고 부풀어올랐다. 걸치고 있던 카디건이 흘러내려 허리에 걸렸지만 멈추어 서지 않았다. 숨이 가빠왔다. 하지만 멈출 수가 없었다. 남은 밤이 너무 짧았으니까. 새벽 해가 뜨기도 전에 그는 또 떠날 테니까.

언덕 위를 달리는 이수의 모습이 아름다운 풍경이 되었다.

이수는 경쾌한 소리를 내는 자갈을 밟고 달려갔다. 이수의 발소리를 들은 건지 설후가 문을 열고 나왔다. 문 앞에 그림처럼 서 있는 설후의 품에 뛰어들었다. 이수를 안은 설후는 문을 닫았다.

포옹을 했다. 사랑이 부서질 정도로.

키스를 했다. 밤이 저릿하게 흔들릴 정도로.

설후의 손이 치마 아래로 파고들어 왔다. 도자기처럼 매끈한 다리를 쓰다듬던 손은 단번에 그녀의 원피스를 벗겨내었다. 그녀의 벗은 몸 위로 검은 머리카락이 관능적인 피부가 되어 흐른다. 이수는 자신의 가슴으로 파고드는 설후의 무게에 밀려 크게 고개를 젖혔다.

혀는 부드러웠지만 자극적이었다. 유두는 발기하듯 고개를 들었다. 혼탁한 신음이 추억의 장소를 가득 채워 나갔다.

언제 눕혀진 건지, 이수는 붉은 해바라기가 가득한 넓은 소파 위에 누워 있었다. 그녀를 누르는 묵직한 그의 무게를 느끼며 기분 좋게 눈을 감았다.

설후의 입맞춤은 성지순례를 하듯 끝없이 이어졌다. 입술, 목덜미, 쇄골, 가슴, 배, 그리고도 멈추지 않고 이어졌다. 설후의 혀가 여린 살을 건드는 순간 이수는 참지 못하고 허리를 튕겼다. 그만이란 말이 절로 튀어나왔지만 손은 더욱 그를 끌어당기고 있었다.

그리고 설후가 그녀의 안으로 깊게 들어왔다. 이수는 설후의 어깨를 껴안으며 터져 나오는 신음을 삼켰다. 꿈인 듯 아득한 현실. 몸 안에 들어온 그의 존재만이 생생하다.

거대한 그를 힘껏 껴안았다. 더 이상의 기다림은 싫었다.

"잘 봐요."

이수는 시트로 벗은 몸을 가리고 볼펜을 잡았다. 이수의 말로는 좋은 세상으로 떠나는 마술이라고 했다. 단지 갈 수 있는 건 사람이 아니라 볼펜만 가능하다 한다. 설후는 웃으며 이제 좋은 세상으로 떠날 볼펜을 주시하였다.

이수는 천천히 볼펜을 머리 위까지 올리더니 왼손 바닥을 내려쳤다. 한 번, 두 번, 세 번, 네 번, 그리고 다섯 번째에 볼펜은 사라져 있었다.

아! 설후도 놀란 듯 눈을 크게 뜨고, 이수는 의기양양하게 빈 손을 뒤집었다. 설후가 순진한 아이처럼 물었다.

"볼펜 어디 갔어?"

"말했잖아요. 좋은 세상."

"그러니까 그 좋은 세상이 어딘데?"

설후가 볼펜을 찾기 위해 이수가 겨우 걸치고 있던 시트 안으로 고개를 넣자, 그녀는 비명을 지르며 뒤로 넘어갔다. 이수가 쓰러지며 이수의 머리카락에 끼워져 있던 볼펜이 떼구루루 굴러나왔다. 설후의 시선과 이수의 시선이 굴러가는 볼펜을 향했다.

"하하하하하."

설후의 큰 웃음소리가 비눗방울처럼 터져 나왔다. 이수는 너무하다는 듯이 설후의 벗은 어깨를 툭툭 작은 주먹으로 때렸다. 설후는 자신을 때리는 이수의 손을 붙잡아 깍지를 끼고 시트 위에 내리눌렀다. 그리고 고개를 숙여 이수의 입술을 찾아들었다.

감기는 혀는 달콤했다. 그녀의 안으로 파고들어 온 그는 태양 같다.

"이수야."

그가 부르는 그녀의 이름은 눈물겹다.

사랑이 너무 거대해서 그런 것일까. 오랜 기다림이 너무 지독해서 그런 것일까.

자신의 안을 가득 채운 그를 느끼는 이 순간조차 설후가 신기루 같아서 더 애가 탄다.

아침에 일어난 이수는 이번에도 설후가 먼저 일어나 갈 차비를 다 한 걸 보고 아침을 차리겠다고 고집을 부렸다. 설후는 바로 출발하지 않으면 병원에 늦었지만 결국 이수의 고집을 꺾지 못하고 아일랜드 탁자 앞에 앉았다. 아침 특유의 차갑고 새로운 냄새가 집 안에 가득했다.

이수는 가은이 썼던 부엌에 서서 프룻트 볼에 싱싱한 야채로 샐러드를 만들고 커피를 내릴 동안 냉장고에서 달걀을 꺼내 간단하게 에그 스크램블을 만들었다. 설후가 바쁜 사람이라는 걸 알기에 전부 금방 만들 수 있는 것들만 준비했다. 그리고 설후는 아무도 안 쓰는 이 집에 음식 재료가 있다는 걸 그때 처음 알았다.

"음식 네가 사다 놓은 거야?"

나무 주걱으로 계란을 잘게 부수며 이수가 고개를 끄덕였다. 그리고 못된 짓을 하다 들킨 아이 같은 표정을 지으며 설후를 쳐다보았다.

"안 돼요?"

어쩐지 허락을 구하는 이수의 말이 안쓰러워 설후는 의자에서 일어나 이수의 옆으로 걸어갔다.

"내가 도와줄까?"

"아뇨, 다 했어요."

이수가 프라이팬을 들어 접시에 에그 스크램블을 덜어 담았다. 아일랜드 탁자 위에 간단하게 아침 식사가 차려졌다. 금방 내린 따뜻한 커피에서는 고소한 아침의 향이 나고, 살짝 구운 모닝빵에 야채 샐러드, 그리고 에그 스크램블이 부담없이 식욕을 당겼다.

설후는 잘 먹겠다고 말하고 샐러드에 가장 먼저 포크를 뻗었다. 그의 입에서 아삭 소리를 내며 씹히는 야채 소리가 소름 돋을 정도로 상쾌했다.

"집에서도 밥해서 먹어요?"

이수는 먹는 설후의 모습만 보며 물었다. 설후는 고개를 가로저었다.

"아니, 거의 밖에서 먹어."

"지금 어디서 살아요?"

우뚝, 에그 스크램블로 향하던 설후의 포크가 공중에서 멈추었다. 그가 동요하자 이수가 당황해서 변명하듯 말했다.

"그냥 물은 거예요. 쳐들어가거나 그러지 않아."

이수가 움츠러드는 만큼 설후는 그 몇 배로 더 미안했다. 이수의 물음에 갑자기 아버지가 생각나 버려서 놀란 것이었다. 설후에게 집이란 언제나 아버지가 계신 그 외로운 성뿐이었으니까. 아무리 아버지를 미워해도, 집을 오래도록 떠나 있어도 그건 변하지가 않았다. 이수는 분명 그의 아버지에게 안 좋은 감정만 잔뜩 가지고 있을 것이었다. 당연했다. 친아들인 그조차 아버지를 그리 미워했는데 타인인 이수는 결코 장혁을 용서하지 못할 것이었다. 그래서 이수에게 아버지에 대한 건 어떤 것도 꺼내고 싶지 않았다. 아무리 사소한 거라고 해도.

설후는 손을 뻗어 이수의 보드라운 뺨을 손등으로 쓸었다. 불안은 소멸하고 다시 행복해졌다. 처음부터 끝까지 행복하기만 했던 것처럼.

"다음에는 서울에서 같이 식사할래?"

별로 익숙하지 않은 데이트 신청을 먼저 했다. 이수의 표정이 환하게 밝아졌기에 잘한 거라는 생각이 들었다.

"진짜요? 언제요?"

다른 연인들에게는 익숙한 일상인 데이트가 두 사람에게는 16년 만에야 처음이다. 수만 가지 감정이 교차해 간다. 하지만 이젠 슬픔보다는 기쁨이 더 컸다. 해성이 말이 맞는지도 몰랐다. 그는 행복한 놈이 될 수도 있었다.

"음. 일요일 저녁에 만날까?"

잡혀 있는 수술 스케줄을 하나하나 잘라내니 힘겹게 요일 하나가 남았다. 주님도 쉬시는 안식의 날.

식사를 할 동안 이수가 몇 번이나 '일요일'을 반복해서 말해서, 어쩐지 부끄러워져 버렸다.

이수가 배웅하는 집을 나와 서울로 가기 위해 차에 올라탔는데 전화가 걸려왔다. 한국대병원 흉부외과 의사 최근식이었다.

아버지와 친분이 있는 사람이었기에 전화를 받는 설후의 목소리가 절로 딱딱해졌다.

"무슨 일이시죠?"

[음, 전화를 할까 말까 고민했는데, 아무래도 아들인 자네가 꼭 알고 있어야 할 것 같아서 말이야.]

아버지에 관한 이야기일 것 같아 별로 듣고 싶지 않았다. 이젠 남보다도 더 멀어져 버린 존재였다. 설후는 고개를 들어 아직도 집 현관문에 서서 자신을 바라보고 있는 이수를 보았다. 설후의 시선을 느꼈는지 이수가 웃으며 손을 흔들었다.

[이 교수님이 한국대병원 옥상 난간에 서 있는 걸 목격한 사람이 있어. 다행히 발견자가 있어 아무 일도 없었지만, 이 교수님답지 않은 행동이라서 말이야. 자네 아버지 우울증이 심각한 건가? 자살증후군 증상 같은 거 보인 적 있나?]

손을 흔들고 있는 이수를 보는 설후의 두 눈이 천천히 굳어갔다. 이젠 잊을 수 있을 것이라 믿었던 과거의 일이 고스란히 떠올랐다. 어머니와 이수 중 한 명을 선택하라고 그를 몰아치던 아버지의 고함 소리가 선명하게 그의 영혼을 파고들어 왔다.

더 이상 똑같은 악몽을 반복할 수는 없었다. 절대로.

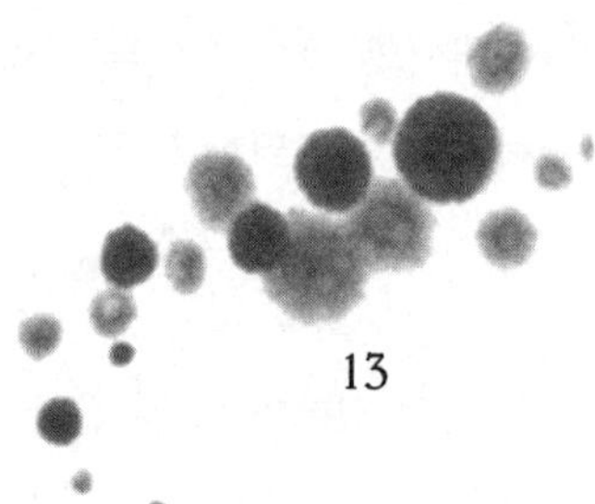

13

설후는 오랜만에 다시 아버지를 찾아갔다. 장혁은 여전히 그 나무 냄새 지독한 서재에서 책을 읽고 있었다. 설후가 이 집을 떠나 있던 동안 내내 그곳에 앉아 있었던 것처럼 표정도 자세도 심지어 책까지 똑같았다.

아버지는 엄청난 기억력을 가지고 있었다. 모든 책은 한 번 읽으면 외워 버리는 카메라 같은 기억력이었다. 그래서 사람들은 그를 천재라고 불렀다. 그리고 사람들은 그런 아버지를 똑같이 따라 하지 못하는 설후를 이상한 눈으로 보았었다. 설후가 아버지의 자식일지는 모르지만 천재는 아니었다. 그래서 아버지처럼 한 번 책을 읽고 다 외울 수는 결코 없었다. 그런데 그런 아버지가 계속 같은 책만 읽고 있다. 바보라도 된 것처럼.

"한국대병원 옥상에는 왜 올라가신 거예요?"

설후의 물음에 장혁은 묵묵부답이었다.

"진짜 죽으려고 하신 거예요?"

설후는 그걸 인정할 수가 없었다. 장혁이 죽고 싶을 만큼 우울해한다는 걸.

"아버지가 왜요? 어머니랑 저한테 통쾌하게 복수도 하셨잖아요!"

장혁이 천천히 고개를 들어 설후를 보았다. 무채색의 시선은 아무런 의지를 담고 있지 않았다. 사람이라면 살아 숨 쉬는 의지라도 보여야 할 것인데, 그것조차 느껴지지 않았다. 장혁이 앉아 있는 책상과 장혁의 다른 점을 찾을 수가 없었다. 도대체 언제부터 장혁의 상태가 이리 심해진 것인가 싶었다. 알 수 있을 리가 없었다. 설후는 장혁을 미워해서 내내 외면하고만 있었으니까. 설후는 상처받은 아들이 아니라 의사로서 냉철한 판단을 내려야 했다. 장혁에게는 정신과 치료가 필요했다.

하지만 아버지는 전설이었다. 천재라는 말이 어울리지, 정신병 환자라는 말은 결코 어울리지 않았다. 사람들의 가벼운 입들이 아버지의 명예를 더럽히는 건 설후도 참을 수 없을 것 같았다. 현재 장혁에게 남아 있는 유일한 건 그의 위대한 역사뿐이었다. 그걸 더럽히고 싶지 않았다.

"아버지."

그의 아버지가 순간 이장혁이 아니라 단지 늙은 노인으로 보였다. 뜨거운 것이 목 안에서 올라왔다.

"저 다시 들어와서 살 거예요."

그를 무서워한 적도 있었고, 죽도록 원망한 적도 있었지만, 오랫동안 버리고 떠나 있기도 했지만, 결국 설후는 아버지에게로 돌아오려 하고 있었다.

서글픈 회귀본능.

아무리 아버지가 미워도 장혁이 스스로 망가지게 둘 수는 없었다. 설후는 그의 아들이었으니까. 지켜야 했다. 망가지고 있는 그의 아버지를.

가을이라서 그런지 로맨스 영화가 많이 나왔다. 하지만 경아가 고른 영화는 스릴러 영화였다. 영화가 끝날 동안 영화 안에서는 사람이 정확히 123명이 죽었다. 불에 타 죽기도 하고, 여자 머리핀에 찔려 죽기도 하고, 땅에 파묻혀 죽기도 하고, 죽는 방법도 다양했다. 영화를 보고 있으니 참 허무했다. 저리 쉽게 죽어버릴 인간을 그리 공을 들여 살리고 있는 직업을 가지고 있다는 게.

해성은 벌써 두 번째로 경아와 영화를 같이 보고 있었다.

매번 영화를 먼저 보자는 것도 경아였고, 영화 표를 사는 것도 경아였으니, 결코 데이트라고 할 수 없는 만남이었다. 해성은 데이트할 때 절대 여자에게 돈을 쓰게 하지 않았다. 그렇다

고 여자와 친구를 하지도 않으니 도대체 이 만남을 뭐라고 정의
내려야 하는지 아직도 헷갈렸다.

해삼과의 나들이?

해성은 조금 남아 있는 콜라를 마저 마시며 한숨을 내쉬었다.
차라리 소개팅을 시켜줄 것이지 왜 해삼 핑계를 대었나 모르겠
다.

"이은주 환자는 너무 철이 없어요. 어떻게 미팅 상대 고르듯
이 무조건 이 교수님한테 수술받는다고 할 수 있나 모르겠어요.
담당의는 분명 최 과장님인데 말이에요."

경아는 영화 이야기 아니면 병원 이야기, 그리고 설후 이야기
뿐이었다. 병원에 새로 들어온 환자가 있는데 설후의 미모에 반
해 설후에게 수술을 받겠다고 고집을 부리고 있었다. 몹쓸 병에
걸려서도 참 발랄한 아가씨라고 해성은 생각했는데, 경아는 그
환자가 못마땅한 것 같았다. 이유는 단 하나다. 그 여자 환자의
레이다망에 들어온 게 설후이기 때문일 것이다. 참 꿋꿋하게 자
기 이미지를 고수하는 아가씨였다. 해성은 대수롭지 않게 대답
했다.

"설후가 수술한다 그러고 수술실 들어가서 최 과장님이 수술
하라 그래. 마취해 있는 환자가 어느 의사가 수술하는지 알게
뭐야."

해성의 말에 경아는 굳은 표정을 지었다.

"어떻게 그런 무책임한 말씀을 하세요. 선생님도 저희 병원

스태프시잖아요."

"그런가? 난 최 선생이 하도 막 대해서 내가 레지던트인 줄 알았지."

심술궂은 해성의 말에 경아는 눈을 가늘게 뜨고 앞을 응시하였다. 영화도 보여주고 콜라랑 팝콘까지 사줬는데 도대체 뭐가 막 대했다는 건지 알 수가 없어서였다.

한 편의 영화가 끝난 영화관 밖은 돌아가는 사람과 영화를 보러 들어오는 사람들로 혼잡했다. 그 혼잡함 속에서도 연인의 어깨에 팔을 두르고 깔깔거리며 걸어가던 남자의 팔이 경아의 어깨를 밀었다. 부딪쳐 온 쪽이 오히려 성을 내며 지나갔고, 경아는 부딪쳐서 아픈 어깨를 손으로 문지르며 예의없는 남자의 등을 못마땅한 눈으로 쳐다보았다. 그리고 다시 앞을 보니 어느새 해성의 모습이 사라져 있었다. 경아는 놀라서 주위를 둘러보았다.

하지만 사람들의 이동이 너무 많아서 한 자리에 계속 서 있을 수조차 없었다. 경아는 사람들에 떠밀려 밖으로 나가며 계속 해성을 찾아 눈을 움직였다.

엘리베이터 앞까지 가서야 사람들을 헤치며 돌아오는 해성을 볼 수 있었다. 그도 경아를 찾고 있었는지 다시 돌아오고 있었다. 해성은 사람들보다 키가 커서 경아 쪽에서는 잘 보였으나 사람들 속에 묻힌 경아를 해성 쪽은 보지 못하고 있었다. 그녀를 찾아 두리번거린다. 열심히 그녀를 찾고 있는 해성의 모습이 알차다는 느낌을 받았다. 묘한 카타르시스를 느꼈다.

해성이 엉뚱한 방향으로 가는 걸 보고야 경아는 해성에게 달려갔다. 손을 뻗어 그의 팔을 잡았다. 해성이 놀라 돌아보자 경아는 씨익 웃었다. 어쩐지 술래잡기의 승자가 된 기분에 웃음이 나왔다.

"제가 먼저 잡았네요."

생글생글 웃는 경아의 얼굴 위로 복잡한 해성의 시선이 떨어졌다.

"왼쪽 게 예뻐? 오른쪽 게 예뻐?"

한 손에 귀걸이 하나씩을 들고 묻는 이수의 질문에 이선은 이제 질린다는 표정을 지었다. 아침부터 내내 이런 식이었다. 원피스 두 개를 가지고 와서는 왼쪽, 오른쪽 묻고, 립스틱 두 개를 들고 와서도 왼쪽, 오른쪽, 이제는 귀걸이다. 분명 다음엔 구두를 들고 와서 왼쪽, 오른쪽 그럴 것이다. 쪽쪽 소리가 아주 신경에 거슬렸다.

"소개팅 나가면서 웬 유난이야! 대충 하고 가!"

어디 가느냐는 이선의 물음에 이수가 소개팅이라고 거짓말을 한 것이었다. 갑자기 데이트 간다고 하면 분명 꼬치꼬치 캐물을 게 뻔하기 때문이었다. 아버지의 수술을 한 설후를 가족들이 모두 알기에 말하기가 부담스러웠다. 이선의 타박에도 굴하지 않고 이수가 다시 물었다.

"왼쪽? 오른쪽?"

이수는 스퀘어 네크라인 저지 원피스에 평소에는 절대 신지 않는 높은 굽의 하이힐을 신었다. 집을 나와서도 화장을 너무 진하게 한 거 같아 신경 쓰여 자꾸 파우치백에서 콤펙트를 꺼내 확인하였다.

택시를 탈 수도 있었지만 버스를 탔다. 설후를 만나러 가는 길을 좀 더 오래 느끼고 싶었다. 정류장에 멈추어 설 때마다 설후에게 조금씩 가까워지고 있다는 즐거움을 만끽하고 싶었다. 어릴 때 그랬던 것처럼.

문득 내다본 창밖 하늘의 파란색이 너무 예뻐서 더 기분이 좋아졌다.

달콤한 일요일이었다.

약속 장소인 인사동에 도착하고 보니 아직 시간이 30분이나 남아 있었다. 이수는 근처 전통찻집으로 들어갔다. 차 한 잔을 마시다 보면 설후가 올 것 같았다. 전통찻집이라서 창호지가 발라지지 않은 장지문으로 칸막이를 해놓고 있었다. 여기저기 걸려 있는 전통 탈들이 찻집에 거주하는 제3의 손님들 같았다.

느리게 나오는 차를 기다리며 창밖의 인사동 거리를 구경하고 있었다. 예스러운 담장 위로 붉게 물든 단풍이 정취 있다. 사람들의 목소리보다 거리의 숨소리가 더 크게 들리는 듯했다. 인사동 시인들이 인사동의 시계는 느리게 간다고 말을 한다던데, 정말 그런 것 같았다. 이곳만 서울 도시와 다른 시간으로 흘러

가는 듯 보였다. 그래서 사람들도 모두 느긋해 보였다.

주문했던 국화차가 나왔는데, 차와 함께 구운 떡도 같이 나왔다. 노릇하게 구워진 떡이 맛깔스럽다. 차와 떡을 장식하고 있는 노란 국화가 청초해 보였다. 그리고 찻잔까지 여기서 구워 만든 것처럼 투박하지만 정감있었다. 손을 가져가 보니 기분 좋을 정도로 뜨거웠다. 국화차를 한 모금 마시면서 설후는 어디까지 왔을까 궁금했다. 두 모금째를 마실 때에는 설후가 오늘 무슨 옷을 입고 올까 궁금했다. 떡을 조금 잘라 입에 넣을 때에는 그도 지금 그녀 생각을 하고 있을지 궁금했다.

약속 시간이 정확히 되었을 때 이수의 휴대전화가 울렸다. 설후였다.

[미안! 이제야 막 병원에서 출발하고 있어. 갑자기 수술한 환자 상태가 안 좋아져서.]

"네? 그럼 어떡해요!"

하필 이런 날 아픈 환자가 원망스럽다. 그게 이기적인 마음인 줄은 알지만 원망이 드는 걸 막을 수가 없었다.

[이제 괜찮아지셨어. 금방 갈게.]

병원에서 인사동까지 오려면 1시간은 걸릴 것이었다. 1시간이나 설후를 기다리기는 싫었다.

"그럼 중간에서 만날까요?"

[중간?]

"음, 병원이랑 인사동 중간 지점이 어디예요?"

[그게, 서울역 정도 되나?]

"그럼 서울역에서 봐요."

결국 갑자기 약속 장소가 변경되어 버렸다. 이수는 서둘러 찻집을 나와 다시 지하철을 타고 서울역으로 향했다. 서울역은 인사동처럼 볼 게 많은 곳도 아니었지만, 그곳에 설후가 있다는 것만으로 충분히 낭만적인 장소가 되었다. 이수가 지하철역에서 나왔을 때 먼저 도착한 설후가 주위 사람들의 시선을 한 몸에 받으며 지하철역 입구에서 이수를 기다리고 있었다.

이수는 서둘러 설후에게 달려갔다. 어떤 눈먼 여자가 설후를 욕심내 말을 걸어오기 전에.

"여긴 아무것도 없는데. 다른 데로 갈까?"

이수의 시선이 서울역으로 향했다. 설후도 이수의 시선을 따라 서울역을 보았다. 서울로 들어오고, 서울을 나가는 열차가 지금도 열심히 달리고 있을 것이었다.

"우리 기차 탈래요?"

"가고 싶은 곳 있어?"

"네, 멀리 가고 싶어."

설후와 함께 멀리멀리 가고 싶다. 그들을 아프게 갈라놓았던 서울과 인천이 없는 곳으로.

결국 이수의 즉흥적인 결정으로 두 사람은 기차를 탔다. 아주 멀리 가고 싶다는 이수의 말에 설후는 부산행 열차표를 끊었다. 하지만 내일 둘 다 출근을 해야 하기 때문에 부산 땅을 밟자마자 다시 돌아와야 할 것이었다. 열차 안에서 자야 할지도 몰랐다. 이수는 외박을 했다고 부모님께 야단을 맞을지도 몰랐다. 그래도 좋은지 이수는 열차가 달리는 내내 웃기만 했다. 그래서 설후도 기분이 좋았다.

"나중에는 진짜 여행 계획 짜서 같이 여행 가요."

"그래."

옛날과 달리 이수의 말에 순순히 응해주는 설후가 너무 예뻐 보였다.

이수가 다가와 설후의 입술에 입을 맞추었다. 달리는 길 위에서 맞닿은 입술은 더 자유로웠다. 사람들의 시선도 신경 쓰지 않으며 달콤한 키스를 했다. 입술을 떼며 이수가 가늘게 말했다.

"너무 행복해서 불안할 정도예요."

그런 이수에게 앞으로는 힘들게 할 일 없을 것이라고 말해주고 싶었다. 하지만 입이 쉽게 떨어지지 않는다. 어두운 서재에 갇혀 읽지도 않는 책을 펼쳐 들고 동상처럼 앉아 있을 아버지가 떨쳐지지가 않아서.

이수는 그의 아버지를 용서할 수 있을까.

말을 꺼내면 이수가 또 자신을 떠날까 겁이 나 차마 물을 수도 없었다.

해성은 자유로운 30대의 싱글 남성답게 혼자 살고 있었다.

고등학교 1학년 때 연상인 여대생을 사귄 걸 시작으로 많은 여자와 연애를 했지만 자신의 집에 데리고 온 적은 한 번도 없었다. 그건 그의 룰이었고, 그런 룰을 깨버리고 싶을 만큼 빠졌던 여자가 없었다.

여자들을 좋아하기는 하지만 깊게 빠질 수는 없었다. 그래서 길게 지속되는 관계는 없었다. 해성은 선천적으로 혼자인 걸 싫어해서 여자와 이별을 해도 곧 새로운 여자를 찾곤 했다. 그래서 사람들은 그를 바람둥이라고 했다.

하지만 살면서 그가 먼저 여자를 차본 적은 없었다. 언제나 차이는 입장이었다. 물론 그녀들이 자신을 차게 할 빌미를 그가 제공하는 것이기는 하지만, 어쨌든 항상 차이기만 하는 자신이 과연 바람둥이라는 영광스런 이름을 가질 자격이 있는 건지 해성은 의심스럽다.

해성은 지금 인터넷으로 영화 사이트에 접속해 있었다. 재미있는 코미디 영화가 개봉을 하였다. 아마도 경아가 보면 재미있어할 거 같았다. 영화 표를 사서 같이 보러 가자고 하면 경아는 분명 갈 것이다. 해성은 예매 버튼 위에서 망설이고 있었다.

사실 다른 남자를 좋아하는 여자한테 데이트 신청 해본 적은 한 번도 없었다. 물론 설후가 경아를 좋아할 일은 결코 없을 테니까 두 사람이 이루어질 가망성은 거의 제로에 가깝지만 어쩐지 친구의 여자를 건드리는 것 같은 찝찝한 기분이다. 해성에게 여자와 친구는 둘 다 소중했다. 친구가 좋아하는 여자이든, 친구를 좋아하는 여자이든 둘 다 그에게는 결코 여자가 될 수 없었는데 이번엔 어쩌다 이렇게 되었나 싶다.

해삼이었는데 말이다.

도대체 언제부터 관심이 생긴 건지 짐작도 될 수 없을 만큼 미미하다. 문득 자신이 경아에게 널 보고 여자를 느꼈어, 라고 말을 하면 그녀가 어떤 표정을 지을지 궁금했다. 분명 해삼 같은 표정으로 '그러세요?' 라고 심드렁하게 대꾸할 것이다. 해성의 얼굴이 찌푸려졌다.

전혀 매력도 없는데.

그래도 웃는 모습은 예뻤다.

해성은 저도 모르게 웃는다. 싱싱한 설렘, 그래서 항상 사람을 좋아하게 되는 시작을 좋아했다. 모든 게 새롭다. 새로 태어난 듯.

하지만 걔는 설후 좋아하는데.

해성의 얼굴에서 웃음이 걷힌다. 해성은 마우스를 던져 버리고 전화를 집어 들었다. 전화벨이 가는 동안 거울을 보았다. 거울에 비친 남자의 모습은 깔끔하며 잘생겼다. 해성은 자신이 매력있는 남자라는 걸 잘 알았다. 그러니 원하는 여자는 항상 얻었던 것이다.

경아는 전화를 받지 않았다. 어쩐지 기운이 빠졌다. 버림받은 강아지가 된 기분이다.

딩동딩동.

초인종이 울려서 해성은 연결되지 않은 전화를 내려놓고 현관으로 걸어갔다. 인터폰을 보니 문밖에 설후가 서 있었다.

두 번째.

설후가 그의 집으로 찾아온 게 이번이 두 번째였다. 첫 번째는 울고 있는 이수의 손을 붙잡고였다. 오늘은 혼자였다. 그래서 더 불안하였다. 해성은 서둘러 문을 열었다. 그의 기품있고 아름다운 친구는 물고기처럼 소리도 없이 방 안으로 들어왔다. 그가 집 안에 들어서자 겨울이 밀려들어 온 듯 차가운 기운이 퍼졌다.

"어쩐 일이야?"

설후는 쉽게 입을 열지 못하고 해성을 쳐다만 보았다. 비가 내리지 않았는데도 마치 비를 흠뻑 맞은 것 같은 느낌이었다. 눈빛이 젖어 있었다.

"앉아, 차 줄게."

라고 말하고 설후의 눈을 피하며 해성은 원룸에 마련된 키친으로 걸어갔다. 종이 필터를 깔고 갈아져 있는 원두를 스푼으로 떠서 필터 위에 넣으며 힐끗 설후를 보니 천천히 소파로 걸어가고 있다. 설후 그 자체가 겨울인 것만 같다.

"나 혼자서는 도저히 결론이 나지 않아서……."

뜨거운 커피가 그의 앞에 놓여져서야 설후는 이야기를 시작했다. 목소리는 건조하고 눈은 습기 찼다. 그리고 그의 마음은 어떤지 보이지가 않는다.

해성은 조금씩 커피를 마시며 설후가 마음을 털어놓길 기다
렸다. 잠시 경계심을 풀지 않고 머뭇거리던 설후가 뜨거운 커피
를 한 모금 마시더니 다시 입을 열었다.

"나 이수 다시 만나."

"뭐? 진짜야? 잘됐네. 네 표정이 하도 암울해서 난 또 우울한
이야기인가 했지!"

해성은 진심으로 기쁜 표정을 지었다. 하지만 설후의 표정은
여전히 겨울이다. 해성의 웃음이 천천히 거두어졌다.

"뭐야? 뒤에 우울한 이야기가 남아 있는 거냐?"

설후는 두 손을 모아 그곳에 얼굴을 묻었다.

"아버지랑 이수 사이가 안 좋아."

해성은 그 안 좋다는 사이가 어느 정도인지 쉽게 짐작할 수
없었다. 설후가 우울한 정도를 보니 꼭 원수지간이라는 것 같았
다. 그 순해 보이던 여자가 어찌 설후의 아버지와 철천지원수가
된 건지 궁금했다.

"하지만 이번엔 둘 중 하나를 선택할 수가 없어."

예전엔 선택했다는 말 같다. 도대체 이수가 무엇과 함께 선택
사항에 놓였을까 싶었다. 설후가 괴로워하는 것을 보니 꽤 심각
한 선택이었던 듯하다.

"그럼 어쩔 수 없이 두 사람을 만나게 해야겠네."

설후는 암울한 목소리로 말했다.

"그럼 이수가 날 버릴지도 몰라."

"그건 결국 사랑하지 않았다는 거야. 널 사랑한다면 이수 씨
는 결국 네 아버지 견뎌낼 거야."

설후는 실낱같은 희망을 담은 눈으로 해성을 보았다. 해성은
아무것도 몰랐다. 아버지가 이수와 자신에게 얼마나 끔찍한 복
수를 했는지. 그래도 해성의 말을 믿고 싶다.

이수가 그를 사랑한다면 아버지를 용서해 줄 거라고.

인천으로 내려온 설후는 꽃집을 발견하고 차를 멈추었다. 예
전에 이수가 서울에 설후를 만나러 올 때면 항상 장미꽃을 사
왔었다. 갑자기 꽃을 사가고 싶어졌다. 꽃을 보며 웃는 이수의
모습이 보고 싶어졌다. 차에서 내린 설후는 작은 꽃집 앞으로
걸어갔다. 겨울이라서 그리 많은 꽃은 보이지가 않았다. 다행히
이수가 좋아하는 장미는 있었다. 가게 안으로 들어서자 주인인
듯한 남자가 꽃바구니를 만들다 고개를 돌려 인사한다.

"어서 오세요."

무심결에 남자의 얼굴을 보던 설후는 놀라서 눈을 크게 떴다.
병원 엘리베이터 앞에서 이수와 나란히 서 있던 남자였다. 까맣
게 잊고 있다가 불꽃처럼 생각이 나버렸다. 그 순간은 이수와
어떤 관계의 남자인지 고통스럽게 궁금해했었는데. 내내 잊고
있었다.

설후의 시선을 느끼고 남자가 선하게 웃는다. 그래서 설후도 같
이 웃어주었다. 지금은 괜찮았다. 이수가 그의 곁에 있었으니까.

장미꽃을 달라고 했다. 얼마나 드릴까요, 라고 묻는 남자에게
설후는 전부라고 말했다. 전부라는 말에 남자가 놀란다. 예전에
이수 어머니가 놀라시던 것처럼.

"아!"

설후가 들고 온 꽃다발을 보고 이수는 말을 잇지 못할 정도로
감격한 표정을 지었다. 아롱아롱 눈가에 맺히는 눈물이 기뻐서
흘리는 눈물이라는 걸 알 수가 있어서 설후는 처음으로 이수의
눈물을 보고 안도했다. 이수는 조심스럽게 손을 뻗어 장미 꽃잎
을 만져 본다.

"너무 예뻐요. 정말 예뻐."

순수하게 기뻐해 주는 지금의 이수는 꼭 소녀 시절의 이수 같
다. 설후가 쳐다만 보아도 순수하게 행복해했던 그 소녀. 설후
는 손가락을 이수의 턱에 대고 들어 올린 뒤 소녀의 향기에 입
맞추었다. 뺨에 닿은 설후의 입술을 느끼고 이수의 입술이 벌어
졌다. 키스를 바라며.

하지만 설후는 키스 대신 고백을 한다.

"사랑해."

처음보다 더 단단해진 설후의 고백에 이수의 얼굴에 미소가
아름답게 걸렸다.

그녀를 안았다.

그가 그녀의 안으로 들어가는 순간 이수의 얼굴이 일그러졌
다. 그런 고통까지 안타깝다. 움직임을 멈추고 흐느낌을 흘려내

는 이수의 입술에 키스했다. 말랑거리는 입술을 빨아들이고 혀를 집어넣어 젖은 살을 달랬다.

살에 박혀만 있는 그의 존재를 참을 수 없다는 듯 이수가 몸을 비틀었다. 꽃보다 아름다운 가슴이 가늘게 흔들린다. 설후는 그녀의 가슴에도 키스를 했다. 꼿꼿하게 고개를 든 유두를 입 안에 넣고 그 진한 살 내음을 빨아들였다. 이수의 신음 소리가 짙어졌다. 그녀의 손가락이 그의 어깨에 박힌다.

문득 그녀가 쳐주는 빈센트를 듣고 싶다.

하지만 그의 아래에 짓눌려 있는 그녀는 반쯤 혼이 빠져나간 상태이다. 설후는 남성을 끝까지 밀어 넣었다. 자궁의 끝에 닿아 더 이상 들어갈 수가 없을 때까지.

하아.

신음 소리는 꽃이 피는 소리와 비슷하다. 이수의 유려한 턱이 하늘로 들리며 여인의 가늘고 고운 목이 팽창한다. 동그란 어깨가 떨리며 곤두선 유두가 흔들린다. 귓불에 있는 점까지 눈 안에 전부 담았다. 눈으로 탐하고, 눈 안에 담아둔다.

그녀의 안에 자신을 묻은 채 설후는 움직이지 않았다. 이대로 시간이 멈추어 버렸으면 했다. 영원히 하나인 채.

하지만 제발, 이라 애원하는 이수의 목소리에 더 이상 시간을 붙잡고 있을 수 없었다. 설후는 여인의 따스한 살결을 빨아들이며 움직였다. 내밀한 살과 살의 마찰에 불꽃이 피어나고, 이수의 신음 소리가 진해졌다. 뜨거움이 밀려와 그의 불완전을 태워

서 재로 만들어준다. 설후는 완전히 욕망에 몸을 맡겼다. 날 것
의 신음이 터져 나왔다.

"날 왜 좋아하게 됐어?"

섹스를 끝내고 샤워까지 마치고 지친 몸으로 나른하게 누워
하루의 끝을 맞이하고 있었는데, 갑자기 무언가를 다시 시작하
려는 듯이 물어오는 설후의 질문에 이수는 당황했다.

그런 질문에 뭐라고 대답해야 하는지 알 수가 없었다.

"그런 거 묻지 말아요."

이수는 부끄럽다는 듯이 벗은 어깨를 끌어당기며 답을 회피
했다. 하지만 설후는 포기하지 않고 이수의 눈을 쫓는다.

"듣고 싶어."

설후는 이수가 자신을 좋아해서 그녀를 좋아하게 되었다. 무
언가를 좋아하는 걸 알지 못하는 설후는 스스로 좋아하는 마음
을 품을 수가 없었나 보다. 자신을 보는 이수의 눈에 담긴 그 낯
설고 생생한 감정을 느끼고부터 설후의 마음도 움직이기 시작
했다. 그리고 그때부터 이수의 모든 게 설후의 마음속으로 빠르
게 스며들어 왔었다.

누군가를 좋아한다는 마음을 품기 시작하면서 무채색이었던
그의 삶이 색을 띠기 시작했다. 그래서 그 뒤로는 걷잡을 수 없
이 커져 갔었다. 수줍은 소녀의 사랑스러움은 설후를 당혹스럽
게 하고 들뜨게 만들었다. 조금만 더 있다가 떠나라 애원하던

소녀에게 키스하고 싶고 안고 싶었었다. 처음으로 욕망이란 걸 알았었다. 소녀를 납치하고 싶다는 생각까지 했었다. 이수를 자신의 방에 놓아두고 매일 볼 수 있다면 얼마나 좋을까. 불면의 밤, 설후는 달이 사월 때까지 소녀를 생각했었다.

이수의 눈이 설후를 향했다. 눈자위가 눈처럼 하얘서 눈동자가 도드라졌다. 예전의 소녀는 그 눈동자 속에 순수한 갈망만 담고 있었는데, 지금의 그녀는 눈동자에 슬픔도 함께 담고 있다. 그가 만들어 버린 슬픔의 막이었다. 이유도 없이 울게 만드는 몹쓸 것이었다.

"전부 다 좋았어요."

자신이 준 슬픔까지 좋았다고 하는 것 같아 설후는 도리어 마음이 아파져 버렸다. 설후는 자신을 사랑한다는 이수의 입술에 키스하였다. 그리고 타 들어가는 숨결을 겨우 누르며 작게 말했다.

"다음엔 우리 집에 가자."

정말 마지막 문이었다. 이 문만 무사히 통과하면 이수와 영원히 행복할 수 있을 것 같은데, 이수가 어떤 반응을 보일지 설후는 알 수가 없었다.

또 울까, 화를 낼까, 제발 떠나지만 말기를.

대학이 방학을 해서 장혁은 요즘 하루 종일 집 안에서 지내고 있었다. 아무것도 하지 않는 게 이젠 장혁의 삶이 되어버렸다.

의지가 사라져 버린 삶은 하루하루가 고독의 연속이었다. 요즘은 그런 생각이 든다. 차라리 지금 이 모든 걸 끝내 버릴까, 라는. 그게 가장 깔끔한 정리였다. 암 덩어리를 잘라내는 것과 같은 것이다. 수많은 죽음을 봐왔던 그였기에 죽음에 대한 공포는 없었다.

하지만 장혁은 결국 체념하듯 포기한다. 설후가 있었으니까. 자신마저 그리 죽는다면 설후가 제대로 살아갈 수 없다는 걸 알았다. 이미 가은의 죽음으로도 지워지지 않을 상처를 떠안고 살고 있다. 그가 준 상처였다.

맞지도 않았던 골수가 맞는다고 거짓말까지 하면서.

그때의 자신은 아마도 악마에 사로잡혀 있었던 것 같다. 그리고 그 악마는 가은이 죽으면서 같이 죽었다.

장혁은 창가에 서서 벌거벗은 겨울의 풍경을 바라보았다. 앙상한 가지만 남은 겨울나무가 그를 닮아 있었다. 아무것도 남지 않고 늙어버린 몸뚱이만 남았다.

덧없어라.

모든 게 덧없다.

왜 그리 사랑했을까, 왜 그리 증오했을까, 왜 그리 억압했을까, 왜 그리 집착했을까…….

아무것도 남지 않은 자신이 가엾다는 생각도 들지 않을 만큼 그는 텅 비어져 버렸다.

똑똑. 서재 문을 두드리는 소리에 장혁은 고개를 돌렸다. 문이 조심스럽게 열리며 일하는 아주머니가 말을 전했다.

"도련님이 돌아오셨어요."

설후가 돌아왔다. 그를 버리고 떠났던 가은과 달리 결국 설후는 그에게 돌아왔다.

"손님도 함께 오셨어요."

손님이라는 말에 장혁의 눈빛이 가늘게 떨렸다. 사형장에 끌려가는 죄수의 마지막 눈빛처럼.

이수의 눈은 거실에 걸린 가족사진에 고정되어 있었다. 그 사진 속에서는 가은과 장혁과 설후가 함께 행복한 모습이었다. 그게 너무도 거짓말 같아서 이수는 한참이나 그 사진에서 눈을 떼지 못했다. 가랑가랑, 눈가에 눈물이 고이는 이수를 설후는 불안하게 응시하고 있었다.

자신이 너무 성급하게 행동한 것이면 어쩌나 불안해지기 시작했다. 아버지가 얼마나 변하셨는지 제대로 이야기를 했어야 했나 싶다. 조금 더 나중에 다시 시작된 두 사람의 사랑이 좀 더 단단해진 후에 이곳에 데려왔어야 했던 건 아닌가 싶다.

달칵, 서재의 문이 열렸다. 천천히 걸어나오는 장혁에게 이수의 시선이 돌아갔다. 장혁을 보는 이수의 눈은 차갑게 얼어붙어 갔다. 그건 순수하게 분노의 눈빛이었다. 하지만 장혁은 마치 낯선 사람을 보듯 이수를 응시했다. 이수는 눈물이 가득한 눈으로 장혁과 설후를 번갈아 보았다. 그 눈은 점점 11년 전 그 아픈 시간으로 돌아가고 있었다.

이수가 그대로 무너질 것만 같아 설후는 이수를 붙잡기 위해 손을 뻗었다. 하지만 이수는 설후의 손을 세차게 밀쳐 내고는 현관으로 달려갔다. 그냥 떠나 버리는 이수를 설후가 간절하게 불렀다.

"이수야! 제발 가지 마!"

설후의 부름에 현관 앞에서 멈추어 선 이수는 분노가 차오른 눈으로 장혁을 쏘아보았다.

"난 저 사람 절대 용서 못해요."

그리고 설후를 남겨두고 집을 떠나 버렸다. 설후는 이수를 쫓아가지도 못하고 그 자리에 못이 박힌 채 서 있었다. 단 한 마디 말도 하지 않고, 그저 존재하는 것만으로 이수를 쫓아내 버린 장혁은 다시 천천히 돌아서 서재로 들어가 버렸다. 달칵, 서재의 문이 닫히고 아버지마저 퇴장해 버리자 설후는 혼자 남겨져 버렸다.

쓸쓸함이 사무치게 몰려왔다. 설후는 단지 행복해지고 싶었던 것뿐인데, 이수도 아버지도 그를 외면한다.

차가운 날씨가 계속되었다. 벌써 겨울이 오고 있었다.

경아는 오랜만에 해성에게 전화를 걸어 영화를 보러 가지 않겠냐 물었다. 그런데 해성은 대뜸 이렇게 말했다.

[싫어.]

칼로 내려치는 듯한 차가운 말투에 경아는 저도 모르게 상처
받고 말았다. 무딘 마음이라 상처도 튕겨 나간 적이 많은데 흔
치 않은 일이었다.

"그, 그러세요?"

[그래, 나 이제 영화 끊기로 했으니까, 다시는 영화 보러 가자
는 전화 하지 마.]

영화가 담배도 아니고 왜 갑자기 끊는다는 건가 싶었다.

"그럼 뮤지컬은 어떠세요?"

[뮤지컬, 연극, 오페라 다 끊을 거야.]

마치 금단증상에 시달리는 사람 같은 말투였다. 왜 이러나 걱
정되어 경아는 조심스럽게 물었다.

"혹시 무슨 일 있으세요?"

[없어, 끊어.]

전화는 일방적으로 끊겨 버렸다. 경아는 황당하다는 눈으로
전화를 바라보다 에취, 재채기를 하였다. 이번 감기는 재채기가
쉬이 낫지 않았다. 경아는 코를 슥슥 손가락으로 쓸며 터벅터벅
CCU로 향했다.

CCU에서는 우민이 설후에게 심초음파 검사 결과를 보여주
며 설명하고 있다.

"노병렬 환자 심초음파 결과입니다. 도플러에 의한 압박교차
는 60mmHg이고 좌심실 비대도 있는 걸로 봐서 AS(대동맥판
협착)인 것 같습니다."

설후는 자신의 눈으로 확인하기 위해 모니터를 유심히 주시하였다. 대동맥 협착은 약물 치료가 유효성이 낮기 때문에 심부전 등의 증상이 나타나기 전에 수술을 고려해야 했다.

전화 한 통을 걸기 위해 자리를 비웠던 경아가 돌아오다 다시 고개를 크게 숙이고 에취 기침을 크게 하였다. 우민이 소리에 놀라서 돌아보았다.

"야! 넌 왜 기침을 그리 필사적으로 하냐!"

"환자들 앞에서는 꼭 마스크해."

설후의 충고에 경아는 죄송하다 사과하고 바로 마스크를 얻으러 스테이션으로 걸어갔다. 그러다 마음을 바꾼 것인지 다시 뒤돌아 걸어와 설후의 앞에 멈추어 서서 조심스럽게 설후를 불렀다. 설후가 모니터에서 고개를 들고 쳐다보자 경아는 사선으로 시선을 피하며 머뭇거리다 물었다.

"저기, 그게, 혹시 박해성 교수님한테 무슨 일 있으신가요?"

설후는 무슨 소리인지 모르겠다는 눈으로 경아를 보았다. 경아는 아무것도 아니라고, 대답하지 않아도 된다고 얼버무리고는 잰걸음으로 걸어가 버렸다. 경아의 뒷모습을 보며 설후는 짧게 한숨을 쉬었다. 무슨 일이 있는 건 설후였다. 이수에게 전화를 해도 받지를 않고 있었다. 직접 찾아가야 하는데 병원 일 때문에 쉽게 시간이 나지 않고 있다.

설후가 후, 작게 한숨을 쉬자 옆에 있던 우민이 말한다.

"교수님은 한숨 쉬는 모습도 섹시하세요."

설후는 슬픈 표정으로 우민을 쳐다보았다. 그런 아부는 정말 사양이었다.

다음날 겨우 시간이 난 설후는 밤에 인천으로 찾아갔다. 불이 꺼져 있던 초록지붕 집에 불을 켜고 이수를 기다렸는데, 예전처럼 이수는 바로 달려와 주지 않았다. 그래도 와주겠지 생각하며 설후는 피아노 앞에 앉았다. 이대로 자신을 버리지 않을 거라 믿었다.

딩, 조심스럽게 도를 눌러보았다. 도는 완벽한 음이다. 꼭 아버지처럼.

딩, 다음은 솔을 눌러보았다. 솔은 다감하고 정겹다. 꼭 이수처럼.

딩, 망설이다 라를 눌렀다. 라는 아름다운 여성을 연상시킨다. 꼭 어머니처럼.

딩, 시를 눌렀다. 날카롭고 불확실한 음이다. 꼭 자신처럼.

올려놓은 건 두 손 다였지만, 연주를 하는 건 한 손이었다. 반주까지 넣을 실력은 안 되었다. 수술실에서는 경탄을 자아내는 손이었지만, 피아노 앞에서의 손은 영 시원찮다. 어린아이가 조심스럽게 횡단보도의 하얀 금을 밟고 건너가듯 엉성한 빈센트가 천천히 흘러나왔다.

성냥개비 소녀가 성냥불이 켜져 있을 때는 행복한 상상이 현실이 되었다고 했던가. 설후는 빈센트를 듣는 동안에는 그게 가능했다. 이 곡은 설후를 행복했던 과거로 데려다 주었다. 그게 비록 연주가 이어지는 동안에만 가능한 허무한 허깨비일 뿐이라고 하더라도 음악은 그를 아름답게 만들어주었다.

"난 오빠 아버지 절대 용서 못해요."

이수의 목소리에 설후의 엉성한 연주가 멈추었다. 고개를 돌리니 열린 현관문 앞에 이수가 서 있다. 설후는 말없이 이수를 쳐다보았다. 이수는 고집스런 얼굴로 말했다.

"그건 너무 잔인한 일이에요. 그러니 강요하지 말아요."

설후가 아무 말 없이 쳐다만 보자 이수의 얼굴에 불안함이 떠올랐다.

"내가 계속 고집부리면 설마 나 또 떠날 거예요?"

그제야 설후의 얼굴에 작은 미소가 걸렸다. 설후는 이수를 향해 손을 뻗었다. 이수는 이번엔 도망치지 않고 설후에게 다가와 주었다. 설후는 이수의 손가락에 다섯 손가락을 끼워 넣고 단단히 깍지 끼었다. 이수가 자신에게서 떠나지 못하게.

"내가 빈센트 연주해 줄까?"

설후의 말에 이수가 고개를 끄덕였다.

설후는 이수의 손을 잡지 않은 한 손을 피아노 건반 위에 올려놓았다. 검은 머리카락 아래 설후의 두 눈은 진지하였다. 이수는 숨을 죽이고 설후를 지켜보았다. 그리고 연주가 시작되었다. 음과 음이 베틀을 짜듯 엮어 하나의 음악으로 흘러나왔다. 빈센트, 항상 그녀가 그를 위해 연주해 주던 음악이었는데, 이제는 그가 그녀를 위해 연주해 주고 있었다.

이수는 자신의 왼손을 피아노 위에 올려놓았다. 그리고 오른손의 연주에 맞추어 반주를 하기 시작했다. 좀 더 부드러워진 연주에 만족하여 설후가 고개를 돌려 이수를 보며 웃었다. 이수도 마주 웃었다. 웃음 하나가 쌓인 느낌에 안도하여 또다시 웃었다.

"여기 왔을 때 계속 피아노 혼자서 연습한 거예요?"

"응."

천진하게 대답하는 설후가 사랑스러웠기에 이수는 가까이 있는 설후의 뺨에 입을 맞추었다. 쪽, 입술은 뜨거운 흔적을 남기고 멀어졌다. 딩, 그리고 설후의 오른손 연주가 틀린 음을 눌렀다. 이수는 그래서 더 즐거운 듯이 웃었고, 설후는 너무하다는 눈으로 이수를 쳐다보다 다시 연주에 열중했다.

딩, 마지막 음을 누른 설후가 손을 옮겨 이수의 손을 붙잡았다. 엉켜든 손가락에 설렘이 스며든다. 마치 첫사랑에 어쩔 줄 몰라 하던 그 옛날로 돌아간 듯 수줍게 행복하다.

불을 켜지 않은 침실은 자신의 몸도 제대로 보이지 않을 정도로 어두웠다. 검은 밤하늘을 뒤덮고 있는 먹구름이 달마저 가려 버렸다. 하지만 두 사람은 눈이 아니라, 손으로, 살결로, 온기로, 서로를 느끼며 보듬었다. 얽히고설킨 네 개의 다리, 겹쳐진 두 개의 머리, 하나로 연결된 열 개의 손가락, 같은 박동으로 뛰고 있는 두 개의 심장. 모든 게 하나가 아니라 행복한 것들이었다.

설후의 손이 천천히 가슴에서부터 시작해서 아래로 내려가며 이수의 몸을 그렸다. 과즙이 담긴 것처럼 말캉거리는 동그란 가슴도, 부드러운 피부도, 매끈한 다리도 손의 감각 안에서 더 아름답고 더 농밀하다.

톡 톡, 비가 창을 때리기 시작했다. 하지만 무엇도 두 사람을 갈라놓을 수는 없었다. 완전히 하나가 된 순간 이수는 신음을 흘리며 그를 조였다.

끌어당기고, 밀려들어 가며 두 사람은 서로에게 아름다운 동물이 된다. 살결에서 풍겨 나오는 살내음은 더욱 진해지고, 고동치는 육체는 정신을 뛰어넘어 뜨거워진다.

땀이 눈물처럼 흘렀다. 그녀의 위에서 움직이는 그가 가장 깊은 곳을 건들 때마다 완전히 소유했다는 충만함을 느꼈다. 그는 조용하면서도 뜨거웠다. 순결한 눈을 하고 그녀를 한계까지 몰아친다.

아름다운 몸은 격렬한 리듬 속에서 생애 처음 듣는 음악을 만들어낸다. 그 음악은 원시적이고 탐닉적이었다. 이 음악에 끝이 있다는 게 슬플 뿐이었다.

빗소리가 심해지며 이수의 흐느낌이 쓸려 나갔다. 현기증 같은 쾌락이 불꽃처럼 터져 오른다. 사그라지는 불꽃을 붙잡기 위해 이수는 설후의 얼굴을 붙잡고 키스를 하였다.

농밀한 집착이 밤사이로 스며든다.

빗소리가 가늘게 살갗을 파고들어 와 소리를 깨웠다. 한 이불을 덮고 가깝게 누운 두 사람은 하나인 듯 둘이었다. 여인의 가늘고 탐스러운 몸과 남자의 크고 섬세한 몸이 관능적인 조화를 이루었다. 하지만 그보다 더 아름다운 건, 걸친 것 없이 서로를 드러내는 데 겁이 없다는 것이다. 아무도 와보지 못한 세상 속 비밀의 숲에 둘이 함께 있는 기분이었다.

"안 졸려?"

밤이 늦어도 자지 않는 이수에게 설후가 물었다. 설후를 바라보는 이수의 맑은 눈동자가 때론 너무도 많은 애정을 담고 있어 버겁기도 했다. 하지만 행복한 고통이다. 행복하고 행복해서 그 무거운 애정에 그대로 숨이 막혀 죽어도 후회없을 듯한.

"항상 오빠가 먼저 일어나잖아요."

"그래서? 안 자겠다고?"

"응, 버텼다 오빠보다 먼저 일어날 거예요."

설후는 어이없다는 듯이 웃었다. 그리고 그는 그대로 웃음이 되어버린다. 전혀 다른 사람 같은 미소, 설레기도 하고 두렵기도 하다.

"오빠, 나 목걸이 사줘요."

조르듯 말을 했다. 설후는 갑작스런 부탁에 놀라기는 했지만 부담스러워하지는 않았다. 사주겠다고 했다. 하지만 보석을 고를 줄 모르는데 어쩌지, 라고 난감해하기도 했다.

"그냥 아무거라도 괜찮아요."

매일매일 그에게 선물을 사달라고 조를 것이다. 그래서 그녀의 주위를 그의 흔적이 배어 있는 물건들로 가득 채울 것이다.

잠들기 전 다시 한 번 더 키스를 하고 몸을 섞었다. 설후가 만질 때면 이수는 자신이 살아 있음을 온몸으로 깨닫는다. 살아 있는 감각은 너무도 예민하여 이수를 들뜨게 만들었다.

그에게 안겨 있는 그녀의 모습을 설후의 두 눈이 바라보았다. 이수는 쾌락에 떨고 있는 몸으로 발가벗겨진 부끄러움을 느꼈다. 보지 말라 애원하며 그의 목에 매달려 신음을 흘렸다. 그가 뻑뻑할 정도로 그녀의 안을 완전히 채운 순간 이수는 들었다.

자궁의 소리를.

그건 몸을 쪼개는 아픔을 견디며 존재를 껴안는 여인들만이 들을 수 있는 신비로운 소리였다. 이수는 그 순간 간절히 원했다. 설후의 아이를 가지고 싶다고.

이수와 밤을 보낸 설후는 아침 일찍 서울로 돌아왔다. 평소였다면 바로 병원으로 향했을 테지만 그날만은 집으로 먼저 갔다. 아버지와 잠시라도 이야기를 나누고 싶었다. 단단하게 굳어 있는 이수의 마음이 녹을 수 있도록 그의 아버지가 노력을 해주었으면 했다. 먼저 상처를 준 쪽은 장혁이었으니까.

집에 들어선 설후는 일하는 아주머니에게 아버지가 어디 계신지 물었다. 아주머니는 장혁이 일어나지 않았다고 했다. 이상한 일이었다. 늦어도 6시 반에는 일어나시던 분이셨다. 그건 사람이 변해 버려서도 변하지 않았었다. 설후는 아버지의 방으로 걸어가 노크를 하였다. 안에서는 아무런 소리도 들리지 않았다. 달칵, 주인의 허락없이 문을 열었을 때 장혁의 방 안은 텅 비어 있었다. 이부자리도 깔끔하게 정리되어 있는 것이 잠을 잔 흔적도 없었다.

설후는 걸음을 돌려 서재로 걸어갔다. 발걸음이 좀 더 빨라졌다. 하지만 서재의 문을 열었을 때에도 장혁은 그곳에 없었다. 텅 비어 있는 서재가 주인에게 버림받은 존재같이 쓸쓸하다.

"아주머니, 아버지 나가시는 거 못 보셨어요?"

"네? 없어요? 이상하다. 내가 5시에 일어났는데."

설후는 전화기로 걸어가 장혁의 휴대전화로 전화를 걸었다. 하지만 벨소리는 장혁의 방에서 들려왔다. 장혁은 휴대전화도 내버려 두고 나가 버린 것이다. 아무래도 불안해진 설후는 아버지를 찾으러 다시 집을 나섰다.

아버지가 가실 곳은 한국대병원 아니면 한국대학교였다. 분명 둘 중 한곳에 있을 거라고 생각하며 설후는 차를 몰고 우선 아버지의 연구실이 있는 한국대학교부터 향했다.

학교를 졸업하고 처음으로 와보는 한국대학교는 일제시대에 지어진 서양식 건물들 사이에 신식 건물이 들쑥날쑥 들어서 이상한 부조화를 보이고 있었다. 설후는 주위는 둘러보지 않고 곧

바로 아버지의 연구실로 향했다. 그러나 점점 더 당황스럽게도 연구실은 비어 있었다. 학과 사무실도 일요일이라 잠겨 있었다. 할 수 없이 설후는 무작정 의대 건물 주위를 돌아다녔다. 도서관, 강의실, 연구동, 해부학실, 의대생들과 마주칠 때마다 이장혁 교수에 대해 물었다. 돌아오는 대답은 한결같았다. 오늘은 보지 못했다고 했다. 아버지가 학교에 없다고 판단한 건 1시간 이상 헤맨 뒤였다.

결국 설후는 한국대학교를 나와 한국대병원으로 향했다. 장혁이 한국대병원 옥상 난간에 서 있었다는 최근식의 말이 자꾸만 머릿속에 맴돌았다. 그럴 리는 없을 것이라 생각하면서도 설후는 차의 속도를 높였다. 한국대병원에 도착하자마자 엘리베이터로 달려가 가장 끝 층을 눌렀다. 엘리베이터가 올라가는 그 짧은 순간이 소름 돋도록 길게 느껴졌다.

쾅, 문을 열고 차가운 아침 공기가 살을 헤집는 옥상으로 나왔을 때 넓은 옥상은 한눈에 전부 들어오지가 않았다. 설후는 사방으로 몸을 돌리며 장혁을 찾았다. 살결이 차가운 겨울바람에 할퀴었다.

옥상 끝자락 난간 위에 우뚝 서 있는 사람을 보게 되었을 때 설후의 눈은 얼어붙어 버렸다.

"아버지!"

설후는 벼락처럼 소리 질렀다. 장혁이 천천히 고개를 돌려 설후를 보았다. 그의 눈빛은 공허하기만 하였다. 금방이라도 그 자리에서 떨어져 내릴 사람 같았다. 설후는 오열하며 외쳤다.

"도대체 언제까지 절 괴롭히실 거예요! 제발 그만 하세요! 아버지가 그렇게 죽으면 저보고 어떻게 살란 말이에요! 끝까지 절 망가뜨려야 속이 시원하시겠어요! 차라리 저도 같이 죽여요! 아버지가 준 목숨! 아버지가 거둬가란 말이에요!"

철썩, 설후는 무릎을 꿇고 쓰러졌다. 세상에서 자신을 가장 사랑해 주어야 할 부모가 그를 철저하게 끝으로 내몰고 있었다. 이제는 이수랑 행복하게 살 거라 생각했는데 그 마지막 꿈마저 아버지는 짓밟으려 하고 있었다. 신이 그에게 죄를 묻는다면 설후가 할 수 있는 말은 그저 어머니와 아버지를 사랑했다는 것뿐이었다. 그래서 차마 둘 다 버리지 못한 것이다. 어머니라서 자신을 버린 걸 원망하였지만 용서했다. 아버지라서 자신에게서 이수를 빼앗은 게 미웠지만 용서했다. 그게 누군가의 아들로 태어난 설후의 삶이었다. 그의 아버지가 정녕 죽을 것이라면 그가 준 이 눈물도 같이 죽여주길 바란다.

넓은 옥상 여린 짐승 소리 같은 설후의 눈물 소리만이 한동안 울려 퍼졌다. 바람도 정지한 허공은 설후의 눈물을 먹고 차갑게 얼어갔다.

"네 엄마를 여기서 처음 만났다."

너무도 오랜만에 들어보는 아버지의 목소리에 설후는 천천히 고개를 들었다. 눈물이 앞을 가려 장혁의 모습이 얼룩져 보였다. 장혁은 아직도 그 난간 위에 서서 아래를 내려다보고 있었다.

"난 오만했었고, 네 엄마는 죽으려 했었지."

장혁은 20층 아래의 까마득한 땅을 담담히 내려다보았다. 한 발만 내디디면 더 이상 고통스럽지 않고 편해질 거라는 걸 알았다. 하지만 그러지 못했다. 살아갈 자들에 대한 미련이 남아서. 아마 가은도 그래서 결국은 편한 죽음을 택하지 않고 고통스럽게 죽어간 것이리라.

장혁은 가은의 모습을 떠올렸다. 그를 들뜨게 했던 모습을, 그를 고통스럽게 했던 모습을. 가은의 전부를.

"사랑했어. 그걸 후회하지는 않아."

메마른 장혁의 눈가에 물기가 서렸다.

"비록 끝은 그렇게 나버렸지만, 그래도 사랑했어."

사랑하고 증오했던 가은에게 말했다. 살아서 그 고통을 다 느끼며 죽어가라고. 편한 죽음으로 도망치지 말라고. 이젠 장혁의 차례였다. 아무리 외로움에 고통스럽더라도 죽을 수는 없었다. 설후가 있었으니까. 그의 아들이 있으니까.

장혁은 천천히 난간에서 내려섰다. 뚜벅뚜벅, 그리고 설후에게 걸어갔다. 11년 전 자신을 향해 걸어왔던 가은과 같은 마음으로.

그건 사랑이었다. 차마 사랑이라고 부르기도 서러운 그런 사랑……

38.5℃였다. 이수는 방금 잰 온도계를 바라보며 끙 신음 소리

를 뱉어냈다. 몸이 무겁다고 했더니 아무래도 감기에 걸린 것 같았다. 이번엔 좀 심한지 속이 울렁거리기까지 했다. 이수는 두꺼운 이불 속으로 파고들어 갔다. 이불은 오히려 체온보다 차가워 순간 냉기가 덮쳤다. 하지만 그녀의 몸에 이불이 데워지며 점점 따뜻해졌다. 이수는 꽃병에 꽂아둔 장미를 바라보았다. 설후가 선물한 꽃이 어느새 시들고 있었다. 저 꽃을 받을 때 느꼈던 감동들도 같이 시들고 있는 기분이었다. 금방 떨어질 듯한 꽃잎 하나를 보니 저도 모르게 눈물이 나려고 한다.

찰랑찰랑, 감정이 넘친다.

옆에 설후가 없으면 넘치는 감정을 어떻게 할 수가 없는 상황이 되어버린다. 하지만 설후가 항상 그녀의 옆에 있어줄 수는 없었다. 이수는 이불을 머리끝까지 끌어 올렸다. 잠을 잘 것이다. 설후도 생각하지 않고, 꿈도 꾸지 않는 잠을 자야 했다. 이런 일로 설후에게 전화해서 투정 부리고 싶지 않았다. 단지 장미꽃이 시드는 게 보기 싫다고 설후에게 달려오라고 할 수는 없었다.

벌컥, 문이 열리며 동생 이선이 들어왔다.

"언니, 생리대 있어? 어라, 자?"

이선은 이불을 뒤집어쓰고 있는 이수를 보며 투덜거린다. 그리고 자기 손으로 직접 이수의 옷장 서랍을 뒤져 생리대를 찾아내고는 몇 개 집어서 가지고 나갔다.

탁, 이선이 나가고 문이 닫히자마자 이수는 벌떡 이불을 젖히

고 일어나 앉았다. 갑자기 움직였더니 열이 확 밀려오며 현기증
이 일었다. 하지만 그것보다 더 엄청난 사실을 깨달은 이수의
얼굴이 백지장처럼 새하얗다.

생리가…….

아프다며 내내 자신의 방에서 누워 있던 이수는 부모님에게
잠깐 서점에 책을 사러 다녀오겠다고 말하고 집을 나섰다. 추운
날씨 때문에 거리에는 사람이 거의 없었다. 하늘은 며칠 동안
잿빛이었고 기온은 낮았지만 눈은 내리지 않았다. 무언가 터질
것 같은 마지막 순간의 날씨였다. 모든 게 팽창되어 있었다.

사람들은 두꺼운 옷에 몸을 꽁꽁 숨긴 채 총총걸음으로 빠르
게 걸어갔지만 이수는 천천히 앞을 향해 걸었다. 아주 오래전에
설후에게 받았다 돌려주지 못한 캐시미어 목도리를 둘렀다. 남
자 목도리라 이수가 입고 있는 옷과는 어울리지 않았지만 상관
없었다. 서점이 보였지만 이수의 걸음은 멈추지 않았다. 카페를
지나치고 옷가게를 지나치고 우체국을 지나치고 작은 약국이
나오자 한 번 멈추더니 다시 걸어나갔다. 이수는 세 번째로 마
주친 약국 앞에서 멈추어 섰다.

이수는 잠시 길 건너편에 있는 약국이라고 적혀진 간판을 말
없이 바라보았다. 하지만 그건 망설임은 아니었다. 두려움도 아
니었다. 이수는 막연한 확신을 가지고 있었다.

설후의 아기.

미열이 높아졌다. 미련하게도 감기인 줄 알았는데 아니었다. 새로운 생명의 씨앗이었던 것이다. 생명이 움트는 열기였다. 지금 그녀가 어떤 기분인지 아무도 모를 것이다. 설후를 만난 이후 처음으로 설후가 아닌 이로 가슴이 뛴다. 그건 어쩌면 설후에 대한 사랑보다 더 강력했다. 불꽃처럼 피어올라 이수의 심장을 사로잡지만 결코 꺼지지 않는 불꽃이었다.

이수는 더 이상 장미 꽃잎이 시들어 떨어진다는 이유로 울지 않았다. 빨간 불이 파란 불로 바뀌자 이수는 약국을 향해 멈추지 않고 걸어갔다.

또 다른 세상을 향해 디디는 첫 번째 발걸음이었다.

경아는 조심스럽게 소아청소년과 병동을 기웃거리고 있었다. 한 병원 안에 있어도 와본 적이 없는 곳이었기에 꼭 국경을 넘어 밀입국이라도 한 것처럼 행동이 조심스러웠다. 누가 흉부외과 레지던트가 왜 여기서 얼쩡이고 있느냐고 물을까 봐 경아는 주로 벽을 보며 앞으로 나아갔다.

전문의 박해성.

해성의 연구실 앞까지 온 경아는 짧게 한숨을 내쉬었다. 아무래도 해성이 자신에게 화가 난 것 같기에 왜 화가 났는지 물어보려 내려온 것이었다. 하지만 세상에서 제일 어려운 과제를 받은 것처럼 쉽지가 않다. 노크를 하려고 몇 번이나 망설이다 결국 안 되겠다 싶어 몸을 돌리던 경아는 팔짱을 끼고 자신을 빤히 쳐다보고 있는 해성이 뒤에 있는 걸 깨닫고 비명을 지르며 벽으로 몸을 피했다.

"어, 언제부터 거기 계셨어요?"

경아의 물음에 해성은 건들거리며 말했다.

"최 선생이 왜 내 방 앞에 있는 건지 먼저 말해야 하지 않나?"

경아는 난감할 따름이었다. 그냥 설후 심부름 왔다고 거짓말을 할까 싶다가도, 그럼 무슨 심부름이냐 해성이 꼬치꼬치 물을 것 같았기에 그럴 수도 없었다.

"제, 제가 지금 급한 호출을 받아서요. 이만."

경아는 그냥 미꾸라지처럼 이 순간을 피하기 위해 옆으로 걸어갔다. 하지만 해성의 팔이 경아의 앞길을 막아버렸다. 해성의 시선이 낮고 농밀해진다.

"최 선생, 나한테 관심있어?"

돌발적인 해성의 질문에 경아는 절대 아니라고 필사적으로 고개를 저었다.

"저, 전 그냥 단지 교수님이 저한테 화가 나신 거 같아서."

"내가 왜 최 선생한테 화가 나?"

"그러니까요."

경아는 제풀에 기가 죽어버렸다. 같이 영화 보러 다녀주던 해성이 딱 발길을 끊으니까 자꾸 마음에 걸려서 잊을 수가 없었다. 그래서 확인차 내려와 본 건데, 완전 바보 취급만 당하는 것 같다. 다시는 소아과 근처에 얼씬도 말아야지 생각하는데 해성이 낮게 그녀를 불렀다.

"최 선생."

"네?"

고개를 드는데 해성의 얼굴이 너무 가까이 있었다. 뒤로 피하려고 했지만 등 뒤에 벽이 있어 물러날 수가 없었다. 경아는 할 수 있는 만큼 최대로 어깨를 움츠렸다. 하지만 해성의 숨결이 고스란히 이마 위로 떨어졌다. 난감하다. 좀 떨어져 달라고 말하면 건방지다 화를 낼 거 같아서 말도 함부로 못 꺼내겠다.

"난 최 선생한테 화난 게 아니라, 최 선생 좋아하는 거야."

"네?"

거북이처럼 움츠리고 있던 경아는 자신을 좋아한다는 해성의 말에 놀라서 고개를 들었다. 순간 부드럽고 따뜻한 게 입술에 와서 닿았다. 그게 해성의 입술이라는 걸 깨닫고 경아는 빳빳하게 굳어버렸다. 타인과 이토록 긴밀한 접촉은 처음이었다. 심장이 오그라들었다 급격하게 팽창하였다. 당장이라도 이머전시라고 외쳐야만 할 듯 숨이 가빴다. 금방 입술을 뗀 해성은 굳어 있는 경아를 보고 빙글 웃었다. 개구쟁이 같기도 하고, 섹시한 것 같기도 한 웃음이었다.

"최 선생, 도망갈 거지?"

경아는 아무 말도 할 수가 없었다. 첫 키스의 충격에 빠져 멍하니 해성의 얼굴만 바라보았다. 죽어라 암기해 온 의학 단어가 단 하나도 생각나지 않았다. 큰일이었다.

"최 선생은 도망가는 모습도 재미있을 거야."

이건 바보 취급을 당하고 있는 건지, 좋아한다고 고백을 듣고 있는 건지 알 수가 없다.

이수는 서울에 와서 일부러 아기용품을 파는 가게를 들렀다. 모든 물건이 작고 예뻐서 눈이 떼어지지 않았다. 아기용품 가게답게 커다랗고 정교한 인형의 집이 디스플레이되어 있었다. 이수는 이것저것 구경하다 아기 신발 앞에 섰다. 아기 신발을 사서 설후에게 보여줄 생각이었다. 이 작은 신발을 보고 설후가 어떤 표정을 지을지 기대도 되고, 걱정도 되었다.

이수는 자신의 배를 내려다보았다. 4주가 되었다고 했다. 그런데도 생리가 끊긴 것도 까맣게 모르고 있었다. 뱃속의 아기가 바보 같은 엄마라고 책망이라도 하면 어쩌나 걱정이 되었다.

이수는 연락도 없이 설후의 병원을 찾은 것이기에 설후는 이수가 자신을 만나러 오는 것도 모르고 있었다. 오랜만에 오는 병원은 여전히 소독약 냄새가 강했으며 환자들로 북적였다. 그녀를 보며 딸꾹질을 해대던 인턴은 더 이상 흉부외과에 없었다. 대신 한껏 신경질을 내며 인턴에게 오더를 내리고 돌아서던 우민이 엘리베이터 앞에 서 있는 이수를 발견하고는 한걸음에 달려왔다. 이수는 아기 신발이 든 종이가방을 서둘러 등 뒤로 숨졌다.

"아! 혹시 이 교수님 찾아오셨어요?"

이수는 수줍게 웃으며 고개를 끄덕였다.

"네, 바쁘세요?"

"아뇨, 제가 금방 불러 드릴 테니 교수님 방에 가셔서 기다리세요. 야! 오봉!"

스테이션에 서 있던 나머지 의사가 재빠르게 뛰어와 웨이터 같은 자세를 취하며 말했다.

"따라오시죠."

이수는 아직 어린 의사를 따라서 설후의 연구실로 갔다. 문 앞까지 안내해 준 의사는 마지막까지 웨이터처럼 즐거운 시간 되시라는 말을 남기고 떠났다. 이수는 설후의 방 문가에 서서 천천히 주인이 없는 방 안을 둘러보았다. 처음 왔을 때와 똑같은 풍경이었다. 이곳에서 설후의 머리를 잘라주던 기억을 떠올리며 이수는 설핏 웃었다. 이수는 설후가 쓰는 책상으로 걸어가 손으로 쓸어보았다. 딱딱하고 차가웠지만 설후의 향기가 느껴지는 것 같기도 했다.

설후는 20분이나 지나서야 연구실 문을 열고 들어왔다. 소파에 앉아 있는 이수를 보고 가장 먼저 반갑게 웃어준다.

"어떻게 이 시간에 왔어?"

"겨울 방학했잖아요."

"아참, 그렇구나."

설후는 소파로 걸어와 이수의 앞에 앉으며 그녀의 손을 잡았다.

"그럼 조금만 기다릴래? 같이 저녁 먹자."

이수는 저녁을 먹으면서 말할까 지금 말할까 고민했다. 고민하다 보니 설후가 나가 버렸다. 어쩔 수 없이 저녁을 먹으며 말해야 할 듯했다. 이수는 포옥 한숨을 내쉬었다. 생각보다 말을 하는 게 쉽지가 않았다.

설후는 이수를 병원에서 가까운 곳에 있는 호텔 레스토랑에 데려가 주었다. 1층에 있는 레스토랑은 4층 높이까지 뚫려 있는 천장이 아찔할 정도로 높았다. 전면이 벽이 없이 유리로 된 3층 높이의 창에서는 저녁의 붉은 기운이 장렬하게 쏟아져 들어오며 장관을 이루고 있었다. 음식보다 그 전경에 압도되는 곳이었다.

거위간과 샬롯, 타라곤, 포도와 고트치즈 샐러드라던가, 팬프라이드 크랩케이크, 아보카도 크림, 리조또라는 이름의 음식을 골랐다. 이름은 외울 수도 없을 만큼 길었지만 음식들은 양이 적고 그리고 깔끔했다. 프랑스 정찬답게 마치 새침한 프랑스 여인을 보는 듯한 요리들이었다. 아기자기하고 거기다 기품도 흘렀다.

하지만 이수는 음식에 입을 대지 못하고 무릎 위에 놓인 종이가방만 계속 만지작거렸다. 이수가 잘 먹지 못하자 설후가 걱정스런 눈길로 쳐다보았다.

“왜? 맛이 없어? 아니면 몸이 안 좋아?”

“그게 아니라, 오빠. 저기……”

할 말이 있는 것 같은 이수를 설후는 말없이 쳐다보았다. 이수는 도저히 말로 꺼낼 수가 없어 가지고 온 종이가방을 내밀었다.

“뭐야?”

“그, 그냥 열어봐요.”

라고 말하며 고개를 푹 숙이는 이수를 의아한 눈으로 쳐다보며 설후는 종이가방을 열었다. 안에 들어 있는 것을 본 설후의 눈에 놀라움이 비친다. 손가락 두 개가 전부 들어가지도 않을 크기의 아기 신발을 설후는 한참이나 말없이 바라만 보았다.

설후가 아기 신발에서 시선을 떼고 고개를 들어 이수를 보았다. 그제야 이수는 용기를 내어 말했다.

“4주 됐대요.”

설후의 시선이 이수의 배로 향했다. 두꺼운 옷을 입어서 거의 티가 나지 않았다. 설후는 자리에서 일어나 이수의 옆자리로 와 앉았다. 그리고 손을 뻗어 이수의 배를 만져 보았다.

“전혀 모르겠어.”

“응, 근데 정말 있대요.”

조용하던 설후의 얼굴에 새벽빛이 깃들 듯 천천히 미소가 걸렸다.

“굉장하네.”

누군가의 아들로만 살았던 설후는 자신이 부모가 된다는 게 쉬이 믿어지지 않았다. 그리고 자신의 서러운 부모들이 생각나며 목이 멨다. 이수는 물기 배인 설후의 얼굴을 조심스럽게 바라보았다. 설후는 고장난 라디오처럼 같은 말만 반복했다. 굉장하다고.

"기뻐요?"

이수의 조심스런 물음에 설후는 크게 미소 지었다.

"당연하잖아."

설후는 아기 신발과 함께 이수를 껴안았다.

"믿을 수 없을 정도로 행복해."

설후의 말에 이수도 그제야 안도하였다. 설후가 당황하면 어쩌나 좀 걱정이 되기도 했었다. 안도감에 설후를 껴안으려는데 갑자기 설후가 번쩍 고개를 들며 말했다.

"나랑 같이 갈 데가 있어."

"네?"

갑자기 어딜 가자는 것인지 알 수가 없었다. 설마 병원에 가자는 것인가 싶었지만 이미 혼자 다녀왔다. 설후는 식사 도중 이수의 손을 잡고 레스토랑을 나왔다. 이수를 차에 태운 설후는 인천으로 차를 몰았다. 이수는 설후가 왜 갑자기 인천으로 가는지 알 수가 없었다. 설마 자신의 부모님에게 말하려고 가는 게 아닌가 두렵기도 하였다. 결혼도 하기 전에 부모님에게 아기를 가졌다고 말할 용기는 없었다.

　다행스럽게도 설후가 이수의 손을 붙잡고 온 곳은 이수네 과일가게가 아니라 초록지붕 집이었다. 초록지붕 집 난쟁이 대문 앞에 선 이수는 설후를 올려다보았다.

　"여긴 왜요?"

　이수를 내려다보는 설후의 표정은 봄을 맞은 듯 활짝 펴 있었다. 설후는 이수의 손을 잡고 초록지붕 집의 대문을 열고 안으로 걸어 들어갔다. 설후의 걸음이 멈춘 곳은 목련나무 앞이었다.

7년 전 봄.

　어머니의 집에 또 왔다. 이제 어머니는 계시지 않지만 설후는 여전히 과거에 갇혀 있다. 계절은 봄인데도, 초록지붕 집의 화원은 여전히 겨울인 듯 싸늘하다.

　설후는 주머니 안에 작은 상자만 만지작거리며 밤을 지새웠다. 반지를 샀다. 주지도 못할 거면서 반지를 사고 말았다. 주어서는 안 되면서 반지를 사버렸다. 설후의 엄지손가락에 겨우 맞고, 여인의 가는 약지에 들어갈 그런 반지.

　희붐한 빛이 세상을 비추며 새날이 밝았다. 떠날 시간이었다.

　집을 떠나기 전, 설후는 이수가 목련의자라 부르던 의자 바로 옆에 심어진 커다란 목련나무 아래 섰다. 목련은 사랑하는 이를 잃은 미망인처럼 슬픈 아름다움을 드러내고 있다. 무릎을 꿇은 설후는 천천히 맨손으로 흙을 파내기 시작했다. 차가운 흙이 손안에서 바스러졌다. 손끝에 딱딱한 물체가 닿을 때까지 흙을 파냈다. 손 반 뺨 정도 파내었을 때, 흙 안에 묻혀져 있던 오르골 상자를 발견해 냈다. 어머니의 말씀대로이다. 목련나무 아래 이수가 마음을 묻어두었다 했었다. 그 마음이 곱게 피어났으면 좋겠다고 혼잣말처럼 말씀하였었다.

설후는 흙 묻은 손으로 상자를 꺼내었다.

툭툭, 흙과 함께 세월이 떨어져 나갔다. 상자 위의 흙을 깨끗이 털어낸 설후는 조심스럽게 상자를 열었다. 오랫동안 묻혀 있던 상자에서는 신기하게도 여전히 맑은 오르골 음이 흘러나왔다. 청아한 음이 봄과 닮았다. 설후는 상자 안에 든 종이를 꺼내었다.

꼬깃꼬깃 접어진 종이를 시간을 들여 천천히 펴보았다. 종이 안에는 정갈하고 고운 여자 글씨체로 한 줄의 글이 적혀져 있었다.

설후 오빠랑 항상 함께 있게 해주세요.

쓰게 배어 나오는 웃음을 억지로 집어넣었다.

설후는 주머니에서 밤새 쥐고 있던 작은 상자를 꺼내었다. 상자를 열자 그 안에는 반지가 있었다. 장식이 없는 금반지. 그저 당신과 평생 하고 싶다는 투박한 뜻만 담겨 있는 단순한 반지. 설후는 반지를 꺼내 이수가 적어 넣었던 종이와 함께 오르골 상자 안에 넣었다.

탁! 상자를 닫자 다시 주위에는 적막만이 가득 찬다.

이수의 마음과 자신의 마음이 담긴 상자를 다시 땅에 묻었다. 그리고 그 상자 위에 파내었던 흙을 다시 덮었다. 흙 묻은 손으로 꾹꾹 흙을 눌렀다. 그 갈망들이 쉬이 땅 위 세상으로 비집고 나오지 못하게 꾹꾹 흙을 누르는 손 위로 눈물이 한 방울 떨어져 내렸다.

봄이 너무 추웠던 어느 날 새벽의 일이었다.

9개월 후.

소망병원 산부인과 병동에 작은 소란이 있었다. 흉부외과 병동 레지던트들이 단체로 달려 내려와 신생아실 앞에서 농성이라도 하듯 모여 서 있었다. 옹기종기 모여 있는 엉덩이들의 움직임이 수선스럽다.

"도대체 어느 아기야? 다 똑같아 보여."

"남자애라잖아. 이 교수님처럼 잘생긴 아기 찾아봐."

"설마 이 교수님이 속도 위반을 하실 줄이야. 누가 생각이나 했겠냐!"

"킥킥. 이 교수님도 별수없이 남자였던 거지."

키득키득, 서로 재미있다 웃던 레지던트들은 유리에 희미하게 비친 설후의 모습을 발견하고는 화들짝 놀라며 뒤돌아섰다. 역시나 설후가 반듯한 자세로 서서 그들을 보고 있었다. 설후는 언제나처럼 조용하고 진중한 목소리로 말했다.

"구경 다 했으면 비켜주지. 내 아들 좀 보게."

레지던트들은 홍해가 갈라지듯 반으로 갈라서서 신생아실 앞을 비켜주었다. 유리 앞으로 걸어온 설후는 간호사에게 아기 좀 보여달라 부탁했다. 간호사는 곧 한 아기를 조심스럽게 안아서 유리 앞으로 걸어왔다. 갈라서 있던 레지던트들이 아기를 구경하려고 설후의 뒤로 몰려들었다. 길고 선명한 눈매가 설후를 닮은 듯하다. 잠이 든 아기가 옹알이를 하듯이 입을 방긋 벌릴 때마다 설후는 부드럽게 웃었다. 이수가 낳은 그의 아들이었다.

"제 딸이랑 선생님 아들이랑 결혼시켜요."

영아의 말이 생각났다. 영아가 그 말을 할 때만 해도 설후는 자신에게 아기가 생길 수 있다는 생각은 하지도 못했었다. 그런데 이젠 그에게 아들이 있고, 아내가 있었다. 그 사실을 깨달을 때마다 그의 일상으로 작은 감동들이 스며들어 왔다.

그에게 아내가 있고, 아들이 있다.

"교수님! 아기 진짜 잘생겼어요. 교수님 판에 박았네."

"진짜! 여자 좀 울리겠는데요."

감동은 레지던트들의 목소리에 사그라졌다. 설후가 조용히 쳐다보자 레지던트들은 열을 지어 도망을 치기 시작했다. 그제야 설후는 자신의 아들을 제대로 볼 수 있었다.

설후는 신생아실에서 이수가 입원해 있는 병실로 향했다. 이수의 어머니와 아버지가 와 계셨다. 설후가 병실에 들어서자 어머니 명자가 이수보다 더 반갑게 맞으셨다.

"아휴! 이 서방 왔나."

처음엔 결혼 전에 이수가 임신한 걸 알고는 사람을 잘못 보았다고 설후를 미워하셨었는데, 이제는 이수보다 더 아껴주시는 고마운 분들이었다.

두 분에게 인사한 뒤 설후는 이수가 누워 있는 침대 옆으로 왔다. 아기를 낳은 지 얼마 안 지나 아직도 많이 지쳐 하고 있었다.

"괜찮아?"

이수가 그렇다고 고개를 끄덕였다. 산통으로 괴로워하던 모습이 여전히 선하여 화장기없는 얼굴이 안쓰럽다. 설후는 손을 들어 핏기없는 이수의 빰을 쓸었다. 금세 두 사람의 세계로 빠져 버리는 걸 보고 있던 명자가 흠 헛기침을 하며 시선을 집중시켰다.

"이 서방, 이수 퇴원하면 당분간 친정에서 지내야 할 거 같네."

설후가 당황한 표정으로 이수의 부모님을 보았다.

"네?"

"산후조리를 잘해야지. 안 그럼 나중에 큰일 나. 자네 집에 이수 산후조리해 줄 사람이 없잖나."

"그럼 이 사람 산후조리할 동안 어머님이 저희 집에 계시면 안 되나요?"

설후의 부탁에 명자는 고개를 절레절레 저었다.

"가게를 하는 사람이 어찌 집을 비워."

큰 병을 앓았던 홍만에게만 가게를 맡길 수는 없는 노릇이었다.

설후는 이수를 내려다보았다. 부부가 되고 한 번도 헤어져 살아본 적이 없었다. 헤어지기 싫은 건 이수도 마찬가지였지만 이수는 해산한 후 몸이 예전 같지 않았기에 옆에 어머니가 필요했다. 이수가 자신의 어깨를 잡고 있는 설후의 손 위에 손을 포개며 웃었다.

"가끔 보러 와요. 그럼 되잖아."

하지만 설후는 여전히 내키지 않는 표정이다.

설후의 아기를 보러 온 해성은 신기한 눈으로 설후의 아들을 쳐다보았다. 아기야 항상 봐왔지만 친구의 아들이라고 하니 아기가 너무 신기한 동물처럼 느껴졌다. 설후가 부러우면서도 문득 자기 자신이 걱정되기도 했다. 자신은 언제 결혼해서 자식을 가지나 싶었다.

한숨을 쉬고 있는데, 옆에서 누가 안녕하세요, 라고 인사한다. 고개를 돌려보니 경아가 서 있다. 그녀도 설후의 아기를 보러 온 것 같았다.

"짝사랑했던 남자 아기를 보러 오고 싶어?"

해성이 이죽거렸지만 경아는 기분 나빠하지 않으며 신생아실 안에 시선을 고정한 채 설후의 아기를 찾았다.

"어느 아기예요? 저건가? 저거? 저거?"

"지금 물건 골라! 저거는 무슨 저거!"

"아직 이성적인 판단이 불가능하니 인간이기보다는 동물에 가깝죠."

저 예쁜 아기들을 아무렇지도 않게 동물스럽다고 말하는 여자의 옆모습을 해성은 지독하다는 눈으로 쳐다보았다. 하지만 작고 붉은 입술을 보니 가슴을 쿡쿡 찌르는 통증이 있다.

해성은 시선을 돌려 다시 아기들을 보았다. 아직 누군가를 좋아한다는 마음을 모르는 아기들이 천하태평해 보인다.

해성은 사람이 사람을 좋아하는 그 감정을 탐닉했었다. 그래서 항상 연애를 추구했던 것 같다. 하지만 다른 남자를 좋아하는 여자를 좋아하는 건 즐거운 탐닉은 아니었다. 경아가 설후를 좋아하는 걸 알았다. 아마 동경 같은 마음이겠지만, 그래도 그것 역시 좋아하는 마음이었다.

"아직도 내 마음 접수 안 됐냐?"

해성의 말에 경아의 어깨가 움찔하였지만 못 들은 척 아기들에게만 집중한다. 볼이 조금 붉어졌지만 단련이 되었는지 대꾸도 하지 않았다. 해성은 무시하는 경아를 노려보다 느긋해지자 생각하며 설후의 아기로 시선을 돌렸다. 어차피 해삼이 자기 말고 다른 남자 찾아가는 건 불가능할 테니 말이다.

퇴원을 한 이수는 친정으로 갔다. 같이 산 건 7개월 정도밖에 되지 않았는데 이수가 없는 공간이 어색해서 견딜 수가 없다. 벌써 이수와 함께하는 삶에 길들여져 버린 거 같았다. 이수가 없는 동안에는 설후는 아버지의 집에서 지내기로 했다.

이수는 아직도 설후의 아버지를 용서하지 못했다. 이수가 만나러 가지 않겠다고 한 장혁을 이수의 부모님이 대신 찾아가서 결혼 허락을 받았었다. 그래서 두 사람은 혼인신고를 했지만 아직 결혼식을 올리지 못했다. 설후의 아버지 장혁 없이 결혼식을 올릴 수는 없다고 고집해 주신 건 고맙게도 이수의 부모님 쪽이었다. 설후도 이수에게 억지로 아버지를 용서해 달라 강요할 수는 없었다. 강요하고 부탁한다고 풀릴 앙금이 아니라는 걸 그의 아버지를 겪으면서 너무 잘 알고 있었다. 스스로 그 미움에서 벗어나야만 했다. 시간이 흘러가서 차차 막혔던 마음이 뚫릴 거라 기대할 수밖에 없었다. 아버지처럼 말이다.

"아버지는 제 아들 궁금하지도 않으세요?"

아기가 태어나도 한 번도 병원에 오지 않은 장혁에게 설후가 서운하다는 듯이 물었다. 하지만 장혁은 묵묵부답으로 밥만 먹었다. 장혁의 상태는 별로 변하지 않았다. 여전히 말이 없고, 의지도 없는 듯 보였다. 하지만 더 이상 한국대병원 옥상으로 올라가는 일은 없는 듯했다. 설후도 더 따져 묻지는 않았다. 아기의 엄마인 이수가 자신을 반기지 않을 걸 알기에 장혁이 피하는 거라는 걸 어렴풋이 느꼈으니까.

"아기 이름 좀 지어주세요."

설후의 부탁에 장혁이 고개를 들어 설후를 보았다.

"이수도 허락했어요. 그러니 지어주세요."

이수가 아니라 이수의 부모님이 부탁하신 것이지만 그냥 그렇게 말했다. 영아가 설후에게 부탁했듯, 설후는 아버지에게 아기 이름을 부탁했다. 그제야 깨달았다. 영아가 자신을 얼마나 믿고 의지한 것인가를. 이미 떠나간 사람이 또다시 새록새록 생각나서 마음이 젖어들었다. 조만간 아기 영아와 영아 아빠를 만나러 가야겠다는 생각이 들었다.

설후는 아버지와의 식사를 마치고 거실 베란다 난간에 기대앉아 이수에게 전화를 걸었다. 밤공기가 기분 좋게 서늘했다.

"잘 지내?"

[네, 어머니가 잘해주세요.]

허전하다 그럼 당장 데리러 가려 했는데, 어쩐지 잘 지낸다는 말이 더 허전하다.

"설이는?"

태명을 설후의 이름과 이수의 이름에서 한 자씩 따와서 지었다.

[건강해요. 잠도 잘 자고, 밥도 잘 먹고.]

"나 안 찾아?"

[아직은 나도 못 알아봐요.]

"그럼 넌?"

[당연히 보고 싶어요.]

어쩐지 어르듯 하는 말 같다.

"진짜?"

[네, 설이 아빠잖아].

아빠라는 말에 저도 모르게 웃음이 난다. 아이가 생겼다. 사
랑스럽고 귀한 그들의 아이. 설후는 아버지가 되고서야 온전히
아버지의 마음을 이해할 수 있었다. 어머니의 마음도 이해할 수
있었다. 그들이 괴로움에서 끝까지 버틸 수 있는 힘이 바로 자
신이었다는 걸.

누군가의 아들인 설후는 울지만, 누군가의 아버지인 설후는
웃었다.

"있지, 설이한테 사실 약혼녀가 있어."

[네?]

전화기 속 이수가 깜짝 놀란다. 꼭 설이를 납치당한 듯한 목
소리였다. 그리고 설후는 이수와의 전화를 끊고 영아의 아빠에
게 전화를 하였다. 잘 지냈어요? 라는 인사로 시작하는 전화는
조심스럽고 반가움이 묻어 있었다.

그날 수술이 늦게 끝나 밤늦게 퇴근한 설후는 결국 집으로 돌아가지 못하고 인천으로 향했다. 하지만 자정이 훨씬 넘은 시간이라 이수네 친정집은 모두 불이 꺼져 있었다. 식구들을 일부러 깨우기가 미안해 설후는 한숨 쉬며 언덕을 올랐다. 결혼을 해서도 역시 초록지붕 집 신세를 져야 할 듯싶었다.

초록지붕 집의 불을 켠 설후는 언제나처럼 인사를 했다.

저 왔어요. 어머니.

설후는 옷을 벗고 씻기 위해 욕실로 들어갔다.

이수가 초록지붕 집에 불이 켜진 걸 본 건 잠이 깬 새벽이었다. 화장실에 가려고 일어났던 이수는 창문 너머 아슴아슴 드러나는 새벽 세상 속 희미한 불빛으로 반짝이고 있는 초록지붕 집을 보고 놀란 눈을 하였다. 설후인가 싶다가도, 어째서 설후가 이 집으로 안 오고 저곳으로 갔을까 싶었다. 아기가 잘 자고 있는 걸 확인한 이수는 집을 나와 새벽길 언덕을 올랐다. 무거웠던 몸이 가벼워졌지만 천천히 걸었다. 언덕길을 오르는 이수의 풍경에는 편안함과 아련함이 함께 묻어 있었다.

현관문을 열고 집 안으로 들어가니 온 집에 불이 다 켜져 있었다. 이수는 거실의 불을 끄고 침실로 걸어갔다. 역시나 설후가 침대에 누워 잠을 자고 있었다. 침대로 걸어간 이수는 조심스럽게 침대 모서리에 걸터앉으며 설후의 얼굴을 보았다. 잠이 깊게 들었는지 눈을 꼭 감고 있다. 설후는 나이가 들지 않는 사람처럼 항상 똑같은 것 같았다. 이수는 임신하느라 몸에 살이 많이 붙었기에 그런 설후가 어쩐지 얄밉다.

"오빠."

불러도 돌아오는 대답이 없다. 이수는 침대로 올라가 설후의 몸에 자신의 몸을 겹쳤다. 그동안은 임신 때문에 같이 잠자리도 못했었다. 산만 한 배가 사라지니 그만큼 더 가까워진 거 같아 기분이 좋다. 이수의 몸을 느꼈는지 설후가 눈을 떴다.

이수가 고개를 들어 막 잠에서 깬 설후의 입술에 입을 맞추었다. 입맞춤은 달콤하다. 설후의 팔이 뻗어와 이수의 몸을 끌어안고 잡아당겼다. 입술이 벌어지며 혀가 선율을 타며 엉켜들었다.

설후의 손이 옷을 벗기려고 하자 이수가 설후의 손을 붙잡았다. 왜 그러냐 쳐다보는 설후에게 이수는 망설이는 눈으로 말했다.

"나 살 많이 쪘는데."

설후가 피식 웃으며 묻는다.

"그럼 살찌면 내 부인 아닌 거야?"

이수가 살짝 눈을 흘긴다. 설후는 다시 이수의 옷을 벗겼다. 이수도 손을 뻗어 설후의 옷을 벗겨주었다. 드러난 하얀 나신 위에 설후는 정성스럽게 입맞춤을 했다. 내내 그의 아들을 품고 있던 배에 가장 진하게 키스를 했다.

설후가 이수의 안 가장 깊은 곳까지 파고들어 왔다. 오랜만에 품는 그가 뻐근했다. 이수는 크게 고개를 꺾어 흐느낌을 토해냈다. 그 거대한 찬란함은 여전히 영롱한 빛이다. 이수는 팔을 뻗어 자신의 안을 가득 채운 그 빛을 끌어안았다.

　1년 후.

　화창한 일요일이다. 오늘 소망병원 흉부외과 병동은 다른 때와 달리 붕 떠 있었다. 레지던트들은 한곳에 모여서 비장한 표정으로 서로를 보고 있었다. 레지던트 치프가 손안에 잡은 제비뽑기를 보여주며 비장하게 말했다.

　"동그라미가 나온 사람은 가는 거고 엑스가 나온 사람은 중환자실 남는 거다."

　보통 회사였으면 모두가 가야 할 날이지만, 병원에서는 남아 있는 환자들을 돌볼 사람이 필요했다. 레지던트들은 심기일전으로 제비를 뽑았다. 경아 역시 생전 믿지도 않던 부처에 하느님, 알라신까지 들먹이며 신중하게 제비 하나를 뽑아 들었다. 조금 떨리는 눈으로 제비를 확인한 경아는 종이에 그려진 엑스 표시를 보고 억장이 무너졌다.

　다른 사람도 아니고 설후의 결혼식이었다. 꼭 가고 싶었는데 운이 따라주지 않는다. 마지막 모습이라도 보고 싶었는데 그것조차 허락해 주지 않는 게 너무 서러워 눈물이 나올 것 같았다.

　"경아야! 너 우냐?"

　치프가 놀라서 물었다. 내장이 망가진 환자를 보고도 멀쩡하던 애가 왜 그러나 싶다. 경아는 꾹꾹 눈물을 참으며 엑스 표시가 있는 제비뽑기를 내밀었다. 겨우 그것가지고 우냐 하고 싶어도 경아는 치프인 그가 무시하지 못할 존재였다. 데이트 있을 때마다 오프 바꾸어준 게 여러 번이었다. 그리고 앞으로도 그런 일은 쭉 있을 것이었다.

치프는 버럭 레지던트 2년차 기헌에게 성을 내었다.

"야! 남자가 좀 양보해! 레이디퍼스트 몰라!"

기헌은 괜히 자기를 걸고넘어지는 치프를 너무하다는 눈으로 쳐다보았다. 하지만 조용히 경아에게 동그라미가 그려진 종이를 내밀었다. 왜냐하면 그녀는 과장님의 무남독녀였으니까. 곧 이 흉부외과에 최경아의 시대가 도래하여 그녀가 이곳을 지배하게 될 거라고, 해성이 퍼뜨린 헛소문을 기헌은 은연중에 믿고 있었다.

"다들 탔어?"

이젠 펠로우가 된 우민의 차를 타고 결혼식장에 가기로 하였다. 운전석에 앉은 우민은 양복으로 갈아입은 레지던트들한테 물었다. 1년차 성우가 말했다.

"아직 경아 선배 안 왔어요."

우민은 핸들을 손으로 툭툭 치며 아량있게 말했다.

"여자잖아. 여자들은 원래 치장하는 데 오래 걸려."

라고 말하자마자 클랙슨을 빵빵 울려댔다. 문가에 앉아 있던 1년차 성우가 탄성을 지르며 창밖을 손가락으로 가리켰다.

"우와! 저기 봐요! 저거 진짜 경아 선배 맞아요?"

차에 타고 있던 남자들은 동시에 창 쪽으로 시선을 돌렸다. 그리고 계단을 뛰어내려 오는 경아를 발견하고 놀라서 눈을 휘둥그레 떴다.

이수는 웨딩샵 사람들의 도움을 받고 웨딩드레스를 입고 있었다. 깊게 파인 브이 네크라인이 가슴 라인을 아름답게 살려주고 있었고, 은은하게 비딩된 레이스 원단이 그녀를 기품있는 여신처럼 보여지게 하였다. 부드러운 실크 소재가 그녀의 가녀린 몸매를 우아하게 표현해 주고 있었다.

태이가 태어난 지 1년이 지나서야 이수는 설후와 결혼식을 올리게 되었다. 이수는 설후의 아버지를 자신의 결혼식에 오는 걸 허락하는 데 2년이라는 기나긴 시간이 필요했다. 하지만 아직도 완전히 용서한 것은 아니었다. 결혼식에 오는 건 허락해도 같이 살 수는 없다고 설후에게 분명히 말을 했다. 이수는 설후처럼 그를 그리 쉽게 용서할 수가 없었다.

그래도 설후는 괜찮다고 했다. 조용하고 다정한 목소리로 그녀가 장혁을 용서하지 못해도 그의 아내는 자신뿐이라고 말해 주었다. 그 말을 할 때의 설후 마음이 어땠을지 이수는 완전히 알 수가 없었다. 아마도 평생 모를 것 같았다.

촤라락, 묵직한 바이올렛 벨벳 커튼이 열리며 웨딩드레스를 입은 이수가 나오자 턱시도를 입고 어린 태이를 안고 있던 설후가 환하게 웃었다. 설후는 태이의 고사리 같은 손을 들어 흔들며 태이의 시선을 드레스를 입은 이수에게 집중시켰다.

"태이야! 엄마 봐라. 너무 예쁘지."

태이는 그저 옹알대며 침을 흘릴 뿐이었다. 아직은 울고 웃고 자고 먹는 것밖에 못하는 태이였다. 그래서 더 사랑스럽다. 순백의 존재는 어쩌면 웨딩드레스보다 더 결혼식에 어울리는 것 같다.

설후는 태이를 안고 이수에게 걸어와 손을 내밀었다. 영원을 맹세하는 손은 굳세고 행복해 보였다. 손에서도 미소를 찾을 수 있었다. 이수는 웃으며 설후의 손을 잡았다. 그리고 그 위로 태이의 작은 손이 척 올라왔다. 태이는 옹알옹알대다 방실방실 웃는다. 마치 오늘이 무슨 날인지 알고 있다는 눈빛이었다. 설후와 이수는 웃고 만다.

오늘은 두 사람의 결혼식이었다. 두 사람은 많은 사람과 그들의 아들이 지켜보는 앞에서 결혼서약을 할 것이다. 마치 이날을 위해 살아온 듯한 바로 그런 날이었다.

오늘 결혼식의 사회는 부신랑인 해성이 맡았다. 해성은 마이크 앞으로 천천히 걸어갔다. 멋들어지게 슈트를 차려입은 해성이 꼭 새신랑 같은 모습이다. 아직 결혼식이 시작되지 않은 홀 안은 소란스러웠다. 해성은 마이크 앞으로 고개를 숙이고 청중을 집중시키기 위해 입을 열었다.

"오늘 이렇게 이설후 군과 한이수 양의 결혼식을 찾아주신 하객 여러분 감사드립니다.”

하객들 모두와 눈을 맞추듯이 둘러보던 해성의 시선이 한곳에 멈추었다. 해성의 두 눈에 이채가 띤다. 잠시 말이 없던 해성이 다시 말을 이었다.

“결혼식 전에 주의 말씀드리겠습니다. 결혼식의 꽃은 역시 신부여야 하니 신부보다 예쁘게 하고 오신 숙녀 분들은 자진해서 퇴장 부탁드립니다.”

하객들은 재미있다 까르르르 웃는다. 여자 하객들은 서로 자기 나가야 하는 것 아니냐 농담처럼 옆 사람에게 묻기 시작했다. 그리고 설후 쪽 하객석 뒷자리에 레지던트들과 나란히 앉아 있던 경아는 어쩐지 해성이 자신을 보고 있는 것 같아 긴장되었다. 밝은 코발트색 원피스 정장을 입고 매일 묶고 다니던 머리를 풀었다. 화장하는 법도 잘 몰라 립글로즈와 파우더만 발랐다. 눈 좀 마주쳤다고 자신이라 여기는 건 아무래도 자의식 과잉인 것 같아서 경아는 슬쩍 몸을 낮추었다.

“역시 여자들 홀리는 말씨가 그냥 나오는 게 아니야. 어째 단체로 꼬시는 것 같아.”

우민의 말에 경아는 작게 고개를 끄덕였다. 마스카라만 했어도 넘어갈 뻔했다.

“신랑 입장.”

해성이 힘있게 외치자 턱시도를 입은 설후가 들어섰다. 식장을 걸어 들어오는 설후의 모습에 시선이 집중된다. 귀족같이 수

려한 신랑의 모습에 여기저기 감탄이 흘러나왔다. 결혼서약하기 전에 벌써 애아빠가 된 사람이라고 믿기 힘든 모습이었다.

"이야! 역시 우리 교수님은 태가 틀려! 완전 황태자네! 황태자!"

자칭 이설후 라인인 우민은 휴대전화를 꺼내 설후의 모습을 찍기까지 했다. 옆에 앉은 경아는 복잡한 마음으로 주례사 앞으로 걸어가는 설후를 보았다. 축하해 주고 싶은 마음과 서운한 마음이 공존하였다.

"네, 이제 신부 입장이 있겠습니다. 신부 입장!"

아버지 홍만의 손을 잡은 이수가 천천히 걸어 들어왔다. 식장에 걸어 들어오는 이수를 보고 할머니에게 안겨 있는 태이가 쭉 손을 뻗었다. 엄마에게 가려는 태이에게 명자 씨는 오늘 엄마는 네 짝이 아니니 양보하라고 작게 속삭여 주었다.

설후가 버진로드를 걸어오는 이수를 맞이하기 위해 몇 발자국 앞으로 걸어나갔다.

처음 만난 날 내렸던 그 첫눈처럼 새하얗다, 라고 자신에게 걸어오는 이수를 보며 설후는 생각했다. 이제 하얀색을 말하라 하면 병원이 아니라 결혼식장에서 자신에게 걸어오던 자신의 신부라고 할 것이었다.

별보다 빛나는 하얀색을 그날 설후는 처음으로 마주했다.

3년 후.

영아가 온다는 말에 태이는 바로 싫은 표정을 싫었다. 어린애답지 않게 오뚝한 코를 자기 손으로 꾹 누르는 아들을 보며 이수는 웃고 만다.

"왜 그런 표정을 지어? 친구가 온다는데."

이제 4살인 태이는 꽤 또렷한 발음으로 항의했다.

"친구 아냐!"

자신의 의지를 키워갈수록 불행히도 태이는 영아를 싫어했다. 그리고 솔직히 이수도 태이가 영아를 싫어하는 이유를 납득할 수가 있었다. 아마도 태이를 영아와 결혼시킨다는 설후의 기대는 별로 이루어질 가망성이 없는 것 같았다.

영아가 온다는 걸 알고 태이는 외출을 하자며 떼를 부렸다. 현관에서 신발을 신고 나가려는 태이를 몇 번이나 말려야 했다.

"태이야!"

영아가 태이의 이름을 우렁차게 부르며 등장한 건 점심 시간이었다. 영아의 아빠 진태가 같이 점심을 먹자고 청한 것이었다. 아마도 어린 영아가 태이네 집에 가자고 수도 없이 졸라서 '그래' 했으리라는 걸 이수는 짐작할 수 있었다. 울면서 자기 아빠를 아마 질리도록 괴롭혔을 거라는 게 눈에 그려졌다. 그래서 이수는 태이가 싫어하는 걸 알면서도 거절할 수가 없었다. 태어날 때 엄마를 잃고 홀아버지 밑에서 자라는 영아가 가여웠기 때문이었다.

영아는 엄마가 주지 못하는 정에 굶주려 있었고, 그걸 온전히

태이에게 원하고 있었다. 태이로서는 불행한 일이 아닐 수 없었
다.

태이는 현관 밖에서 영아의 목소리가 들리자마자 안절부절못
했다. 자기 방으로 도망가려고 하자 이수가 나무랐다. 결국 오
줌 마려운 강아지처럼 그 자리에서 푸르르 떨며 참고 서 있었
다. 엄마의 말을 들어야 하기 때문에 도망갈 수는 없지만, 그래
도 마음 가득 도망가고 싶은 마음이 그를 못 참게 하고 있었다.

덜컹. 문이 열리는 소리에 태이의 우아한 눈동자가 크게 커졌
다. 그 순간만은 아이의 눈으로 돌아와 망했다고 말하고 있었
다.

"태이야!"

문이 열리자마자 노란 원피스를 입고 말괄량이 삐삐처럼 양
갈래로 머리를 땋은 영아가 뛰어들어 와 신발도 벗지 않고 거실
정중앙에 서 있는 태이에게 돌진하였다. 태이보다 한 살 많은
영아는 에너지가 넘쳤다. 그대로 태이를 깔아뭉갤 것 같은 기세
에 문을 열어준 이수도 놀랐다. 뒤따라 들어온 진태가 수줍게
이수에게 안녕하세요, 라고 말하는 순간 태이는 영아에게 점령
당해 있었다.

엄마! 라고 외치는 태이의 마음속 절규가 이수의 귀에 들려오
는 듯했다.

밥을 먹는 내내 영아는 태이의 옆에 앉아서 '이거 먹어봐, 이

거 먹어봐' 라고 말하며 시끄러웠고, 태이는 묵묵히 그걸 참아내고 있었다. 그리고 두 아이의 보호자인 두 사람은 아이들의 교육에 대해 말하고 있었다.

"영아가 어린이집을 옮겼어요? 왜요?"

"그게, 같은 반 애를 때렸다고 하더라고요."

진태는 크게 한숨을 내쉬었다. 성격이 드센 영아를 감당해 내기 힘들다는 표정이었다. 이수가 밥을 먹고 있는 영아를 보며 꾸짖었다.

"영아야, 친구를 때리면 어떡해. 그건 나쁜 짓이야."

영아는 꾹 입술을 내밀며 불만 가득한 표정을 짓는다. 하지만 끝까지 잘못했다고 용서를 구하지는 않았다. 고집이 보통이 아닌 아이였다. 이수는 영아에게 엄마가 필요하다고 생각했다. 아무래도 아버지 혼자 키우는 게 영향이 없다고 할 수는 없어 보였다. 그러나 진태는 영아를 낳다가 죽은 영아 엄마를 못 잊어하고 있었다.

늦은 오후 영아가 아빠와 함께 돌아가고 나서야 집 안에는 평화가 흘렀다. 이수는 태이를 목욕시키기 위해 같이 욕실에 들어갔다. 두려움없이 엄마에게 알몸을 내맡긴 태이가 비누칠을 해주는 이수에게 말했다.

"나도 같은 말 들으면 때릴 거야."

이수는 그게 무슨 소리냐는 눈으로 또렷한 눈동자를 지닌 태이를 보았다.

"그 아이가 영아한테 엄마 잡아먹은 아이라고 그랬대. 그래서 영아가 때린 거래."

이수는 놀라서 한동안 아무 말도 못했다. 그건 태이나 영아처럼 어린아이들이 할 수 없는 말이었다. 도대체 아이들이 어디서 그런 말을 주워들은 걸까 싶다가, 아이의 엄마들이 하는 말을 들었을 거란 생각에 얼굴이 어두워졌다. 자신의 일이 아니라고 함부로 말하는 어른들이 정말 마음에 들지 않았다. 이수가 태이에게 겨우 할 수 있었던 말은 그래도 때리는 건 나쁜 거야, 라는 말이었다.

밤이 되어 잠이 들었던 태이는 신기하게도 설후가 문을 열고 들어오는 소리를 들으면 눈을 뜨고 일어났다. 오늘은 설후가 수술 때문에 자정이 넘는 시간에 들어왔는데도 태이는 설후가 현관문을 열고 들어올 때 자신의 방문을 열고 나왔다.

눈에 잠을 담뿍 담은 아들은 졸려서 아빠라는 소리도 못하고 그냥 걸어와 설후의 다리를 잡고 안긴다. 설후는 태이의 작은 몸을 훌쩍 들어 올려 자신의 어깨에 태이의 머리를 기대게 했다. 그럼 태이는 설후의 품에서 곧 다시 잠이 들어버렸다. 설후는 태이가 잠이 들 때까지 그대로 안고 거실을 몇 바퀴고 돌았다. 그렇게 조용히 설후는 아들에게 사랑을 표현했다.

달빛을 받으며 어둠 속에서 사랑을 나누면 밤의 정령이 된 기분이 든다. 하아, 이수의 신음 소리가 미약하게 터져 나왔다 사그라졌다. 잠이 든 아이를 깨울까 이수는 필사적으로 차오르는 뜨거움을 참는다.

이젠 아이의 엄마가 된 여인은 여전히 소녀처럼 그에게 수줍게 안긴다. 자신의 몸보다 더 익숙해져 버린 이수의 몸에 설후는 자신을 끝까지 묻고 탄식을 뱉어낸다. 그녀를 안으면 안을 때마다 새로운 날이 시작되었다.

절정을 맞는 순간 밤의 끝에 도달한다.

"태이 동생도 생겼으면 좋겠는데."

이수는 쉽게 임신이 되지 않는 걸 속상해했다. 설후는 이수의 벗은 어깨에 입맞춤을 하며 달랬다.

"생길 거야."

이수는 몸을 옆으로 틀어 설후를 똑바로 바라보았다.

"혹시 이젠 날 덜 사랑해요?"

설후는 생각도 못한 질문에 눈을 크게 떴다.

"왜 그렇게 생각해?"

"아기가 안 생기니까."

사랑없이 의무로 안았다는 것이다. 설후는 정말 그렇게 생각하느냐며 진지하게 물었고, 이수는 속상한 표정을 지으며 투정인 게 뻔하지 않느냐며 항의한다. 모든 걸 너무 그렇게 심각하게 생각하는 게 당신 병이라고. 그냥 사랑한다 말하고 안아주면 되는 거라고. 설후는 낮게 웃으며 이수의 몸을 끌어당겨 안았다.

"아빠! 빨리빨리!"

설후는 일주일에 한 번 태이와 둘이서만 외출을 한다. 할아버지인 장혁을 찾아가는 것이었다. 이수는 같이 가지 않았다. 벌써 태이가 4살이나 되었는데도 이수는 태이의 손을 잡고 장혁을 찾아간 적이 없었다. 장혁이 설후의 아버지이고 태이의 할아버지라는 이유로 단지 두 사람이 만나러 가는 것까지 막지 못하는 것뿐이었다.

이수는 할아버지를 만나러 가기 위해 부산히 신발을 신는 아들을 서운한 눈으로 쳐다보았다. 이럴 때면 꼭 장혁에게 자신의 아들을 빼앗기는 것만 같았다. 그런데 태이는 그런 엄마의 속도 모르고 혼자 들떠한다. 태이는 할아버지인 장혁을 좋아했다.

"할아버지는 천재야. 내가 읽어주는 걸 한 번에 똑같이 말해."

"할아버지랑 범선 만들었어. 진짜 멋있어."

"할아버지가 로켓보이 사주겠대."

장혁을 만나고 올 때면 꼭 장혁에 대한 자랑을 한 보따리는 가지고 왔다. 이수는 그게 꼭 설후가 시킨 것 같다는 생각을 했던 때도 있었지만, 결국은 인정하고 만다. 태이에게 장혁은 그래도 멋있는 할아버지라는 걸.

하지만 이수는 여전히 장혁이 무섭고 미웠다. 그 때문에 가은이 아파하며 죽고, 설후를 잃었던 것을 도저히 잊을 수가 없었다. 그 마음을 자신도 어찌할 수가 없다.

설후가 태이와 나가기 전에 조심스럽게 이수의 옆에 와서 섰다.

"집에 있을 거야?"

같이 안 가겠냐는 말을 에둘러한다. 이수는 설후를 보지 않고 그냥 방으로 들어가 버렸다. 탁, 닫히는 문을 보며 설후는 한숨을 내쉬었다. 항상 이수만 집에 두고 가는 게 마음에 걸렸다.

"아빠! 할아버지가 내 로켓보이 사놨다고 했단 말이야! 빨리!"

아빠와 엄마의 타는 속도 모르고 어린 아들은 할아버지와 로켓보이를 만나러 빨리 가자고 성화다. 설후는 어쩔 수 없이 태이와 둘이 집을 나섰다.

설후가 어린 시절을 보낸 집은 가은이 떠나고, 설후가 떠난 뒤 아버지와 함께 천천히 늙어가고 있었다. 하지만 끝까지 단정함을 잃지 않는다. 만약 아버지가 늙어 돌아가시게 되면 분명 이 집도 같은 날 죽을 것이라고, 설후는 태이와 함께 대문을 열고 들어서며 그렇게 생각했다. 푸른 하늘은 너무 높아 이상이 되어 버리고, 대지는 오늘도 열심히 숨을 토해내고 있다. 그 사이에 장혁이 우뚝 서 있었다. 할아버지, 라고 부르며 달려가는 태이에게 웃어주는 장혁을 보며 설후는 또 다른 시대가 왔음을 깨닫는다. 새로운 시대는 지나간 시대보다는 행복해 보여 다행이었다.

장혁은 정원에서 태이를 무릎에 앉히고 책으로 글자를 가르치고 있었다. 4살 아이가 보기엔 너무 어려운 의학서였다. 하지만 장혁은 손가락으로 한 부분을 가리키며 태이에게 읽어보라고 시켰다.

"1992년 한국대병원, 흉부외과 의사 이장혁은 처음으로, 심장이식수술을 성공하였다."

태이는 더듬더듬 한글을 읽어 내려갔다. 그게 정확히 무슨 내용인지도 모른 채. 다 읽고 태이가 고개를 들어 장혁을 보았다.

"할아버지 이름이 책에 있어요."

장혁이 흐뭇하게 웃었다. 바로 자신이었으니까.

"그래, 내 이름이다."

태이를 내려다보는 장혁의 시선은 편했다. 마치 그의 아내로 옆에 있었던 가은을 쳐다보는 시선과 같았다. 아니, 그 시선보다 더 믿음이 강했다.

"우와! 진짜! 할아버지가 책에 나온 거예요?"

태이는 장혁의 무릎에서 내려와 쪼르르 거실 유리창으로 달려가 거미처럼 달라붙었다. 그리고 그 안에 있는 설후를 보며 외쳤다.

"아빠! 할아버지가 책에 나왔어!"

이수에게 전화 중이었던 설후는 손을 들어 보이며 알았다고 하였다. 책에 그 한 줄을 새기기 위해 얼마나 많은 일들이 있었는지 옆에서 보고 겪은 설후였다. 단순하게 좋아하는 아들을 보는 마음이 흐뭇하기도 하고, 서글프기도 하다. 다시 장혁에게 달려가는 태이를 보며 설후는 전화기에 대고 말했다.

"저녁 먹고 가게 될 거 같아."

[왜? 태이가 집에 안 오겠대요?]

볼멘 이수의 목소리에 설후는 난감하게 웃었다.

"아냐. 내가 그러자고 했어."

사실 태이 때문이었다. 장혁이 로켓보이와 함께 대형 퍼즐을 샀는데 같이 맞추어보기로 했다. 장혁은 요즘 태이 때문에 쇼핑이 늘었다. 쇼핑을 하는 장혁이라니. 옛날이었으면 상상도 못했을 일이었다.

[걔는 나보다 당신 아버지를 더 좋아하는 것 같아요.]

"설마."

[꼭 나한테 태이 빼앗으려고 일부러 잘해주는 것 같아 기분 나빠!]

여전히 장혁을 부정적으로 보는 이수의 말에 설후는 마음이 아프다.

"이수야, 네가 생각하는 것만큼 우리 아버지 나쁜 분 아니셔. 아버지도 많이 아프셨어."

[오빠가 그렇게 말하면 내가 나쁜 게 되잖아요!]

뚝, 전화는 그대로 끊겨 버렸다. 이수와 싸우게 되는 이유는 언제나 장혁이었다. 도통 풀리지 않는 매듭에 설후도 피곤함이 밀려왔다. 설마 이수도 아버지가 어머니를 미워한 그 긴 시간만

큼이나 장혁을 미워할 것인가 싶었다. 끊겨 버린 전화 대신 문
자를 보내었다.

금방 들어갈게. 사랑해.

이수는 답 문자가 없었다. 하지만 자신과 태이를 기다리고 있
을 것이라는 걸 알았다.

밤이 되어 집으로 돌아가는 길, 태이는 졸린지 꾸벅꾸벅 졸기
시작했다. 장혁과 정열적으로 퍼즐을 맞추다 보니 기운이 다 빠
진 것 같았다. 태이는 부정할 수 없게도 아버지인 설후보다 할
아버지인 장혁을 닮았다. 머리를 쓰는 복잡한 퍼즐 같은 걸 좋
아했다. 진취적이고 아이답지 않게 오만하기도 했다. 운전을 하
던 설후가 진지하게 태이의 이름을 불렀다.
"태이야."
태이가 감기던 눈을 반짝 뜨며 설후를 바라보았다. 빛과 하나
되어 스스로 빛을 발하는 듯한 얼굴이었다.
"할아버지 좋아?"
"응, 우리 할아버지는 책에도 나와."
아마도 세상에서 이리 순수하게 장혁을 좋아해 주는 사람은
태이뿐일 것이다. 아들인 자신조차 때론 미워했던 장혁을 이리
좋아해 주는 태이가 설후는 고맙기도 했다. 어쩌면 태이는 설후

와 이수를 위해 이 세상에 온 게 아니라 장혁을 위해 온 건지도 몰랐다.

"네 할아버지는 전설이었어."

"전설?"

그 말이 정확히 무엇인지는 모르지만 굉장한 말이라는 예감이 들었기에 태이의 표정이 조심스러워졌다. 마치 경건한 것을 대하듯이.

"그래, 아무도 감히 이룰 수 없는 전설. 그러니까 태이 네가 앞으로 할아버지의 전설을 지켜 드려. 알았지?"

태이는 그러겠다고 고개를 크게 끄덕이며 장혁이 사준 로켓보이를 들어 올렸다.

"응! 로켓보이와 내가 지킬게."

설후는 두 눈이 감길 정도로 깊게 웃으며 손을 뻗어 아들의 머리카락을 쓰다듬었다. 태이가 그 약속을 끝까지 지킬 것이라는 걸 믿었다. 이수가 힘들어서 차마 채워 넣지 못하는 부분까지 태이가 모두 채워줄 것이었다.

길고 긴 겨울이 가고 봄이 오고 있었다. 길가에 이른 봄을 데리고 온 들꽃이 바람에 흔들리고 있다. 초록지붕 집 목련나무에도 꽃봉오리가 돋았을까 궁금하다.

설후는 손을 뻗어 카오디오에 넣어두었던 시디를 틀었다. 곧 차 안에 빈센트의 감미로운 선율이 흘러나왔다. 태이도 노래에 빠진 듯 로맨틱한 표정을 짓는다.

별이 총총 빛나는 밤, 그 외로운 천재 작가가 그렸던 그림은 아마도 꿈이겠지. 이루어지지 않아도 꿈꾸는 것만으로도 빛이 되는 그런 꿈.

"엄마 선물 사갈까?"

"응, 꽃! 엄마는 꽃 좋아해."

설후는 태이와 함께 집으로 돌아간다. 이수가 기다리고 있는 그들의 집으로.

나의 아름다운 야수 End.

　〈나의 아름다운 야수〉란 제목에 대해 분분한 의견들이 있었다. 우선 남주가 굉장히 못생겨서 야수라 지었다 생각하시는 분도 계셨고, 남주가 굉장히 성격이 포악해서 야수라 지었다 생각하시는 분도 계셨다. 하지만 둘 다 아니다. 야수라는 이름은 동화 〈미녀와 야수〉의 야수에서 따왔다. 중요한 건 '야수' 라는 말 자체보다 어떻게 그리 되었는가 였다. 마녀의 저주에 의해 자신의 의지가 아닌 힘으로 야수가 되어 버린 남자, 이 글 속의 남주도 그렇다. 그의 의지가 아닌 힘으로 어쩔 수 없이 고통을 겪게 된다. 그 고통의 과정을 야수라 한 것이다. 딱히 한 사람을 딱 꼬집어 표현한 것은 아니었다. 어쩌면 야수에는 장혁도 포함될지 모른다. 장혁 역시 완벽하게 그의 의지로 인해 포악해졌던 건 아니니, 외부의 힘이 더 강했다.

나의 아름다운 야수를 읽으면 듣고 싶은 노래는 분명 빈센트가 될 것이다. 그리고 또 하나 같이 들으면 좋은 노래가 있어 추천한다.

노블레스의 '후회는 없어'.

이 노래의 반주에 피아노 연주가 나오는데 그 부분을 들으면 꼭 이 이야기에 나오는 초록지붕 집과 그 안에 있는 세 사람의 다정한 모습이 연상되었다. 또 가사 역시 글과 조금은 매치가 된다. 사랑을 했으니 후회는 없다는 가사가. 어쩐지 야수의 분위기와 잔잔하면서 먹먹하게 어울렸다.

만약 글을 읽기 전에 이 글을 보고 있다면 '빈센트' 와 함께 '후회는 없어' 라는 곡을 추천하는 바이다.

이 글을 쓰는 동안 눈물을 꾹 참고 있는 느낌이 계속 날 못 참게 만들었다. 난 웃는 게 좋다. 웃게 만들 수 있는 글을 쓰면 나 역시 웃으면서 글을 쓰게 된다. 그래서 지금껏 꽤 유쾌한 글들만 썼던 것 같다. 그런데 야수는 쓰면서 내내 눈물을 참아야 했다. 나에게는 좀 힘든 과정이었다. 그래서 출간 기간도 굉장히 길어진 것 같다. 그래도 1년에 2권은 나왔었는데, 벌써 저널리스트가 나온 지 1년이 되어간다.

그 사이 난 서른 살이 되었다. 이 책은 30대가 된 내가 처음으로 출간하는 책이다.

겨우 몇 달이 더 흐른 것뿐이고 언제나 똑같이 흐르는 시간이지만 30대의 시간은 20대의 시간보다 인생의 무게가 좀 더 나가는 것 같다. 그 더해진 무게감이 이 책에 고스란히 담겨 버린 것인지도 모른다.

이 글을 모두 읽은 분에게 묻고 싶은 질문은 단 하나이다.

'당신은 이장혁을 악역이라 생각하십니까?

난 판단을 내릴 수가 없다. 그가 나쁜 이였나? 아니면 단지 피해자일 뿐인가. 주인공인 설후와 이수도 안타깝지만 장혁도 안타깝다. 결국 가은이 서 있던 그 자리에 자신이 서게 될 줄은 1970년의 장혁은 꿈에도 몰랐을 것이니.

야수의 후속작으로 〈악어별〉을 쓰려고 한다. 설후와 이수의 아들인 태이의 이야기이다. 태이는 설후의 아름다움을 닮았고, 이수의 건강한 사랑을 닮았고, 심지어 장혁의 천재성까지 닮았다. 그런 태이가 어찌 컸을지 정말 쓰고 싶어졌다. 태이의 사랑은 안타깝게도 영아는 아니다. 새로운 인물이 나올 것이다. 슬픈 분위기였던 야수와는 다르게 즐겁고 유쾌하게 갈 생각이다.

내 소설 중 '별'이 들어간 소설이 이전에 두 개 있었다. 돼지별과 나비별. 둘 다 어쩐지 종이책 출간으로는 어울리지 않을 것 같다는 사정으로 종이책으로 나오지 못했다. 징크스 같다. 그래서 과감하게 이 소설에 '별'을 붙였다. 과연 '별' 소설의 징크스를 깨고 종이책으로 나올 수 있을지는 아직 모르겠다. 만약 나오게 된다면 '별'의 징크스는 깨진 것이다.

안 나오면…… 징크스란 징크스인 것이다.

'나비별'이란 소설을 썼었는데, 그 소설은 결국 종이책, 이북 둘 다

나오지 못했다. 대신 내 홈페이지에서 새로 태어났다.

http:nabibyul.pe.kr

심심하신 분들 한 번 들러주시길.

그리고 첫 조카가 2009년 4월 18일 새벽에 태어났다. 난 벌써 서른 해나 살았는데. 내 조카는 이 책이 나올 때쯤 겨우 한 달을 채운 인생을 살고 있을 것이다. 부디 건강하게 자라길. 그리고 글 나올 동안 부족한 절 도와주신 청어람 편집부 님들, 감사드립니다.

—리연